# Chevy Stevens

Chevy Stevens est une romancière canadienne. Elle a grandi dans un ranch sur l'île de Vancouver. Sa carrière d'agent immobilier lui a inspiré son premier thriller, *Séquestrée* (L'Archipel, 2011). Depuis, elle a publié chez le même éditeur *Il coule aussi dans tes veines* (2013), *Des yeux dans la nuit* (2014) et *Cette nuit-là* (2015), repris chez Pocket sous le titre *Après la nuit*.

**Retrouvez toute l'actualité de l'auteur sur :**
**www.chevystevens.com**

# APRÈS LA NUIT

DU MÊME AUTEUR
*CHEZ POCKET*

SÉQUESTRÉE
IL COULE AUSSI DANS TES VEINES
DES YEUX DANS LA NUIT
APRÈS LA NUIT

CHEVY STEVENS

# APRÈS LA NUIT

*Traduit de l'anglais (Canada)*
*par Sebastian Danchin*

L'ARCHIPEL

Titre original :
*That Night*
par St. Martin's Press, New York, 2014.

Cet ouvrage a précédemment paru
sous le titre : *Cette nuit-là*

MIXTE
Papier issu de sources responsables
FSC® C003309

Pocket, une marque d'Univers Poche,
est un éditeur qui s'engage pour la préservation
de son environnement et qui utilise du papier fabriqué
à partir de bois provenant de forêts gérées
de manière responsable.


ISBN 978-2-266-26773-1

# 1

## Pénitencier de Rockland, Vancouver

*avril 2012*

J'ai suivi le gardien jusqu'au greffe, un carton contenant mes maigres affaires dans les mains. Quelques jeans, des T-shirts usés, des bricoles accumulées au fil des années, les bouquins auxquels je tenais, mon lecteur CD. Le type chargé de la levée d'écrou m'a tendu des papiers que j'ai signés d'une main tremblante. Les mots dansaient devant mes yeux.

— C'est bon, Murphy. Voyons la liste de tes effets personnels.

Les gardiens ne vous appellent jamais par votre prénom. Ils utilisent toujours votre nom de famille, ou bien un surnom.

Il a vidé la boîte contenant les vêtements que je portais à mon arrivée. Il en a ensuite dressé la liste d'une voix morne tout en prenant des notes sur son bloc. Un pantalon, un chemisier blanc et un blazer que j'avais choisis exprès pour le procès. Je les ai regardés d'un œil vitreux, prise de nausée.

Les doigts du gardien se sont attardés sur mes sous-vêtements.

— Une culotte blanche, taille S.

Il tripotait la culotte en caressant le tissu. Je me suis sentie rougir. Il a croisé mon regard, dans l'espoir que je pète un plomb et qu'il puisse me renvoyer en cellule. Je suis restée impassible.

Il a décacheté une enveloppe, regardé brièvement à l'intérieur et vérifié sur son bloc avant de la vider dans ma main. La montre en argent que mes parents m'avaient donnée pour mes dix-huit ans. Elle n'était même pas ternie, mais la pile était morte. Le collier offert par Ryan, un onyx noir, son lacet de cuir usé à force d'être porté. Je l'ai soupesé machinalement, emportée par mes souvenirs, puis je l'ai glissé dans l'enveloppe. Le seul objet qui me restait de lui.

— C'est tout, a conclu le gardien en me tendant un stylo.

J'ai signé les derniers papiers et déposé le tout dans le carton.

— Tu as des vêtements pour aujourd'hui ?

— Ceux que j'ai sur moi.

Le gardien a regardé mon jean et mon T-shirt. Les familles de certains détenus leur font parvenir des fringues en prévision du jour de leur sortie. Personne ne m'avait rien envoyé.

— Tu n'as qu'à attendre dans le parloir qu'on vienne te chercher. Il y a un téléphone si tu as besoin d'appeler quelqu'un.

*

J'ai posé mon carton par terre et je me suis installée sur un banc en attendant l'arrivée de Linda, la visiteuse de prison censée me conduire jusqu'au ferry qui me ramènerait dans l'île de Vancouver. Je devais rejoindre le centre de réinsertion de Victoria avant 17 heures. Linda était sympa. La quarantaine, elle travaillait dans une association de défense des détenus. Je la connaissais déjà, elle m'avait accompagnée dans l'île à plusieurs reprises lors des permissions de sortie qu'on m'avait accordées.

J'avais faim, n'ayant rien mangé ce matin-là à cause du stress. Margaret, une copine, m'avait forcée à avaler un bol de porridge qui me restait sur l'estomac. Linda accepterait peut-être de nous arrêter quelque part. Je rêvais d'un Big Mac avec des frites brûlantes et bien salées, éventuellement d'un milk-shake. Cette pensée m'a rappelé mes virées sur la plage avec Ryan, munis de hamburgers. Je me suis empressée de tout oublier en m'intéressant à la nouvelle qui venait d'arriver en compagnie d'un gardien. Une gamine toute jeune, très pâle, aux longs cheveux bruns en bataille comme si elle n'avait pas dormi de la nuit. Elle transpirait la peur par tous les pores de sa peau. Nos regards se sont croisés, elle a examiné mes cheveux, les tatouages que je portais sur le biceps. Une barre verticale pour chaque année passée derrière les barreaux, jusqu'à dessiner un bracelet ininterrompu tout autour du bras.

Le gardien a tiré la fille par le poignet en direction du greffe.

Je me suis caressé le crâne. J'avais les cheveux courts, avec une crête façon Mohawk, mais ils étaient restés noirs. J'ai fermé les yeux, pressée par le souvenir de mes années de lycée. À l'époque, mes cheveux me tombaient jusqu'au milieu du dos. Ryan adorait y plonger les mains. Je les ai coupés en prison le jour où j'ai cru voir dans la glace les cheveux de Nicole tout gluants de sang, cette nuit où j'avais serré dans mes bras son corps sans vie.

Une voix joyeuse a interrompu le cours de mes pensées.

— Alors, Tonie ? Prête pour le grand saut ?

Linda.

— C'est rien de le dire.

Elle s'est baissée pour ramasser mon carton avec un petit grognement. Linda était à peine plus grande que moi. Je fais pourtant figure de demi-portion avec mon mètre cinquante-deux. Margaret disait tout le temps qu'un pet de souris suffirait à me renverser. Contrairement à moi, Linda était aussi large que haute, avec des dreads, de longues robes à fleurs et des Birkenstock. Je l'ai suivie jusqu'à sa voiture en l'écoutant me parler de la circulation.

— Il n'y avait personne sur la route jusqu'à Horseshoe Bay, on devrait bien rouler. On sera là-bas vers midi.

Elle a démarré et j'ai regardé la prison s'éloigner derrière nous. Linda a ouvert sa vitre.

— Ouhhhh ! Il fait une de ces chaleurs, aujourd'hui. L'été est en train d'arriver sans crier gare.

J'ai compté machinalement les barres tatouées autour de mes biceps en repensant à cet été-là. J'avais tout juste dix-huit ans quand on nous a arrêtés, Ryan et moi, pour le meurtre de ma sœur.

J'ai serré les doigts autour de mon bras. À trente-quatre ans, j'avais passé près de la moitié de ma vie derrière les barreaux pour un crime dont j'étais innocente.

Pas le genre de truc qu'on oublie facilement.

# 2

## Lycée de Campbell River

*janvier 1996*

J'ai séché le dernier cours pour retrouver Ryan sur le parking derrière le bahut, le lieu de rendez-vous de prédilection des ados qui avaient l'habitude de s'amuser le week-end. En dehors de la cafétéria, c'était le seul endroit où on pouvait fumer. Les riverains n'aimaient pas vraiment nous voir traîner là, mais ils ne nous emmerdaient pas trop tant que personne ne faisait vrombir son moteur ou ne mettait son autoradio à fond. De temps à autre, les flics venaient s'assurer qu'on ne picolait pas ou qu'on ne fumait pas d'herbe.

Woodridge High était un vieux bâtiment en mal de ravalement. Les murs, d'un bleu délavé, étaient couverts de graffitis que le concierge s'évertuait à effacer régulièrement. L'établissement comptait cinq cents élèves, de la quatrième à la terminale. On était à peu près cent vingt dans mon année, dont 99 % de gamins dont je me fichais royalement.

On était seulement quelques-uns ce jour-là, agglutinés autour de nos voitures. Les filles, toutes très maquillées, avec des cheveux longs, des franges crêpées, et le blouson de leur petit copain sur le dos. Les mecs avec des coupes à la Kurt Cobain, le capot de leur pick-up relevé, à discuter carburateur et moteur Hemi. On était pour la plupart habillés à la mode grunge, chemises en flanelle, jeans déchirés et pulls troués de couleur sombre.

Ryan discutait avec deux de ses potes. Il a souri en m'apercevant et m'a tendu un joint.

— Salut, ma chérie.

Je lui ai rendu son sourire en tirant une taffe.

— Salut.

Je sortais avec Ryan depuis le mois de juillet précédent. On s'était connus à la gravière, le lieu de prédilection des amateurs de 4 x 4 le week-end. Il avait un super pick-up Chevy sur lequel il passait des heures. Je l'avais toujours trouvé mignon avec ses cheveux bruns hirsutes et son grand front. Des yeux d'un marron presque noir, de grands cils, un sourire à tomber qui remontait d'un seul côté, et une façon super sexy de vous regarder en douce de sous sa casquette de base-ball. Il avait une copine à l'époque, une blonde. Quand ils se sont séparés, il n'a montré aucun empressement à lui trouver une remplaçante, il donnait l'impression d'être mieux avec ses potes. Il avait une réputation de dur, ce que je trouvais craquant. Ryan n'était pas du style à se battre pour rien, mais il suffisait qu'on le cherche ou qu'on dise du mal de son père, qui enchaînait les séjours en taule depuis que Ryan était tout gamin, pour qu'il s'énerve. Quand on n'était pas ensemble, il traînait avec sa bande, ou bien il allait à la pêche.

Il faut bien reconnaître que le champ des activités n'était pas très large à l'époque. Campbell River est un trou perdu sur la côte nord de l'île de Vancouver. J'y ai passé toute mon enfance, alors que les parents de Ryan y vivaient seulement depuis deux ou trois ans. Tout le monde à Campbell River vivait du bûcheronnage, de l'usine de pâte à papier, des mines, ou alors de la pêche. Ryan bossait quelques heures par semaine pour un commerçant du marché. Au début, je m'arrangeais régulièrement pour passer par là, l'air de rien, dans l'espoir d'attirer son attention. Mais comme il était constamment occupé avec les clients, j'avais fini par renoncer.

Un soir de l'été précédent, je me trouvais à la gravière avec des copines, on fumait tranquillement un joint, quand Ryan s'est approché et m'a demandé comment se passaient mes vacances. Je l'ai joué cool, comme si de rien n'était, mais j'avais le cœur qui battait à cent à l'heure. Il m'a proposé d'aller nous balader dans son pick-up.

Il s'est lancé à l'assaut des tas de gravier dans un grand nuage de boue. Le rugissement du moteur couvrait son autoradio, *Back in Black* d'AC/DC. Voyant que je riais comme une folle, tout excitée, il m'a dit que j'étais charmante. Ensuite, on a partagé une bouteille de Southern Comfort près du feu. Je sentais la chaleur de son bras dans mon dos, on a discuté de nos familles respectives, je lui ai expliqué que je me prenais tout le temps la tête avec ma mère, il m'a parlé de ses problèmes avec son père. On ne s'est plus quittés, après ce soir-là.

J'ai tiré une autre taffe. Adossé à son pick-up, Ryan me regardait, un sourire nonchalant aux lèvres, un œil fermé, des mèches en bataille dépassant de sa casquette. Ses potes étaient partis. On était tout début janvier, il faisait froid mais il ne portait pas de manteau, rien qu'un gros pull marron qui accentuait la couleur chocolat de ses yeux. Il a glissé les mains dans les poches de mon jean en m'attirant contre lui. Il avait un corps musclé et des abdos en béton à cause de son boulot. Comme il fait plus d'un mètre quatre-vingts, je devais me hisser sur la pointe des pieds pour l'embrasser. On s'est roulé une longue pelle qui sentait le tabac, son menton pas rasé tout contre le mien. Le temps de reprendre notre souffle, j'ai enfoui mon visage dans le creux de son cou pour renifler son odeur de mec. J'aurais voulu que l'instant se fige à jamais, j'avais mal partout rien que d'y penser.

Il m'a murmuré :

— Tu crois que tu pourras venir ce soir ?

J'ai souri, serrée contre lui.

— Peut-être.

J'avais beau avoir dix-huit ans depuis fin décembre, je devais rentrer à une heure précise les soirs de semaine. Mes parents se montraient un peu plus coulants le week-end, à condition de les appeler régulièrement pour les rassurer quand je sortais, mais il n'était pas question de découcher, à moins de dormir chez une copine. Ma mère en faisait tout un fromage si j'étais en retard d'une minute. Je m'efforçais pourtant de passer le plus de temps possible avec Ryan. On partait en virée dans son pick-up, ou bien on se retrouvait dans le sous-sol de ses parents, n'importe où pourvu qu'on soit tranquilles.

On sortait ensemble depuis quelques mois quand on a franchi le pas. Ryan était mon premier. Son père passait la soirée dans un bar quelconque et sa mère, qui était infirmière, travaillait de nuit à l'hôpital. On a fumé un joint avant de se glisser dans son lit avec un disque de Nirvana en fond sonore et des bougies dont l'odeur sucrée se mélangeait à celle de l'herbe. J'étais super excitée, la tête embrumée par l'herbe, nos poitrines chaudes collées l'une contre l'autre. On a timidement retiré le reste de nos fringues sous les couvertures.

Il a collé sa bouche contre mon oreille.

— Tu veux que j'arrête ?

J'ai répondu non, hypnotisée, en me demandant comment un mec pouvait être aussi sexy. Sa façon de parler, sa voix, la douceur de ses lèvres, ses yeux marron foncé. Je me sentais belle, moi aussi. J'avais le sentiment d'être une femme à la manière dont il me dévorait des yeux, comme s'il n'arrivait pas à croire à ma présence, là, dans son lit. Je ne me sentais pas très à l'aise, et puis mon corps a pris le dessus quand je me suis agrippée à lui. Il a laissé échapper un gémissement dans ma bouche et j'ai retenu mon souffle, le temps d'étouffer la douleur. Nos regards se sont mêlés, je l'ai senti s'enfoncer dans mon ventre en sachant qu'il serait le seul garçon que je laisserais jamais me pénétrer.

Il s'est montré très doux ensuite. Il voulait savoir comment je me sentais, il m'a apporté une serviette-éponge et un verre d'eau. J'ai posé la tête sur sa poitrine et on est restés serrés l'un contre l'autre. Mes doigts ont parcouru ses côtes, un léger film de transpiration faisait briller sa peau à la lueur des bougies, j'ai posé mes lèvres sur la cicatrice qui date du jour où son père l'a poussé hors de son pick-up. Et puis il m'a dit d'une voix toute timide :

— Je t'aime, Tonie.

Un éclat de rire a interrompu le cours de mes pensées. En tournant la tête, j'ai vu Shauna McKinney et ses copines assises sur le plateau de l'un des pick-up. Je détestais les voir en bande. Kim, Rachel et Cathy n'étaient pas aussi mauvaises que Shauna, mais c'étaient de vraies salopes dès qu'elles se retrouvaient en groupe, le genre de filles qui se moquent de tout, surtout des autres. Shauna était plutôt jolie fille avec ses longs cheveux bruns et ses grands yeux bleus. Elle avait un corps incroyablement musclé, avec tout le sport qu'elle pratiquait.

Elle exhibait toujours les derniers gadgets à la mode ou les plus belles fringues. Elle a été la première de la classe à rouler dans une vraie voiture, une Sprint blanche offerte par son père. Elle débordait d'assurance et n'avait peur de personne. C'était une fille intelligente, elle accumulait les bonnes notes, mais toutes les autres la prenaient pour une rebelle au prétexte qu'elle se foutait des profs dans leur dos.

La plupart des filles de la classe avaient la trouille d'elle, les autres s'efforçaient de s'attirer ses bonnes grâces, ce qui revient au même, quand on y réfléchit. Rachel Banks lui servait de faire-valoir. Rachel était ronde quand on était gamines et tout le monde l'a toujours chambrée à cause de ça, même quand elle a perdu du poids au lycée. Il a suffi qu'elle traîne avec Shauna pour que les autres arrêtent de s'en prendre à elle. Elle mettait ses formes en valeur dans des robes de minette, avec des collants, ou alors des minijupes écossaises avec des chaussettes montant jusqu'aux genoux.

Kim Gunderson faisait de la danse classique. Elle était toute petite, le même gabarit que moi. Elle s'habillait le plus souvent en noir, portait des leggings avec des pulls trop grands et des bottes géniales. Elle parlait surtout comme une mitraillette. Le bruit courait qu'elle était lesbienne, mais personne n'en savait rien.

Cathy Schaeffer était presque aussi jolie que Shauna. De longs cheveux d'un blond quasi blanc, des yeux vert clair, et du monde au balcon. Elle était à la fois drôle et cinglée, et multipliait les trucs zarbis quand on faisait la fête. C'était une fumeuse de beuh, d'où sa présence et celle des autres sur le parking.

Je les connaissais toutes depuis toujours, j'avais même été copine avec Shauna à un moment. Quand on avait douze ou treize ans, on s'amusait à appeler des filles pour leur donner rendez-vous, avant de décommander juste avant l'heure du rencart en leur disant qu'on ne voulait plus d'elles. Ou alors on se cassait exprès avant que la fille arrive. Shauna avait le don d'imiter les voix. Elle téléphonait à des garçons en se faisant passer pour une autre et leur expliquait qu'elle en pinçait pour eux.

Quand j'ai dit à Shauna que ça ne m'amusait plus, elle m'a fait la gueule pendant une semaine. J'étais malheureuse comme les pierres, surtout quand je la voyais passer dans les couloirs avec les autres sans un regard pour moi, en faisant des messes basses ou en levant les yeux au ciel. Jusqu'au jour où, après les cours, elle est venue me trouver pour me dire que je lui manquais. J'éprouvais un tel soulagement que je lui ai pardonné sa façon de se foutre des autres.

Le père de Shauna, Frank McKinney, était flic. Tout le monde le connaissait. C'est lui qui entraînait les équipes de base-ball et de hockey, ce genre de trucs. McKinney, comme on l'appelait, voyait rarement sa fille quand on était gamines, il passait son temps au commissariat. Shauna avait perdu sa mère dans un accident de la route à l'âge de cinq ans, elle était élevée par une grand-mère un peu bizarre : pour les fêtes d'anniversaire de Shauna, elle se contentait de poser des hot-dogs et des bols de chips sur la table, mettait une cassette vidéo dans le magnétoscope et s'enfermait dans une autre pièce pendant des heures. Frank McKinney et sa femme devaient avoir dix-huit ans quand ils avaient eu Shauna. Lui était costaud sans être gras, un grand mec tout en muscles, très sûr de lui, avec une démarche chaloupée. Il avait une moustache à la Tom Selleck, une voix grave, des lunettes noires, et mâchait bruyamment du chewing-gum en permanence. Tout chez lui trahissait le flic, même quand il était en civil, à cause de son débit haché, de sa façon de parler par monosyllabes et d'abuser des acronymes. Il prenait son boulot très au sérieux, l'uniforme toujours impeccable, les chaussures comme des miroirs, une voiture de patrouille immaculée.

J'ai souvent pensé qu'il devait se sentir seul quand je le voyais lire dans la cuisine ou regarder les infos à la télé. Je ne pense pas qu'il sortait souvent avec des filles, les rares fois où je lui ai connu une petite amie, ça n'a jamais duré longtemps. On plaignait Shauna d'avoir perdu sa mère, et je sais qu'elle en souffrait à la manière dont elle discutait avec les mères des autres quand elle venait chez nous. Elle se montrait toujours polie et gentille, elle aidait à débarrasser la table, faisait tout pour qu'on l'aime.

Contrairement à la plupart des autres ados, je n'ai jamais eu peur de McKinney. Je ne sais pas vraiment pourquoi, mais il me faisait pitié. Je l'imaginais assis dans la cuisine pendant des heures avec un journal ou un bouquin devant une tasse de café, les yeux tournés vers la fenêtre, attendant impatiemment le moment de retourner patrouiller au volant de sa voiture de service. On aurait dit que sa maison lui pesait.

*

À notre entrée au lycée, je commençais à en avoir ma claque de la façon dont Shauna nous montait les unes contre les autres en colportant des rumeurs, en laissant l'une ou l'autre sur la touche quand on organisait une fête, en disant des vacheries sur nos vêtements et nos coupes de cheveux avant d'ajouter : « Je déconne ! » Le lendemain, elle vous jurait son amitié éternelle en vous offrant une jolie fringue, un bijou ou un CD, ce qui attisait la jalousie des autres. Pas une semaine ne s'écoulait sans une scène ou un malaise entre nous. J'en avais aussi assez de ne pas pouvoir porter un jean ou un T-shirt parce que Shauna avait décrété qu'on devait toutes se mettre en jupe et chemisier.

Un jour, on était en seconde, je lui ai expliqué que j'étais amoureuse d'un garçon qui s'appelait Jason Leroy. Elle m'a promis son aide. Elle a organisé une fête d'anniversaire chez elle et y a invité plusieurs garçons. Comme son père travaillait, sa grand-mère était censée veiller sur nous, mais elle est rapidement retournée à sa télé avec un verre d'un alcool quelconque en nous recommandant de bien nous amuser. Shauna m'a expliqué que Jason me trouvait mignonne, mais qu'il était branché par les « vraies femmes ». Elle m'a mise au défi de lui tailler une pipe en m'affirmant que toutes les filles étaient passées par là un jour ou l'autre. J'étais sur des charbons ardents en arrivant à la fête, mais Jason multipliait les sourires à mon intention et il a fini par me demander de l'accompagner dans une des chambres. On a commencé par s'embrasser, et puis il m'a fait comprendre qu'il avait envie d'une gâterie. Voyant que j'étais réticente, il m'a précisé que Shauna lui avait promis que je serais d'accord, qu'il avait accepté de venir avec ses potes à cette seule condition. En cas de refus, il me menaçait de raconter à tout le monde qu'on avait organisé un truc à trois avec Shauna.

La fête terminée, j'ai tout dit à Shauna et elle s'est mise en colère. Elle a aussitôt appelé Jason et lui a expliqué que si jamais il laissait filtrer ce genre de ragot, elle dirait à la terre entière qu'il avait un petit pénis. Jason n'a plus jamais fait parler de lui, mais plus tard le même soir Shauna m'a avoué en riant sous cape que jamais aucune d'elles n'avait taillé de pipe à un garçon, que j'étais la première.

J'en ai beaucoup voulu à Shauna avant de lui pardonner parce qu'elle avait pris ma défense. D'une certaine façon, je n'étais pas mécontente d'être devenue la plus affranchie du groupe. Un mois plus tard, Shauna s'est entichée de Brody, un garçon qui était dans ma classe de menuiserie. On restait souvent après les cours pour bosser sur le projet qu'on nous avait donné, jusqu'au jour où Shauna est passée dans le couloir et nous a surpris en train de rire. J'avais beau n'avoir aucune vue sur Brody, le mal était fait. En sortant du lycée, j'ai constaté que les filles me snobaient. Quand j'ai demandé à Shauna de s'expliquer, elle m'a reproché d'avoir flirté avec Brody.

— C'est faux ! En plus, je ne le trouve même pas mignon.

— Tu rigoles ? Il est craquant, même que tu en pinces pour lui depuis des semaines.

Les filles, qui assistaient à la discussion, me jetaient toutes un regard mauvais.

J'avais compris son cinéma. Elle voulait que je commence par m'excuser avant de me mettre en quarantaine jusqu'à ce qu'elles me pardonnent. Sauf que j'en avais ras le bol de Shauna, de toutes ses simagrées et de son autoritarisme.

— Va te faire foutre, Shauna. Crois ce que tu veux, mais c'est pas ma faute si Brody se fiche de toi. Figure-toi que tous les mecs te trouvent pas irrésistible.

Et je l'ai plantée là, sous le choc. Des murmures furieux se sont élevés dans mon dos.

Je me doutais qu'elle chercherait à se venger, et j'ai vraiment compris mon malheur le lendemain en arrivant au lycée. Shauna avait passé sa soirée à raconter à tout le monde que la nature m'avait dotée d'un pénis et que j'avais cherché à la draguer. Dans le même temps, elle a dit à tous les intéressés ce que j'avais pu déblatérer sur leur compte, alors qu'il s'agissait essentiellement de ses propres médisances. Son entreprise de sape terminée, je me suis retrouvée isolée pendant des mois, en proie aux regards noirs et aux chuchotements de tous. J'avais tellement honte que je n'ai rien dit chez moi, même quand ma mère s'est étonnée que mes copines ne téléphonent plus jamais. Nicole était plus jeune, mais elle fréquentait le même lycée. Elle s'est bien doutée qu'il s'était passé un truc, elle m'a posé toutes sortes de questions, mais je n'ai pas voulu y répondre. Ma sœur était pourtant la seule à continuer à me parler, et sans elle ma vie aurait été un enfer.

Jusqu'au jour où j'ai baissé mon short dans les douches à la fin d'un cours de sport en leur demandant de regarder. Amy, une des filles, a trouvé ma réaction trop drôle. Une fille sympa, un peu garçon manqué comme moi. Depuis que Shauna me snobait, je m'habillais comme ça me chantait. Un pantalon de treillis avec un T-shirt noir moulant, un jean délavé avec des rangers et une chemise de travail de mon père. Le lendemain, à la cantine, Amy a posé son plateau à côté du mien et m'a déclaré :

— J'ai toujours aimé les filles avec un pénis.

On est devenues très copines toutes les deux, même si j'avais du mal à accorder ma confiance aux filles depuis ma mésaventure avec Shauna. Je me sentais mieux en compagnie des garçons.

Après ça, Shauna a jeté son dévolu sur d'autres proies. Elle est devenue copine avec Cathy, Kim et Rachel qui sont instantanément montées en grade dans l'échelle sociale du bahut, et elle m'a foutu la paix pendant des années. Il lui arrivait même de se montrer vaguement sympa avec moi, elle me disait salut ou bien m'adressait un sourire en passant. Jusqu'à ce que je sorte avec Ryan. J'ai su par la suite que Shauna traînait à la gravière tous les week-ends dans l'espoir de l'alpaguer. Il l'avait reconduite chez elle un soir où elle était sérieusement bourrée, sans que rien se passe entre eux, malgré les efforts de Shauna. Le week-end suivant, je sortais avec Ryan. Depuis, elle me détestait encore plus qu'à l'époque de l'histoire de Brody.

J'avais rarement croisé la route de Frank McKinney après ma brouille avec Shauna. Il nous a chopés, Ryan et moi, un soir au bord du lac, mais nous a laissés repartir après nous avoir obligés à vider nos bouteilles par terre. Le même été, Ryan s'est fait prendre en train de siphonner du gazole dans le réservoir d'un camion forestier. McKinney ne lui a pas donné d'amende, il s'est contenté de lui organiser une petite visite de la prison municipale en lui disant qu'il l'avait à l'œil. Et ce n'était pas une menace en l'air.

Je suis persuadée que McKinney n'avait aucune idée de la façon dont Shauna occupait son temps libre depuis la mort de sa grand-mère. Il devait s'imaginer qu'elle étudiait sagement à la maison. Elle en faisait assez pour avoir des notes correctes, ce qui lui était facile, à ma grande frustration, et passait le plus clair de son temps avec ses copines à s'amuser.

Les filles, perchées à l'arrière du pick-up, m'observaient en pouffant entre deux chuchotements.

Je me suis blottie contre Ryan en attirant sa bouche contre la mienne, le temps d'un baiser interminable. Il a posé ses mains sur mes fesses. Ma bouche, écrasée contre la sienne, souriait à l'idée que Shauna ne perdait rien de notre manège.

Quand j'ai relevé la tête, Shauna et les filles avaient disparu.

*

Le lendemain après les cours, j'attendais Ryan sur le parking, une cigarette aux lèvres, quand une voiture a failli me renverser en s'arrêtant à ma hauteur. Shauna dans sa Sprint blanche.

— Salut, petite salope.

Cathy et Kim se sont extraites de la banquette arrière

tandis que Rachel, installée sur le siège avant, sortait à son tour. Elles m'ont entourée.

— Vous avez un problème ?

— Le problème, c'est toi, a rétorqué Shauna.

J'ai dévisagé les autres en les voyant éclater de rire. Rachel affichait une mine mauvaise et Cathy souriait bêtement, comme à son habitude. Super. Une bande de chattes en furie prêtes à me déchirer avec leurs griffes. J'ai tenté de me défendre.

— Je ne vous ai rien fait. C'est pas ma faute si Ryan n'aime pas les poufiasses.

Shauna s'est approchée. Son parfum, un truc fruité au goût de mandarine, m'a effleuré les narines.

— Tu devrais faire gaffe à ce que tu dis

— Tu crois peut-être que tu me fais peur ?

Elle m'a poussée contre le pick-up.

Je l'ai poussée à mon tour, brutalement, après avoir lâché ma cigarette. L'instant d'après, on se battait comme des chiffonnières. La bagarre a instantanément attiré une nuée d'élèves qui se sont mis à hurler. Les copines de Shauna criaient à tue-tête.

— Casse-lui la gueule !

Shauna, plus grande que moi, avait l'avantage, mais j'ai réussi à me dégager. J'allais lui envoyer mon poing dans la figure quand je me suis sentie soulevée par un bras.

— Arrête, m'a murmuré Ryan dans le creux de l'oreille.

Il m'a reposée par terre, écumante de rage, les cheveux en bataille. Un autre type s'était chargé de Shauna, dont les copines m'abreuvaient d'injures. Ryan a jeté mon sac sur le plateau du pick-up et m'a obligée à monter dans la cabine.

Il a mis le contact et enclenché la marche arrière, mais Shauna lui bloquait le passage, debout à côté de sa voiture.

— De quoi tu te mêles ? Tonie est assez grande pour se battre toute seule !

Il a passé la tête par la vitre.

— Ta gueule, Shauna.

Elle lui a répondu par un doigt d'honneur.

*

On est retournés chez Ryan. Sa mère était encore de soir à l'hôpital et son père – Gary, comme il voulait que je l'appelle – regardait la télé avec des yeux flous.

Il a vaguement levé la tête en nous voyant arriver.

— Apporte-moi une autre bière, Ry.

Ryan s'est exécuté.

— On va dans ma chambre, papa.

Gary lui a adressé un clin d'œil.

— Amusez-vous bien.

J'ai grimacé intérieurement, tout en appréciant le fait qu'il nous fiche la paix. Non que le père de Ryan ait été du genre interventionniste. Chaque fois que Gary avait été arrêté, soit il s'était battu dans un bar, soit il avait piqué un truc sous l'emprise de l'alcool. Ryan disait toujours que son père n'avait pas les doigts lestes, qu'ils étaient juste nourris au bourbon. Gary pouvait s'en prendre à Ryan quand il était vraiment bourré. Ils en étaient venus aux mains à plusieurs reprises au cours des mois précédents. À mesure que Ryan grandissait, son père éprouvait le besoin croissant de lui montrer qui était le plus fort. Gary travaillait comme bûcheron, un boulot saisonnier, ce qui n'empêchait pas Ryan d'être le seul à aider sa mère à la maison. Je ne sais pas pourquoi Beth, sa mère, n'avait jamais quitté son mari. C'était apparemment une femme gentille et très attentive avec son fils, alors qu'elle travaillait tout le temps. Elle lui passait constamment la main dans les cheveux, ne manquait jamais de lui demander s'il avait assez mangé, s'il avait besoin d'argent. On voyait tout de suite qu'elle adorait son fils à la façon dont elle riait de ses plaisanteries en posant sur lui des yeux remplis de fierté.

Ryan m'a entraînée dans sa chambre et je me suis jetée sur son lit pendant qu'il allumait son Ghetto-Blaster.

— Tu as tort de te laisser embringuer dans ce genre de truc par Shauna.

— C'est elle qui a commencé.

En chemin, je lui avais raconté comment la bagarre avait éclaté.

— Et alors ? Laisse-la dire.

— Parce que toi, tu es du style à laisser dire ceux qui t'emmerdent ?

— C'est différent chez les mecs. Avec nous, il suffit généralement de casser la gueule à l'autre pour qu'il s'écrase, alors que Shauna s'amuse à te foutre en pétard. Elle prend son pied quand tu réagis comme ça. Si tu veux vraiment l'énerver, ignore-la.

J'ai longuement regardé le plafond en réfléchissant à ses conseils. C'est vrai que Shauna jubilait quand je m'énervais.

— T'as peut-être raison. Elle va se lasser.

Il s'est laissé tomber à côté de moi, a tourné sa casquette vers l'arrière avec un sourire malin et m'a embrassée dans le cou. Il a hissé son corps sur le mien et j'ai senti ses mains rêches se glisser sous ma chemise. Toute frissonnante, j'aurais voulu me réfugier à l'intérieur de son ventre et je me suis laissé emporter par les battements sourds du heavy metal, ses caresses, sa bouche tiède. Pas question que Shauna gagne la partie en m'obligeant à penser à elle. Restait à savoir si elle finirait par me laisser tranquille.

# 3

## Pénitencier de Rockland, Vancouver

*mars 1998*

La camionnette dans laquelle s'effectuait mon transfert s'est immobilisée devant l'entrée de la prison. J'étais enfermée à l'arrière comme un animal en cage, poignets et chevilles entravés. Les portes se sont ouvertes, les gardiens m'ont fait descendre en me prenant sans ménagement par les bras et je me suis avancée à petits pas en scrutant la façade du bâtiment, littéralement terrorisée. Un complexe de béton gris, aux différentes unités marbrées de coulures qui suintaient le long des murs telles des larmes géantes. Un grillage de quatre mètres de hauteur, surmonté de barbelés, entourait le pénitencier. Des gardiens armés de mitraillettes étaient postés dans des miradors.

Quinze ans. Ces deux mots résonnaient à l'infini dans ma tête sans que je puisse leur donner un sens. J'étais incapable de mesurer leur réalité temporelle. Au moment où le juge avait prononcé la sentence, mettant un terme à toute forme d'espoir, un ressort s'était cassé au plus profond de moi. Je m'étais brusquement sentie loin de tout, spectatrice d'un film irréel. Dans l'avion qui m'emmenait à Vancouver, je m'étais souvenue de nos projets de voyage à travers le monde, avec Ryan. Les rêves que nous faisions dans la cabine de son pick-up me paraissaient tellement loin. On ne pensait qu'à s'échapper de Campbell River à ce moment-là, et voilà que j'aurais donné n'importe quoi pour y retourner, même en sachant que je serais obligée d'y finir mes jours.

Je n'entendais même pas les paroles des gardiens, si bien qu'ils ont dû les répéter. J'avais les yeux rivés sur mes jambes enchaînées quand ils m'ont poussée à l'intérieur. Je traînais machinalement les pieds, sans m'inquiéter de mes chevilles et de mes poignets meurtris. Je n'entendais que le grondement rauque de mon cœur et les mots « quinze ans ».

On m'a photographiée avant de me tendre un badge d'identité, puis le gardien chargé de remplir des papiers m'a posé toutes sortes de questions.

— Vous est-il déjà arrivé de vouloir vous faire du mal ? Suivez-vous un traitement médical ?

Je répondais systématiquement « non » sans prêter attention aux questions, l'esprit ailleurs. On m'a conduite dans la pièce voisine où deux gardiennes m'ont demandé de me déshabiller. Comme je les regardais d'un air hébété, la plus antipathique des deux, une fille avec une coupe de cheveux horrible, s'est énervée :

— Déshabille-toi !

Je connaissais pourtant le rituel, pour avoir essuyé les plâtres dans un centre de détention en attendant que le juge fixe le montant de ma caution. J'avais pleuré comme un bébé ce jour-là, humiliée par les ordres qu'on me hurlait : Relève les cheveux, tire la langue, soulève tes seins, penche-toi en avant et tousse. Cette fois, le dégoût et l'ennui que je lisais sur le visage de la gardienne m'ont fait l'effet d'un électrochoc et la réalité s'est progressivement imposée à moi. Je ne reverrais jamais ma sœur et j'allais croupir en prison. J'ai aussitôt éprouvé le besoin de me raccrocher à un sentiment quelconque. Seule la rage m'habitait. Une rage lourde, épaisse, brûlante, que j'ai brusquement sentie envahir mes veines.

Je me suis déshabillée. J'ai écarté les fesses. J'ai toussé. Et je me suis appliquée à les haïr tous. Ceux qui me croyaient coupable, ceux qui avaient assisté à mon procès en simples spectateurs, ceux qui avaient menti à la barre des témoins. Et je haïssais plus que tout l'assassin de ma sœur, celui qui l'avait ravie aux siens en lui ôtant toute chance de grandir et de se construire un avenir. Alors, je me suis blottie dans ma haine comme s'il s'agissait d'une couverture de survie. Je ne comptais laisser personne partager ma rage. Personne ne pourrait jamais plus m'atteindre.

*

Après une douche antipoux, on m'a donné mes nouveaux vêtements : quatre pantalons de jogging, quatre soutiens-gorge de sport, quatre culottes, quatre T-shirts gris, deux sweats, et une paire de chaussures de sport. On m'a également tendu des draps, ainsi qu'un sachet contenant des effets de toilette. Il était tard et les autres détenues se trouvaient déjà en cellule. On m'a entraînée dans un couloir glacial parcouru de courants d'air, au sol peint d'un gris métallique terne.

Il y flottait une odeur de mort, humide et rance. Les nerfs à vif, j'avançais tête baissée sans un regard pour les cellules devant lesquelles je passais. J'entendais pourtant les murmures de curiosité des filles, je sentais leurs yeux sur ma nuque.

J'ai ressenti un violent pincement au cœur en pensant à Ryan, aux horreurs qu'il allait devoir affronter. Lui aussi était enfermé à Rockland, mais dans l'unité des hommes, de l'autre côté de la route. Nous avions l'interdiction de nous revoir, même en cas de libération conditionnelle, c'est-à-dire jusqu'à la fin de nos jours. Je ne supportais pas l'idée de passer ma vie sans lui, j'en arrivais à me demander comment j'allais pouvoir survivre. Notre unique espoir était de prouver notre innocence. Mon avocat m'avait expliqué qu'il comptait faire appel du verdict. Nous allions devoir patienter entre trois et six mois avant que soit fixée la date d'un nouveau procès, mais nous avions une chance de nous en tirer. J'ai brièvement retenu mon souffle, histoire de laisser l'espoir prendre le pas sur la haine.

Le gardien s'est arrêté devant une cellule, a glissé une clé dans la serrure, et la grille a coulissé bruyamment.

— Tu es arrivée, Murphy. Ta couchette, c'est celle du haut.

Je suis entrée et la porte s'est refermée dans mon dos tout aussi bruyamment.

J'ai balayé la pièce du regard. Une cellule de trois mètres sur quatre, équipée d'une cuvette de W-C en acier brossé et d'un petit lavabo métallique surmonté d'un miroir. L'un des murs était tapissé de photos scotchées. Une femme toute maigre avec des cheveux noirs et raides, les bras couverts de cicatrices et de tatouages, était allongée sur la couchette du bas, un livre entre les mains. Je n'avais jamais vu une femme avec autant de tatouages. Elle me dévorait des yeux.

— Salut. Je m'appelle Pinky.

— Et moi Tonie.

— C'est toi, la gamine de la télé ? Celle qu'a tué sa sœur ?

J'ai rougi en me souvenant des chaînes de télévision qui faisaient le siège du palais de justice, des micros et des caméras qu'on me brandissait sous le nez.

Les mots sont sortis tout seuls.

— Je suis innocente.

Elle a éclaté d'un rire éraillé de fumeuse.

— Je sais pas si t'es au courant, mais y a que des innocents, ici.

Ignorant la remarque de Pinky, qui riait toujours, j'ai fait mon lit et je me suis hissée sur la couchette du haut. Je me suis roulée en boule en serrant contre mon ventre le sachet contenant mes affaires de toilette, au cas où elle aurait été tentée de le voler. J'étais trop épuisée pour me débarbouiller et me brosser les dents. J'avais surtout trop peur. Alors j'ai fermé les yeux.

J'allais m'endormir quand Pinky a relevé la tête en me saisissant le bras. J'ai voulu me dégager, mais ses pattes blanches et griffues s'agrippaient. Son visage émacié avait tout d'une tête de mort dans la pénombre. J'ai failli crier.

— À ta place, j'éviterais de raconter à tout le monde que je suis innocente, m'a-t-elle soufflé. Tu risques de te faire casser la gueule.

Elle m'a lâchée avant de se replier sur sa couchette. Les yeux rivés au plafond, le cœur battant, je conservais le souvenir de ses doigts sur ma peau. Quelques minutes plus tard, elle ronflait. J'ai mis la tête sous ma maigre couverture afin d'échapper au concert, de tout oublier.

*

Les premiers jours, je me suis repliée sur moi-même en attendant d'avoir compris les règles de l'univers terrifiant dans lequel on m'avait plongée. Mon humeur fluctuait constamment de la dépression à une rage impuissante qui me donnait l'envie de frapper n'importe quoi et de taper n'importe qui. Sans oublier la peur, alimentée par les clins d'œil que me lançaient les autres détenues, ou encore la conscience que j'allais devoir passer des années dans cet endroit.

La prison, vétuste et bruyante, accueillait cent quatre-vingts condamnées soumises à des conditions de sécurité plus ou moins élevées. L'air circulait mal à l'intérieur des bâtiments, les couloirs et les cages d'escalier étaient étriqués et sombres. Tout respirait le froid : les murs, les barreaux des cellules, le sol. L'établissement était divisé en quatre secteurs. Le premier était réservé aux détenues peu dangereuses. L'aile voisine abritait deux secteurs : le A, dans lequel j'étais enfermée, un secteur de moyenne sécurité sur plusieurs niveaux regroupant une soixantaine de cellules, et le B, composé pour moitié d'un quartier à sécurité renforcée, le reste du bâtiment servant d'unité d'isolement.

Hébétée par ce qui m'arrivait, je m'efforçais de tout assimiler. J'ai assisté à un cours d'orientation générale où l'on m'a donné un manuel dans lequel était expliqué le fonctionnement des visites, du téléphone, de la cantine. J'étais censée passer une évaluation dans un délai de trois mois, de façon que le fonctionnaire pénitentiaire chargé de mon dossier puisse déterminer mes besoins et mon degré de dangerosité. Tout le monde se montrait courtois, ferme et professionnel, mais j'avais beau m'appliquer à écouter, une petite voix continuait de hurler dans ma tête : Je n'ai rien à foutre ici. Je n'ai rien fait. L'assassin de Nicole court toujours !

Il n'y avait pas de jours de visite fixes, mais je devais envoyer des formulaires à toutes les personnes que j'autorisais à venir me voir. J'ai également rempli une feuille pour dresser la liste des numéros de téléphone que je serais amenée à appeler. Le coût de l'appel serait facturé à mon correspondant, à condition que je l'appelle en PCV. On m'a précisé que l'approbation de cette liste, ainsi que celle de mes visiteurs, prendrait plusieurs semaines. J'étais libre d'écrire à qui je voulais, y compris à Ryan, tout en sachant que le courrier était soumis à la censure. Et si j'avais droit à des livres, le papier était compté. Chaque cellule était équipée d'un sac dans lequel chaque détenue entreposait ses affaires personnelles. On faisait la queue toutes les semaines pour les objets de toilette, le reste s'achetait à la cantine. J'ai reçu l'autorisation de m'acheter une télé de quinze pouces, un lecteur de CD et quelques fringues, notamment des sous-vêtements, des chaussettes et des jeans réglementaires. En revanche, il était interdit de posséder plus de mille cinq cents dollars d'effets personnels en cellule. Contrevenir au règlement était passible d'une amende ou d'une punition. Les infractions les plus graves étaient synonymes de mise à l'isolement. Il était interdit de pénétrer dans une autre cellule que la sienne, et tout contact physique avec une autre détenue était proscrit. Au début, je me fichais bien d'une telle mesure, je n'aurais touché quelqu'un d'autre pour rien au monde. Il m'a fallu des années pour comprendre à quel point l'absence de contact physique est insupportable.

Pour l'heure, j'essayais de m'adapter au fonctionnement quotidien de la prison, comme à son règlement. Quand les gardiens faisaient courir le faisceau de leur torche dans les cellules tard le soir et tôt le matin, je me réveillais en sursaut, tremblante de froid sous ma couverture, après m'être péniblement endormie d'un sommeil peu réparateur. Le personnel effectuait des rondes et nous comptait toutes les heures à partir de 5 heures du matin. Les filles affectées aux cuisines quittaient leurs cellules les premières pendant qu'on emmenait les autres dans les douches au pas de course. Le petit déjeuner terminé, certaines partaient travailler, d'autres suivaient des cours quand elles ne traînaient pas en cellule ou en salle de détente. Le travail était payé au lance-pierre, de cinq à sept dollars par jour. Dans le quartier de haute sécurité, les détenues qui ne travaillaient pas restaient enfermées en cellule, avec la possibilité de se rendre en salle de détente. Et quand la météo le permettait, on avait le droit de sortir dans la cour après le dîner.

Les détenues étaient fortement invitées à travailler ou à suivre des cours, mais je préférais rester dans ma cellule, à dormir, pleurer, écrire à Ryan sur les quelques feuilles de papier et avec le moignon de crayon qu'on m'avait donnés. N'ayant plus eu de contact avec lui pendant plus d'un an, du meurtre au procès, j'avais désespérément besoin de savoir comment il allait. J'allais devoir attendre l'ouverture de la cantine quelques jours plus tard pour acheter des timbres. En espérant que mon père m'ait envoyé de l'argent. En prison, la moindre démarche prend une éternité.

Au lendemain de mon arrestation, j'avais juré solennellement mon innocence à mes parents. J'avais la conviction que mon père me croyait toujours, mais ce n'était pas le cas de ma mère, surtout depuis la fin du procès. J'avais donc demandé à papa de m'envoyer des photos de Ryan et de ma famille, de Nicole en particulier. Il y avait eu un blanc au téléphone, et puis il avait accepté, d'une voix posée. Maman avait passé des heures à compulser les albums de famille en pleurant, mais j'avais soigneusement veillé à ne pas approcher du portrait de Nicole qui trônait dans la maison. J'avais détesté voir sa photo de lycée s'afficher à la une des journaux et dans les journaux télévisés. Un an et demi après le drame, j'éprouvais néanmoins le besoin d'avoir des photos d'elle, de me souvenir de son sourire et de ses goûts, terrorisée à l'idée qu'elle s'échappe de ma mémoire. D'une certaine façon, j'avais besoin de la garder vivante en moi.

Mon correspondant au sein de l'administration pénitentiaire souhaitait m'inscrire à un programme destiné aux toxicomanes, au prétexte que j'avais fumé le soir du meurtre de Nicole. J'ai refusé en lui assurant que je n'avais pas de problème de drogue. Le fonctionnaire en question était un petit monsieur, à peine plus grand que moi, doté de mains minuscules. J'en arrivais à me demander s'il ne tirait pas une certaine jouissance de son pouvoir sur les détenues, sachant qu'il devait être l'objet de moqueries dans son quotidien hors des murs de la prison.

— Cela fait partie de votre évaluation, m'a-t-il

expliqué. Si vous refusez de vous conformer à mes préconisations, vous resterez confinée dans le même secteur, avec les risques que cela comporte pour votre libération conditionnelle le jour venu.

— Sauf que je suis innocente. Mon avocat a interjeté appel, je sortirai bientôt.

Il s'est contenté de noter ma réponse dans son dossier, l'air impassible.

*

Le soir, j'ai commencé par faire plusieurs fois le tour de la cour en passant à côté des petits groupes de détenues, en croisant les rares filles qui couraient. Un jour, je me suis décidée à imiter ces dernières, concentrée sur la sensation de mes pieds, sur le bruit mat de mes semelles sur le sol, jusqu'à bloquer les pensées qui m'assaillaient en permanence, le désespoir qui n'en finissait plus. J'évitais autant que possible de me dire à quel point Ryan et Nicole me manquaient, de penser à la chambre vide de ma sœur, à ses affaires auxquelles personne n'avait touché. Je n'avais jamais perdu quelqu'un de proche auparavant, pas même un animal domestique, et il me fallait affronter l'idée de la mort, son côté définitif, le sentiment vertigineux que je ne reverrais jamais ma sœur, que je n'entendrais plus jamais le son de sa voix. Qu'elle n'existait plus. Je me débattais avec le concept de paradis, de vie après la mort, je me demandais où elle se trouvait. Je n'arrivais pas à comprendre que quelqu'un puisse disparaître. C'était la première fois que j'étais confrontée à la réalité de la violence, je ne comprenais pas que quelqu'un ait pu réserver à ma sœur un sort aussi atroce, j'imaginais la peur et la souffrance qu'elle avait dû ressentir.

Chaque souvenir me faisait l'effet d'un coup vicieux, le chagrin m'étouffait en m'empêchant de respirer. Alors je courais, encore et encore.

Nous ne nous parlions pas beaucoup, ma codétenue et moi. Le lendemain du soir où Pinky m'avait attrapé le bras, elle m'avait brièvement expliqué le fonctionnement quotidien de la prison. Elle avait brusquement plissé les yeux d'un air roué.

— Tes parents sont censés t'envoyer du fric ? J'ai besoin de deux ou trois trucs à la cantine en attendant que mon vieux me fasse parvenir des sous dans quelques semaines.

— Désolée. Je peux rien t'acheter.

J'ai soutenu son regard. J'étais consciente qu'elle essayait de m'intimider, sans parvenir à dissimuler sa nervosité. Elle lançait des coups d'œil furtifs dans tous les coins, comme si elle craignait d'être entendue alors que le couloir était désert et que les filles de la cellule voisine s'engueulaient vertement. Elle avait probablement calculé son coup de manière à ne pas perdre la face si jamais je refusais.

— Pas de souci, c'est toi qui vois, a-t-elle grommelé avant de se tourner vers sa couchette en ajoutant : En tout cas, veille à ne pas foutre tes affaires en bordel.

Je ne parlais à personne d'autre. Je me mettais dans un coin au moment des repas, concentrée sur mon plateau dans la queue au réfectoire tout en observant les autres à la dérobée. La majorité des filles était d'origine européenne, avec quelques Indiennes et une poignée d'Asiatiques. La plupart étaient hommasses, avaient des cheveux courts, des corps épais, une façon de marcher ou de mettre la main sur leur entrejambe qui me faisait flipper. Quelques dures, probablement des motardes ou des toxicos, m'effrayaient plus que les autres. Surtout, je ne m'attendais pas à trouver là autant de filles d'apparence normale, voire ringardes pour certaines. Beaucoup de grosses avec un teint brouillé et des dents jaunies. Énormément de tatouages, pour certains magnifiques, d'autres passés et mal dessinés. À part quelques filles qui avaient la vingtaine, il y avait très peu de détenues jeunes.

Personne ne faisait attention à moi jusqu'au jour où une femme baraquée avec une longue natte de cheveux gris s'est approchée. La tête et les épaules droites, elle donnait l'impression de chercher la bagarre. Les autres se sont écartées prudemment. Elle s'est assise à côté de moi.

— T'es ici pour meurtre, petite ?

Les nerfs tendus, j'ai examiné ses mains et constaté qu'elle avait un œil tatoué sur chaque articulation. Je me suis demandé si elle faisait partie d'un gang. Je l'ai brièvement regardée avant de détourner les yeux. Je me souvenais de l'avertissement de Pinky, ce qui ne m'a pas empêchée de grommeler :

— C'est pas moi.

Elle m'a enfoncé un doigt entre les côtes. Je suis devenue écarlate. J'ai cherché les gardiens des yeux, mais ils étaient en train de discuter avec d'autres détenues.

— Écoute-moi bien, petite. Je vais t'expliquer la règle du jeu.

En relevant la tête, j'ai vu qu'elle me regardait durement. Elle avait des restes de salive séchée à la commissure des lèvres.

— On se branle de ce que t'as fait à l'extérieur. T'es en taule aujourd'hui. Arrange-toi pour rester propre sur toi, comme dans ta cellule. Si t'as besoin de quoi que ce soit, tu t'adresses à moi, pas aux matons. Ici, c'est moi qui commande.

Elle s'est levée. Je l'ai regardée s'éloigner, avant de détourner les yeux quand j'ai vu qu'elle me lançait un coup d'œil par-dessus son épaule massive. J'ai repoussé mon plateau, le peu d'appétit que j'avais s'était évaporé. Tout le monde se fichait que je sois innocente. À l'extérieur comme en prison.

Ma voisine de table s'est penchée vers moi.

— Tu manges pas ?

J'avais à peine secoué la tête qu'elle raflait mon jus de fruits et mon hamburger. J'ai levé les yeux en sentant un regard peser sur moi.

La femme à la natte grise m'observait de loin.

# 4

# Lycée de Campbell River

*janvier 1996*

Il était tard quand Ryan m'a déposée à la maison, tout le monde avait fini de dîner. Je suis entrée par le garage où j'ai trouvé mon père en train de préparer des appâts. Il m'emmenait tout le temps à la pêche quand j'étais petite. On emportait un pique-nique et on passait la journée dans son canoë. Je l'accompagnais moins souvent depuis que j'étais avec Ryan, ce qui ne m'empêchait pas de continuer à aimer la pêche. Ryan et moi, on avait nos endroits préférés sur la rivière, même si on passait la moitié du temps à s'embrasser. Avant, papa m'emmenait souvent sur les chantiers, j'adorais travailler avec lui. Pour mes cinq ans, il m'a même acheté une trousse à outils et je le suivais comme un petit chien en donnant des coups de marteau partout.

J'avais travaillé pour lui l'été précédent, histoire de rembourser une partie de la voiture offerte par mes parents, une Honda dont ma mère avait hérité à la mort de mes grands-parents. C'était un tas de tôle, mais une fois rafistolée et équipée de pneus neufs, je m'étais dit qu'elle me durerait deux ou trois ans. J'entretenais l'espoir qu'elle soit prête au printemps, ce qui me permettrait de dégoter un vrai travail. C'était chouette de bosser avec papa, même si le boulot était dur. Je m'étais fait des biceps et un ventre sérieusement musclé, ce qui n'était pas pour déplaire à Ryan, mais j'avais envie d'une autre expérience, en dehors de la boîte de mon père.

Papa a levé la tête en me voyant rentrer.

— Bonsoir, ma chérie. Où étais-tu ?

— Chez Ryan.

Il avait les traits tirés et des poches sous les yeux. Il avait récemment accepté un boulot en sous-traitance, il partait tôt le matin pour ne revenir qu'à l'heure du dîner. Il avait les cheveux bruns, comme Nicole et moi, avec une peau mate qui devenait dorée quand il restait cinq minutes au soleil. De visage, on lui ressemblait beaucoup. Maman, la seule blonde de la famille, était toute menue avec des pieds et des mains minuscules, une taille et des épaules étroites. On tenait d'elle de ce point de vue-là. Mais elle avait des bras musclés, j'étais très fière d'avoir une mère aussi jolie. Il lui arrivait de porter des débardeurs pour mettre en valeur ses bras bronzés et la plupart des mecs se retournaient sur elle dans la rue. Papa disait à tout bout de champ : « Pam ressemble à un Rat Terrier. » Dans ces cas-là, maman feignait de lui donner un coup de poing.

Papa non plus n'est pas très grand, il mesure un mètre soixante-quinze, mais il est baraqué, a la nuque et les bras noirs à longueur d'année, des mains râpeuses et une peau au parfum boisé de pin ou de cèdre qui sent bon l'extérieur. Avec ses lunettes, on le prendrait plus facilement pour un prof que pour un professionnel du bâtiment.

— Ta mère n'est pas contente que tu n'aies pas appelé.

Il me regardait par-dessus ses lunettes, l'air sévère.

— Je l'avais prévenue hier que je passerais probablement chez Ryan en sortant du lycée.

— À ta place, j'irais m'excuser.

À ma place, j'aurais surtout aimé qu'elle me lâche de temps en temps, ce qui n'était pas près d'arriver. Mes parents s'engueulaient souvent à mon propos. Maman accusait papa de laxisme. S'il m'arrivait d'avoir des histoires, c'était avant tout parce qu'elle se montrait dure avec moi. Je n'ai jamais compris l'intérêt de me casser le tronc quand tout ce que je faisais était mal. D'autant que je n'avais rien d'une terreur. Je n'aidais pas à la maison autant qu'elle l'aurait aimé et je ne passais pas des heures le nez dans mes bouquins, comme ma sœur, c'est vrai. D'un autre côté, j'avais des notes correctes, sans voir l'utilité d'être la première partout. En plus, maman n'aimait pas que je porte des T-shirts aux noms de groupes de rock, des jeans déchirés et des chemises à carreaux. Elle aimait encore moins ma façon de me maquiller avec du noir autour des yeux. Elle n'arrêtait pas de me le répéter.

— Je sais bien que c'est une manière de t'exprimer, Tonie, mais tu ne te rends pas bien compte de l'image que tu renvoies aux autres. À force de t'habiller comme une clocharde, les gens finiront par avoir peur de toi. Tu t'habillais si joliment, autrefois !

Les fois où Amy passait à la maison, je voyais bien que maman désapprouvait ses rangers et son vernis à ongles noir. Quand Amy repartait, elle me demandait chaque fois d'une voix triste si j'avais revu Shauna.

— Shauna est adorable.

Pire, maman détestait me voir traîner avec Ryan, dont elle disait invariablement qu'il tournerait mal.

Quand j'essayais d'expliquer à mon père que maman ne me lâchait jamais, il bottait en touche :

— Elle s'inquiète pour toi.

C'était faux. Maman m'en voulait de ne pas être à sa botte, comme lui et Nicole.

Papa est un type cool. C'est parfois une qualité, ça me permettait par exemple de lui raconter des trucs sans qu'il se mette à paniquer, mais il déteste toute forme d'affrontement, Il suffisait qu'on s'engueule, maman et moi, pour qu'il quitte la pièce. Maman est dotée d'un tempérament bagarreur, elle ne s'en laisse conter par personne, au point que ça peut être gênant quand elle s'en prend à un vendeur ou à un fournisseur. On s'est toujours pris la tête, toutes les deux, mais c'était nettement moins marqué quand j'étais petite. Elle savait se montrer très drôle, faisait preuve d'une imagination débordante. Elle pouvait nous raconter des histoires pendant des heures. Elle trouvait toujours le moyen d'inventer des activités différentes le week-end. On passait la journée à Victoria où elle nous emmenait visiter l'observatoire marin, ou bien on partait en balade dans l'une des îles du golfe. Il nous arrivait d'aller toutes les deux distribuer des prospectus pour l'entreprise de papa dans les boîtes aux lettres, avant de déjeuner ensemble, de parler des maisons qu'on avait vues en essayant d'imaginer qui pouvait y habiter. J'adorais la voir tout excitée quand elle avait une idée, et me demander mon opinion. Maman est une femme très intelligente, c'était la reine du bon conseil quand on rencontrait un problème, alors que papa se contentait de nous dire que tout finirait par s'arranger.

Sauf que maman n'a pas le sens de la mesure. C'était une vraie mère poule, toujours à s'inquiéter de ce qui pourrait nous arriver. Elle ne m'a jamais fait confiance pour me débrouiller toute seule. Papa attribuait ce travers à son enfance. Ma grand-mère était une grande angoissée, quasiment agoraphobe, et mon grand-père un alcoolique qui disparaissait plusieurs jours d'affilée. Papa disait aussi que maman nous aimait trop. Je voulais bien comprendre, mais j'en avais marre qu'elle me pose des tonnes de questions sur ma journée à l'école, mes copains, comme s'il lui fallait connaître chaque instant de ma vie. Plus encore, j'en avais marre qu'elle cherche à me pousser à agir comme elle.

La situation a empiré avec le temps. Plus maman s'entêtait à vouloir contrôler mon quotidien, plus je me sentais prisonnière, avec l'impression de ne plus pouvoir respirer. Du coup, je faisais le contraire de ce qu'elle voulait. Le plus douloureux, pour moi, était de voir qu'elle ne m'aimait plus comme avant. J'étais devenue un sujet de déception, de honte et de colère pour elle, ça la rendait dingue que je ne sois pas comme elle l'aurait voulu. Je finissais par me demander si elle m'aimait encore.

*

Maman remplissait de la paperasse dans le bureau quand je suis rentrée. Papa est adorable et un excellent professionnel, mais il est nul avec les chiffres, de sorte que maman se charge de tout le côté administratif de sa boîte. Elle avait rassemblé ses cheveux en queue-de-cheval, mais plusieurs mèches s'en échappaient. Sans maquillage, elle aussi paraissait fatiguée, la lumière de sa lampe de bureau accentuait le creux de ses joues. Elle portait un jean et un T-shirt de mon père. Autant elle était capable de s'apprêter pour un dîner en ville, autant elle se sentait à l'aise en bottes sur les chantiers, à discuter avec les gars. Ses sempiternelles remarques sur mes tenues n'en étaient que plus énervantes.

J'allais passer devant le bureau sans un mot, mais elle s'est retournée en entendant mes pas.

— Ravie de te voir rentrer à cette heure. Et merci de m'avoir téléphoné pour me prévenir.

Au-delà de sa mauvaise humeur, elle semblait inquiète et je m'en suis voulu. N'étais-je pas en partie responsable de sa mauvaise mine ?

— J'étais chez Ryan. Je te l'avais dit.

— Tu m'avais prévenue que tu irais peut-être, mais je te saurais gré de prendre le temps de nous avertir. Je ne savais même pas si je devais te préparer à dîner.

— C'est bon, c'est bon.

Je m'éloignais quand elle est sortie du bureau.

— Non, ce n'est pas bon. J'attends des excuses.

Je lui ai balancé un « désolée » par-dessus mon épaule avant d'ajouter entre mes dents :

— Je suis surtout désolée que tu veuilles tout contrôler.

— Qu'est-ce que tu viens de dire ?

Elle a ouvert en grand la porte de ma chambre alors que je retirais mon T-shirt.

— Hé ! Ça te dérangerait que je me déshabille en paix ?

— Tant que tu vivras sous mon toit, Tonie, c'est

moi qui fixerai les règles. On t'a déjà demandé mille fois de nous prévenir quand tu es en retard.

J'ai senti monter la colère. « Mon toit ». Comme si c'était uniquement sa maison et que nous n'avions pas notre mot à dire.

— Je t'ai dit que j'étais désolée. Maintenant, si tu veux bien me laisser tranquille.

— Je ne sais vraiment pas ce qui t'arrive, Tonie.

Elle a croisé les bras sur sa poitrine.

— Tu es encore plus désagréable depuis que tu es avec Ryan.

— Tu t'en prends à moi uniquement parce que tu ne l'aimes pas.

Je n'en pouvais plus que mes parents soient incapables de comprendre à quel point Ryan me faisait du bien. Avec ses économies, il m'avait acheté un collier pour mon anniversaire, une étoile noire en onyx accrochée à un cordon de cuir super joli. Mes parents n'avaient pas lu les lettres adorables qu'il m'avait écrites, sans se soucier d'avoir l'air d'un dur comme la plupart des mecs. On pouvait parler de tout ensemble, de nos espoirs, de nos rêves, même de trucs gênants. Je me sentais normale en présence de Ryan, et même mieux que normale. Tout ce que voyaient mes parents, c'était que son père était un ancien taulard, que Ryan conduisait un gros pick-up bruyant et qu'il écoutait du heavy metal.

— Ryan est le seul élément positif dans ma vie en ce moment.

Ma mère s'est appuyée contre le chambranle de ma porte et a pris sa respiration, prête à me servir un sermon du type « ma fille, c'est pour ton bien ».

— C'est là que le bât blesse, Tonie. Ce garçon ne

devrait pas être le seul élément positif de ta vie. Je sais que tu tiens beaucoup à lui, mais je m'inquiète de te voir négliger tout le reste. Tes amies, par exemple.

— Je les vois toujours, mais elles ont aussi des petits copains. Ryan et moi, on a les mêmes goûts, je ne vois pas pourquoi ça te dérange qu'on passe du temps ensemble. Tu le détestes, c'est tout.

Ryan venait rarement à la maison. Ma mère se montrait polie avec lui, mais je la sentais tendue. C'était tout juste si elle ne comptait pas l'argenterie quand il repartait. Avec papa, il parlait de pêche et de chasse, des trucs de mecs. Un soir où Ryan était resté dîner à la maison, papa m'avait rejointe dans ma chambre.

— Ryan a tout d'un gentil garçon, Tonie, mais je n'en dirais pas autant de son père. Ça m'ennuie que tu passes autant de temps avec ces gens-là. Je te demande d'y réfléchir.

Je suis certaine que maman l'avait envoyé me parler. Du genre « essaie de la ramener à la raison ». Je me suis sentie trahie. J'avais toujours pensé que papa serait capable de juger Ryan sur ce qu'il était vraiment. C'était tellement injuste. Ryan ne ressemblait en rien à son père. Je n'ai pas adressé la parole à papa pendant une semaine, et Ryan n'est plus jamais revenu sur le tapis entre nous. Pas directement, en tout cas. Il préférait s'en remettre à maman.

— Il ne s'agit nullement de l'aimer ou de ne pas l'aimer, a répliqué ma mère. Je m'inquiète pour ton avenir.

Elle a marqué une pause, le temps de reprendre sa respiration.

— Écoute-moi. Quand j'avais ton âge, je ne pensais qu'à m'amuser, moi aussi, et je suis sortie avec des types pas très recommandables. Résultat des courses, je me suis mariée très jeune et je n'ai jamais fait d'études.

Je savais que mes parents s'étaient mariés quand ils avaient la vingtaine, mais je ne m'étais jamais doutée qu'elle s'en repentait.

— Je ne regrette pas de m'être mariée, mais avec le recul, j'aurais aimé faire des études pour apprendre un métier. Tu auras tout le temps de trouver quelqu'un plus tard.

— Surtout si le quelqu'un en question ne ressemble pas à Ryan, c'est ça ?

— Je dis simplement que tu n'es pas pressée de t'engager.

— Mais je l'aime !

J'étais au bord des larmes, ce qui me rendait d'autant plus furieuse.

— Tu ne comprends pas ça, maman ? Tu n'as pas envie de me voir heureuse ?

— Tu n'as que dix-huit ans !

— Ça ne m'empêche pas d'aimer.

— Alors continue de le fréquenter, mais essaie de t'inscrire dans une fac à la rentrée. Suis des cours, tâche de voir sur quelle voie tu aimerais t'engager, mais ne renonce pas à ton avenir.

Elle s'efforçait de me montrer qu'elle était de mon côté, mais je sais bien ce qu'elle pensait. Elle voulait m'envoyer à la fac pour que j'oublie Ryan et que je rencontre un type avec un avenir plus brillant. À l'aune de ses principes de merde, en tout cas.

— Je n'ai aucune envie d'aller à la fac. Je ne m'appelle pas Nicole. J'ai l'intention de dénicher un boulot, de mettre de l'argent de côté et de voyager. J'ai envie de découvrir le monde.

— C'est bien joli, mais ce n'est pas un projet de vie.

— C'est le mien. Dès que j'ai assez de fric de côté, je m'en vais.

— Tu t'en vas ?

Elle avait posé la question d'un air hébété.

— Je pensais que ça te ferait plaisir.

— J'espère que tu ne comptes pas t'installer avec Ryan.

— Tu as tout compris.

— Comment…

La bouche ouverte, elle cherchait ses mots.

— Comment ferez-vous pour trouver un logement ? Tu n'es pas capable de gérer un budget. Et tu n'as pas d'argent.

Elle me parlait comme si j'avais cinq ans et que je ne connaissais rien à la vie.

— J'ai suffisamment d'économies pour réparer ma voiture et me payer une assurance. Mike, le patron du Fish Shack, m'a proposé de débuter comme serveuse le week-end dès le printemps, avant de me prendre à temps plein cet été.

— Le Fish Shack ? Mais enfin, Tonie…

Elle a secoué la tête.

— Tu ne peux tout de même pas travailler là-bas !

— Pourquoi pas ?

— Tu as vraiment envie de devenir serveuse ? Tu sais à quel point c'est dur ? Toi qui détestes qu'on te donne des ordres ? Tu devras travailler tard le week-end, tu seras épuisée en cours toute la semaine. Je préfère encore que tu continues à travailler pour ton père.

Parce qu'elle pourrait me surveiller. Je n'en pouvais plus qu'elle décide tout à ma place, en croyant savoir ce qui était mieux pour moi.

— Eh bien, moi je préfère travailler au Fish Shack. Ce sera mieux pour mon CV que de travailler dans la boîte de mon père.

Elle était coincée. J'ai bien vu qu'elle était à court d'arguments, j'en ai profité pour enfoncer le clou.

— Ryan travaille déjà sur le marché. Il compte également organiser des balades pour les touristes pendant l'été. Sa mère a commencé à nous mettre de côté du linge et des accessoires de cuisine. On n'a pas besoin de grand-chose au début.

J'ai ponctué ma phrase d'un grand sourire, ravie de voir s'afficher sa jalousie quand j'avais évoqué la mère de Ryan.

— Vous en avez déjà parlé à sa mère ? Elle est d'accord ?

— Bien sûr, elle est heureuse pour nous. Elle m'aime beaucoup.

J'avais soigneusement veillé à remuer le couteau dans la plaie. J'ai été récompensée de mes efforts en la voyant plisser les paupières.

Elle a voulu changer de tactique.

— Même si tu te trouves un travail, il n'est pas question que tu ailles et viennes à ta guise. Tant que tu vivras ici, nous voulons savoir où tu es et à quelle heure tu rentres.

Elle se raccrochait aux branches pour continuer à maîtriser la situation.

— Très bien. Si tu as terminé, maman, je voudrais prendre une douche.

Et je suis sortie de ma chambre en passant à côté d'elle.

Elle a secoué la tête.

— On ne peut jamais discuter avec toi.

— Je me demande bien pourquoi tu t'entêtes à essayer.

Je lui ai fermé au nez la porte de la salle de bains.

— Évite de vider tout le ballon d'eau chaude !

*

Quand je suis sortie de ma douche, Nicole travaillait dans sa chambre, des bouquins étalés sur son lit. Nos chambres sont séparées par une salle de bains commune. Le bureau de ma mère se trouve également à l'étage, mais la chambre de mes parents est au rez-de-chaussée, à l'autre bout de la maison. Les murs de ma chambre étaient couverts de posters de groupes de rock : Nirvana, Soundgarden, Pearl Jam, Alice in Chains. Le couvre-lit était violet foncé, les murs peints d'un gris très sombre que ma mère avait accepté du bout des lèvres, et mes fringues étaient le plus souvent entassées par terre : des jeans, les T-shirts de Ryan que j'aimais porter, un de ses blousons. Je conservais précieusement dans une vieille boîte à outils de mon père les petits mots et les courriers de Ryan, quelques souvenirs, des tickets de cinéma usagés, une décalcomanie de sa moto. Je portais autour du cou la clé du cadenas de la boîte.

Au-dessus de mon bureau s'étalait un panneau de liège couvert de photos de Ryan et moi. Ma préférée, prise l'été précédent au bord du lac, trônait sur ma table de nuit : Ryan et moi en train de nous embrasser sur le hayon de son pick-up. Les soirs où j'avais du mal à m'endormir, je posais la photo sur ma poitrine pour sentir sa présence. Faute d'avoir passé une nuit entière ensemble, nous étions impatients d'habiter chez nous, libres de vivre comme on l'entendait.

La chambre de Nicole était aussi bien rangée que la mienne était en pagaille. Pas une fringue ne traînait au sol. Elle avait choisi une peinture jaune bouton-d'or pour les murs, avec des voilages aux fenêtres et de jolis oreillers sur un couvre-lit vert sauge. Une chambre printanière, parfaitement adaptée à son caractère doux et joyeux. Le nez plongé dans un bouquin, elle mâchonnait son crayon d'un air sérieux. Elle voulait être certaine d'avoir la meilleure note à sa prochaine compo. Je me souviens de l'avoir vue pleurer un jour où elle avait reçu un B, elle n'était pas près de recommencer. Son besoin d'être parfaite en tout m'agaçait. J'aurais aimé qu'elle ait une personnalité plus affirmée et qu'elle sache se défendre. J'étais furax qu'elle cède en permanence aux diktats de maman. Elle lui obéissait au doigt et à l'œil, lui disait systématiquement où elle allait et avec qui, appelait à la maison dix mille fois alors qu'elle n'était jamais en retard.

Ma sœur a toujours été jolie, mais en la regardant ce soir-là, je me suis rendu compte à quel point elle embellissait depuis quelques mois. Elle avait perdu ses traits poupins de petite fille, et ses pommettes commençaient à se dessiner, ce qui lui donnait de grands yeux. Elle avait hérité des yeux bruns de maman, alors que j'avais les yeux verts de papa.

Sa poitrine gonflait à vue d'œil, elle n'était pas loin de me dépasser, avec des courbes au niveau des hanches. Pourtant, elle continuait de s'habiller comme une gamine, portant des chemisiers roses ou pêche, des jeans impeccables qui ne laissaient jamais voir le moindre centimètre carré de peau, et quasiment pas de maquillage alors qu’elle en avait l’âge. C’est tout juste si elle mettait parfois un peu de brillant à lèvres et une touche de mascara. Elle avait des cheveux aussi noirs que les miens et les coiffait le plus souvent en queue-de-cheval, sans jamais laquer sa frange. En dépit de notre air de famille, il suffisait de s’approcher pour nous différencier. Nicole avait un visage très doux et ouvert, contrairement à moi. À en croire maman, mon expression mettait la terre entière au défi de se placer en travers de mon chemin.

Nicole était un vrai rat de bibliothèque. Elle avait constamment un bouquin entre les mains, il lui arrivait régulièrement de partager ses lectures avec maman. Elle avait tenté à plusieurs reprises de m’intéresser à ses auteurs préférés, Virginia C. Andrews, Anne Rice, ou bien Jean M. Auel. « Tu verras, Tonie, ça devrait te plaire. » Sauf que la lecture n’a jamais été mon truc. J’étais incapable de me plonger durablement dans un livre.

Elle a reposé le sien en souriant.

— Ça s’est bien passé avec Ryan ?

— Rien de particulier. On est restés un moment ensemble chez lui.

Je savais qu’elle était sensible au charme de Ryan. Il ne venait pas souvent, mais elle trouvait toujours le moyen de se montrer quand il était là, sous prétexte d’aller à la cuisine ou de prendre un truc quelconque dans le frigo. Ryan ne manquait jamais de lui demander comment ça se passait en classe, mais j’adressais un regard significatif à Nicole jusqu’à ce qu’elle nous laisse tranquilles.

Debout sur le seuil de sa chambre, je lui ai demandé ce qu’elle lisait. Je m’en voulais de lui avoir dit qu’elle n'avait qu'à s'acheter de l'après-shampoing quand elle était venue emprunter le mien la veille. En temps ordinaire, ça ne me dérangeait pas tant qu'elle n'en faisait pas une habitude, mais j'avais mal réagi parce que j'en voulais à maman qui m'accusait d'utiliser toute la lessive en faisant tourner trop de machines. J'étais censée acheter mon propre savon, mon shampoing, mes produits de maquillage. Maman ne se contentait pas de vouloir tout diriger, elle gérait le budget de la maison d'une main de fer.

Nicole a relevé la tête, surprise que je m'intéresse à elle.

— C'est un roman de science-fiction, l'histoire d'ados super intelligents qui sauvent la planète d'une invasion d'extraterrestres. Le livre s'intitule *La Stratégie Ender*.

J'ai lancé un coup d'œil dans le couloir en entendant mes parents discuter avec animation en bas. Maman était encore en train de se plaindre de moi.

— Si seulement quelqu'un pouvait me sauver de maman.

— Il suffirait que tu fasses ce qu'elle te demande de temps à autre, vous vous accrocheriez moins souvent. C'est pas compliqué de passer un coup de fil.

— Peut-être que c'est elle qui devrait me laisser tranquille de temps à autre.

— Tu sais bien que ça n'arrivera pas. C'est son caractère. Et puis tu as presque fini le lycée. Vous ne pourriez pas essayer de vous entendre, en attendant ?

Nicole était la sagesse personnifiée. Elle faisait preuve de beaucoup de maturité pour son âge. C'était la voix de la raison. Tout le contraire de moi.

La question m'a fait rire.

— Ce sera dur.

Elle a secoué la tête.

— Quelle tête de mule. Elle est comme ça parce qu'elle tient à toi.

— Non, elle tient à toi.

— Elle t'aime aussi, tu sais.

— Pas de la même façon.

— Parce que je suis moins compliquée.

Elle a haussé les épaules d'un air philosophe.

— Je ne te le fais pas dire.

C'était dur de ne pas aimer Nicole. Tout le monde l'appréciait. Les profs, les autres élèves, et même mon putain de copain, ce qui me poussait parfois à me montrer désagréable avec elle, alors qu'elle était la gentillesse même. Elle faisait partie de ces gens qui n'oublient jamais un anniversaire. En même temps, et je m'en voulais de le penser, je la trouvais un brin ennuyeuse. Jamais elle ne disait rien d'intéressant. Pas à moi, en tout cas.

Cela dit, j'avais remarqué qu'elle changeait depuis quelque temps. J'avais surpris certaines conversations téléphoniques dans le salon, quand maman travaillait. Je l'avais entendue pouffer de rire et murmurer, il suffisait que j'entre dans la pièce pour qu'elle se reprenne. Elle discutait probablement avec Darlène, sa meilleure amie. Leurs histoires ne devaient pas aller bien loin, j'imaginais mal ma sœur avoir des secrets.

— Tu peux prendre mon après-shampoing, si tu veux.

— C'est vrai ?

Elle a sauté du lit et m'a serrée dans ses bras, je me suis retrouvée enveloppée d'un doux parfum citronné.

— Merci, merci.

Je lui ai fait un câlin à mon tour en me demandant comment on pouvait être aussi excitée à l'idée d'utiliser un après-shampoing. C'était nouveau, cette façon de se pomponner.

*

La semaine suivante au lycée, Shauna traînait tout le temps dans le couloir près de mon casier, ou bien sur le parking avec les filles. Elles s'éloignaient dès qu'elles m'apercevaient en compagnie de Ryan, elles avaient visiblement décidé de m'intimider. Ryan me conseillait de les ignorer, mais je n'étais pas certaine de tenir longtemps.

Le vendredi soir, un copain de Ryan dont les parents étaient absents avait organisé une fête chez lui. Ryan est passé me prendre et on a partagé un joint en chemin. Mes parents savaient que je fumais des cigarettes et devaient se douter que je tâtais aussi de l'herbe. Maman avait trouvé un jour des cigarettes dans la poche de mon manteau, elle s'était empressée de me faire la leçon. Je m'étais défendue en leur affirmant que je ne fumais pas beaucoup, ce qui était vrai, oubliant consciencieusement de leur préciser que j'aimais ça parce que c'était une sorte de rituel entre Ryan et moi. J'adorais boire un café avec lui au bar de Tim Horton avant de partager une cigarette sur la plage. J'avais fumé mon premier joint cette année-là, en me disant que ce n'était pas grave tant que je n'essayais pas de drogue dure. L'herbe m'aidait à voir l'existence sous un jour moins glauque, comme si je n'en avais rien à foutre. On ne faisait de mal à personne. On s'amusait, rien de plus.

La fête était déjà bien entamée quand nous sommes arrivés. Les garçons discutaient entre eux en buvant de la bière et en fumant. Les filles bavardaient sur le canapé du salon, entre deux danses, en cultivant leur look sexy.

Je me sentais bien, assise sur les genoux de Ryan dans un coin, l'embrassant, portée par la musique, quand j'ai aperçu un visage inattendu.

Nicole.

Je me suis redressée.

— Qu'est-ce qu'elle fout ici ?

On s'était croisées plus tôt à la maison, elle se préparait à sortir, mais elle avait dit à maman que Darlène devait passer la prendre en voiture pour aller au cinéma.

Ryan s'est retourné et l'a reconnue.

— Waouh. Elle est canon.

Je lui ai donné un coup de coude dans les côtes.

— Ryan !

— Pas comme ça. C'est juste que j'ai pas l'habitude de la voir apprêtée.

Il m'a embrassée.

— Tu sais bien que je n'ai d'yeux que pour toi, ma chérie.

J'ai bien conscience que son commentaire ne prêtait pas à confusion, il s'agissait d'une simple observation, mais il avait raison. Nicole était vraiment canon.

Ses cheveux d'un noir brillant magnifique lui retombaient dans le dos en vagues épaisses. Elle s'était probablement servie de bigoudis. Son maquillage, plus marqué que d'habitude, lui donnait un air presque mystérieux avec ses lèvres brillantes. On aurait dit qu'elle s'était mis du fond de teint et du blush, sa peau parfaite faisait ressortir ses pommettes.

Le plus surprenant était sa tenue. Elle portait un jean moulant délavé taille basse, avec une super ceinture marron que je n'avais jamais vue et un petit haut qui découvrait son ventre tout bronzé chaque fois qu'elle levait les bras. L'ouverture en V de son T-shirt laissait entrevoir un décolleté que je n'aurais jamais soupçonné, si bien que je me suis demandé si elle n'avait pas mis un soutien-gorge push-up. Elle faisait plus âgée que ses seize ans. Plus âgée que moi. Une vraie bombe.

J'ai quitté les genoux de Ryan pour m'approcher de Nicole qui dansait sur la musique, un gobelet à la main. Elle discutait avec Darlène en s'intéressant à une bande de garçons. L'un d'eux avait repéré son manège. Je lui ai tapoté l'épaule. Elle s'est retournée.

— Tonie !

Elle avait le visage animé et le regard vitreux. Je lui ai pris le gobelet des mains et j'y ai trempé les lèvres. Un fort goût de pêche m'a arraché la bouche. Un mélange de vin et de soda. Je lui ai rendu le gobelet.

— Qu'est-ce que tu fabriques ici ?

— Rien, je sors.

Elle paraissait mal à l'aise, son regard naviguait en permanence de Darlène à la bande de garçons avant de revenir vers moi.

— Je croyais que tu allais au cinéma ?

— Et moi je croyais que tu étais chez Ryan.

C'était la première fois qu'elle me répondait, le menton en avant, le regard noir. Ma surprise s'est teintée d'une pointe d'admiration.

— Maman flipperait si elle savait que tu es ici et que tu bois.

Elle a été prise d'une hésitation avant de réagir.

— Va te faire foutre, Tonie. Si tu caftes, je cafte aussi.

Je n'en revenais pas d'une telle métamorphose. J'étais furieuse et j'aurais aimé la remettre à sa place, mais maman aurait pété un câble si elle avait su qu'on faisait la fête chez un copain en l'absence de ses parents. Je n'étais pas certaine d'avoir envie d'une nouvelle engueulade avec elle sur un sujet aussi ridicule.

— Je t'emmerde.

J'ai attrapé au vol son gobelet et j'ai rebroussé chemin.

Elle s'est mise à crier.

— Ras le bol que tu me fasses chier en permanence !

J'ai rejoint Ryan, prête à exploser.

— C'est quoi, ce délire ?

— Je ne sais pas ce qu'elle fabrique ici, mais ça m'inquiète. Elle n'est pas dans son état normal.

— Elle s'amuse, comme tout le monde.

— Peut-être…

De loin, j'ai vu ma sœur et Darlène sortir par la porte donnant sur le patio. Elle a lancé un regard à la bande de garçons par-dessus son épaule. L'un d'eux a quitté le groupe et les a suivies. Je ne sais pas vraiment de quoi il avait l'air, je sais juste qu'il était grand et portait un maillot de hockey. J'ai pensé qu'il allait la rejoindre à l'abri des regards. Et s'il était soûl, lui aussi ? Il paraissait plus âgé qu'elle, j'ai hésité à aller voir de quoi il retournait. J'ai renoncé en me souvenant de la façon dont maman me surveillait constamment.

Après tout, Nicole était assez grande pour se débrouiller seule.

*

Shauna et ses copines sont arrivées un peu plus tard, habillées, coiffées et maquillées comme des reines. Elles sont venues discuter avec plusieurs personnes de mon groupe. Amy, son copain Warren et deux autres amis à lui, dont l'un sortait plus ou moins avec Cathy. Je me suis collée contre Ryan en continuant à parler avec Amy comme si de rien n'était, mais je savais que Shauna me regardait. Elle s'attardait sur ma tenue, mes chaussures, ma coiffure, histoire de me mettre mal à l'aise. J'ai posé mon verre sur le plan de travail, le temps d'aller à la salle de bains retoucher mon brillant à lèvres et faire gonfler mes cheveux devant la glace. Je suis ressortie, nettement moins inquiète.

Shauna était scotchée à l'un des types, Cameron, un mec plutôt pas mal. Il lui murmurait des trucs à l'oreille et elle souriait timidement. Super. Elle était trop occupée pour s'intéresser à moi.

Je me suis accrochée à Ryan. Il m'a souri.

— Ça va ?

— Oui.

Un sourire aux lèvres, j'ai avalé une gorgée de ma bière. Un goût amer m'a envahi la bouche. J'ai tout recraché en arrosant à moitié les filles qui se trouvaient là. Elles ont fait un bond dégoûté.

— Putain !

— Dégueulasse !

Je me suis essuyé la bouche en étouffant à moitié.

— Qu'est-ce qui s'est passé ? a demandé Ryan.

Je toussais comme une malade.

— Un truc dans ma bière.

Je me suis ruée dans la salle de bains pour me rincer la bouche. L'amertume refusait de se dissiper.

Au moment de rejoindre les autres, j'ai examiné ma bouteille de bière. Elle contenait un mégot de cigarette. Des brins de tabac flottaient à la surface, quelques-uns restaient collés au goulot.

— Quelqu'un a mis un mégot de cigarette dans ma bière !

— C'est nul, a réagi Ryan en examinant la bouteille à son tour.

J'ai levé les yeux. Shauna, Kim et Rachel étaient pliées en deux. Cathy souriait, elle aussi, mais elle était rouge comme une tomate et évitait de croiser mon regard.

— Vous trouvez ça drôle ?

J'ai levé ma bouteille, comme si j'allais la lancer. J'enrageais.

Shauna a rigolé.

— J'aurais aimé que tu voies ta figure.

— C'est toi qui as fait ça ?

Je me suis avancée. Ryan m'a agrippée par la chemise.

Shauna a levé les yeux au ciel.

— C'est fou ce que tu es parano. J'étais à un kilomètre de ta putain de bière.

Il pouvait tout aussi bien s'agir de l'une des autres filles. Amy avait du mal à contenir son rire. Elle en bafouillait.

— Désolée, mais tu n'as pas vu ta tête.

J'ai rougi, entre colère et honte. J'étais également blessée que ma meilleure amie se moque de moi. Les mauvais souvenirs de la seconde sont remontés.

Greg, un copain de Ryan, m'a tapoté dans le dos.

— On a dû oublier de te prévenir. Les cigarettes, ça se boit pas, ça se fume.

Ils ont tous éclaté de rire. Jusqu'à Ryan, qui pouffait derrière mon dos. Je me suis retournée d'un bloc, prête à lui voler dans les plumes, quand il m'a arrêtée d'un murmure.

— Laisse tomber.

Il m'a fallu un moment pour comprendre qu'il avait raison. J'ai ri à mon tour, comme si avaler un mégot était la vanne la plus drôle du monde. Plus je riais, plus les autres m'imitaient. J'ai vu le visage de Shauna passer d'une joie malsaine à la rage. Elle a fini par ravaler sa fureur en se joignant au groupe.

Elle a attendu que les rires se calment pour se tourner vers ses copines :

— Allez, on se casse. Je commence à m'ennuyer.

Voyant qu'elle me lançait un dernier regard depuis la porte d'entrée, je lui ai adressé un signe de la main accompagné d'un sourire.

# 5

## Pénitencier de Rockland, Vancouver

*mars-juin 1998*

Le jour où la fille à la natte grise s'est assise à ma table au réfectoire, Pinky, qui observait la scène des cuisines où elle travaillait, m'a précisé qu'elle se nommait Janet.

— Tu ferais mieux d'éviter cette salope. Contente-toi d'écouter ce qu'elle te dit sans chercher à devenir copine avec elle.

Les jours suivants, je me suis appliquée à étudier Janet en douce à l'heure du déjeuner. Elle traînait avec d'autres filles. L'une d'elles, une taiseuse petite et trapue qu'on appelait Yoda, regardait tout avec des yeux bleus de louve. Il y avait également dans le groupe une fille plus jeune, entre vingt et trente ans, qui avançait d'une démarche chaloupée avec un regard agressif, prête à en découdre au moindre prétexte. Elle parlait fort en multipliant les gestes amples et les jurons. Miel, une femme de l'âge de Janet avec de grands yeux marron, s'exprimait d'une voix douce qui expliquait son surnom. J'ai rapidement compris qu'il s'agissait de la petite amie de Janet, sans les avoir jamais vues s'embrasser ni quoi que ce soit. Pinky m'a expliqué que c'était interdit en présence des gardiens, ce qui incitait les lesbiennes à se retrouver dans leurs cellules ou dans les douches. Le couple formé par Miel et Janet était constamment en crise, la seconde passait son temps à tromper la première, jusqu'à ce que celle-ci lui pardonne. Janet avait un mari à l'extérieur qui lui envoyait de l'argent.

J'étais là depuis quelques semaines quand Janet a pris l'habitude de s'asseoir à côté de moi dans la cour pendant que je soufflais après mon jogging. Elle me parlait de la vie à l'intérieur, des personnes avec qui je devrais frayer, de celles que je ferais mieux d'éviter. J'étais bien décidée à éviter tout le monde, à commencer par elle, tout en veillant à m'exprimer le moins possible quand elle me parlait. Souvent, la jeune teigneuse de sa bande nous regardait de loin. On la surnommait la Souris parce qu'elle grignotait en permanence des crackers achetés à la cantine. Dès qu'elle n'en avait plus, elle trouvait le moyen d'en échanger contre des paquets de nouilles ou des canettes de soda. J'ai immédiatement compris que la Souris était jalouse de l'attention que me portait Janet, il me restait à espérer qu'elle aurait suffisamment peur de la chef de bande pour me laisser en paix.

Janet et d'autres jouaient aux cartes tous les jours dans la salle de détente, sans que personne me propose de m'asseoir à leur table. Je n'avais toujours pas d'amies, Pinky s'évertuant à m'ignorer en dehors de la cellule, ce qui ne me dérangeait nullement. Je ne me considérais pas comme l'une d'elles.

On a commencé par m'envoyer travailler en cuisine,

je lavais les gamelles l'après-midi. En dehors de mes heures de boulot, je dormais pour passer le temps, ou alors j'écrivais de longues lettres à Ryan. J'ai tellement pleuré, le jour où j'ai lu sa toute première lettre, que Pinky s'est inquiétée. Je lui ai tourné le dos quand elle m'a demandé ce qui n'allait pas. Le lendemain, j'ai dormi toute la journée, sans même prendre de douche. Au bout du troisième jour de ce régime, Pinky m'a secouée par le bras.

— Je te conseille d'arrêter de déconner si tu veux pas qu'ils te collent au trou sous surveillance, au cas où tu voudrais te suicider.

Je me suis obligée à me lever, avant de replonger dans un état dépressif la semaine suivante quand j'ai reçu la deuxième lettre de Ryan. Je n'arrêtais pas de penser à lui, je me demandais si on se reverrait un jour. Il se montrait pourtant d'un optimisme absolu. Il m'écrivait qu'on serait bientôt libres, enfin ensemble. Comme son avocat avait engagé un détective privé, Ryan était persuadé qu'il découvrirait l'identité du véritable assassin de Nicole. Cette perspective me semblait si ténue que je me sentais perdue.

Alors je relisais ses lettres, histoire de ne pas sombrer dans l'abattement, en me souvenant à quel point nous nous aimions. Mais à mesure que le choc et l'incrédulité s'atténuaient, je me trouvais entraînée de plus belle dans la spirale de haine qui m'avait aidée à tenir à mon arrivée à Rockland. Je me levais avec la haine. Je me couchais avec la haine. Quand Pinky partait travailler en cuisine, j'en profitais pour compter les jours jusqu'à l'annonce de la date du procès d'appel. Chaque nouvelle journée ressemblait à une longue suite de cases vides, le désespoir et la colère s'accumulaient en moi jusqu'à ce que j'aie l'impression de craquer.

*

Ma liste de numéros de téléphone a enfin été approuvée et j'ai pu appeler la maison avec la carte qu'on m'avait donnée. Maman ne décrochait jamais. La voix de mon père était mon unique lien avec le monde extérieur, j'avais besoin de savoir qu'il m'aimait encore, qu'il m'aimerait toujours. Il me répétait que je manquais à maman, qu'elle faisait des courses ou bien la sieste, mais je savais qu'il mentait. Elle était incapable de me parler, de surmonter sa haine. Elle ne me l'avait jamais dit, mais je l'avais lu dans ses yeux à mesure que les témoins se succédaient à la barre pendant mon procès. À la fin, c'était tout juste si elle parvenait encore à me regarder. Elle restait figée sur son siège, retenant ses sanglots, le bras de papa passé autour de ses épaules, l'air sombre. Quand, vers la fin du procès, j'ai vu qu'elle ne venait plus, j'ai compris qu'elle avait cessé de croire en mon innocence.

Dans chacune de ses lettres, mon père me recommandait de me montrer forte, de tenir bon, et me promettait de venir me voir bientôt. Ma mère n'écrivait jamais, ne signait même pas les lettres que je recevais. C'était pourtant mon premier réflexe, retourner la dernière page afin d'y chercher sa signature, sans jamais la trouver. J'entretenais l'espoir qu'elle sonde un jour son cœur afin de comprendre que je ne pouvais pas être coupable.

Je me trouvais à Rockland depuis un mois quand ils sont venus tous les deux me rendre visite.

Papa était tout rouge après avoir franchi la sécurité, mais il a pâli en me voyant dans ma tenue de prisonnière, sous la surveillance du gardien posté derrière une baie vitrée. Je détestais l'idée qu'on ait soumis mes parents à l'outrage d'un portique de détection métallique, qu'on ait passé leurs affaires dans un appareil à rayons X avant de tout fourrer dans un casier. Le parloir était équipé de sept tables, chacune d'elles entourée de quatre chaises. Deux des autres tables étaient occupées par des familles. Aucun contact physique n'était autorisé alors que j'aurais eu désespérément besoin que mon père me prenne dans ses bras ou me tienne la main. Mes parents se sont assis en face de moi.

J'ai tenté de leur sourire en retenant les sanglots qui me nouaient la gorge. Je ne voulais pas les effrayer. J'ai sondé ma mère du regard en me demandant si sa présence était bon signe. Son visage était encore plus émacié que la dernière fois que je l'avais vue, ses joues creusées dessinaient des poches sombres qui accentuaient la pâleur de ses lèvres. Son rouge à lèvres s'était réduit à une simple ligne, comme si elle l'avait mangé. Elle avait les cheveux tirés en arrière, l'extrémité de sa queue-de-cheval tout ébouriffée. Les racines commençaient à blanchir, signe qu'elle n'allait plus faire retoucher sa teinture chez le coiffeur tous les mois. Ses pattes-d'oie étaient plus prononcées, renforçant l'expression d'épuisement et de désolation qui ne la quittait plus depuis le meurtre.

— Comment vas-tu, ma chérie ?

Papa affichait un visage d'une telle douceur, sa voix m'était si familière. La voix de celui qui me parlait la nuit quand j'avais la rougeole, la grippe, ou que je m'étais blessée en tombant de vélo. La maladie dont je souffrais à présent était malheureusement incurable.

— Je vais bien.

Je m'efforçais de lui sourire.

— On a trois repas par jour et je dors tout mon soûl. Qui dit mieux ?

Papa a grimacé un sourire, mais un éclair a traversé le regard de maman : Comment oses-tu plaisanter ? Après ce que tu as fait ?

Nous nous sommes retranchés dans le silence. Papa a sollicité maman des yeux, s'attendant à ce qu'elle parle, mais ses yeux furetaient de tous les côtés à l'affût des autres détenues et de leurs proches, le corps tétanisé. Elle triturait nerveusement les manches de son chemisier dont elle maltraitait les boutons. J'ai bien cru qu'elle allait en arracher un, se lever et tourner autour de la pièce en hurlant. J'aurais préféré ça. Tout plutôt que ce chagrin rentré qu'elle portait en elle. J'aurais voulu lui prendre la main, la serrer dans la mienne, lui répéter cent fois à quel point je m'en voulais d'avoir entraîné Nicole avec moi ce soir-là. Mais je le lui avais déjà dit et elle s'était contentée de regarder remuer mes lèvres. J'aurais eu beau lui répéter les mêmes mots à l'envi, elle aurait été incapable de les entendre.

— Comment vas-tu, maman ?

Elle a étiré sa bouche dans un sourire forcé qui n'a fait qu'accentuer la pâleur de sa bouche.

— Ça va. Il y a beaucoup de travail avec l'entreprise de ton père. On a enfin de nouveaux contrats.

J'avais surpris leurs murmures dans son bureau. « Plus personne n'appelle. Je ne sais pas si on arrivera à sauver l'entreprise. On a pourtant besoin de travail pour payer l'avocat et tout le reste. » Une autre partie de moi-même était rongée par la culpabilité. Papa s'évertuait à me rassurer constamment. « Ne te fais pas de bile pour nous, tout ira bien. » À présent que justice était faite aux yeux de tous en ville, mes parents retrouvaient du boulot. La vie reprenait son cours, sauf pour moi.

Papa m'a parlé de l'une des nouvelles maisons qu'il avait en chantier pendant que maman continuait de tripoter sa chemise en hochant épisodiquement la tête, ajoutant quelques détails. Ils auraient tout aussi bien pu parler à une inconnue lors d'un dîner. Je ne me montrais guère plus brillante. Je leur ai expliqué que ma codétenue était sympa et que je m'habituais à ma nouvelle vie. Je leur ai parlé des cours proposés à la prison, alors que je n'avais aucune intention de m'y inscrire, histoire de les convaincre que je me concentrais sur mon avenir. J'étais enfin la fille responsable qu'ils auraient aimé avoir. J'affichais un optimisme factice, n'importe quoi pourvu que le cou de mon père s'échappe enfin de ses épaules crispées.

Papa est allé chercher au distributeur des chips et des Coca que nous avons partagés en discutant. Maman grignotait du bout des dents en avalant de minuscules gorgées de soda. Les chips avaient du mal à passer, les bulles me brûlaient la gorge, le sucre me faisait mal à la tête. J'aurais donné n'importe quoi pour une cigarette.

Ils ne sont pas restés longtemps, quelques heures tout au plus. Maman a brusquement regardé sa montre.

— Il va falloir qu'on y aille. À cause du trafic sur le ferry, sans compter le devis que tu dois encore préparer ce soir.

Elle a lancé un coup d'œil en direction de papa, ils ont échangé un signe. Elle n'était venue que pour lui, c'était clair comme de l'eau de roche. Il l'avait forcée à l'accompagner.

J'ai croisé le regard de mon père.

— Je voulais vous dire que je vous aime. Merci de cette visite… vous me manquez terriblement.

Les larmes que je retenais depuis le début ont jailli d'un seul coup. Je les ai effacées précipitamment, avant que les autres détenues ne me voient perdre les pédales.

— Nous aussi, on t'aime.

Papa a détourné la tête en ravalant ses sanglots pendant que maman attendait silencieusement qu'il se reprenne.

— On revient très vite, dans quelques semaines. Tiens bon en pensant à nous, OK ?

— Promis.

J'ai lancé un coup d'œil à maman. Elle m'a adressé un petit sourire forcé qui m'a fait mal.

Au moment de quitter le parloir, papa a pris sa main dans la sienne sans qu'elle lui rende vraiment son geste, les doigts paralysés. J'ai pensé à la façon dont ils s'engueulaient en privé après la mort de Nicole, à leur silence dès que j'ouvrais la porte. Je m'étais dit que mon départ les aiderait peut-être dans leur vie de couple, mais je restais l'épine qui les déchirait. Je ne supportais pas l'idée de leur avoir enlevé ça aussi, cette nuit-là.

*

Je me trouvais à Rockland depuis près de deux mois quand Janet est venue un jour s'asseoir près de moi, dans la cour de la prison. J'avais reçu une nouvelle lettre de Ryan ce matin-là et je n'avais pas le cœur à courir, me contentant de tracer d'un doigt des cercles infinis dans la terre.

— Pinky m'a dit que tu avais un copain chez les hommes. C'est ton coaccusé ?

Mon doigt continuait de tracer son dessin.

— Oui.

— Je vais te dire, ma jolie. Tu peux purger ta peine normalement, ou alors tu peux la purger dans la douleur. Toutes ces lettres que t'écris te bouffent les sangs.

— J'ai besoin de lui.

— La vie est nettement plus supportable ici si t'as personne à l'extérieur. Tu as changé de planète, ton monde est ici maintenant.

Mon doigt s'est figé.

— Ce n'est pas mon monde.

— Bien sûr que si, ma gamine. Va pas t'imaginer que t'es différente de nous. À force de croire que les gardiens ouvriront un jour la porte de la cellule pour que tu t'envoles tranquillement, tu te fais du mal. T'es coincée ici pour très longtemps. Sans compter que tu rends pas service à ton mec. Les hommes sont comme ça. Si tu pleurniches tout le temps sur son épaule, il finira par péter les plombs.

— On n'est pas comme ça.

— Pose-toi la question de savoir si tu te sens mieux ou pas quand tu reçois une lettre de lui.

Elle s'est relevée avant d'ajouter :

— J'imagine qu'il est dans le même état que toi quand tu lui écris.

J'ai recommencé à dessiner des cercles par terre tandis que Janet s'éloignait. Cette conversation m'a fait réfléchir. Et si elle avait raison ? Et si je plombais Ryan, moi aussi ? J'ai repensé à l'année et demie que nous venions de passer sans nous voir, à l'horreur de nous retrouver enfin lors du procès sans avoir la possibilité de nous comporter normalement. Et voilà qu'il nous restait uniquement les lettres. C'était douloureux de me rappeler constamment combien je l'aimais, à quel point il me manquait, mais je n'avais pas l'intention d'arrêter. Je voulais qu'il me parle de notre avenir, de ce qui se passerait quand on reconnaîtrait enfin notre innocence, quand l'assassin de Nicole serait puni et que la justice reprendrait ses droits. J'avais besoin qu'il me donne assez d'espoir pour tenir tout au long de ces journées interminables. C'était l'unique moteur de mon existence. Il restait tout juste un mois avant le procès d'appel. Trente jours. Je pouvais bien tenir trente jours de plus. Après tout, j'en avais déjà enquillé soixante.

Les cercles s'alignaient devant moi dans la poussière. Intacts. Comme Ryan et moi. Intacts.

*

Mes parents sont revenus me voir quelques jours plus tard. Un mois s'était écoulé depuis leur première visite. Je savais qu'ils avaient sérieusement écorné leurs économies pour régler les frais de justice et qu'ils n'avaient pas les moyens de venir tous les week-ends. Le ferry coûtait cher, le déplacement prenait la journée entre l'heure et demie de route entre Campbell River et Nanaimo et l'heure et demie de trajet en bateau, sans parler de la circulation pour se rendre de Vancouver à la prison. Ma mère paraissait plus tendue encore que la fois précédente, il suffisait que j'évoque l'appel ou que je prononce le nom de l'avocat pour qu'elle se triture nerveusement les ongles.

Elle s'est enfin décidée à ouvrir la bouche :

— Si l'appel ne marche pas, on ne pourra pas aller jusqu'à la Cour suprême. On n'aura pas les moyens de payer l'avocat.

Mon père a pris sa main et l'a gardée dans la sienne pour qu'elle cesse de se meurtrir les ongles.

— Tonie n'a pas besoin d'entendre ça pour l'instant.

— Je crois au contraire que Tonie a besoin de l'entendre, a-t-elle répliqué d'une voix amère. On est quasiment sur la paille. On a presque tout perdu.

Ses mots sont restés en suspens. Elle avait les larmes aux yeux. J'ai bien compris qu'elle ne parlait plus d'argent cette fois.

J'ai refoulé mes propres larmes.

— Je suis désolée, maman.

Elle regardait fixement la main de papa qui serrait la sienne, tassée sur sa chaise comme si son énergie s'était entièrement épuisée. Papa lui a caressé le dos de la main. Je ne savais même plus depuis combien de temps quelqu'un avait pris la peine de m'effleurer. Prise de honte, j'ai repoussé la jalousie que je sentais poindre en moi.

— Ne te fais pas de souci, Tonie, a repris papa. Tout finira par s'arranger.

Maman a tourné la tête vers lui si brusquement que sa queue-de-cheval a décrit un arc. Quand on était petites, elle ne supportait pas de l'entendre dire : « Tout va bien, ne t'en fais pas », ou « Tout finira par s'arranger ». Elle réagissait chaque fois au quart de tour : « Comment peux-tu le savoir, Chris ? »

Ce jour-là au parloir de la prison, j'ai immédiatement su ce qu'elle pensait.

Rien ne s'arrangera jamais plus.

Elle s'est levée, et c'est d'une voix brisée qu'elle a balbutié :

— Je ne peux plus.

Elle a hésité à poursuivre en me regardant, et puis elle s'est ruée vers la sortie, la main sur la bouche pour mieux contenir les paroles qu'elle s'apprêtait à prononcer. Papa l'a regardée s'éloigner, le visage cramoisi, le souffle court, le front couvert de sueur. Je me suis inquiétée pour sa santé. Maman extériorisait son stress, mais comment papa avait-il encaissé tout ça ?

Il a croisé mon regard.

— Ta mère… Je ferais mieux d'aller voir si ça va. Je suis désolé, ma chérie. Elle a beaucoup de mal à accepter.

C'était faux. Elle avait dépassé ce stade, nous le savions l'un et l'autre.

Il s'éloignait quand un bruit a attiré mon attention sur ma gauche. La Souris avait pris place à la table voisine avec les siens. Sa mère était assise à côté d'elle. Ils bavardaient en riant. La Souris a suivi des yeux mon père et m'a adressé un sourire mauvais.

*

Après cette visite cauchemardesque, mon père a continué de m'écrire chaque semaine, mais sans plus jamais parler de revenir. Il évoquait son boulot, la maison, leurs amis, ou encore ma mère très brièvement, pour me préciser ce qu'elle avait planté dans le jardin, le nouveau mobilier qu'elle avait acheté pour le patio, la palissade qu'elle avait repeinte. J'aurais voulu pouvoir lire entre les lignes, me dire qu'elle changerait d'avis un jour. J'en arrivais à me demander si mon père n'était pas persuadé de ma culpabilité, comme elle, tout en ne cessant pas de m'aimer. Je savais déjà que je ne pourrais jamais lui poser la question.

J'ai enfin reçu un jour le paquet contenant les photos que je lui avais demandées. Pinky m'a laissé à contrecœur un peu de place sur le mur. Son côté était couvert de portraits de ses enfants. Quatre gamins, tous placés par les services sociaux. Il lui arrivait de pleurer parce que l'une des familles d'accueil ne lui envoyait jamais de lettre et ne lui amenait pas son gamin. Ses autres enfants lui écrivaient toutes les semaines, ou alors lui expédiaient une carte dessinée à la main. J'ai scotché au mur les photos de Nicole et de Ryan, puis je me suis allongée sur mon lit et je les ai dévorées des yeux jusqu'à ce que le sourire doux de Nicole finisse par me pousser dans les rêves.

*

Un mois plus tard, j'appelai mon avocat au sujet de mon appel. Le téléphone tremblait dans ma main.

— Les nouvelles ne sont pas bonnes, m'a-t-il répondu d'une voix grave.

J'attendais la suite, les tempes bourdonnantes. Les juges d'appel estimaient que la juridiction initiale avait pris la bonne décision. Il restait encore la possibilité de s'adresser à la Cour suprême, mais la procédure serait coûteuse et j'entendais à son ton qu'il n'y croyait pas. Je me souvenais aussi des paroles de ma mère. Je ne voyais pas comment j'aurais pu demander à mes parents un sacrifice supplémentaire.

— Ai-je droit à l'aide juridictionnelle ?

— Sans éléments ou témoins nouveaux, je ne sais pas qui accepterait de reprendre le dossier.

— Il doit bien y avoir un moyen de m'aider.

Prise de panique, je sentais s'évanouir mon ultime espoir.

— J'ai posé la question autour de moi, sans succès.

J'ai gardé le silence, écrasée par le poids des mots. Sans succès.

— Je suis sincèrement désolé, Tonie.

— On ne peut vraiment rien tenter ?

— Qui sait si un détail ne surgira pas dans quelques années ?

Il a laissé s'écouler plusieurs secondes.

— Certaines personnes préfèrent purger tranquillement leur peine et trouver un semblant d'équilibre en prison. Vous serez encore jeune quand vous sortirez.

— Mais je ne suis pas coupable !

J'étais sur le point d'étouffer de colère, je n'arrivais plus à réfléchir, à parler. J'ai balayé la pièce du regard. J'allais devoir accepter de vivre dans cet univers de béton et d'acier pendant des années. Il me conseillait de renoncer à tout espoir. De tout abandonner. Mais il avait raison. Il n'y avait pas de solution.

— Essayez de penser à l'avenir. Suivez des cours.

— Ma vie est foutue.

Et j'ai raccroché.

*

Mon père est venu me rendre visite quelques jours plus tard, seul. J'ai été frappée de lui voir autant de cheveux gris, quasiment du jour au lendemain. Il avait des poches sous les yeux et semblait avoir maigri.

J'allais lui demander des nouvelles de maman quand il m'a devancée :

— Ta mère a attrapé froid, elle n'a pas pu venir. Elle est désolée du verdict d'appel.

J'ai hoché la tête en me forçant à sourire pour lui cacher mon désarroi. L'absence de maman n'aurait pas dû me surprendre, mais ça faisait mal. Sans doute avait-elle accueilli la décision des juges comme une nouvelle preuve de ma culpabilité, la confirmation de ce qu'elle savait depuis le début. Je suis convaincue qu'elle aurait été autrement plus perturbée si on m'avait disculpée du meurtre de Nicole et libérée. Je me suis demandé si mes parents s'étaient engueulés à mon sujet.

— Vous vous en tirez, tous les deux ?

— Tout va bien. Très bien.

Si seulement il avait pu me dire la vérité, mais je l'en savais incapable. De la même façon que j'étais incapable de lui faire part de mon quotidien à l'intérieur de la prison. Le fossé entre nous s'était creusé depuis l'implosion de ma vie au lycée. Comment imaginer qu'il en soit autrement à présent ?

On a discuté un moment, sans que je parvienne à m'intéresser à ce qu'il me racontait. La maison qu'il était en train de construire, les derniers potins en ville. Ne plus appartenir à cette vie-là me plongeait dans un mélange de frustration et de tristesse. J'aurais aimé pouvoir me détacher de la douleur que provoquaient ses confidences, étouffer la rumeur qui me vrillait la tête. Au lieu de quoi je me heurtais à un mur de colère, incapable de comprendre qu'il puisse me parler de sujets aussi triviaux alors que je venais de perdre ma dernière chance de retrouver la liberté et alors que l'assassin de Nicole courait toujours. Quand j'étais au lycée, j'avais déjà l'impression que nous n'appartenions pas au même monde ; désormais, nous n'étions même plus dans la même galaxie.

— J'essaierai de venir te voir le mois prochain. D'accord, ma chérie ? Ta grand-mère souhaite m'accompagner la prochaine fois.

J'imaginais ma pauvre grand-mère, avec ses varices qui la faisaient souffrir, supporter des heures de route pour rendre visite à sa petite-fille en prison. La mère de papa était la seule de mes grands-parents encore en vie, nous avions été très proches quand j'étais plus jeune. Je passais souvent le week-end chez elle, elle m'apprenait à préparer des *pierogi*[1]. Elle avait assisté au procès, je la voyais secouer la tête d'un air décidé et furieux chaque fois qu'était interrogé un témoin à charge. Elle m'avait dit au lendemain du drame qu'elle me savait incapable d'un tel crime et m'avait écrit à plusieurs reprises en prison. J'avais peur qu'elle ait changé d'avis.

— Ce n'est pas la peine, papa.

— Qu'est-ce que tu me racontes ?

— Le trajet est long et ça coûte cher. Tu travailles déjà suffisamment toute la semaine et grand-mère risque d'avoir mal si elle passe toute la journée dans ton pick-up. Je ne veux pas qu'elle se sacrifie pour moi.

— Ne t'inquiète pas pour nous, d'accord ? Tu nous manques et nous avons la ferme intention de t'apporter notre soutien contre vents et marées.

1. Sortes de ravioles. Ce plat d'origine polonaise est très populaire au Canada. *(N.d.T.)*

Je l'imaginais rentrant à la maison, dînant seul à seule avec maman. Parleraient-ils seulement ensemble ? Ou bien lui ferait-elle la gueule pour avoir trahi Nicole en me rendant visite ?

— Tu sais, papa. Ça me touche beaucoup que tu viennes, mais c'est dur pour moi aussi. Je repense à ma vie d'avant, ça me donne le cafard. Je préfère ne plus recevoir de visite pendant un moment. On peut continuer à s'écrire, mais à l'heure actuelle, j'ai besoin de m'habituer à la vie ici. Tu comprends ?

— Je comprends.

Il a acquiescé en retenant ses larmes. Je pleurais aussi.

— Ne pleure pas, papa. Ce sera mieux pour nous tous. Surtout pour maman.

Il a redressé la tête, un pauvre sourire aux lèvres. Cette fois, je n'ai pas attendu qu'il reparte. Je me suis levée avant lui et j'ai demandé aux gardiens de me reconduire en cellule. En enfer. Le sort en était jeté. Je venais de rejeter le dernier membre de la famille qui se souciait de moi.

# 6

## Lycée de Campbell River

*janvier-février 1996*

Le lundi après la fête où j'avais croisé Nicole, je suis allée attendre Ryan sur le parking à l'heure du déjeuner. Des élèves que je connaissais sont passés en voiture. Je leur adressais un signe de la main, mais mon bras s'est figé quand j'ai vu qu'ils me regardaient en riant. C'était quoi, le problème ? Mon bras est retombé et je me suis approchée du pick-up de Ryan. J'aurais voulu me convaincre que je me faisais des idées, qu'ils ne se moquaient pas de moi. Jusqu'à ce que je voie l'inscription tracée dans la boue à l'arrière du pick-up.

« Ma copine est une vraie salope. Elle a taillé une pipe à Jason Leroy quand elle était en seconde. »

J'essayais désespérément d'effacer le message quand Ryan m'a rejointe.

— Merde, a-t-il lâché en le découvrant.

— À tous les coups c'est Shauna.

J'ai posé sur lui un regard inquiet. Je m'en voulais terriblement de cette vieille histoire. En plus, Jason était tombé dans la dope au point d'être renvoyé à plusieurs reprises. Depuis, il fréquentait des filles très glauques.

Ryan était furieux, mais pas contre moi.

— Si jamais elle s'avise de recommencer, je lui ferai passer un sale quart d'heure.

— Comment comptes-tu t'y prendre ?

J'étais soulagée, tout en restant sous le choc de ce message dégueulasse.

— Je trouverai le moyen de lui coller la honte. Je connais deux ou trois mecs avec qui elle a traîné, elle aussi.

Il voyait bien à quel point j'étais perturbée.

— Ne t'inquiète pas, ma chérie. Personne n'a rien vu.

Il m'a prise dans ses bras. Je savais que le message avait été lu. Un peu plus loin, des élèves nous regardaient en rigolant.

— Vous avez un problème, bande de connards ?

Ils se sont calmés instantanément, l'un des garçons a levé la main, l'air de dire : « C'est bon. » Quoi que dise ou fasse Ryan, le mal était fait. Tout le lycée était au courant. Les élèves murmuraient et riaient sous cape dans les couloirs quand je suis allée en cours cet après-midi-là. J'ai feint l'indifférence, mais j'avais les joues en feu et j'étais au bord des larmes.

En sortant de cours, on est allés prendre un café au bar de Tim Horton, Ryan et moi, avant d'aller se balader sur des petites routes. On écoutait de la musique sans un mot, une cigarette aux lèvres, préoccupés, quand il s'est tourné vers moi.

— C'est vrai ?

— Qu'est-ce qui est vrai ?

— Au sujet de Jason. Est-ce que…

Je suis devenue écarlate. J'aurais tellement aimé qu'il ne me pose pas la question.

— Jason était différent à l'époque. Quant à Shauna…

Je lui ai tout raconté, la façon dont elle m'avait piégée, dont Jason avait profité de la situation. J'ai fini par lui demander :

— Tu m'en veux ?

— Naaan ! C'est de l'histoire ancienne.

Mais il paraissait distant et, quand je lui ai pris la main, il n'a pas serré la mienne et ne m'a pas regardée en souriant comme à son habitude. Je me suis tournée vers la fenêtre en refoulant mes larmes. J'avais hâte d'obtenir mon diplôme de fin d'année, de quitter cette saleté de lycée et de ne plus jamais voir Shauna.

*

Ryan m'a déposée devant chez mes parents. Il m'a embrassée.

— On se voit demain au bahut.

Il a redémarré en faisant crisser ses pneus et je l'ai vu s'éloigner avec un pincement au cœur. J'avais beau savoir que c'était idiot, j'avais brusquement peur qu'il me laisse tomber, que notre relation s'en trouve altérée. Maman était en train de servir le dîner, mais je lui ai dit que je ne me sentais pas bien et je suis montée directement dans ma chambre sous son regard intrigué. C'était la dernière personne à qui je me serais confiée au sujet de Ryan. Elle aurait été capable de danser de joie. Enfermée dans ma chambre, j'ai mis de la musique et je me suis allongée sur mon lit, une main sur le ventre pour ne pas vomir. Je voulais croire que

Ryan finirait par oublier. Et puis j'ai senti monter la rage en moi. Si Ryan décidait de me larguer à cause d'une histoire vieille de trois ans, ce n'était qu'un con. Il n'avait pas non plus vécu comme un moine avant de me rencontrer. Pourtant… j'ai posé les yeux sur la photo de nous deux.

Je refusais d'imaginer ma vie sans lui, je me voyais mal retourner au lycée et marcher dans les couloirs si nous n'étions plus ensemble. L'angoisse m'empêchait de respirer. J'ai gagné la salle de bains et pris une douche brûlante, histoire de calmer mon angoisse. Tout finirait par se tasser.

Une heure plus tard, j'écrivais à Ryan sur mon lit quand on a frappé tout doucement à la fenêtre. C'était lui. Il portait un bonnet de laine marron qui lui descendait jusqu'aux yeux et un vieux blouson de cuir sur un pull gris. Il avait les joues toutes rouges à cause du froid. Je lui ai fait signe de ne pas bouger et j'ai vérifié que ma porte était bien fermée à clé. Les voix de mes parents montaient du rez-de-chaussée, avec des bruits de vaisselle. Il y avait peu de chances qu'ils entendent quelque chose, mais ma fenêtre grinçait quand on l'ouvrait. J'ai monté le son de ma chaîne et écarté précipitamment le vantail.

— Qu'est-ce que tu fiches ici ? Mes parents sont en bas.

Il avait dû arriver jusqu'au toit en grimpant dans l'arbre du jardin. Nous avions emprunté le même chemin avec Nicole, l'été précédent, pour aller prendre un bain de minuit sur la plage. Nous étions rentrées transies, excitées comme des puces par un tel acte de bravoure.

Ryan m'a souri.

— Tu me manquais.

Je lui ai adressé une mine grave, perturbée par ce qui s'était passé un peu plus tôt.

— Tu aurais pu appeler.

Son sourire s'est figé.

— J'avais absolument besoin de te voir. Je suis désolé, ma chérie. Au sujet de tout à l'heure. Ça me fait chier de penser que tu as été avec un autre, j'en arrive à oublier qu'on n'a pas toujours été ensemble, toi et moi.

— Je suis pareille chaque fois que je croise ton ex.

Il s'est penché au-dessus du cadre de la fenêtre, m'a attrapée par les cheveux et m'a regardée droit dans les yeux.

— Je n'ai jamais ressenti avec elle ce que je ressens avec toi. Elle ne compte pas. Nous, c'est pour de vrai, et pour toujours, d'accord ?

— D'accord.

On s'est embrassés pendant une éternité, perdus dans l'air glacé du soir qui s'engouffrait par la fenêtre. Son dos était tout chaud sous son pull. Il me caressait le visage et les cheveux, nos bouches se cherchaient avec avidité. Nous avions besoin de nous prouver que rien d'autre ne comptait à part nous.

*

Le lendemain matin au lycée, Amy m'a retrouvée devant mon casier.

— Putain, je viens d'apprendre ce qui est arrivé. Comment ça se passe avec Ryan ?

Comme elle avait été malade la veille, elle n'avait pas vu l'inscription laissée par Shauna, mais la rumeur lui en était parvenue. Quand je lui ai expliqué qu'on s'était raccommodés, elle m'a serrée dans ses bras en me disant de ne pas m'inquiéter, que Ryan était un type bien.

— Oublie Jason Leroy, a-t-elle ajouté. J'ai connu ma part de losers, moi aussi.

La remarque m'a fait rire.

À l'heure du déjeuner, Shauna a traversé le parking en voiture pendant qu'on s'embrassait, Ryan et moi. J'ai observé son manège du coin de l'œil. Sa mine s'est assombrie quand elle nous a reconnus, elle faisait comme si de rien n'était, mais j'ai bien vu qu'elle était furieuse. Les autres filles affichaient également une mine maussade. J'ai embrassé Ryan à l'étouffer.

Le jour suivant, Amy n'est pas venue me rejoindre près de mon casier, contrairement à son habitude. On allait toujours en cours ensemble. Je me suis dirigée vers son casier en me demandant si elle était de nouveau malade. Au passage, plusieurs élèves m'ont lancé un regard noir. Notamment Tricia, une fille avec laquelle on traînait souvent. Une dure à cuire comme nous, toujours habillée en noir avec des tas de piercings. Elle m'a donné un coup d'épaule au moment où je la croisais.

— Hé, ça va pas la tête ?

Elle s'est retournée.

— J'arrive pas à croire que t'aies pu infliger un truc pareil à Amy.

J'ai senti mon estomac se contracter.

— Un truc ? Quel truc ?

— Comme si tu le savais pas.

Au même moment, Amy est apparue au détour du couloir en compagnie de plusieurs copines.

Elle avait un air mauvais, et j'ai surtout remarqué qu'elle avait pleuré. Elle s'est plantée devant moi.

— Merci infiniment, Tonie.

— De quoi tu parles ? C'est quoi ce délire ?

— Warren m'a plaquée, à cause de ce que tu lui as raconté.

— N'importe quoi. Je n'ai même pas vu Warren, je ne vois pas comment j'aurais pu lui dire quoi que ce soit.

Les autres filles ont levé les yeux au ciel. L'une d'elles a glissé dans un murmure :

— Salope de menteuse.

Amy a regardé autour d'elle. Tout le monde observait la scène.

— Tu l'as appelé hier soir pour lui raconter que je l'avais trompé à Noël avec Michael.

C'est vrai, Amy était sortie avec Michael, mais je n'en avais jamais glissé mot à quiconque. Personne ou presque n'était au courant, à part Michael et quelques-uns de ses copains. Notamment Cameron, le type que Shauna avait dragué à la fête. Le reste était facile à deviner. Il en avait parlé à Shauna qui avait appelé Warren en se faisant passer pour moi. Depuis toute petite, elle avait le don d'imiter les voix et les intonations. Elle avait même réussi à piéger ma mère un jour.

— Amy, je n'ai jamais appelé Warren. C'était probablement Shauna. Elle était furax de ne pas avoir réussi à nous embrouiller, moi et Ryan. Pourquoi voudrais-tu que je te fasse du tort ?

— Warren m'a pourtant juré que c'était toi.

Amy avait élevé la voix. Tout le monde s'était arrêté pour nous écouter.

J'étais tellement abasourdie que je ne me suis même

pas défendue. Je restais là, le cœur battant. Amy n'en avait pas terminé.

— Warren m'a aussi raconté le reste. Que mes parents étaient pauvres et qu'il était trop bien pour moi. Que je m'habillais comme une clodo.

— Jamais je n'aurais dit ça !

Amy achetait toutes ses fringues dans des friperies. Elle feignait de trouver ça cool, mais je sais bien qu'elle aurait préféré porter des vêtements neufs.

— C'est fou ce que t'es menteuse.

La surprise passée, je commençais à fulminer.

— T'es bien conne si tu crois à toutes ces idioties. Enfin, Amy ! Réfléchis une seconde.

Mais elle n'en était plus au stade de la réflexion, elle ne voulait rien entendre.

— Tu t'imagines sans doute que ta relation avec Ryan est tellement parfaite que personne d'autre n'est capable d'avoir un petit copain convenable ? Tu n'as plus que Ryan à la bouche.

Amy était-elle jalouse ?

— C'est faux. Je te propose régulièrement qu'on sorte ensemble.

Elle a émis un ricanement.

— C'est ça. Quand Ryan est pris ailleurs. Décidément, t'es trop nulle.

— Va te faire foutre, Amy. C'est toi qui passes ton temps à annuler nos rendez-vous pour suivre Warren comme un toutou. Tu m'étonnes qu'il ait voulu rompre !

Amy, rouge de colère, avait les larmes aux yeux.

— Je te déteste.

Elle a fait volte-face et s'est éloignée à grands pas. Plusieurs élèves l'ont suivie tandis que les autres attendaient de voir ma réaction. Un classeur à la main, je restais pétrifiée. J'étais rouge comme une pivoine. Ryan, il faut que je trouve Ryan.

J'ai remonté le couloir en courant, bien décidée à tous leur échapper. Pas question d'aller en cours. Je me suis réfugiée près du pick-up de Ryan en attendant qu'il vienne fumer une cigarette pendant l'interclasse.

Il a tout de suite compris que ça n'allait pas.

— Putain, Tonie, qu'est-ce qui se passe ?

— Je hais ce lycée et tous ces cons.

J'ai essuyé mes larmes d'un geste rageur.

Il m'a serrée contre lui. Je me suis blottie dans ses bras en attendant que les battements de mon cœur se calment, rassurée par sa chaleur.

Sa bouche s'est perdue dans mes cheveux.

— On n'en a plus pour longtemps.

J'essayais de me raccrocher à ses mots, mais la voix d'Amy résonnait en boucle dans ma tête. « Je te déteste. » Jamais personne ne m'avait lancé à la face une phrase pareille.

*

La fin du mois de janvier et la première semaine de février ont été rudes au lycée. Les seuls qui acceptaient encore de me parler étaient Ryan et ses meilleurs amis. Même leurs copines me battaient froid quand les garçons n'étaient pas dans les parages. Mes résultats scolaires étaient catastrophiques. Je me suis engueulée très fort avec ma mère un soir où elle m'avait reproché, une fois de plus, de passer trop de temps avec Ryan. Je lui ai répondu qu'elle disait n'importe quoi. Elle s'est assise sur mon lit pour essayer de me raisonner.

— Raconte-moi ce qui ne va pas. Tes amies n'appellent plus jamais à la maison, tes profs disent que tu te montres hargneuse, tu passes des heures enfermée dans ta chambre…

J'avais tellement la honte de voir à quoi ressemblait ma vie que j'ai flippé grave.

— C'est peut-être toi, le problème. Tu t'es déjà posé la question, au moins ?

Sur ces mots, j'ai quitté la maison en trombe et je suis allée me balader près de la rivière. Mon père est venu me chercher une heure plus tard.

— Je ne sais pas ce qui cloche, mais tu dois savoir que tu peux toujours nous parler. Qu'il s'agisse d'un problème de drogue…

— Putain, papa ! T'es aussi nul que maman.

— On s'inquiète à ton sujet.

— Eh bien, vous avez tort. Tout va bien.

C'était faux, et il le savait. Il a posé une main sur mon épaule sans répondre. Paradoxalement, sa réaction m'a déçue. Au fond de moi, j'aurais voulu qu'il insiste, qu'il m'oblige à parler. Il avait préféré renoncer, et moi aussi. Quand on est rentrés à la maison, maman se trouvait dans son bureau. Je me suis enfermée dans ma chambre en mettant de la musique. Lorsqu'elle a toqué quelques minutes plus tard, j'ai fait la sourde oreille. J'ai entendu papa lui parler, et puis ils se sont éloignés.

J'avais tenté de joindre Amy à plusieurs reprises, mais sa mère me répondait chaque fois qu'elle ne voulait pas me parler. À la façon froide et brusque dont elle s'exprimait, j'avais deviné qu'Amy lui avait tout expliqué. Je me sentais encore plus mal à l'idée que sa mère puisse me croire capable d'horreurs pareilles. Elle qui s'était toujours montrée si gentille avec moi.

Nicole avait eu vent des événements, mais j'étais trop perturbée pour en discuter avec elle. Je n'avais aucune envie d'en parler à maman, sachant qu'elle voudrait s'en mêler, qu'elle irait voir mes profs ou une connerie du même genre. Feignant l'indifférence, je me suis contentée d'expliquer à Nicole que certaines filles du lycée avaient colporté des mensonges sur mon compte. Au fond de moi, j'étais détruite. Je ne mangeais quasiment plus, j'avais maigri, mes côtes commençaient à ressortir.

Ryan était le premier à s'en inquiéter.

— C'est ridicule de réagir comme ça. Tu dois manger.

On s'est disputés à ce sujet un soir où j'étais incapable de terminer mon hamburger. Je n'avais pas pu avaler la moindre frite. J'ai tenté de lui faire comprendre que je n'avais pas d'appétit, que la nourriture me donnait envie de vomir. Il a tellement insisté que j'ai perdu patience.

— Putain, Ryan ! Lâche-moi une minute, arrête de me traiter comme une gamine !

De rage, j'ai jeté mon assiette et je lui ai demandé de me ramener chez mes parents. Je me suis retournée pendant des heures dans mon lit. Je m'en voulais de m'être montrée aussi brutale avec quelqu'un qui s'inquiétait uniquement de ma santé. J'en arrivais à m'inquiéter moi-même.

J'ai serré les paupières et envoyé à Ryan un message télépathique. Une habitude prise quelques mois auparavant. Chaque fois que l'un de nous deux avait un souci, il lui suffisait de fermer les yeux et de tout raconter à l'autre par télépathie. Mes engueulades avec ma mère. Ses engueulades avec son père, sa mère qui travaillait tout le temps au point de rentrer chez elle au bord de l'épuisement. Le lendemain, on s'assurait que l'autre avait bien reçu le message, et ça marchait. On savait chaque fois quand l'autre avait rencontré un problème.

Vers 1 heure du matin, Ryan a toqué doucement contre mon carreau. J'ai entrouvert la fenêtre en retenant mon souffle à cause du grincement.

— Qu'est-ce que tu fiches ? Mes parents…

— Ils dorment à poings fermés. Ton père a laissé leur fenêtre ouverte, ils ronflent.

— Nicole pourrait t'entendre.

Elle avait le sommeil lourd, mais allez savoir.

— Arrête de flipper tout le temps. Viens te balader.

— Tout de suite ?

— Oui.

Il a brandi un joint avec un grand sourire.

Si jamais je me faisais prendre, j'étais dans une merde noire, mais ma vie était tellement naze que je n'étais plus à ça près.

On a roulé pendant une heure. Une bonne odeur de marijuana flottait dans la cabine du pick-up au son de Pearl Jam. On a parlé de trucs sans importance jusqu'à ce qu'on s'arrête au bord du lac. Ryan s'est tourné vers moi.

— Je suis désolé de t'avoir emmerdée, mais ça m'inquiète de voir que tu ne prends pas soin de toi.

Rouge de honte, je regardais fixement l'eau du lac.

— Je sais. Si tu ne veux plus rester avec moi, je comprends.

C'était un défi en l'air, il l'a immédiatement compris.

— Arrête. Je n'ai aucune intention de te quitter. Je sais bien que c'est la merde au lycée en ce moment, mais je te demande de t'accrocher.

— C'est plus que la merde, tu veux dire. Je n'ai plus personne.

— Si, moi.

Je pleurais quand je me suis tournée vers lui.

— Amy me manque.

C'est vrai que je passais beaucoup de temps avec Ryan depuis un an, mais Amy restait ma meilleure amie. Son humour me manquait, tout comme nos conversations sur la musique, nos petits copains respectifs, les ragots qu'on s'échangeait, tout.

— Je n'aurais jamais dû lui dire qu'elle suivait Warren comme un toutou. Elle avait raison, c'est vrai que je l'appelais moins. Je m'en veux terriblement.

Il a essuyé l'une de mes larmes avec son pouce.

— Je sais, ma chérie. Mais n'oublie pas qu'Amy est furieuse d'avoir été démasquée. C'est tout de même pas ta faute si elle a trompé Warren. Vous devriez essayer de recoller les morceaux, toutes les deux.

J'ai pris longuement ma respiration en le couvant des yeux.

— Je veux t'entendre dire une nouvelle fois que tout va s'arranger.

On a discuté un moment de l'appartement qu'on avait l'intention de prendre, des affaires que sa mère nous avait données, de l'argent qu'il avait mis de côté, des villes qu'on voulait visiter. Les yeux fermés, je me concentrais sur ce qu'il me disait, la nuque sur le dossier de la banquette, emportée par l'herbe. Ryan avait raison. Toutes ces conneries avaient peu d'importance. J'aurais terminé ma scolarité dans quelques mois, je pouvais tenir en attendant. Tant pis pour Amy si elle ne voulait plus de mon amitié. Elle était décidément trop bête si elle préférait croire Shauna.

Ryan s'est allongé sur la banquette, sa tête sur mon ventre. Je sentais sa chaleur contre moi, sa respiration le long de mes jambes me donnait des frissons partout. Il a embrassé mon nombril.

Je lui ai caressé les cheveux et je l'ai entendu murmurer contre ma peau :

— Je serai toujours là pour toi.

*

La mi-février est arrivée. Ryan m'avait emmenée dîner au restaurant le jour de la Saint-Valentin. Un restaurant chic où on vous apporte du pain encore chaud. J'avais quasiment réussi à vider mon assiette, heureuse qu'il ait aimé l'eau de toilette que je lui avais offerte. Au lycée, Amy et ses copines me snobaient toujours, mais l'attitude des élèves dans les couloirs avait fini par changer. On ne me poussait plus, on ne m'insultait plus, on ne me regardait plus de travers. Les gens se contentaient de m'ignorer, ce qui était une bénédiction. Shauna continuait de me narguer chaque fois qu'on se croisait, mais ses remarques me touchaient moins que celles de mes amis. Ceux que j'avais considérés comme des amis, en tout cas.

Un jour où Ryan bidouillait le moteur de son pick-up, à l'heure du déjeuner, je jouais au hockey dans le gymnase avec des garçons quand Shauna s'est jointe à nous. Dans l'équipe adverse, évidemment. Rachel et Cathy assistaient à la partie en spectatrices. Kim participait sans doute à une répétition, elle faisait partie de l'équipe de théâtre du lycée et traînait moins avec les filles depuis quelque temps. Je la voyais surtout avec la fille qui tenait le rôle principal dans la pièce de fin d'année, au point que je me demandais si elle n'essayait pas d'échapper à l'emprise de Shauna. Elle n'allait pas être déçue.

La partie se passait normalement au début. Je multipliais les passes audacieuses, sûrement stimulée par la présence de Shauna en face. Elle s'est rapprochée peu à peu de moi, dans l'espoir de me coincer. Je m'efforçais de rester calme, d'échapper à ses attaques, mais elle s'acharnait sur moi en essayant de me frapper avec sa crosse. À un moment, elle a réussi à me toucher au niveau des phalanges. Sous l'effet de la douleur, je me suis retournée et je l'ai frappée aux jambes, alors elle m'a donné un coup d'épaule. Mon sang n'a fait qu'un tour. J'ai lâché ma crosse, je me suis jetée sur elle de tout mon poids et elle est tombée. L'instant d'après, je la giflais à tour de bras, à cheval sur sa poitrine. L'une des filles, Rachel ou Cathy, me hurlait dans les oreilles en me tirant les cheveux. Ça ne m'a pas empêchée de continuer, et même de frapper plus fort. Les garçons assistaient à la scène en nous encourageant. Un prof a surgi. Il nous a séparées et nous a conduites de force dans le bureau du proviseur qui nous a enfermées dans des pièces différentes avant d'appeler nos parents.

Ma mère et mon père sont arrivés. Papa avait pris une douche et je m'en suis voulu, sachant qu'il avait été obligé d'abandonner un chantier en catastrophe pour venir au lycée. Il m'a serré gentiment l'épaule alors que maman m'a à peine regardée. J'aurais aimé deviner de quelle humeur elle était, savoir à quel point elle était furieuse. Elle avait les joues en feu et donnait l'impression de s'être brossé les cheveux à la hâte. Elle était stressée à l'époque, elle venait d'acheter plusieurs maisons pour les rénover, je me souvenais de l'avoir entendue dire qu'elle avait rendez-vous avec son agent immobilier cet après-midi-là. J'imagine que mes idioties la mettaient en pétard.

Le proviseur leur a exposé la situation.

— Je suis désolé de vous convoquer à l'improviste, mais Tonie s'est battue dans l'enceinte de l'établissement, et je suis contraint de la renvoyer huit jours.

J'ai aussitôt réagi :

— C'est injuste. Shauna a commencé, elle n'arrêtait pas de me donner des coups de crosse sur les mains !

Je n'avais jamais aimé le proviseur, et il le savait. C'était un vieux avec des cheveux gris et un gros ventre, dont on disait qu'il avait épousé une femme riche. Leurs enfants fréquentaient une école privée, ce que je trouvais pour le moins paradoxal. Comme si le lycée n'était pas assez bien pour eux. Je m'étais déjà prise de bec avec lui, essentiellement pour avoir répondu à certains profs.

— Je compte bien en discuter également avec ses parents. Shauna prétend toutefois que vous avez déclenché la bagarre et qu'elle s'est contentée de se défendre. Plusieurs autres élèves confirment sa version. Elles affirment aussi que vous avez menacé Shauna.

— Évidemment, ce sont ses copines. Elles mentent pour la soutenir. Quel tissu de conneries !

Je n'avais pas de quoi être étonnée. Tout le monde croyait Shauna, comme d'habitude, je n'en revenais pas de la façon dont elle parvenait systématiquement à s'en tirer.

Maman a tourné vers moi un visage sévère.

— Je te prie de parler correctement, Tonie.

Puis, au proviseur :

— Je suis désolée que nous en soyons arrivés là, mais j'espère qu'elle comprendra la leçon cette fois.

Elle a secoué la tête d'un air navré tout en poursuivant sa diatribe, sans se soucier de ma présence.

— Tonie est incontrôlable. On a essayé de lui parler à maintes reprises, elle ne veut rien entendre.

Mon père s'est interposé :

— Y a-t-il d'autres témoins de cet incident que les amies de cette fille ? Il me semble judicieux d'entendre les deux versions, la position actuelle me paraît un peu partisane…

Je lui ai adressé un sourire. Merci, papa.

— Les autres élèves ne sont pas certains de ce qui s'est passé, mais nous nous intéresserons au rôle de Shauna dans cette bagarre.

Je connaissais d'avance le résultat. Les témoins qui ne voudraient pas la couvrir ne s'impliqueraient pas pour autant.

Mon père a rongé son frein en me lançant un regard dépité. Je partageais sa déception.

Un peu plus tard, je vidais mon casier pendant que mes parents m'attendaient dans leur pick-up quand j'ai vu Shauna arriver en compagnie de son père. Elle m'a fait un doigt d'honneur en voyant que je la regardais. Au bout de quelques minutes, de grands éclats de rire se sont élevés dans le bureau du proviseur. Je me suis souvenue qu'il appartenait à la même équipe de sport que Frank McKinney.

J'ai appris par la suite que Shauna n'avait été renvoyée que deux jours.

Ce soir-là, je feuilletais rageusement un magazine sur mon lit quand ma mère est entrée dans ma chambre, sans prendre la peine de frapper. Elle a balayé la pièce des yeux.

— Tu vas me nettoyer tout ça.

— Tout à l'heure.

— Je te connais, Tonie. Tu vas attendre que je te harcèle pour t'y mettre. Pose ce magazine et range-moi cette chambre. C'est une véritable porcherie.

D'accord, ma piaule n'était pas nickel depuis quelque temps. Quand je rentrais de cours, si je ne traînais pas avec Ryan, je m'enfermais dans ma chambre pour dormir ou écouter de la musique en rêvant du jour où j'aurais fini le lycée. J'étais épuisée à l'idée de ranger. Rien de bien dramatique, pourtant. Des piles de fringues et deux ou trois mugs contenant des restes moisis de café. J'étais furieuse que maman n'ait pas voulu entendre ma version des faits. J'avais bien essayé sur le chemin du retour, mais elle m'avait juste conseillé d'apprendre à canaliser mes pulsions, comme si tout était ma faute.

— Je termine cet article et je m'en occupe.

Elle m'a arraché des mains le magazine et l'a jeté à l'autre bout de la pièce. Je l'ai regardée avec des yeux ronds. C'était rare que maman se mette vraiment en colère, elle se contentait généralement de crier.

— Tout de suite !

Elle est sortie de ma chambre en claquant la porte. J'ai attendu d'entendre ses pas dans l'escalier, le cœur battant, avant de reprendre mon magazine. Rien à foutre. Plus question de lui obéir, dorénavant. J'étais tellement énervée que les mots dansaient devant mes yeux.

Nicole a toqué en murmurant :

— Tonie ? Ça va ?

Je lui ai dit d'entrer.

Elle s'est adossée contre le chambranle.

— Pourquoi ne pas lui obéir ?

J'ai laissé retomber ma tête sur le lit.

— Parce qu'elle se comporte de façon injuste. Elle est furax à cause de la bagarre au lycée.

J'avais tout expliqué à Nicole après le dîner, de sorte qu'elle me savait innocente. Elle s'était montrée très cool, m'avait serrée dans ses bras avant de m'aider à terminer la vaisselle.

— T'inquiète. Maman finira par se calmer.

— Peut-être, mais ça risque de prendre du temps.

— Et alors ? Suis ses instructions et elle te fichera la paix.

Elle avait raison, sauf que ce n'était pas le problème. En plus, ça m'énervait sérieusement que la seule solution consiste à lui obéir au doigt et à l'œil. Et moi, alors ? Je ne comptais pas ? Depuis toute petite, chaque fois que je me prenais la tête avec maman, Nicole venait me voir pour me réconforter, tout en me conseillant de m'excuser. Il m'arrivait de suivre son avis en pensant qu'elle avait raison, mais j'en avais marre d'être la seule à accepter des compromis.

— Laisse-moi tranquille, si ça ne te dérange pas.

Sur ce, j'ai repris mon magazine.

Elle a refermé la porte. Une demi-heure plus tard, maman était de retour. Quand elle a vu que je lisais toujours, elle m'a arraché le magazine des mains, m'a attrapée brutalement par le bras et m'a jetée à bas du lit.

Muette de saisissement, je me suis dégagée tout en me protégeant le visage. J'ai cru un instant qu'elle allait me frapper. Elle a laissé retomber son bras.

— Je t'ai demandé de ranger ta chambre !

La colère succédant à la peur, je me suis mise à crier.

— Elle est même pas en bordel ! Tout ça parce que tu veux toujours tout diriger !

— Je commence à en avoir assez de ton fichu caractère, Tonie !

J'ai refoulé mes larmes en la voyant ramasser mes affaires et les jeter dans tous les coins.

— Tu vis comme un animal.

Elle a saisi une pile de vêtements qu'elle m'a lancée au visage. J'ai grimacé de douleur en sentant une boucle de ceinture s'écraser sur mon épaule, mais elle s'acharnait à me bombarder avec mes chaussures.

— Tu me ranges cette chambre tout de suite, ou alors tu dégages de ma maison.

Elle est ressortie en claquant la porte si fort que le miroir a tremblé sur le mur.

J'ai commencé à ramasser mon linge en pleurant. Vivement que je me casse d'ici pour aller vivre avec Ryan. Encore quelques mois, et je vous emmerde tous.

Maman est repassée en fin de soirée. Elle a pris la peine de frapper cette fois, mais sans attendre la réponse avant d'entrer.

— On peut parler ?

J'étais couchée et je me suis tournée vers le mur.

— Excuse-moi de t'avoir brutalisée, mais je ne supporte pas que tu m'envoies promener quand je tente de te parler. C'est irrespectueux, et tu sais pertinemment que ça provoquera une engueulade.

Comme je ne répondais pas, elle a soupiré.

— Il va falloir qu'on apprenne à s'entendre, toutes les deux. Je suis disposée à essayer, mais tu dois aussi y mettre du tien.

Elle attendait ma réaction, mais je me contentais de serrer mon bras endolori, en larmes. Elle a fini par partir en refermant la porte avec un clic définitif, comme si j'avais mis un terme à un moment de notre vie.

*

Une semaine plus tard, je dressais à Ryan la liste de mes griefs vis-à-vis de ma famille, étalée sur son lit.

— Chérie, tu ferais mieux de laisser tomber.

— C'est bien à toi de dire ça, alors que tu ne laisses personne t'emmerder.

— Si tu savais à quel point mon père m'emmerde.

— Ma mère est une salope de première.

— Tu exagères.

Je l'ai regardé d'un air ahuri.

— Tu déconnes ou quoi ? Elle s'est mise à flipper parce que je n'avais pas rangé ma chambre !

— Pas du tout. Elle a flippé parce que tu refusais de l'écouter tout en sachant très bien qu'elle péterait un plomb. Tu l'as fait en connaissance de cause, pour passer ta colère sur elle.

Il avait raison. J'étais furieuse à cause de Shauna, et parce que tout le monde refusait de me croire. Alors je m'étais défoulée en mettant ma mère en pétard. La voir partir en vrille me donnait un sentiment de puissance. Mais de là à reconnaître que j'avais des torts, il y avait un gouffre.

— Je ne vois pas pourquoi tu prends sa défense. Elle ne supporte pas qu'on sorte ensemble.

Je ne l'avais jamais dit ouvertement à Ryan, ce qui ne l'avait pas empêché de comprendre tout seul.

Il m'a envoyé un coup de coude.

— Je ne prends la défense de personne, espèce de peste. Je te dis la vérité. Je serais ravi si elle m'appréciait un peu plus, mais comme je n'y peux rien, je ne vois pas l'intérêt d'insister.

Ryan ne se souciait jamais de ce que les autres pensaient de lui. C'était un garçon gentil, sans être une poire. Quand ses copains lui demandaient un peu trop de leur servir de taxi, il n'hésitait pas à leur réclamer de l'argent pour l'essence. Et s'ils n'avaient pas de fric, il refusait de les emmener, sans états d'âme. S'il était toujours prêt à aider ses potes à régler le moteur de leur pick-up, par exemple, il attendait d'eux la réciproque. Le premier qui considérait leur relation comme une rue à sens unique pouvait aller se rhabiller. Il cessait de le voir.

— N'empêche que j'en ai marre. Maman a été d'une humeur massacrante toute la semaine parce que les voisins sont partis et que mon père va tous les jours chez eux arroser leurs plantes. Elle trouve qu'il en fait trop.

— Les voisins qui passent leur temps à faire la fête ?

— Ouais, ils ont tout le temps des invités.

La maison de mes parents se trouvait en pleine cambrousse, près de la rivière. Toutes les maisons étaient neuves, pour beaucoup construites par mon père, sur de grands terrains. La plupart des voisins avaient du fric, possédaient des voitures, des bateaux et des camping-cars devant leur porte. Les gens d'à côté, les Anderson, organisaient régulièrement des fêtes d'enfer. Mes parents y allaient avec une bouteille de vin, ils en revenaient des heures plus tard en titubant et en échangeant des vannes. En dépit de leurs différences, j'avais toujours admiré leur complicité.

Ryan a levé les yeux au plafond d'un air pensif, les mains croisées sous la nuque, les biceps tendus sous son T-shirt. Il en avait des tonnes aux armes de ses groupes de rock préférés, celui-là était en l'honneur de Nirvana. Curieusement, il n'avait jamais assisté à un concert de sa vie. On parlait souvent d'aller en voir un, quand on aurait de l'argent.

J'ai posé le menton sur sa poitrine.

— Quoi ?

Il m'a adressé un sourire paresseux.

— Je parierais qu'ils ont un bar bien fourni.

J'ai souri à mon tour.

— Probablement. Mes parents seront chez mon oncle, ce week-end. Ils m'ont demandé de garder la maison, mais je n'ai le droit d'inviter personne.

— Tu sais où se trouve la clé des voisins ?

— Accrochée à côté de la porte du jardin, chez nous.

J'ai claqué des doigts.

— Ils ont même laissé à mon père le code de l'alarme avec leurs instructions sur une feuille posée en haut du frigo.

— Ça te dirait de t'amuser vendredi soir ? Mes parents seront là, on ne peut pas se retrouver chez moi, d'autant que papa s'est sérieusement remis à picoler.

J'avais remarqué que Ryan avait un bleu sur le bras. J'y ai déposé un baiser. Il m'a prise contre lui en collant sa bouche à la mienne.

— Je ne sais pas ce que tu en penses, mais on a bien mérité de s'amuser un peu.

*

Le vendredi, Nicole s'est enfermée avec le téléphone, je l'entendais parler à voix basse dans sa chambre. Je la trouvais changée depuis la fête de l'autre fois, j'étais persuadée qu'elle sortait avec ce type, bien qu'il ne passe jamais à la maison. Elle avait pourtant le droit depuis qu'elle avait seize ans, elle devait avoir une bonne raison de le planquer. Je le soupçonnais d'être plus âgé qu'elle. Peut-être était-il plus vieux que moi ? Maman n'aurait guère apprécié si elle l'avait su. Au bout d'une demi-heure, je pensais que Nicole avait terminé quand j'ai pris le téléphone du salon.

— Hé ! Je suis déjà en ligne ! a résonné la voix de Nicole.

— Désolée, je croyais que tu avais fini. Tu en as encore pour longtemps ? Je dois appeler Ryan.

— Je ne sais pas, on…

Une voix masculine l'a interrompue sur un ton désagréable.

— On est en pleine conversation, OK ? Tu n'as qu'à attendre ton tour.

J'avoue avoir été choquée.

— Qui est à l'appareil ?

— Ça ne te regarde pas. Allez, Nic. Dis à ta sœur de raccrocher.

Ce connard commençait à m'énerver grave. De quel droit l'appelait-il Nic ? Et pourquoi refusait-il de me donner son nom ? C'était quoi, cette histoire ?

— Écoute-moi bien, espèce de petit merdeux…

Nicole ne m'a pas laissée achever ma phrase.

— Je te rappelle plus tard.

Et elle a raccroché.

Je me suis ruée à l'étage et j'ai ouvert sa porte à la volée.

— Qu'est-ce qui te prend ? D'abord, qui c'est ce type ?

— Tu n'avais aucune raison de lui parler de cette façon-là. Il va m'en vouloir, maintenant.

Elle était au bord des larmes.

— Calme-toi. Pas de quoi paniquer. Il s'est montré grossier avec moi. Je passe un coup de fil vite fait à Ryan, tu n'auras qu'à le rappeler dans la foulée.

Comme elle restait perturbée, j'ai insisté.

— Qui est ce type, de toute façon ? Il a tout du parfait connard.

Elle a aussitôt hurlé :

— Sors de ma chambre !

— Pas de souci !

Et j'ai claqué la porte derrière moi. Je n'en étais pas moins surprise, et même sidérée, d'un tel comportement chez ma sœur. C'était quoi, ce délire ?

*

Nous avons attendu qu'il fasse nuit, Ryan et moi. Nicole n'avait pas bougé de sa chambre. J'ai frappé pour la prévenir :

— Je sors.

Pas de réponse. J'ai récupéré les clés et le code de l'alarme des voisins avant de rejoindre Ryan en passant par le jardin. Il avait garé son pick-up un peu plus bas dans la rue, dans un coin sombre. La maison des voisins se trouvait au fond de leur grand terrain, loin de tout. Personne ne pouvait nous voir, mais nous avions jugé préférable d'emporter des lampes de poche, au cas où. Nous nous sommes approchés de la maison à pas de loup en pouffant de rire. J'ai commencé par désactiver l'alarme.

On s'est avancés dans l'obscurité en riant sous cape chaque fois qu'on se cognait. Le temps d'allumer les bougies apportées par Ryan, on s'est mis en quête du bar. On a sorti des bouteilles de vodka, de Southern Comfort et de bourbon. Ryan a déniché dans un placard une veste de costume qu'il a enfilée. De mon côté, j'ai dégoté des talons hauts et j'ai défilé devant lui, les jambes de mon jean relevées, sous ses sifflements admiratifs.

— Viens, on va tout remettre en place. Je ne voudrais pas qu'on casse quoi que ce soit.

Ryan a approuvé en riant. On s'est mis à fumer à la fenêtre, assis sur le rebord, nos verres calés sur nos genoux. Comme il faisait froid, on a allumé le feu artificiel dans la cheminée et on s'est blottis l'un contre l'autre sous une couverture. J'avais la tête posée sur sa poitrine, on commençait à s'assoupir sous l'effet de la chaleur. C'était génial, on aurait pu se croire un vrai couple dans une vraie maison.

— Peut-être qu'on vivra un jour dans une grande baraque comme celle-ci.

— Ouais, ça ferait les pieds à mon père, qui me traite de loser à longueur de temps.

— C'est archifaux et tu le sais très bien. Tu es très intelligent, tu as le génie de la mécanique, et tu pêches comme personne.

J'en voulais à son père de le rabaisser de la sorte. J'avais pu voir à quel point Ryan recherchait son approbation, il voulait toujours qu'il aille le voir quand il participait à une compétition de motocross. Son père ne venait jamais, il préférait picoler. Je regrettais d'autant plus que mes parents n'acceptent pas Ryan, alors qu'il appréciait visiblement mon père. Ryan m'expliquait souvent avec fierté que son prof de mécanique l'avait félicité pour un boulot quelconque. J'étais heureuse pour lui, et triste à la fois, sachant que son père n'avait jamais un mot gentil pour lui.

— Tu es la reine quand il s'agit de me réconforter.

— C'est pas comme si j'avais une carrière géniale devant moi, tu sais. Si ça se trouve, je serai serveuse jusqu'à la fin de mes jours.

— Arrête tes conneries. Tu es très douée, tu sais faire plein de trucs, toi aussi. À commencer par la cuisine.

J'ai souri en rougissant légèrement. Je ne lui avais pas fait à manger souvent, mais il adorait toujours ce que je lui préparais, ou bien ce que je lui apportais au lycée. Ma grand-mère m'avait enseigné toutes sortes de recettes. Les fois où je me retrouvais seule avec papa, je nous cuisinais des petits plats. Ça me plaisait bien, surtout quand il me complimentait en me demandant de le resservir. En revanche, je ne préparais jamais à manger quand maman était là. Elle ne manquait pas une occasion de m'expliquer comment mieux m'y prendre.

— Je pourrais devenir chef.

Il s'est mis sur le côté en me caressant le nombril d'un doigt.

— Ah ouais ? Tu me feras à manger quand on sera chez nous ?

— Pas de problème, à condition que tu fasses la vaisselle.

On a continué à discuter de nos projets. Son oncle qui nous proposait un vieux canapé, la perspective de pouvoir se coucher tard et d'avoir le rythme de vie qui nous convenait. Nous avions décidé de mettre de l'argent de côté pendant un an et de partir en Europe, éventuellement de trouver du boulot là-bas. Ryan voulait louer une moto pour qu'on puisse se balader en Italie. On buvait gentiment, on a ri quand un peu de vodka s'est renversée par terre et sur nous.

On a terminé la soirée en faisant l'amour, très doucement, en prenant notre temps, sans s'inquiéter d'être dérangés. On a même essayé des trucs nouveaux qu'on avait lus quelque part. Je n'avais peur de rien avec Ryan, je me sentais bien, il me donnait le sentiment d'être belle. Il a retenu sa respiration en me voyant me hisser sur lui. Sa peau était toute dorée à la lueur du feu. J'ai commencé par me balancer lentement sur son ventre sans le quitter des yeux, et puis je me suis penchée en avant et nos lèvres se sont collées. On s'est embrassés jusqu'à plus soif, trempés de sueur, nous répétant « Je t'aime, je t'aime » entre deux hoquets.

Je me suis endormie, la joue sur sa poitrine qui montait et descendait au rythme de sa respiration, sa main dans mes cheveux. En se réveillant quelques heures plus tard, on a nettoyé, rangé les bouteilles au bon endroit, veillé à ne pas laisser de feuilles mortes ou de traces de boue derrière nous. Ryan se sentait prêt à reprendre la route, les effets de l'alcool s'étaient dissipés, et il est reparti en direction de son pick-up tandis que je reprenais le chemin de la maison.

Il était aux alentours de 4 heures du matin quand j'ai refermé la porte d'entrée et reposé les clés sans bruit. Nicole a poussé un petit cri en me voyant dans le couloir du premier alors qu'elle sortait des toilettes.

— Tu rentres à cette heure-ci ?

— Oui.

Elle n'a pas insisté, se contentant de baisser la tête et de regagner sa chambre. C'est seulement en me glissant entre mes draps que je me suis souvenue de son visage encore humide, de l'odeur de savon qui flottait autour d'elle. Elle n'avait même pas les cheveux en bataille, comme au réveil. Je me suis demandé si elle ne venait pas de rentrer, elle aussi. Elle n'avait pas répondu quand j'avais frappé à sa porte en début de soirée, elle avait très bien pu quitter la maison en douce. Si c'était le cas, avec qui avait-elle rendez-vous ? Le type du coup de téléphone ? J'hésitais à aborder le sujet avec elle, surtout après la manière dont elle avait réagi quelques heures plus tôt. À quoi bon risquer une engueulade, puisqu'elle était rentrée saine et sauve à la maison ?

# 7

# Prison de Rockland, Vancouver

## *1998-2010*

J'ai reçu une lettre de Ryan quelques jours après la visite de mon père. Son avocat lui avait également communiqué le résultat de la procédure d'appel, mais il ne perdait pas espoir. Faute d'argent, sa mère essayait d'obtenir l'aide juridictionnelle afin de porter l'affaire devant la Cour suprême. Le détective privé que son avocat avait engagé n'avait rien trouvé d'intéressant, ce qui n'empêchait pas Ryan de croire à la découverte de nouveaux éléments. Le détective lui avait expliqué que certains témoins se manifestaient au bout de plusieurs années. Ryan était convaincu qu'il en serait de même dans notre cas. Dieu sait que j'avais gambergé pendant des heures sur le déroulement des événements de cette nuit-là. Un SDF de passage ? Un inconnu tuant au hasard ? Quelqu'un qu'on connaissait ? Qu'elle connaissait ?

Les filles, par exemple.

Je savais, sans comprendre pourquoi, que Shauna et sa copine avaient menti lors du procès. J'avais repensé au mystérieux petit copain de Nicole, au comportement apeuré de ma sœur peu avant sa mort. Le détective privé n'avait pas réussi à prouver que Nicole avait un copain, ni à trouver de faille dans le témoignage des filles. Je restais toutefois convaincue qu'elles étaient mêlées au drame.

Cette fois, je n'ai pas pleuré à la lecture du courrier de Ryan, hypnotisée par ses mots. Ne baisse pas les bras. C'est une question de temps. Cette confiance aveugle me mettait en colère. J'en avais assez de m'effondrer chaque fois qu'une lueur d'espoir s'éteignait. Assez qu'on me rappelle constamment à quel point j'avais tout perdu. Comment pouvait-il ne pas voir dans quel pétrin nous nous trouvions ? Il était pourtant évident que tout espoir était perdu. Jamais aucun élément nouveau ne surgirait. L'assassin passerait à travers les mailles du filet.

J'ai repensé aux conseils de Janet, à la nécessité d'oublier le passé, de renoncer à tous ceux qu'on avait connus avant. Des années de prison m'attendaient. Nous n'aurions jamais l'occasion de nous retrouver, Ryan et moi. Quand bien même on nous libérerait un jour, nous ne serions plus les mêmes. J'avais changé et il finirait par changer, lui aussi. Nous avions traversé trop d'épreuves. À quoi bon s'écrire puisque nous n'avions plus rien à partager, sinon des souvenirs qui s'estomperaient inexorablement au fil du temps, tout comme notre amour ? L'idée que notre relation puisse laisser place à de l'amertume me rendait malade.

Je ne lui ai donc pas répondu. Et quand j'ai reçu une lettre de mon père la semaine suivante, je n'ai pas répondu non plus. J'ai retiré toutes les photos accrochées au mur de ma cellule, y compris celles de Nicole, et je les ai enfermées dans la boîte qui me servait de rangement. Je me sentais incapable de regarder son visage en sachant que son ou ses assassins étaient libres. Je me demandais quelle existence elle aurait eue. Un mari, un métier, des enfants. Je savais qu'elle aurait réussi dans la vie, et voilà qu'on la privait de la justice la plus élémentaire. Les gens finiraient par l'oublier. À moins de tout oublier, moi aussi, j'allais devenir cinglée. Cela dit, je n'avais pas davantage l'intention d'accepter ma nouvelle vie.

*

Quinze jours après m'être entretenue avec mon avocat au téléphone, je traversais la salle de détente quand Janet a relevé la tête de la table où elle jouait aux cartes avec d'autres filles.

— Allez, petite. Viens jouer avec nous.

— Non merci. Je n'aime pas les cartes.

J'ai senti leurs regards sur moi pendant que je m'éloignais. Elles étaient furieuses, personne n'avait jamais rien refusé à Janet, mais je n'avais pas peur. J'éprouvais même une certaine excitation, dopée par l'impression que je m'aventurais sur un terrain glissant. J'avais le sentiment d'exister.

Je quittais la buanderie, une heure plus tard, quand j'ai entendu du bruit sur ma gauche. La Souris et Yoda se tenaient dans un coin sombre du couloir, loin des caméras de surveillance. La première affichait un sourire mauvais et se frottait les mains. La seconde, impassible, m'observait de ses yeux bleus de fantôme. Elles se sont ruées sur moi. Yoda m'a agrippé les cheveux et la peau du visage, toutes griffes sorties. Elle m'a frappée à la tête pendant que la Souris m'assenait un coup à l'aide d'une chaussette remplie de piles.

Je les ai repoussées en frappant au hasard, je leur mordais les épaules, je les aveuglais en tirant leurs chemises par-dessus leurs têtes. Le simple fait de se battre était jouissif, au milieu d'une grêle d'injures et de gémissements. La gifle des piles a décuplé ma rage, jusqu'à ce que la Souris me porte quelques coups vicieux à la tête et que le sang coule sur mon front. Un voile m'a soudain aveuglée, ma tête résonnait comme une cloche et j'ai dû m'accrocher à l'une de mes assaillantes pour ne pas tomber. Nous avons été interrompues par une voix féminine :

— Les matons.

La pluie de coups s'est arrêtée. Je me suis écroulée par terre en crachant du sang. Avant de s'enfuir, la Souris a eu le temps de m'avertir :

— La prochaine fois que Janet te donnera un ordre, petite salope, tu feras ce qu'elle te dit.

On m'a emmenée à l'infirmerie pour me soigner avant de me reconduire en cellule où j'ai péniblement hissé mon corps meurtri sur ma couchette en réfléchissant à la suite. Je n'avais rien dit quand les gardiens m'avaient interrogée. Je n'avais pas eu besoin des avertissements de Pinky pour savoir qu'on ne dénonce jamais personne en prison, à moins de vouloir mourir. À ce stade de mon existence, je me fichais éperdument de vivre, mais je n'avais pas envie qu'on mette les filles au trou. Notamment parce qu'une telle mesure m'aurait privée de la possibilité de me venger.

Le lendemain, quand je suis de nouveau passée dans la salle commune et que Janet a renouvelé son invitation, j'ai encore refusé.

Yoda et la Souris m'ont retrouvée un peu plus tard dans les cuisines où j'étais occupée à nettoyer des gamelles. Les autres détenues se sont éclipsées. Cette fois, j'étais prête. On m'avait montré comment fabriquer une arme de fortune en incrustant une lame de rasoir dans le plastique fondu d'un manche de brosse à dents. Ma haine de tout – ma famille, le système et, plus encore, moi-même – trouvait enfin le moyen de déborder. J'ai tailladé le visage de la Souris et le bras de Yoda, et même cassé le nez de la Souris, avant qu'une escouade de gardiens parvienne à nous séparer.

Je criais toujours au moment où ils me passaient les menottes après m'avoir immobilisée au sol.

— Vous devriez savoir que je suis ici pour meurtre, espèces de salopes ! Je ne vous conseille pas d'essayer de m'emmerder !

J'ai passé vingt jours au trou. Vingt longues journées à contempler un mur nu, à tourner en rond, à pleurer, à éviter de penser à Ryan. Je ne lui écrivais peut-être plus, mais j'étais incapable de renoncer à lui, de me dire que je ne le verrais jamais plus. La souffrance qui s'échappait de mes entrailles me faisait littéralement hoqueter de douleur. Je pensais beaucoup à Nicole, je me torturais à force d'entendre dans ma tête sa voix lorsqu'elle était petite et qu'elle me suivait partout en me suppliant de « youer » avec elle.

Vers la fin des vingt jours, j'avais perdu toute notion du temps. J'étais parfois convaincue que ma sœur était enfermée avec moi. J'apercevais des ombres, je tendais la main dans l'espoir de la toucher, mais elle s'évanouissait systématiquement entre mes doigts. Je parlais à Nicole, à Ryan aussi, je leur disais combien ils me manquaient. Les bras serrés autour de mon corps, je me balançais d'avant en arrière en multipliant les exercices mentaux pour entretenir mes cellules grises. J'épelais des mots à voix haute, je récitais des paroles de chansons, n'importe quoi pourvu que je ne perde pas la boule. En même temps, je me sentais complètement cassée et inutile, comme me l'avait toujours répété ma mère.

Dès ma sortie d'isolement, j'ai remarqué qu'on me traitait différemment à cause de la dernière bagarre. La Souris avait une longue balafre rouge sur la joue, elle détournait les yeux quand je la regardais. Elle avait peur de moi. Même Janet évitait de m'approcher. Contrairement à ce que j'avais cru initialement, ça ne me procurait pas vraiment de satisfaction. Je ne ressentais plus rien : ni bienveillance, ni souffrance, ni remords. J'avais réussi à mourir au fond de moi.

La plupart des autres détenues me respectaient, mais je ne les respectais pas pour autant. Je répondais aux gardiens, je refusais de suivre des cours. Je me battais régulièrement avec d'autres filles au prétexte qu'elles me regardaient avec trop d'insistance ou qu'elles murmuraient sur mon passage. Quand trois nouvelles ont voulu jouer aux malignes en m'attaquant dans les douches, j'ai attendu que chacune d'elles soit seule pour leur rendre la politesse en leur laissant en souvenir de belles cicatrices en zigzag sur la poitrine. Un jour, pendant que je faisais la sieste dans ma cellule, une fille m'a enfilé une taie d'oreiller sur la tête avec l'intention de me bastonner. J'ai réussi à lui démettre une épaule. J'en étais arrivée au stade où celles qui ne me craignaient pas me défiaient quand elles avaient envie de prouver leur valeur.

Pendant trois ans, rien n'a changé. Quand on ne

me collait pas au trou à cause d'une bagarre, je travaillais en cuisine et je courais tous les soirs dans la cour. Ou alors je faisais de la musculation dans ma cellule. Le reste du temps, je dormais. Les lettres de mon père se sont espacées du jour où j'ai cessé de lui répondre. Il était venu me voir le premier Noël, mais on m'avait mise au trou la veille. Depuis, il se contentait de déposer de l'argent sur mon compte et de m'envoyer des CD, parfois accompagnés d'une carte ou d'un petit mot. Je me demandais combien de temps il tiendrait. Ma grand-mère était la seule qui continuait à m'écrire tous les mois, et c'était la seule à qui je répondais parfois.

Je partageais toujours ma cellule avec Pinky, on cohabitait pacifiquement, ni amies, ni ennemies. Les autres filles condamnées à de longues peines essayaient parfois de me raisonner en m'expliquant que je ferais mieux de me calmer, que je me compliquais la vie, en vain. J'étais régulièrement convoquée par l'administration et par le psychiatre de la prison. Je m'efforçais de les rendre dingues, et ça marchait chaque fois. Personne ne m'aimait.

Ryan m'écrivait toujours. Au début chaque semaine, puis tous les mois. Par la suite, je n'entendais plus parler de lui des mois durant et, au moment où je me disais qu'il avait enfin renoncé, je recevais une lettre. Je ne les lisais jamais, je ne les ouvrais même plus alors que j'en crevais d'envie, au point de me rendre malade physiquement et de vomir dans nos minuscules toilettes en acier brossé. Dans ces moments-là, Pinky me regardait silencieusement en secouant la tête. J'émergeais parfois brutalement d'un sommeil sans rêve en prononçant le nom de Ryan, sûre qu'il pensait à moi, qu'il m'appelait. À chaque nouvelle lettre, je me retirais dans ma cellule et je fixais le mur pendant des heures. Je refusais de manger. Alors on me remettait au trou. J'étais de plus en plus maigre, de plus en plus en colère. Il m'arrivait de ne plus me reconnaître moi-même.

J'étais incarcérée à Rockland depuis cinq ans lorsqu'on m'a envoyé le psy de la prison un jour où j'étais au trou pour avoir craché sur un gardien. C'était un jeune type avec un visage ouvert et de grosses lunettes. Il me donnait l'impression de vraiment aimer son boulot et de se donner du mal, mais j'avais passé le plus clair de nos séances précédentes à essayer de le convaincre que j'étais perdue pour la science. De façon convaincante, je crois.

— Tonie, vous avez purgé un tiers de votre peine. Vous pourriez ressortir et mener une vie normale si vous ne faisiez pas tout pour aggraver votre cas. C'est comme si vous refusiez de sortir d'ici. Comme si vous aviez peur de l'extérieur.

J'ai longuement réfléchi à ses propos après son départ. À mon arrivée, ma peine me paraissait interminable. Ce n'était plus le cas, je pouvais apercevoir le jour au bout du tunnel. Cette idée était à la fois terrifiante et excitante. Quelle existence m'attendait dehors ? Si je poursuivais sur ma lancée, en m'entêtant à me rebeller contre le système, je serais une racaille ou une toxico à ma sortie, avec toutes les chances de replonger au bout d'une semaine. J'avais été témoin de ce genre de drame à maintes reprises. J'ai repensé à ce que m'avait dit Janet : « Tu peux purger ta peine normalement, ou alors tu peux la purger dans la douleur. » Je m'imaginais que couper les ponts avec ma famille et Ryan m'aiderait, mais je n'avais jamais vraiment accepté la prison, j'avais été incapable d'y trouver ma place. Tandis que d'autres détenues riaient, aimaient, apprenaient, réussissaient, je m'étais fermée à toute idée de bonheur. Comme si découvrir une forme de plaisir dans l'univers carcéral relevait de la soumission, de la trahison vis-à-vis de Nicole.

En attendant, je n'avais rien prouvé à personne, sinon que les autres avaient peut-être raison depuis le départ. Que j'étais une vermine. À vingt-cinq ans, je n'avais jamais essayé de m'améliorer, rien tenté pour réussir dans la société lorsque je sortirais. Mes chances d'obtenir une libération conditionnelle le jour venu étaient quasiment nulles. Que se passerait-il si, par un miracle quelconque, Ryan et moi étions reconnus innocents ? Quel avenir aurions-nous si je continuais à déconner ? Il avait fini par renoncer à m'écrire cette année-là, mais je me demandais toujours ce qu'il ressentait pour moi. Si je n'avais pas eu tort, si on réussirait un jour par se retrouver, d'une façon ou d'une autre.

J'ai fréquemment vu le psy après cet épisode. Je me suis décidée à l'écouter, à répondre à ses questions, même quand je les trouvais idiotes. Je lui ai dit que j'étais innocente. Je ne sais pas s'il m'a crue, mais il m'a répondu que ce n'était pas un problème de culpabilité ou d'innocence, le tout était d'accepter la situation. Quitte à être enfermée en prison, autant en tirer le maximum. Alors je me suis inscrite à des formations. En écoutant attentivement les histoires des autres filles, j'étais capable de lire entre les lignes. D'entendre leur incapacité à trouver une place dans la société, à s'entendre avec leurs proches, qu'elles se droguaient dans l'espoir d'oublier leurs souffrances ou d'attirer l'attention sur elles. Je me souvenais de toutes les fois où l'on avait fumé, Ryan et moi, pour échapper aux conneries de nos familles respectives, sans penser à mal. Il n'en restait pas moins que si je n'avais pas été complètement défoncée cette nuit-là, j'aurais peut-être été capable de protéger Nicole, je l'aurais probablement entendue crier. Je n'avais plus touché à la dope ou à l'alcool depuis. J'avais même arrêté la cigarette.

J'ai suivi d'autres formations, joué le jeu, et lu plusieurs livres de coaching personnel. D'autres bouquins aussi. Des romans dont Nicole m'avait parlé, des recueils de souvenirs, des biographies, essentiellement des ouvrages consacrés à des survivants, des gens qui avaient réussi à surmonter l'adversité. À terme, je me suis intéressée aux classiques que j'avais consciencieusement évités à l'école : *Moby Dick*, *Jane Eyre*, *Les Grandes Espérances*, *Des souris et des hommes*. Après avoir végété pendant des années, mon cerveau demandait à fonctionner, à apprendre. Le panel des cours était limité dans le secteur à sécurité renforcée où je me trouvais, aussi me suis-je appliquée à éviter les ennuis. Je racontais ce qu'il avait envie d'entendre au contrôleur chargé de mon dossier. J'exprimais des remords, je lui expliquais mon désir d'obtenir le pardon de tous ceux que j'avais blessés depuis des années, ma famille, les gardiens, d'autres encore. Je me montrais plus aimable, plus respectueuse, si bien qu'on a fini par me transférer en moyenne sécurité au bout d'un an.

Ce n'était pas un long fleuve tranquille. Il m'arrivait encore de m'accrocher avec d'autres détenues, mais j'évitais généralement la bagarre. Le temps aidant, j'ai fini par m'ouvrir au psy de ma culpabilité au sujet de la mort de Nicole ; sans l'avoir tuée, je me sentais responsable de son meurtre. Je lui ai expliqué que je lui en voulais parfois de ne pas s'être confiée à moi la dernière année, sa mort étant sans doute liée à ce qu'elle avait vécu au cours de ses derniers mois. Il évoquait la force du pardon, par rapport à moi comme vis-à-vis des autres.

— Vous n'aidez personne en vous punissant vous-même, Tonie.

Sauf que je n'étais pas prête à me pardonner, ou à pardonner à Shauna et ses copines pour ce qu'elles avaient déclaré lors du procès. Je n'arrivais pas à m'ôter de la tête qu'elles avaient joué un rôle dans le drame, qu'elles connaissaient la vérité. Et qu'elles étaient libres. Les années avaient encore renforcé ma haine. J'évitais naturellement d'en parler au psy, afin qu'il n'ait que des éléments positifs à inscrire dans mon dossier.

Deux ans plus tard, on m'a enfin transférée dans le secteur à sécurité minimale. J'avais vingt-huit ans. Je n'avais pas vu mes parents depuis des années, ils continuaient pourtant de m'expédier de l'argent pour mon anniversaire et à Noël. Mon père m'envoyait des cartes de loin en loin. Je les examinais longuement en me demandant pourquoi je ne souffrais même plus en les lisant. Elles relevaient d'une autre vie, une vie dont je m'étais détachée à jamais.

L'une des lettres de papa m'a pourtant fait mal. Celle dans laquelle il m'annonçait la mort de ma grand-mère. Je n'oublierai jamais les courriers pleins d'humour qu'elle rédigeait d'une écriture tremblante, sa façon de râler contre son médecin, ses copines, son nouveau compagnon. Ses lettres m'avaient apporté de rares taches de lumière dans un océan de grisaille. Je n'ai pas eu l'autorisation d'assister à ses obsèques et j'ai regretté de ne pas lui avoir écrit plus souvent. J'avais trop honte de mettre l'adresse de la prison au dos des courriers que je lui postais.

Après sa mort, je n'ai plus reçu aucun courrier, hormis les requêtes épisodiques d'étudiants en droit ou de journalistes désireux de se pencher sur mon affaire. Je ne leur répondais pas.

J'avais fini par oublier à quoi ressemblait le monde extérieur. Les odeurs et les bruits s'étaient lentement estompés, j'y pensais moins souvent. Plus exactement, je m'interdisais d'y penser. Parfois, avec les autres filles, on discutait de ce qu'on mangerait quand on sortirait de taule. De bons gros hamburgers avec des frites et un milk-shake bien crémeux, des steaks avec des pommes de terre au four, ou encore un cheese-cake à la fraise. J'ai arrêté assez vite, ça faisait trop mal.

Et puis je me suis fait quelques bonnes copines : Amber, Brenda et Margaret. On ne parlait jamais de nos condamnations respectives, ce genre de sujet était tabou, d'autant qu'on finissait toujours par apprendre par la bande pourquoi chacune se trouvait là. Amber avait accidentellement tué quelqu'un, Brenda et Margaret étaient en taule pour meurtre. Margaret était la plus ancienne du groupe. Elle avait tué son mari et un de ses copains un soir où ils l'avaient violée. Comme tous les trois avaient bu, les jurés avaient estimé qu'elle était consentante et qu'elle avait assassiné les deux hommes sous l'emprise de l'alcool.

Je ne cherchais plus à convaincre personne de mon innocence, je ne parlais jamais de Nicole ou de mes parents. La majorité des filles n'avaient pas de famille non plus, si bien qu'on se soutenait mutuellement.

Amber, une petite blonde à la langue bien pendue, était dingue de country and western. Avec ses dix-neuf ans, c'était notre petite sœur. Brenda, une ancienne toxico au look de brute qui s'habillait en mec, le crâne rasé, était notre frère. Elle tombait amoureuse d'une fille différente toutes les semaines et nous amusait beaucoup à vouloir jongler avec plusieurs histoires en même temps. Quant à Margaret, proche de la soixantaine, c'était notre mère.

Sa tignasse blonde bouclée dessinait un halo autour de son visage. Elle passait son temps à essayer de l'aplatir avec toutes sortes de produits, mais les frisures reprenaient invariablement le dessus au bout d'une heure. C'était elle qui dirigeait les cuisines où je lui servais d'adjointe. Au début, j'ai cru avoir affaire à une sale pétasse avec un caractère de dogue. Je ne comprenais pas ce que les autres pouvaient lui trouver, avant de comprendre que tout le monde la respectait. Margaret trouvait le moyen de ne pas se laisser marcher sur les pieds sans jamais élever la voix. Une vraie mamma autoritaire. Il suffisait qu'elle vous regarde droit dans les yeux pour que vous éprouviez le besoin de vous excuser. Elle traitait toutes les filles comme s'il s'agissait de ses gamins. Pas question de lui voler un cookie sous peine de recevoir un coup de spatule en bois sur les doigts, mais elle ajoutait volontiers une bricole dans l'assiette de celles qui traversaient une mauvaise passe. C'était aussi elle qui nous poussait à décorer nos cellules à Noël ou les jours de fête. On organisait même des concours. C'est fou ce que des taulardes peuvent faire avec de la colle et du papier de couleur. On fabriquait des cartes pour se les offrir, on préparait des gâteaux d'anniversaire avec des ingrédients achetés à la cantine. On échangeait des cadeaux : une canette de Coca, des paquets de nouilles, des sachets de chips. La première fois que j'ai offert une carte à Margaret pour la fête des Mères, elle a pleuré toutes les larmes de son corps. Elle m'a avoué par la suite qu'elle avait des enfants ; tous l'avaient reniée parce qu'elle se droguait quand elle était jeune.

Ce jour-là, je lui ai raconté ce qui était arrivé à Nicole. Quand Margaret m'a conseillé de me pardonner, je lui ai expliqué que j'en étais encore incapable. Je lui ai parlé de la bande de Shauna, de ma mère qui me détestait. Elle m'a raconté que, après son incarcération, son dernier fils s'était tué en voiture avec d'autres ados. Ils étaient tous soûls quand leur véhicule s'était encastré dans un poteau téléphonique. Le fils de Margaret, éjecté, avait eu la nuque brisée. Elle s'en était voulu pendant longtemps, se reprochant d'avoir été une mauvaise mère. Elle en avait également voulu au conducteur de la voiture.

— Un jour, j'ai pris conscience que toute cette haine que je trimbalais ne faisait pas avancer le schmilblick. On fait tous des conneries, et plus tu t'en veux au fond de toi, plus tu fais du mal aux autres.

Elle a ajouté :

— Et ta mère ? Perdre un enfant est le pire drame que puisse vivre une femme. Ça rend complètement dingue. Dis-toi bien qu'elle reste enfermée dans son chagrin.

Les paroles de Margaret m'ont incitée à réfléchir. Je me suis souvenue que, pendant plus d'un an, ma mère m'avait poussée inlassablement à revenir sur ce qui s'était passé la nuit où Nicole avait été assassinée, m'obligeant à lui répéter les détails les plus pénibles.

Margaret m'a pris la main.

— Elle ne te déteste pas, ma chérie. C'est simplement plus facile de t'en vouloir que de s'en vouloir à elle-même. Il est temps que tu arrêtes de te reprocher ce qui s'est passé.

Margaret m'a donné plusieurs bouquins à lire. Des trucs sur l'importance de l'instant présent par un certain Eckhart Tolle, d'autres sur la méditation et la spiritualité. Comme je suivais simultanément des cours par correspondance, Margaret me demandait de lui lire certains passages, puis nous en discutions ensemble. Elle était très fière chaque fois que j'obtenais une bonne note, elle disait à tout le monde en cuisine que sa « fille » était un petit génie.

Margaret était branchée yoga, ce qui était rigolo vu sa morphologie, un torse large et une poitrine plantureuse sur des jambes de poulet toutes maigres. Ça ne l'empêchait pas de se contorsionner dans des positions improbables et de nous donner des cours dans la salle commune. Amber et Brenda s'exécutaient en maugréant, et j'ai rarement autant ri en prison qu'à ces moments-là, en voyant les copines faire la posture du guerrier ou du chien. J'étais la seule à suivre des cours avec Margaret tous les jours. Souffrant d'arthrite aux mains et aux pieds, elle prétendait que le yoga et la méditation constituaient les meilleurs remèdes contre la douleur.

Je me souviens d'une journée d'hiver où elle se massait les mains, de mauvaise humeur. Elle avait même fait pleurer Amber pendant qu'on regardait la télé.

— Vous m'énervez, à caqueter comme des poules. Fermez vos gueules, ou bien retournez en cellule.

Amber s'était aussitôt éclipsée. Quelques minutes plus tard, Margaret marmonnait :

— Et merde. Je vais être obligée de lui donner une partie de mes cookies.

Sa remarque m'a fait sourire.

— Amber s'en remettra. En revanche, je peux te masser les pieds si tu veux.

Tout contact physique était interdit, mais les mesures étaient moins strictes en secteur de sécurité minimale. En plus, nous étions surveillées ce jour-là par Teresa, une gardienne qui nous aimait bien. Elle a fermé les yeux.

Par la suite, j'ai pris l'habitude de rejoindre Margaret dans sa cellule pour lui masser les mains ou les pieds. Je lui faisais aussi des pédicures, tant et si bien que les autres filles m'en ont aussi réclamé. J'ai fini par devenir l'esthéticienne de service, ce qui m'amusait plutôt. J'aimais les aider à se faire belles. Surtout Margaret. J'adorais la façon dont elle se laissait complètement aller en poussant des soupirs de contentement.

— Tonie, tu as des mains en or.

Les séances de pédicure étaient l'occasion de confidences sur notre passé. Je lui parlais de Ryan, de tout ce dont je n'avais jamais parlé à ma mère. Margaret voulait que je le lui décrive.

— Oh ! Il doit être tellement mignon !

Je lui racontais toutes nos conneries, la façon dont on se voyait en douce. L'évocation de tous ces souvenirs était à la fois agréable et pénible. Le visage et le sourire de Ryan m'apparaissaient avec une telle clarté que j'étais obligée de m'arrêter, sous le coup d'émotions trop vives.

Un jour, Margaret a laissé s'écouler un moment de silence avant de reprendre d'une voix douce :

— Tu crois que tu le reverras en sortant ?

— Ils me retireraient ma liberté conditionnelle.

Un sourire rusé a illuminé son visage.

— Ce n'est pas la question que je t'ai posée.

Je n'ai pas répondu tout de suite.

— Je me demande parfois s'il essaiera de me retrouver. Ça fait tellement longtemps… Je ne sais même pas s'il pense encore à moi.

— Tu sais s'il est censé sortir en même temps que toi ?

— Aucune idée. On ne s'écrit plus depuis des années.

— Je pourrais me renseigner, si tu veux.

L'espace d'un instant, j'ai eu la tentation d'accepter.

— J'aurais trop peur d'apprendre qu'il n'est plus le même.

Je savais d'expérience à quel point la prison m'avait changée. La prison pour hommes de Rockland était encore plus dure. Les prisonniers restaient régulièrement enfermés en cellule, à la suite de rébellions, de bagarres avec les gardiens, ou bien quand quelqu'un se faisait prendre avec de la dope, un téléphone portable ou autre chose. Lorsque l'interdiction de fumer en prison a été votée en 2006, les cigarettes sont devenues des produits recherchés. Si Ryan survivait à cet enfer, il serait probablement devenu quelqu'un à qui je n'aurais plus rien à dire.

— J'ai beau savoir qu'on ne sera plus jamais ensemble, je garde précieusement tous mes souvenirs de lui. Si j'apprenais qu'il a mal tourné, tout le reste s'effacerait du même coup.

Margaret a poussé un soupir.

— Je comprends. Il est parfois préférable de ne pas toucher à certains souvenirs.

Elle m'a parlé de son mari, un beau salopard.

— J'aurais tellement aimé connaître l'amour, moi aussi, quitte à le perdre ensuite. Vous avez partagé un sentiment que peu de personnes ont la chance de connaître au cours de leur existence.

*

À mesure que les années passaient et qu'approchait la date de ma libération conditionnelle, je m'inquiétais de devoir laisser Margaret derrière moi, sans savoir qui s'occuperait d'elle. Il suffisait que j'aborde la question pour qu'elle la balaie d'un geste.

— Ne t'inquiète pas pour moi, ma fille. Prends tes affaires et quitte cet endroit pour nous toutes.

Les jours où son arthrite la faisait trop souffrir, elle m'expliquait que la méditation lui permettait de s'évader, de courir sur une plage, de regarder les oiseaux, d'éradiquer la douleur. Elle en avait assez d'avoir mal en permanence.

— C'est ma punition pour avoir choisi les mauvais mecs toute ma vie.

Elle aimait m'entendre parler de Campbell River, des plages, de l'océan. Originaire de l'Est, elle avait vu une seule fois la mer de toute son existence.

Il lui arrivait de traverser des moments de tristesse. Elle buvait alors son thé à petites gorgées, le regard vide.

— Je mourrai ici. Je le sais.

Et quand je me mettais en colère, elle me disait toujours :

— Tonie, ma chérie, tu n'as rien compris. Ce n'est pas la mort qui est pénible. C'est la vie.

# 8

## Lycée de Campbell River

*février-mai 1996*

J'étais persuadée que nous avions effacé toute trace de notre passage le soir de notre virée chez les Anderson, jusqu'au jour où j'ai découvert mes parents assis derrière la table de la salle à manger en rentrant du lycée. Ils affichaient une mine grave, les tasses de café à moitié vides posées devant eux confirmaient qu'ils discutaient depuis un moment. Nicole, assise à côté d'eux, se grattait nerveusement un bras.

— Qu'est-ce qui se passe ?

— On aimerait te dire un mot, a répondu mon père.

Je me suis assise à mon tour. Nicole a détourné les yeux quand j'ai voulu croiser son regard. Mauvais signe.

— T'es-tu introduite dans la maison des Anderson ?

— Non.

Merde. Jusqu'où étaient-ils au courant ? Avait-on laissé un truc derrière nous ?

— Ne mens pas, a réagi ma mère.

— Je ne mens pas. Je ne suis jamais allée là-bas.

— Pourtant, quelqu'un s'est introduit chez eux, a repris papa. Le système d'alarme des Anderson indique chaque fois qu'il est désactivé, et avec quel code. Quelqu'un s'est servi de celui qu'ils avaient créé pour que je puisse entrer chez eux. Vendredi soir. Es-tu au courant de quoi que ce soit ?

J'ai haussé les épaules nonchalamment, alors que mon cœur battait la chamade.

— Je sais que Nicole devait arroser les plantes, j'imagine qu'elle a dû se servir du code.

— Non. L'incident s'est produit plusieurs heures après son passage.

Maman a voulu ajouter son grain de sel :

— Nicole nous a dit que tu étais avec Ryan vendredi soir.

J'ai fusillé ma sœur des yeux. Tu leur as dit quoi d'autre ?

— Oui, et alors ?

— Il paraît que tu es rentrée à plus de 4 heures du matin.

Nicole avait donc cafté. Elle allait être servie.

— Nicole aussi. Elle venait de rentrer quand je suis montée dans ma chambre.

Maman était sous le choc. Nicole, toute rouge, a balbutié :

— C'est faux. Je… je sortais des toilettes.

Maman s'est tournée vers moi.

— C'est déjà assez grave que tu nous mentes, Tonie. Mais accuser ta sœur est carrément lamentable.

— Je n'accuse personne, je dis simplement que je n'étais pas la seule à rentrer tard.

Maman, un peu perdue, a voulu reprendre l'avantage.

— Il ne s'agit pas de ta sœur, mais du fait que tu te sois introduite chez les voisins.

— Ils nous ont fait confiance, Tonie, a ajouté mon père.

Je me suis brusquement sentie mal. Je n'avais jamais eu l'intention de mettre mon père en porte-à-faux.

— Si ça se trouve, c'est leur alarme qui déconne et qui a enregistré une mauvaise heure.

— Ils ont également découvert qu'il manquait de l'alcool.

Papa s'exprimait avec la voix douce de quelqu'un qui laisse parler sa raison.

— On a besoin de connaître la vérité, c'est tout.

Un coup d'œil à maman a suffi à m'apporter la preuve que j'étais dans la mouise si jamais je leur avouais la vérité.

— Mais c'est la vérité.

Autant papa était déçu, autant maman était furieuse.

— Tu as interdiction de sortir.

— Quoi ?!! Tu n'as pas le droit !

— Pendant un mois ! Avec interdiction de téléphoner, de te servir de la voiture ou de voir Ryan après le lycée. J'exige que tu rentres directement à la maison tous les soirs.

— Tu n'as pas le droit de m'interdire de sortir ! J'ai dix-huit ans.

J'étais d'autant plus furieuse que je devais remettre la voiture en route la semaine suivante.

— En plus, je commence à travailler au Fish Shack mi-mars.

— Il fallait y réfléchir avant.

Elle a repris sa respiration pour se donner du courage avant de poursuivre :

— Si tu ne veux pas respecter ces règles, je te demanderai d'aller vivre ailleurs.

J'ai senti le sang me monter à la tête.

— Tu me fous dehors, c'est ça ?

« Je suis sévère mais je suis juste. » Le genre de principe débile qu'elle avait glané dans un bouquin du style *Comment parler à votre fille adolescente*, comme il en traînait dans son bureau. N'empêche, j'en suis restée bouche bée. Je ne les aurais jamais crus capables de pousser le bouchon aussi loin.

— Nous ne te fichons pas dehors, s'est empressé de rectifier papa. Mais ton comportement dépasse les bornes. Nous ne savons plus quoi faire, Tonie. Ta mère a raison. Si tu ne veux pas respecter les règles de cette maison, nous te demanderons de la quitter.

J'ai bien vu que la dernière phrase le faisait grimacer intérieurement. Cette idée lui avait été soufflée par maman. Je lui ai lancé un regard en coin. Elle n'était pas non plus dans son assiette. Les lèvres pincées et les yeux rougis, on aurait dit qu'elle avait peur. Sans doute avait-elle la trouille de ne plus pouvoir me diriger si je partais.

J'étais paniquée, je ne savais plus où aller. Je ne pouvais pas m'installer chez Ryan. Sa mère était cool, mais je ne crois pas qu'elle m'aurait autorisée à vivre là-bas. Amy et mes autres copines ne me parlaient plus. Le mieux était encore de négocier.

— Et si j'aidais plus à la maison et que je ne sortais pas pendant la semaine ?

Cette solution me permettait de travailler le week-end.

Papa a interrogé maman des yeux.

— Un mois, a-t-elle décrété d'une voix ferme. Tu

auras tout le loisir de t'apercevoir que tu oublies de te servir de ta tête quand tu es avec Ryan. Il est grand temps de prendre la mesure des conséquences de tes actes.

En clair, elle espérait qu'on se sépare.

— Tu me prends pour une idiote ? De toute façon, tu ne voulais pas que je travaille au Fish Shack. Tu fais tout pour foutre ma vie en l'air !

— Personne ne te prend pour une idiote, a réagi papa, et personne ne veut foutre en l'air quoi que ce soit. Il n'empêche que tu ne vois pas plus loin que le bout de ton nez quand il s'agit de ce garçon.

Sa remarque m'a fait mal.

— Je vois beaucoup plus loin que vous ne le croyez.

— Nous ne voulons pas que tu puisses regretter tes actes plus tard. Ça vous fera le plus grand bien de ne pas vous voir pendant un moment.

Au bord des larmes, j'ai lancé un coup d'œil en direction de Nicole, assise en face de moi. Elle avait la tête baissée.

— Pourquoi vous ne demandez pas à Nicole pourquoi elle ment au sujet de l'autre soir ? Et pourquoi elle ne vous parle pas de son petit ami ?

Mes parents se sont tournés vers elle.

Elle était toute rouge quand elle a répondu :

— Je n'ai pas de petit ami.

— Bien sûr.

J'allais parler de la fête mais j'ai changé d'avis en lisant de la peur sur ses traits. Si mes parents avaient décidé de ne rien voir, tant pis pour eux. Inutile que Nicole jette de l'huile sur le feu en cherchant à se venger. J'étais suffisamment dans la mouise comme ça.

— Nous discuterons avec Nicole tout à l'heure, a dit mon père.

— C'est fini ?

— Non. Je veux que tu tondes la pelouse des Anderson toutes les semaines pendant un mois.

— C'est une plaisanterie, j'espère ? Jamais de la vie !

Ma mère a pris le relais :

— Tu feras ce qu'on te dit si tu ne veux pas qu'ils portent plainte contre Ryan et toi.

Je ne m'y attendais pas. Ryan avait déjà eu des ennuis à cause de ce fichu réservoir siphonné. McKinney ne le laisserait pas s'en tirer à si bon compte une autre fois. La peur a parlé à ma place.

— C'est injuste.

— Je les trouve très compréhensifs, au contraire, a répliqué maman.

— Et maintenant, monte dans ta chambre, a renchéri papa.

Je me trouvais encore dans l'escalier quand ils sont passés à l'interrogatoire de Nicole.

— De quoi parle Tonie ? a demandé la voix de maman. Tu sors avec un garçon ?

Nicole a pris sa voix la plus douce.

— Mamaaaan ! Je te l'aurais dit si j'avais un petit copain.

Papa ne s'est pas contenté de sa réponse :

— C'est quoi, cette histoire comme quoi tu serais rentrée tard ?

— Je ne sais pas, moi. Elle a peut-être cru que je rentrais en me voyant sortir de la salle de bains. Je n'ai pas bougé de la soirée.

Nicole feignait la surprise à la perfection, mais elle ne pouvait pas me bluffer. Je savais ce que j'avais vu.

Je suis entrée dans ma chambre et j'ai allumé ma chaîne avant d'enfoncer ma tête sous mon oreiller.

Je ne savais pas comment j'allais pouvoir m'en tirer sans voir Ryan en dehors du lycée.

*

Plus tard dans la soirée, alors que papa préparait à manger et que maman travaillait dans son bureau, je suis allée voir Nicole dans sa chambre. Elle était en train d'écrire un mot et s'est empressée de le dissimuler en me voyant entrer.

— Merci beaucoup.

Elle a rougi en prenant un air coupable.

— Je suis désolée. Je ne voulais pas mentir.

Je me suis laissée tomber sur son lit.

— Dis plutôt que tu ne voulais pas mentir à mon sujet. Apparemment, ça ne te gêne pas de mentir au sujet de tes petites affaires.

— Je ne vois pas de quoi tu veux parler.

— Je sais pertinemment que tu téléphones régulièrement à un garçon. J'imagine que tu étais avec lui cette nuit-là. Tu arrives peut-être à bluffer maman, mais pas moi. Pourquoi le caches-tu ?

Elle a longuement regardé le petit mot, les yeux perdus dans le vague. J'ai cru un instant qu'elle allait me dire la vérité, et puis elle s'est reprise :

— Ce ne sont pas tes oignons, Tonie.

— Ce sont mes oignons à partir du moment où je me retrouve punie à cause de toi. Ce que tu as fait est dégueulasse.

— Tu t'es punie toute seule en allant chez les Anderson. C'était idiot de ta part.

Elle avait peut-être raison. Elle cachait mieux ses petits secrets que moi, c'est tout. Et si elle était allée trop loin avec ce type ? Et puis je me suis souvenue des fois où l'on jouait avec les affaires de maman quand on était petites. Nicole avait toujours le don de tout remettre en place comme si de rien n'était, contrairement à moi qui laissais systématiquement traîner un truc. Nicole était trop maligne pour déconner gravement, ou tomber amoureuse d'un abruti. Elle s'en tirerait toujours.

J'ai réfléchi à mon tour.

— J'ai une idée qui pourrait nous tirer du pétrin toutes les deux.

Elle a ricané.

— Tes idées finissent toujours par t'attirer des ennuis.

— Tu as envie de voir ton petit copain, oui ou non ?

Elle a lancé un coup d'œil en direction de la porte avant de reporter son attention sur moi.

— Je n'ai pas de copain.

À d'autres.

— Très bien, alors disons que tu aies envie de sortir retrouver le petit copain que tu n'as pas, et que je veuille voir mon propre copain. Il nous suffit de nous entendre.

— Comment ça ?

— Ma fenêtre grince. Tu n'auras qu'à me laisser sortir par la tienne.

— Jusqu'à preuve du contraire, c'est toi qui as besoin de mon aide, et pas l'inverse.

— Il me suffit de passer la tête dans ta chambre pour voir que tu n'es pas là. Ou alors de te suivre les soirs où tu es censée être chez Darlène…

Elle m'a fusillée du regard, sachant que je la tenais.

— D'accord, mais c'est le seul service que j'accepte de te rendre. Et si jamais tu dis quoi que ce soit à maman, je peux t'assurer que je la mettrai au courant de toutes tes bêtises.

— J'en ai autant à ton service, ma chère sœur.

*

Voilà comment j'ai pu voir Ryan tout au long du mois suivant. De temps à autre, on séchait les cours pour passer une heure ensemble, et j'attendais le dernier moment avant de rentrer en bus à la maison en fin de journée. J'étais triste de ne plus pouvoir lui demander de me reconduire, de sentir sa main sur ma cuisse, de le regarder changer de vitesse en faisant vrombir son moteur, d'admirer la facilité avec laquelle il conduisait son pick-up. Par-dessus tout, je détestais voir passer Shauna au volant de sa voiture, un sourire narquois aux lèvres, quand j'attendais le bus. Une fois par semaine au moins, généralement le week-end, je quittais la maison par la fenêtre de la chambre de Nicole avant de rentrer par le même chemin quelques heures plus tard. Elle se retournait dans son sommeil, ouvrait brièvement les yeux et se rendormait.

Une nuit, elle m'a même prévenue :

— Ne fais pas de bruit, j'ai entendu quelqu'un se rendre dans les toilettes du bas il y a quelques minutes.

Nicole sortait en douce, elle aussi, mais moins souvent que moi, sans que je sache qui elle retrouvait. J'entendais régulièrement le bruit de ses pas sur le toit devant ma fenêtre. Un soir où je regagnais ma chambre en passant par la sienne, j'ai constaté qu'elle n'était pas encore rentrée et je ne l'ai entendue qu'une heure plus tard. Je l'ai surprise un jour dans les toilettes au lycée, en train de se mettre du mascara devant le miroir. Elle avait les yeux rougis et les traits bouffis, comme si elle avait pleuré. J'ai attendu qu'on soit seules pour l'interroger.

— Que se passe-t-il ?

— Ça ne te regarde pas, a-t-elle rétorqué en jetant son mascara dans son sac avant de sortir en hâte des toilettes.

À la suite de cet incident, j'ai cessé de lui poser des questions.

*

Mike, le patron du Fish Shack, avait accepté de me garder le boulot de serveuse jusqu'à la fin du mois de mars. J'étais impatiente de commencer à travailler le week-end suivant. J'allais devoir mettre les bouchées doubles pendant l'été pour récupérer le manque à gagner. Ryan s'efforçait parallèlement d'enchaîner les petits boulots le week-end. Il coupait du bois, faisait du jardinage, repeignait des clôtures, ce genre de trucs. Plus que trois mois à tenir avant d'obtenir mon diplôme, en espérant qu'on arrive à s'installer dans notre propre appart à la fin de l'été. Maman se montrait un peu plus cool depuis que je ne sortais plus, elle m'avait même emmenée plusieurs fois acheter des matériaux pour papa. C'était plutôt sympa, mais j'avais l'impression qu'elle me sauterait dessus dès que je commencerais à travailler.

J'évitais soigneusement Shauna depuis un mois. On se contentait de se fusiller du regard chaque fois qu'on se croisait, c'est-à-dire le moins possible. Son père avait dû l'engueuler, elle aussi. C'était presque trop beau pour être vrai, j'avais le pressentiment qu'elle rongeait son frein en attendant que je baisse la garde.

La veille de mon premier jour de boulot, j'ai voulu me rendre au café où Ryan était censé passer me prendre en traversant le parc situé en face du lycée. Je marchais tranquillement en profitant du cadre quand j'ai cru voir du coin de l'œil une mèche brune dépasser d'un tronc d'arbre. Je me suis arrêtée. Qui pouvait se cacher là ? Shauna ? Je me suis souvenue que Rachel se trouvait là quand on s'était donné rendez-vous un peu plus tôt, Ryan et moi.

J'ai regardé par-dessus mon épaule. Personne. Je voyais mal Shauna m'affronter sans ses copines, ce n'était pas son genre.

Elle est sortie de sa cachette. Nous nous sommes défiées du regard. Les paupières plissées, elle avait une expression de haine et un éclair joyeux brillait dans ses yeux.

J'ai posé mon sac à dos avant de m'avancer.

— Puisque tu veux te battre, allons-y.

D'un geste, elle a signalé aux autres filles de se montrer. Elles m'attendaient. Rachel a tendu un objet à Shauna, qui l'a glissé dans sa poche. J'ai tout juste eu le temps d'apercevoir un reflet métallique. Un couteau ? Si c'était le cas, ça changeait la donne. J'étais tellement paniquée que je n'avais plus les idées en place. Je n'avais que deux solutions : essayer de m'en tirer en me battant, ou bien prendre mes jambes à mon cou.

J'ai serré les poings et pris la pose que m'avait enseignée Ryan tout en essayant de me souvenir des conseils qu'il m'avait donnés.

Shauna a éclaté de rire.

— Un vrai chaton en colère !

Les autres filles l'ont imitée.

— Et toi, tu n'es qu'une petite merde incapable de te battre seule.

Le sourire de Shauna s'est effacé.

— Salope.

Elle a glissé la main dans sa poche. J'ai retenu mon souffle, muscles tendus. L'heure de vérité.

J'ai poussé un soupir de soulagement en entendant des voix un peu plus loin sur le chemin.

Shauna a aussitôt écarté la main. Je me suis retournée. Un vieux et sa femme en train de balader leur caniche. Ils nous ont gratifiées d'un regard soupçonneux.

J'ai saisi ma chance.

— Oh, j'adore les caniches ! Je peux le caresser ?

Je les ai suivis en leur posant mille questions et ils m'ont parlé de Jinx en long, en large et en travers. Quand je me suis retournée, les filles avaient disparu, mais je n'ai pas quitté le couple âgé d'une semelle jusqu'à la porte du café.

J'ai raconté ma mésaventure à Ryan quand il est passé me prendre.

— Putain, Tonie, cette histoire ne me dit rien de bon.

Il a discrètement sorti un cran d'arrêt et me l'a tendu.

— Ne te promène plus jamais sans ça.

J'avoue avoir été surprise de constater qu'il avait un couteau. Il ne me l'avait jamais montré.

— Je risque de gros ennuis si je me fais choper au lycée avec un cran d'arrêt.

— Arrange-toi pour que personne ne le voie.

Ce soir-là, dans ma chambre, j'ai longuement manipulé le couteau en caressant la lame des doigts. Je l'ai fait siffler dans le vide à plusieurs reprises en m'imaginant que je poignardais Shauna.

Ma porte s'est brusquement ouverte.

— Tonie, je…

Nicole s'est arrêtée net, les yeux écarquillés.

— Ferme la porte !

Elle s'est exécutée.

— Que fais-tu avec ça ?

Elle affichait une mine effrayée.

— C'est pour me protéger.

Elle a fait un pas en avant en murmurant :

— Contre qui ?

J'allais répondre quand on a frappé à la porte.

— Le dîner est prêt, les filles.

J'ai élevé la voix pour que maman m'entende tout en fourrant le cran d'arrêt sous mon oreiller.

— On descend dans une seconde.

Et puis j'ai glissé à Nicole dans un murmure :

— N'en parle à personne.

— Mais pourquoi as-tu besoin d'un couteau ?

Elle risquait de flipper si je lui racontais ce qui était arrivé avec Shauna. Elle en parlerait à nos parents, le père de Shauna s'en mêlerait, et on finirait par me reprendre mon cran d'arrêt.

— Il appartient à Ryan. Il me l'a donné pour les soirs où je sortirai tard du boulot, au cas où je me ferais agresser sur le parking.

— Il a peut-être raison.

Elle s'est retournée, la main sur la poignée de la porte.

— Fais tout de même gaffe, d'accord ?

Pourquoi croyait-elle que j'étais armée ?

*

J'ai donc commencé mon boulot le lendemain. Le Fish Shack était un vieux restaurant dont la décoration imitait l'intérieur d'un bateau, avec des murs lambrissés et des objets marins dans tous les coins : des filets accrochés au plafond, de vieux flotteurs en verre. Le bâtiment lui-même, voisin des quais, disposait d'une vue magnifique sur la marina et l'océan. Mike, mon nouveau patron, était très sympa. Un gros ours débonnaire éternellement coiffé d'une casquette de base-ball dont il portait la visière sur la nuque, et des chemises aux armes de l'équipe de hockey des Canucks. Il connaissait tout le monde ou presque en ville, les gens passaient prendre un café avec lui rien que pour l'entendre raconter des histoires qu'il ponctuait d'un rire sonore. Le restaurant avait une atmosphère familiale qui me plaisait. Je m'entendais bien avec les autres serveuses. Elles étaient quasiment toutes plus âgées que moi, ce qui ne les empêchait pas d'être très cool, on allait s'asseoir dehors ensemble pendant les pauses cigarette. Je me trouvais enfin dans mon élément. Il m'arrivait de passer au restaurant les jours où je ne travaillais pas, c'est-à-dire en dehors du jeudi soir et des week-ends. Ryan me rejoignait, on commandait des nachos ou des frites. Les autres serveuses ne manquaient jamais de me dire à quel point j'avais de la chance d'avoir un copain aussi gentil et mignon.

À la mi-avril, alors que je travaillais depuis quinze jours, Shauna et sa bande sont arrivées au restaurant. Je plaisantais avec des clients quand j'ai entendu tinter la sonnette de la porte. J'ai levé la tête machinalement et mon cœur s'est arrêté en voyant débarquer Shauna, accompagnée de Cathy, de Kim et de Rachel. Le Fish Shack n'était pourtant pas le genre d'endroit où elles aimaient traîner, elles préféraient les cafés plus branchés, ou alors le restaurant de hamburgers du centre-ville. Elles ne pouvaient avoir qu'une seule raison de venir là. Shauna m'a adressé un petit signe amical. Les autres ont pouffé en s'efforçant de contenir leur hilarité. J'en avais des bouffées de chaleur. J'ai pris la commande de mes clients d'une main tremblante en voyant du coin de l'œil une des serveuses accueillir les filles.

Je poussais la porte de la cuisine quand j'ai entendu Shauna demander d'une voix forte :

— On voudrait manger dans la section de Tonie. C'est une copine du lycée.

J'ai hésité à demander à ma collègue de changer de section, mais ça n'aurait pas été très professionnel. En plus, je soupçonnais plusieurs des clients que je servais de ne pas lésiner sur le pourboire. Il était hors de question que Shauna me coûte du fric. J'ai pris ma respiration et je leur ai apporté des menus, la tête haute.

— Je peux vous proposer quelque chose à boire, pour commencer ?

Shauna a souri en se passant la langue sur les lèvres à la façon d'un serpent. Un serpent venimeux.

— Tu peux nous dire quel est le plat du jour ?

Il y avait de la soupe de poisson, suivie d'un sandwich.

— Je suis désolée, mais tu peux répéter ?

J'ai de nouveau récité le menu du jour en continuant d'afficher un grand sourire. Cette fois, Rachel a pris le relais.

— Tu peux nous expliquer ce qu'il y a exactement dans ta soupe ?

Les autres ont éclaté de rire. Je me suis sentie rougir. Plusieurs autres clients me cherchaient des yeux. Heureusement, j'avais bien écouté en début de soirée lorsque le chef nous avait décrit sa soupe de poisson et j'ai souri de satisfaction dans mon for intérieur en voyant la tête de Shauna, surprise que je sache répondre à la question de Rachel.

Cathy a enchaîné :

— C'est quoi, déjà, le sandwich ? Et quelles sauces, pour la salade ? Tu peux nous les dire toutes, s'il te plaît ?

Elles rayonnaient à l'idée de m'emmerder. Faute de pouvoir les planter là, j'ai serré les dents en répétant qu'on proposait un sandwich crevettes-avocat avant de leur citer toutes les sauces de salade.

— Je peux vous proposer de l'eau ou une autre boisson pour commencer ?

Shauna m'a tendu son menu.

— On a changé d'avis. Y a rien qui nous tente. On prendra uniquement des cafés, s'il te plaît.

Elle me regardait droit dans les yeux et j'ai rougi de plus belle.

J'ai hoché la tête tout en souriant à en avoir mal aux lèvres.

— Quatre cafés, très bien.

Elles sont restées là une éternité à me demander de remplir tasse après tasse, se plaignant que le café était trop chaud, ou pas assez, qu'il était amer, ou pas frais, exigeant que j'apporte une autre cafetière. Chaque fois que je passais à côté de leur table en allant servir les autres clients, elles ricanaient ou riaient ouvertement en multipliant les « Mademoiselle, s'il vous plaît ». Je crois que j'aurais pu les tuer.

Quand elles ont enfin déguerpi, l'autre serveuse m'a posé la question.

— Qu'est-ce qu'elles avaient ? Je croyais que c'était des copines à toi ?

— Même pas en rêve.

— En tout cas, tu t'en es bien tirée.

Elle s'est penchée vers moi en ajoutant :

— J'ai dû me taper une bande de salopes du même acabit quand j'étais au lycée. Contente-toi de les ignorer.

Facile à dire, surtout qu'elles ont pris l'habitude de venir tous les week-ends, parfois deux soirs d'affilée. Elles se contentaient généralement de commander du café, parfois une assiette de frites qu'elles se partageaient. Elles multipliaient les blagues débiles, par exemple dévisser le couvercle des salières et des poivrières pour que je les renverse en les remportant. La plupart de mes collègues, comprenant que les filles cherchaient uniquement à me pourrir la vie, s'arrangeaient pour ne pas les installer dans ma section, mais elles n'avaient pas toujours le choix quand la salle était pleine. Je poussais un « ouf » de soulagement chaque fois qu'on les obligeait à s'asseoir ailleurs, tout en sachant qu'elles reviendraient à la première occasion.

Le premier samedi du mois de mai, j'ai cru tomber à la renverse en voyant Nicole arriver avec elles.

Je n'en croyais pas mes yeux. Mike, qui s'occupait des tables de devant, n'a rien remarqué. Je n'avais jamais voulu lui parler de mes petites misères, le sachant ami avec le père de Shauna. Frank McKinney venait parfois avec d'autres flics.

Mike a installé les filles dans ma section.

Je me suis approchée de leur table.

— Qu'est-ce que tu fabriques ici ?

Shauna n'a pas laissé à Nicole le loisir de me répondre :

— Holà ! Personne ne parle à mes amies de cette façon-là.

J'ai refusé de quitter Nicole des yeux.

— Depuis quand es-tu copine avec elles ?

Je ne les avais jamais vues ensemble. D'ailleurs, Shauna ne traînait jamais avec des filles plus jeunes qu'elle. Nicole a relevé la tête, j'ai tout de suite remarqué qu'elle était très maquillée : mascara, fard à paupières, eyeliner, blush, rouge à lèvres rose vif. Je ne l'avais pas vue déguisée de la sorte depuis la fête du mois de janvier. Je ne l'avais surtout plus vue sortir depuis près d'un mois. Peut-être avait-elle rompu avec son copain et se cherchait-elle un nouvel amoureux. Son maquillage lui allait bien, tout en lui donnant l'air plus âgé. Je me suis brusquement inquiétée pour ma petite sœur qui n'avait sans doute pas mesuré à quel point elle était sexy.

— J'ai les amis que je veux.

La formule était directe, mais le son de sa voix trahissait son malaise. Nicole n'avait pas l'habitude de me tenir tête. Shauna l'a encouragée d'un sourire et Nicole s'est redressée sur son siège en souriant à son tour.

Remarquant que Mike nous observait du bar, je n'ai pas insisté.

— Je peux prendre la commande ?

Nicole a pris des frites, les autres des milk-shakes. Je les ai entendues pouffer de rire dans mon dos alors que Shauna déclarait :

— Personne ne lui a jamais dit qu'elle ne savait pas se coiffer ? On dirait qu'elle ne se brosse jamais les cheveux. Beurk.

Je m'en suis voulu, mais je n'ai pu m'empêcher de

me rendre aux toilettes. Je me suis regardée dans la glace en tentant d'aplatir mes cheveux et de rectifier mon maquillage. Je sais bien que j'avais tort, mais j'étais gênée. Quand je suis ressortie, Nicole me regardait. Elle a détourné la tête et souri à ce que disait l'une des autres.

*

J'ai pris ma sœur entre quatre-z-yeux dès mon retour à la maison ce soir-là.

— Pourquoi sors-tu avec ces pouffiasses ?

— Qu'est-ce que ça peut te faire ?

— Shauna te prend avec elle uniquement pour m'énerver.

— Arrête un peu, Tonie. Elle est drôle. En plus, elle m'aime bien. C'est pas parce que tu la détestes que je dois t'imiter.

— Tu t'en mordras les doigts le jour où elle décidera qu'elle ne t'aime plus. Pourquoi tu ne vois plus Darlène ?

J'avais bien vu que Darlène ne téléphonait plus à la maison, sans y prêter attention.

Nicole a haussé les épaules.

— Ce n'est plus ma copine.

Étrange, d'autant qu'elles se voyaient depuis qu'elles étaient toutes petites.

— Qu'est-ce qui s'est passé ?

Darlène était assez sympa. Plutôt silencieuse, un brin ennuyeuse, bien moins jolie que ma sœur, avec des taches de rousseur et un nez en trompette, mais gentille tout de même.

— Je n'ai pas envie d'en parler.

Nicole avait les larmes aux yeux.

— Je me demande bien en quoi ça te concerne, d'ailleurs. Tu ne t'es jamais intéressée à mes copines.

— J'aimerais t'aider, c'est tout. Shauna finira par te laisser tomber après s'être assurée que personne ne voudra plus jamais te parler.

— Shauna m'a raconté ce qui s'est passé entre vous à l'époque où vous étiez amies. Tu n'aurais jamais dû sortir avec son petit copain. Ta trahison lui a fait très mal.

— Quoi ? C'est ce qu'elle t'a raconté ? Mais elle ment, Nicole.

Je me suis assise à côté d'elle sur le lit en soutenant son regard.

— Il faut que tu me croies. Elle s'est mise à flipper un jour en me voyant discuter avec Brody. Du jour au lendemain, elle s'est comportée en vraie salope, elle a tout fait pour que je vive un véritable enfer pendant un an. Et elle continue.

Nicole affichait une mine dubitative.

— Je sais pas, elle est sympa avec moi. Toutes les filles de ma classe sont jalouses.

Elle a souri fièrement. Moi aussi, je m'étais crue la reine de l'univers quand je faisais partie de la bande de Shauna. Je me souvenais surtout de mes désillusions lorsqu'elle m'avait lâchée.

— Tu finiras par t'en apercevoir toute seule. En attendant, Nicole, ne mets plus les pieds au restaurant.

Elle s'est replongée dans ses devoirs.

— C'est ça.

# 9

# Prison de Rockland, Vancouver

## *2010-2012*

Après douze ans de taule, on s'apprêtait à m'accorder les premières permissions de sortie. J'étais effrayée et excitée tout à la fois. Je suivais depuis un an des cours d'adaptation à la vie extérieure : comment gérer un compte en banque, comment trouver du boulot... De son côté, Margaret m'avait fourni des tuyaux sur la façon de faire des courses, d'établir un budget, de dénicher un appartement. J'étais terrifiée à l'idée d'être incapable de me débrouiller dans le monde libre, de merder à la première occasion. Je me sentais en sécurité entre les murs de la prison. J'avais des amies, j'étais rompue au quotidien de l'univers carcéral, j'étais respectée. Dehors, je resterais toujours une ancienne taularde et une meurtrière. J'avais gardé en mémoire la violence des réactions auxquelles j'avais fait face quand on m'avait libérée sous caution. Les murmures dans mon sillage, la honte permanente.

Nous en avions beaucoup parlé avec Margaret.

— Tu t'en tireras très bien. C'est normal que tu

aies la trouille, la vie a beaucoup changé en douze ans. Contente-toi de garder la tête haute et tout se passera bien. Tu es une battante.

Je ne pouvais que lui donner raison au sujet des changements intervenus dehors. La télé m'avait permis de suivre l'évolution des fringues et l'apparition de nouveaux gadgets. Comme l'usage d'Internet et des portables était proscrit à l'intérieur, je m'inquiétais de ne pas trouver de travail en sortant. Qui voudrait de moi ? Je me promettais de prendre des cours d'informatique quand je serais en centre de réinsertion à la suite de ma libération conditionnelle, mais ça ne suffirait pas. Avec l'approche de l'échéance et les progrès enregistrés au niveau de mon comportement, on m'avait proposé de suivre des cours d'entraînement de chiens d'assistance. J'avais une telle passion pour eux que j'avais du mal à les quitter. Je m'étais promis d'avoir mon propre chien un jour.

Je travaillais aussi quelques heures par jour dans l'atelier mécanique de la prison. J'aimais me servir de mes mains, sentir le contact de la matière. Les odeurs d'huile me rappelaient Ryan à l'époque où il bidouillait son pick-up ou sa moto. L'échéance de la liberté approchait pour lui aussi, je me demandais comment il allait, à quelle date il quitterait Rockland, s'il n'avait pas repoussé la date en multipliant les conneries.

On nous emmenait parfois en groupe nettoyer les parcs et les rues. C'était réconfortant de respirer de l'air pur en sentant la caresse du soleil. Il me suffisait de tourner le dos aux gardiens et aux autres détenues pour me persuader que je travaillais pour le compte d'un employeur, ou alors dans le jardin de ma maison. Quelles que soient mes attentes, j'étais convaincue que l'expérience de la liberté serait bouleversante. J'ai compris à quel point j'avais raison la première fois qu'on m'a accordé une autorisation de sortie, sous la garde d'une accompagnatrice.

Ces sorties ne duraient que quatre heures, si bien que j'ai choisi d'aller sur une plage et d'observer le ballet des vagues, une gardienne dans mon dos. J'ai marché jusqu'à l'océan et plongé mes mains dans l'eau froide, les yeux brouillés de larmes en m'apercevant que j'avais oublié la sensation sur ma peau de l'eau salée, jusqu'à l'odeur d'iode. J'ai tourné mon visage vers le ciel et aspiré l'air à pleins poumons. Je me suis même léché les doigts, les yeux fermés, en m'imaginant que je me trouvais à Campbell River. Je ne m'étais pas sentie aussi heureuse depuis des années, mais à peine de retour à Rockland, j'ai éclaté en sanglots en comprenant qu'il me faudrait attendre de longs mois avant d'obtenir une autre permission.

La fois suivante, j'ai demandé à me rendre dans un centre commercial. Mon bonheur d'être dehors, au milieu de vraies gens dans la vraie vie, était à son comble. Certaines personnes me regardaient curieusement, au point que je me suis demandé si j'avais l'air bizarre, avant de comprendre qu'ils percevaient intuitivement le sentiment de jubilation qui m'animait. Je sentais monter en moi l'envie de rire, de crier à chaque passant que j'étais libre. Et puis le bruit, les voix, les lumières, les couleurs, les parfums et les effluves de nourriture, les gens qui se pressaient contre moi et qui me bousculaient, tout est devenu insupportable et j'ai dû partir.

J'ai proposé au gardien qui m'accompagnait de profiter des heures restantes pour nous balader en voiture. Assise sur la banquette arrière, j'observais le monde derrière la barrière de sécurité de ma cage de verre et d'acier. J'ai voulu qu'il s'arrête dans un parc où les élèves d'un lycée voisin discutaient par petits groupes. Je me suis surtout intéressée aux filles, à leurs tenues, à leurs coiffures, aux SMS qu'elles expédiaient à tout bout de champ. Ma jeunesse me paraissait soudain terriblement loin. Tout à coup, j'ai remarqué un jeune couple en train de s'embrasser sur un banc. Le garçon avait les cheveux bruns comme Ryan, la fille de longues mèches noires comme moi. Un éclair de souffrance m'a traversé la poitrine en me coupant le souffle. Quand les deux amoureux se sont séparés, j'ai compris qu'il ne s'agissait pas de Ryan et de moi. Nous n'existions plus. Plus de cette façon-là. J'ai demandé à mon gardien de me reconduire à Rockland.

Le jour de ma troisième sortie, j'en voulais à la terre entière de ne m'accorder que quatre petites heures de liberté. J'en avais marre de rester simple spectatrice de la vie, je voulais y participer. Ce jour-là, je me suis acheté un chocolat chaud que j'ai bu sur un banc au milieu du centre commercial en m'obligeant à absorber tout ce qui m'entourait. J'ai bataillé longuement avec moi-même pour résister à l'envie de m'enfuir en courant. Mon pouls a fini par se calmer, mon corps s'est détendu et j'ai regardé le manège des badauds. J'ai repensé aux courses de Noël avec mes parents, à l'argent que nous économisions, Nicole et moi, pour nous procurer le chemisier ou le jean de nos rêves, persuadées de mourir si nous ne l'avions pas. Plusieurs adolescentes essayaient des robes dans une boutique, peut-être se préparaient-elles pour le bal de fin d'année. Une bouffée de colère m'est remontée en les voyant parader devant la glace, agitée par le souvenir de tout ce qu'on nous avait volé.

J'observais les femmes de mon âge. Leurs vêtements, leurs attitudes. Sans doute leur aurais-je ressemblé si je n'avais pas atterri en prison. Je travaillerais dans une boîte quelconque, ou bien dans une banque. Peut-être nous serions-nous mariés, Ryan et moi, peut-être aurions-nous des enfants. Notre couple aurait-il tenu ? Impossible à savoir. Le visage de Nicole s'est imposé à moi. Se serait-elle mariée ? Serait-elle mère de famille ? Shauna et ses copines ont pris le relais dans mon esprit. Qu'étaient-elles devenues ? Je les imaginais toutes mariées, heureuses, avec des gamins, et la colère a repris le dessus.

Le gardien s'est approché.

— Allez, Tonie. Il est temps de rentrer.

J'ai jeté dans une poubelle mon gobelet de chocolat, un goût amer en bouche.

*

Au cours de l'année suivante, on m'a autorisée à sortir sans accompagnateur. J'avais l'obligation de résider au centre de réinsertion de l'île, à raison de quatre permissions de soixante-douze heures chacune par an. Un programme progressif conçu pour une meilleure intégration des détenues au sein de la société. La première fois, je n'ai pas eu le droit de quitter le centre, ce qui m'obligeait à regarder les autres aller et venir à leur guise, écœurée par l'odeur de l'air libre qui flottait autour d'elles. Par la suite, on m'a autorisée à me déplacer afin d'apprendre à connaître la ville. Il n'était pas encore question de trouver du travail, mais j'en ai profité pour me présenter dans les refuges pour animaux, et pour apprendre des rudiments d'informatique au bureau de l'emploi, ainsi que l'art de rédiger un CV. J'étais complètement perdue sur Internet au début, avant de découvrir que j'adorais surfer d'un site à l'autre. J'ai toutefois résisté à la tentation de taper sur Google mon nom, celui de Ryan et ceux de mes proches.

Je prenais essentiellement plaisir à me promener dans les parcs qui bordent l'océan, à m'arrêter sur un banc pour lire ou regarder les gens. Je m'efforçais de prendre mentalement des photos de mon environnement, de façon à pouvoir tout décrire aux filles à mon retour à Rockland. Je m'étais d'abord imaginé qu'elles ne voudraient pas m'écouter, jusqu'à ce qu'elles m'assurent du contraire. Aussi prenais-je soin de me souvenir de ce que j'avais mangé (un scone à la citrouille surmonté d'un glaçage au fromage blanc, par exemple), des personnes bizarres que j'avais pu croiser. Margaret adorait que je lui parle de nourriture, Brenda voulait tout savoir sur les jolies filles, Amber préférait que je lui décrive les garçons. Malheureusement pour elle, je ne regardais jamais les hommes, traumatisée d'avance à l'idée de croiser quelqu'un qui me rappellerait Ryan.

Le mois de mars a fini par arriver, date de ma libération conditionnelle de jour, avec obligation de résider au centre de réinsertion. À condition de m'en tirer avec les honneurs durant la première année, je pouvais espérer être entendue par la commission des libertés et bénéficier d'une liberté conditionnelle pleine et entière. J'étais sur des charbons ardents la nuit précédente, à la fois excitée à l'idée de quitter la prison, terrifiée en pensant que je pouvais merder, et triste de laisser derrière moi Margaret et mes amies. J'imaginais mal pouvoir me passer d'elles. Margaret aussi était perturbée. Elle avait manifesté sa mauvaise humeur lors des semaines qui avaient précédé mon audition par la commission, elle m'engueulait au moindre prétexte. Je m'étais sentie blessée en voyant qu'elle passait le plus clair de son temps avec les autres, ainsi qu'avec une nouvelle récemment arrivée dans le secteur. Je me suis rappelé combien il m'avait été difficile de renoncer à Ryan. Elle traversait probablement une épreuve comparable.

Je me trouvais dans ma cellule, occupée à retirer les photos de magazines scotchées sur mon mur (les chiens dont je rêvais, les endroits que j'aurais aimé visiter, l'océan), quand elles sont toutes arrivées avec des chapeaux de fête découpés dans du carton et un gâteau fabriqué avec des biscuits Twinkles. J'ai fondu en larmes, et pleuré de plus belle quand Margaret m'a prise dans ses bras en me disant :

— Tu vas me manquer, ma grande.

J'ai offert à Amber toutes les petites douceurs achetées à la cantine qui me restaient, à Brenda et Margaret ma collection de disques. J'ai également laissé ma télé à Margaret, en leur distribuant à chacune la lettre que je leur destinais. Le lendemain matin, les filles se sont postées sur la coursive en m'adressant de grands signes tandis que je m'éloignais derrière un gardien, le carton contenant mes affaires dans les bras. J'étais meurtrie de constater que Margaret ne s'était pas jointe aux autres jusqu'au moment où je l'ai vue en bas, près de l'entrée. Elle m'a longuement serrée contre elle.

— Fais bien attention à toi, ma chérie. Souviens-toi, tu es libre pour nous toutes, OK ? Et ne t'avise pas de remettre les pieds ici.

Nous avions les larmes aux yeux en nous séparant.

— Ne t'inquiète pas pour ça. Je ne reviendrai pas.

# 10

## Lycée de Campbell River

*mai-juin 1996*

Nicole est venue au restaurant le week-end suivant. Elle a avalé des litres de café, levant les yeux au ciel avec Shauna et les autres quand je venais les servir.

— Sans vouloir te vexer, Tonie, ce jean te va vraiment mal, a commencé Shauna. De dos, on dirait un mec !

Nicole a posé sur moi un regard gêné. Comme Shauna la fusillait des yeux, elle a ri avec les autres. J'ai soigneusement veillé à ne pas leur montrer que j'étais vexée avant d'aller me calmer en cuisine. Je me sentais d'autant plus mortifiée de voir ma propre sœur ne pas réagir.

Ryan avait tort de penser que Shauna se lasserait rapidement de Nicole. Ma sœur sortait constamment avec toute la bande, elles allaient au cinéma ensemble et restaient parfois dormir chez Shauna le week-end. Chaque fois que la voiture de Shauna s'arrêtait devant la maison, l'autoradio à fond, je m'enfermais dans ma chambre pour ne pas l'entendre discuter d'une voix sage avec maman dans la cuisine. Un jour, maman est montée dans ma chambre en m'expliquant que Shauna s'était excusée de notre altercation au lycée et qu'elle ne m'en voulait plus.

— Je suis contente que vous ayez réussi à fumer le calumet de la paix, toutes les deux.

— On n'a rien fumé du tout, maman. Elle ne pense pas un traître mot de ce qu'elle t'a dit.

— Je peux t'assurer qu'elle ne t'en veut pas, en tout cas. Elle a vraiment gagné en gentillesse.

J'en avais le souffle coupé.

— Elles passent leur temps à me persécuter au lycée, au boulot, partout. Elles ont même réussi à monter Amy contre moi.

— J'ai cru comprendre qu'Amy t'en voulait de passer tout ton temps avec Ryan. On ne renonce pas à ses amis à cause d'un garçon.

— Qui t'a dit ça ?

— Peu importe.

Elle avait répondu sur un tel ton que je me suis demandé si elle ne tenait pas l'information de Nicole, qui la tenait elle-même de Shauna.

— Ça m'importe, au contraire. Elles mentent. Shauna a téléphoné au petit copain d'Amy en se faisant passer pour moi, elle lui a dit qu'Amy l'avait trompé. Tout ça pour qu'Amy m'en veuille.

Maman a paru réfléchir à ce que je venais de lui apprendre. J'ai cru l'espace d'un instant qu'elle finirait par se rallier à mon point de vue, qu'elle prendrait même ma défense.

Au lieu de quoi, elle a soupiré.

— J'ai du mal à vous suivre dans vos histoires de filles. Quoi qu'il en soit, je compte sur toi pour te montrer aimable avec Shauna quand elle vient à la maison, sachant que c'est une amie de ta sœur. Nicole affirme que tu peux te montrer très désagréable avec elle.

J'allais lui expliquer la façon dont les filles me harcelaient au restaurant quand nous avons été interrompues par le téléphone. Maman s'est précipitée en bas. J'ai hésité à lui en reparler pendant le dîner, avant d'estimer que ça ne servirait à rien. Personne n'était prêt à croire que Shauna était tyrannique et menteuse, surtout pas maman.

Dans la foulée, les filles ont commencé à venir prendre Nicole le matin pour l'emmener au lycée. Je partais tôt exprès pour ne pas les croiser, parfois avec ma voiture, parfois avec Ryan quand il passait me chercher. À la maison, on s'évitait, Nicole et moi. C'est à peine si on s'adressait la parole en présence des parents. Quand elle quittait la maison, elle était une adolescente normale : quasiment pas de maquillage, un T-shirt et un jean. À peine arrivée au lycée, elle se métamorphosait en disciple de Shauna, coiffure en cascade jusqu'au milieu du dos, jean moulant ou minijupe, maquillage outrancier. Elle traversait les couloirs avec assurance tout en évitant soigneusement de croiser mon regard.

Elle recommençait aussi à sortir la nuit, je l'entendais régulièrement ouvrir et refermer sa fenêtre. Le matin, je la découvrais en pleine forme en train de discuter et de rire avec maman. Elle me gratifiait aussitôt d'un grand « Bonjour, Tonie ! » et soupirait ostensiblement lorsque je ne lui répondais pas, comme si c'était moi le problème.

*

La situation devenait si intenable au restaurant que j'ai hésité à démissionner, avant de comprendre que Shauna me poursuivrait où que j'aille. Sans compter que j'étais heureuse au Fish Shack, et que les pourboires étaient très corrects. Il suffisait que Shauna et sa bande pointent le bout du nez pour que je me trompe dans une commande ou une addition. J'avais peur d'être renvoyée.

Un soir où Nicole était de sortie avec Shauna et sa bande, j'ai essayé de m'en ouvrir à papa en le voyant préparer un curry. La cuisine embaumait les épices quand j'ai voulu mettre le couvert.

— Où est maman ?

Je n'aurais jamais parlé en sa présence. Elle aurait trouvé le moyen de prétendre que tout était ma faute.

— Elle a rendez-vous avec l'agent immobilier.

Mes parents achetaient de vieilles maisons qu'ils revendaient après les avoir rénovées. Maman adorait s'occuper de l'acquisition, elle passait des heures à consulter des revues spécialisées, à discuter le prix, à s'entretenir au téléphone avec l'agent immobilier, à négocier au mieux.

— Papa, je voudrais te parler d'un truc.

— Oui ?

Il m'avait répondu distraitement, occupé à lire sa recette tout en remuant la sauce.

— Les filles avec qui traîne Nicole pourraient lui valoir des ennuis. Elles passent leur temps à m'emmerder quand elles viennent au restaurant. Je ne sais plus quoi faire.

Le bras de papa s'est figé au-dessus de la casserole, il a posé sur moi un regard inquiet.

— Comment ça ?

Il m'a écoutée en silence en secouant la tête d'un air compréhensif. J'avais presque honte de tout lui avouer, de peur qu'il me prenne pour une naze complète, ce qui était probablement le cas à l'époque.

— Elles se comportent manifestement comme des imbéciles. Comment réagit Nicole en pareil cas ?

— Elle leur emboîte le pas. Vous êtes au courant qu'elle emporte du maquillage au lycée ? Il faut voir les tenues qu'elle porte. Maman flipperait grave si elle la voyait.

— C'est une ado, Tonie. Tu étais pareille à son âge. Elle se cherche, ce qui est normal. Et puis elle ne fait pas la fête et accumule les bonnes notes.

Sous-entendu : pas comme moi.

Je n'étais pas disposée à lui dire que Nicole sortait en douce. En partie par loyauté vis-à-vis d'elle, mais aussi pour ne pas attirer l'attention sur moi. J'avais l'obligation de rentrer à des heures décentes tant que je vivrais à la maison, si bien qu'il m'arrivait de ressortir retrouver Ryan le week-end après être revenue du boulot.

— Tu sais, papa, je n'en peux plus.

Il s'est assis pour réfléchir tout en jouant machinalement avec une serviette.

— J'en parlèrai à Nicole, d'accord ?

J'ai laissé échapper un soupir.

— Merci, papa.

— N'oublie pas que ta sœur t'admire depuis toujours. Elle t'admire pour ton courage, elle aimerait te ressembler de ce point de vue-là.

Je ne m'attendais pas à une telle révélation. Nicole

n'avait jamais aimé les conflits à la maison, à tel point que je ne l'avais jamais soupçonnée d'envier mon côté rebelle.

— Ta sœur se sent probablement flattée de l'intérêt que lui portent des filles plus âgées. J'imagine qu'elle n'ose pas s'opposer à elles quand elles te maltraitent. Cela dit, elle finira par ouvrir les yeux un jour ou l'autre.

Plus tard, en écoutant de la musique allongée sur mon lit, j'ai repensé à cette conversation. Papa avait sans doute raison, mais je m'inquiétais d'avance de ce qu'il adviendrait à Nicole le jour où elle voudrait quitter la bande. Ou de ce qu'il adviendrait si elle y restait.

*

Papa a parlé avec Nicole quand elle est rentrée. Maman était toujours à son rendez-vous. Ils sont arrivés dans ma chambre peu après.

— Je suis désolée de t'avoir embêtée au restaurant. Je ne recommencerai plus.

Avec papa debout derrière elle, Nicole s'exprimait d'une voix sincère que contredisait son regard noir. Elle était furieuse que je me sois confiée à lui.

— Je vous propose de garder cette histoire entre nous trois. Inutile d'inquiéter votre mère.

En termes clairs, il n'avait aucune envie de voir maman flipper. Nicole et moi, nous étions d'accord.

J'avais espéré que la situation changerait après cette explication, mais Nicole est venue au restaurant avec les filles dès le week-end suivant. Elle riait moins fort des plaisanteries de Shauna et ne me regardait presque jamais, mais elle n'en était pas moins là, ce qui suffisait à mon malaise.

Un jour, Mike m'a surprise en train de ravaler mes larmes dans la cuisine. Je venais d'entendre Shauna dire que mes seins ressemblaient à des œufs au plat, tout en arrosant bruyamment son assiette de ketchup. Mike m'a demandé ce qui n'allait pas. J'ai jeté le torchon avec lequel je venais d'essuyer le comptoir et je lui ai tout déballé. Il m'a fait signe de le suivre et s'est dirigé vers la table de Shauna sur laquelle il s'est appuyé de toute sa masse, d'un air menaçant.

— Si vous souhaitez continuer à venir ici, je vous prie de commander à manger. Et plus question de demander à Tonie de vous servir. Si je vous prends encore une fois à embêter une de mes serveuses, je vous ferme ma porte. Compris ?

Shauna est devenue rouge de colère. Les autres avaient l'air mortifiées. Mike ne quittait pas Shauna des yeux, les sourcils levés. Elle a fini par acquiescer. Nicole ouvrait de grands yeux effarés. J'ai cru que Shauna s'autoriserait un commentaire acide quand Mike s'est éloigné, mais elle et sa bande sont parties sans demander leur reste. Mike m'a dit de le prévenir si jamais elles recommençaient, précisant qu'il se fichait éperdument que Shauna soit la fille de Frank McKinney. Je lui étais très reconnaissante de m'avoir crue.

Du coup, les filles n'ont plus remis les pieds au restaurant. Ça n'empêchait pas Nicole de passer la majeure partie de ses week-ends chez Shauna et de dormir régulièrement chez elle en semaine. Un jour, j'ai trouvé les filles à la maison en rentrant. Je me suis figée sur place de surprise. Shauna, assise à côté de ma mère, feuilletait l'album de famille. Maman lui montrait les photos de nous bébés.

Shauna s'est extasiée :

— Oh, comme elles sont mignonnes ! Salut, Tonie, a-t-elle ajouté en me voyant.

Rachel, Kim et Cathy m'ont également adressé leur plus beau sourire, comme si nous étions les meilleures amies du monde.

Seule Nicole s'est raidie et nous lançait des regards inquiets. Je les ai fusillées des yeux, jusqu'à ce que ma mère m'envoie un coup d'œil agacé, m'obligeant à grommeler un vague bonjour.

Shauna s'est tournée vers moi avec un grand sourire.

— Je disais justement à ta mère que je m'en voulais encore de cette bagarre au lycée. Je suis vraiment heureuse qu'on ait réussi à surmonter nos différends.

J'ai feint de jouer le jeu.

— Oui, moi aussi. Je suis contente de t'avoir vue.

J'ai pris un truc quelconque dans le frigo, le plus naturellement possible alors que j'avais le cœur qui cognait, et je suis montée à l'étage. La porte de ma chambre était ouverte, quelqu'un y était entré. Les filles ? J'ai jeté un œil rapidement, on avait visiblement touché à mes affaires. Je ne tiens pas de journal et rien ne semblait avoir disparu, mais je me suis demandé ce qu'elles avaient bien pu chercher. Nicole leur avait-elle parlé du couteau ? Heureusement, je l'avais sur moi, dans mon sac de classe.

J'étais furieuse à l'idée qu'elles aient fouillé dans ma chambre en pouffant de rire. J'étais surtout inquiète de ce qu'elles me réservaient à l'avenir. Elles avaient décidé de m'effrayer en me faisant comprendre que je n'étais à l'abri nulle part, pas même chez moi.

*

Mai et juin se sont écoulés dans une sorte de statu quo. Les filles ne venaient plus au restaurant et je les évitais au lycée. Je ne voulais penser qu'à la cérémonie de remise des diplômes, aux répétitions, à la location de la toge et de la toque traditionnelles. Nicole passait tout son temps libre avec elles et continuait de quitter la maison en douce tous les week-ends. Les parents, rassurés par son côté sage, ne se doutaient de rien. J'attendais impatiemment le jour où elle se brouillerait avec les filles, mais la bande en avait fait sa mascotte. Elles prenaient Nicole par le cou et lui faisaient des nattes, comme de parfaites grandes sœurs. Je n'avais pas vu Nicole aussi heureuse depuis longtemps. Elle passait des ballades amoureuses en boucle sur sa chaîne en en fredonnant les paroles. Je ne la voyais jamais avec des garçons au lycée, ni même aux fêtes où je la croisais parfois avec les filles. J'en arrivais pourtant à me demander si elle n'avait pas renoué avec ce garçon plus âgé.

Comme on travaillait tous les deux, Ryan et moi, on n'avait pas vraiment le temps de se voir le week-end. À la place, on se laissait des petits mots dans nos casiers respectifs en comptant les jours jusqu'à la fin de l'année scolaire. On continuait à réunir des objets pour notre futur appartement, dans les vide-greniers ou chez Walmart quand il y avait des promotions. J'avais l'impression d'être une grande personne en poussant un Caddie et en comparant les prix, le bras de Ryan autour de mes épaules. Je me réjouissais d'avance de l'existence qui nous attendait, une fois passé l'été.

*

La cérémonie de fin de scolarité est enfin arrivée. Maman a pleuré au moment où j'ai reçu mon diplôme. De soulagement, probablement. Le bal devait avoir lieu le week-end suivant, mais j'hésitais à me rendre à la grande fête organisée par certains élèves au bord du lac. Ryan, désireux de me voir en robe pour une fois et de danser un slow avec moi, disait qu'on pouvait commencer par le bal avant de terminer la soirée à la fête. De mon côté, j'avais peur de croiser là-bas Shauna et les autres. Le bal de fin d'année était l'endroit de rêve pour m'humilier une dernière fois.

Quelques jours avant la remise des diplômes, Amy m'a appelée un soir à la maison. J'ai ouvert de grands yeux quand mon père m'a passé le téléphone en me disant qu'elle souhaitait me parler. Je me suis retranchée prudemment dans le salon.

— Allô ?

— Salut, Tonie, ça va ?

Elle paraissait mal à l'aise.

— Tout va bien.

Pourquoi ce coup de fil ? Était-ce un piège ? Je m'attendais à tout instant à entendre des rires étouffés derrière elle.

— Je voulais m'excuser. Fiona en veut à Shauna parce qu'elle a essayé de flirter avec Max.

Fiona était une autre fille de la bande qu'on voyait moins depuis qu'elle avait une nouvelle voiture, des fringues de marque, et qu'elle traînait avec les cadors du lycée. Fiona et Max sortaient ensemble depuis la troisième.

— Elle m'a expliqué que Shauna lui avait avoué qu'elle avait téléphoné à Warren en se faisant passer pour toi.

— Je te l'avais dit.

— Je sais.

Elle était très gênée.

— On était amies, tu aurais mieux fait de me croire.

— Warren m'a donné plein de détails, alors je l'ai cru. J'étais tellement perturbée que je n'avais plus les idées en place. Je m'en veux de t'avoir dit des trucs pas cool sur Ryan.

J'ai gardé le silence. Je savais bien que Shauna était une excellente imitatrice, mais je n'étais pas certaine de pouvoir de nouveau accorder ma confiance à Amy. Elle m'avait fait trop mal.

— Oui, tu t'es montrée très dure.

— Je m'excuse sincèrement.

Je me suis aperçue qu'elle pleurait en l'entendant parler du nez.

— Toi aussi, tu m'as dit des trucs pas cool, Tonie.

— Je sais. Je te demande pardon.

— J'aimerais qu'on redevienne amies. Qu'on aille au bal de fin d'année ensemble. Je sors avec Chad maintenant, ils se voient souvent avec Ryan.

— Je ne sais pas, Amy. Tout a tellement changé.

J'aurais aimé lui pardonner, mais je gardais le souvenir cuisant de la façon dont elle m'avait rabrouée, de l'humiliation subie quand elle m'avait traitée de menteuse en plein couloir.

Elle a poussé un soupir.

— Je comprends. Je te demande juste d'y réfléchir. S'il te plaît. Tu me manques vraiment.

*

Ryan m'a conseillé de lui pardonner. D'un côté, j'en voulais toujours à Amy ; de l'autre, j'aurais aimé montrer à Shauna qu'elle n'avait finalement pas réussi à m'isoler. Sans compter qu'Amy me manquait aussi. Je l'ai rappelée, on s'est vues à plusieurs reprises, mais nos rapports avaient changé. J'étais méfiante, j'avais peur de me confier à elle. Je lui ai quand même parlé de mes difficultés avec Nicole. Amy n'en revenait pas que Shauna traîne avec quelqu'un d'aussi jeune.

— Je sais bien que ta sœur est sympa, jolie et tout, mais Shauna n'aime pas qu'on lui fasse de l'ombre. Je suis curieuse de savoir comment Nicole réagira quand les filles auront quitté le lycée. J'ai entendu dire que la plupart de ses anciennes copines lui en voulaient à mort.

— Oui, moi aussi.

Ryan m'avait rapporté certaines rumeurs. J'avais mal au cœur pour ma sœur. Elle était si bien tombée dans les filets de Shauna, elle ne s'apercevait pas qu'elle pratiquait la politique de la terre brûlée. Sans parler de la méchanceté de Shauna et des filles le jour où elles auraient quelque chose à lui reprocher. Je la voyais encore détourner le regard au restaurant quand les filles me sortaient des méchancetés. Je ne pouvais plus rien pour Nicole, elle faisait désormais partie de la bande.

*

En fin de compte, j'ai pris la décision de me rendre au bal de fin d'année en compagnie d'Amy et de son nouveau copain. Ryan en avait très envie, et moi aussi, sans doute. Il m'avait répété à quel point il serait ridicule de s'interdire d'y aller uniquement à cause de Shauna. Il a suffi qu'il pose sur moi ses grands yeux marron pleins d'espoir, une main glissée sous mon chemisier, pour que j'accepte. On se munirait d'une couverture pour se rendre ensuite à la fête qui se déroulait au bord du lac.

J'ai trouvé une robe dans un dépôt-vente, un fourreau rouge sombre tout simple dans l'esprit des vieux films hollywoodiens des années 1950. J'ai également déniché une paire de gants longs, ainsi qu'un sac à main en perles. J'étais ravie de mes emplettes en rentrant à la maison, avant de me mettre à douter le soir fatidique. J'avais peur d'avoir une allure vieillotte, de ne pas être suffisamment glamour. Je regrettais de ne pas avoir accepté la proposition d'Amy de nous préparer ensemble.

Nicole m'a rejointe dans la salle de bains au moment où je me regardais dans la glace.

— Waouh ! Tu es ravissante, cette robe te donne une silhouette d'enfer.

Je me suis retournée d'un bloc, pensant qu'elle se moquait de moi, mais elle était sincère, un sourire empreint de fierté aux lèvres. Je lui ai marmonné un vague merci et j'ai repris ma place devant le miroir, en quête d'une idée de coiffure.

— Tu as besoin d'aide ? Je peux te maquiller, si tu veux.

J'ai hésité à l'envoyer promener, après tout ce qu'elle m'avait fait subir depuis des mois. Son sérieux m'a convaincue, ainsi que ses dons de maquilleuse.

J'étais fermement décidée à donner de moi une image classe ce soir-là.

— Je veux bien, merci.

Nicole m'a confectionné une sorte de chignon, puis m'a joliment maquillé les yeux avec du crayon, du fard à paupières et du mascara. Son travail terminé, elle m'a dit que je ressemblais à Marilyn Monroe en brune, et ça m'a fait du bien. J'étais impatiente de voir la tête de Ryan. C'était la première fois, pendant que Nicole me préparait, qu'on riait et plaisantait toutes les deux depuis une éternité. J'en oubliais presque ce qui s'était passé entre nous, jusqu'à ce que la voix de maman nous interrompe.

— Nicole ? Téléphone pour toi, c'est Shauna.

Elle s'est précipitée dans l'escalier en me jetant un regard coupable. J'ai été prise d'un mauvais pressentiment. Je me demandais quelle vacherie elles avaient bien pu préparer, j'en arrivais à penser que Nicole m'avait aidée pour que Shauna puisse d'autant mieux m'humilier au cours de la soirée. C'est à peine si je me reconnaissais en me contemplant dans la glace. J'hésitais à retirer tout ce maquillage et à dénouer mes cheveux quand on a sonné à la porte.

Ryan, beau et sûr de lui dans son smoking, discutait avec papa et maman lorsque je suis descendue. On aurait pu croire qu'il avait porté ça toute sa vie. En voyant son expression quand il m'a aperçue, je n'ai pas regretté d'avoir finalement préservé le travail de Nicole. Un regard à la fois stupéfait et fier. Il m'a demandé d'un geste comment je le trouvais, les sourcils en accent circonflexe, avant d'éclater de rire quand j'ai levé le pouce. Nicole parlait toujours au téléphone dans la pièce voisine, faisant entendre un rire nerveux et contrit qui ne me disait rien de bon. Quand papa a sorti son appareil photo, maman a appelé ma sœur :

— Allez, Nicole. J'en veux une de vous deux ensemble.

Nicole a raccroché et nous a rejoints, mais je la sentais tendue, comme si elle trahissait ses copines en se montrant gentille avec moi.

*

Shauna est restée dans un coin du gymnase avec ses copines pendant tout le bal, tandis que je me cantonnais dans le coin opposé avec Ryan, Amy et son copain. J'étais néanmoins incapable de m'amuser vraiment, de peur qu'un incident ne survienne. Même la présence d'Amy me rendait nerveuse. Elle se comportait pourtant comme avant, et même de façon plus attentionnée à cause de ce qui s'était passé, mais je n'arrivais pas à m'ôter de la tête que c'était du cinéma. Shauna était ravissante dans sa robe moulante de satin blanc, les cheveux bouclés, visiblement heureuse de passer la soirée en compagnie de son cavalier, le capitaine de l'équipe de hockey. Cathy et Rachel avaient aussi de belles robes, bien que Shauna ait soigneusement veillé à ce qu'elles ne l'éclipsent pas. Toutes les deux avaient choisi des hockeyeurs, tandis que Kim était accompagnée d'un garçon du club de théâtre.

Chaque fois qu'on dansait, Ryan et moi, on veillait à rester loin de Shauna. La tête sur son épaule, collée à lui, j'avais beau vouloir me laisser emporter par la musique, je ne pouvais m'empêcher de guetter discrètement Shauna. À un moment, elle est passée à côté de moi en me glissant :

— Tu ne perds rien pour attendre, pouffiasse.

Ryan m'a dit de laisser tomber et m'a entraînée à l'autre bout de la piste, mais ma soirée était fichue. Quel mauvais plan avait-elle prévu, quel mensonge allait-elle inventer cette fois ?

Quand les profs ont annoncé la fin du bal et que j'ai vu la bande de Shauna quitter la salle, je n'en revenais pas qu'elle n'ait rien tenté. Je m'attendais à moitié à découvrir une inscription désagréable sur le pick-up de Ryan, mais tout était normal.

— Je t'avais bien dit qu'elles ne feraient rien, m'a-t-il réconfortée.

— Il reste encore la fête du lac.

— Il ne se passera rien.

Tout en lui étant reconnaissante de vouloir me rassurer, je me disais qu'il ne serait pas toujours là pour me protéger de Shauna.

Nous nous sommes changés sur la banquette du pick-up, j'ai enfilé un jean et un débardeur, défait mon chignon, et nous avons pris la direction du lac. J'aurais aimé me détendre, profiter du feu, m'éclater avec tous nos copains en buvant des bières, mais ma peur m'empêchait de me sentir bien. J'ai compris que Ryan était agacé à la façon dont il me disait à tout bout de champ de me laisser aller. J'en étais incapable, sachant que les filles se trouvaient là avec leurs rencarts. Shauna ne regardait pourtant jamais de mon côté. Elle riait avec sa bande de copains en dansant au son de la chaîne installée sur le capot d'un pick-up. J'avais les nerfs à vif.

Vers 2 heures du matin, certains parents sont venus

chercher leurs gamins et les élèves qui affirmaient n'avoir rien bu commençaient à s'en aller. J'ai respiré pour la première fois de la soirée en voyant Shauna, Rachel et leurs cavaliers respectifs monter dans une voiture. En arrivant à notre hauteur, elle a baissé sa vitre. Ryan a voulu me protéger de son corps, au cas où elle aurait décidé de me jeter un truc quelconque à la figure, mais elle s'est contentée de dire :

— J'espère que tu as passé une bonne soirée, pauvre nulle.

L'instant suivant, un grand éclat de rire collectif a résonné.

Ryan a lancé sa canette, qui a explosé sur la roue arrière. La voiture a freiné brutalement, comme si son conducteur avait voulu la bagarre, mais Ryan a levé une autre canette d'un air menaçant et la voiture s'est éloignée. Il m'a prise dans ses bras.

— Je suis désolé, ma chérie. En tout cas, elle n'a pas réussi à nous pourrir la soirée.

C'était à la fois vrai et faux. Je m'étais pourri la soirée toute seule. Shauna avait gagné.

*

Ryan est monté sur le plus haut des rochers bordant le lac et nous avons admiré le paysage en fumant un joint, main dans la main, ma tête sur son épaule, un filet de musique en fond sonore. Les phares des voitures trouaient la nuit dans le lointain, tout comme les flammes des feux de camp. Ryan s'est tourné vers moi.

— Tu as envie d'y retourner ?

— Pas vraiment, sauf si toi tu en as envie.

Il m'a attirée contre lui et a collé sa bouche contre mon oreille :

— Je n'ai envie de rien, à part toi.

J'ai fermé les yeux en respirant son eau de toilette, bercée par la chaleur de son corps, la joue contre son épaule rassurante, et je me suis laissé emporter par la musique en oubliant Shauna, Nicole, mes parents et tout le reste. Notre scolarité était enfin terminée. Shauna n'était plus qu'un mauvais souvenir.

# 11

# Centre de réinsertion d'Echo Beach, Victoria

*avril 2012*

Le centre de réinsertion était situé dans une rue calme bordée d'arbres, à deux pâtés de maisons du front de mer. Il suffisait qu'un délit quelconque soit commis dans le coin pour que la police sonne à notre porte. La bâtisse, vieille et traversée de courants d'air, était assez grande pour accueillir vingt-cinq filles en liberté conditionnelle, réparties sur trois étages. L'administration avait ses bureaux au rez-de-chaussée, nous avions l'obligation de signer à l'accueil lors de chaque entrée et sortie. La cuisine se trouvait également en bas, chaque pensionnaire disposait d'un placard individuel avec de la vaisselle et des ustensiles pour se préparer ses repas. Je touchais une indemnité hebdomadaire de soixante-dix-sept dollars en attendant de trouver un emploi, après quoi on me demanderait de verser un petit loyer.

Je me sentais sale et épuisée l'après-midi de mon arrivée. J'ai commencé par prendre une douche. C'était la première fois en quinze ans que je me retrouvais seule dans une salle de bains, libre de m'enfermer et de laisser couler l'eau chaude sans avoir à me méfier de quiconque. Comme on ne se débarrasse pas du jour au lendemain de ses anciens réflexes, je me raidissais chaque fois que j'entendais du bruit dans le couloir, avant de m'apercevoir qu'il s'agissait d'une fille regagnant sa chambre. Je me suis savonnée à plusieurs reprises, le visage sous la pomme de douche, paupières serrées, savourant l'instant présent, le puissant jet d'eau qui ne se transformait pas en filet glacé au bout de cinq minutes. L'année précédente, lors de mes permissions, j'étais trop tendue pour me doucher, je préférais me savonner à l'aide d'un gant de toilette au lavabo, tous les sens aux aguets.

Ma peau, blafarde par manque de soleil, commençait à devenir toute rouge et j'ai préféré sortir de la douche. Je me suis séchée longuement avec une serviette, au milieu du silence, goûtant d'avance au plaisir qui m'attendrait le jour où je serais vraiment libre, dans mon propre appartement. Pour l'heure, il me fallait trouver un boulot et suivre des cours. La maison était déserte, preuve que toutes les autres filles travaillaient. Pour l'instant, j'avais envie d'aller à la plage, ou peut-être dans un café.

J'en avais découvert un à proximité lors de ma dernière permission. Debout dans la queue, paniquée à l'idée de devoir choisir dans la liste tracée à la craie sur une ardoise, j'avais observé le manège de ceux qui commandaient tranquillement un latte ou un cappuccino. J'avais opté pour un café noir, avant de me trouver embarrassée lorsque l'employé derrière le comptoir m'avait demandé quelle taille : grand, moyen ou petit. Incapable de me décider, poussée par le client suivant, je m'étais réfugiée dans les toilettes et enfermée dans un box en attendant que les battements de mon cœur se calment. J'étais ressortie sans rien prendre. Le moment était venu de tenter de nouveau ma chance en commandant l'une de leurs boissons couronnées de crème fouettée.

De retour dans ma chambre, j'ai rangé mes affaires, vêtue d'un drap de bain. Les chambres accueillaient tout juste deux lits simples, avec des draps à carreaux bleu pâle et beiges qui avaient beaucoup vécu, et deux commodes. Deux casiers individuels munis de cadenas étaient réservés à nos effets personnels. Ma colocataire était absente, sans doute travaillait-elle. Faute de la connaître, je n'étais pas rassurée, sachant qu'une colocataire désagréable est susceptible de vous pourrir l'existence. Le tout était de me souvenir que je serais en mesure de demander une liberté conditionnelle totale dans un an. À condition de me tenir tranquille.

*

Je venais de sortir un jean et un soutien-gorge de la prison, quand la porte s'est ouverte. J'ai instinctivement ramassé l'une de mes chaussures, prête à me défendre. Une femme est entrée en trombe dans la chambre et s'est ruée vers la seconde commode. Elle paraissait avoir mon âge, mais je la soupçonnais d'être un peu plus jeune. Les cheveux blonds décolorés, un maquillage épais, une peau grêlée, elle avait tout d'une toxico. Elle m'a lancé un regard surpris, puis a entrepris de fouiller son premier tiroir en jetant des coups d'œil inquiets en direction de la porte ouverte.

— Merde, merde et merde.

— Ça va ?

Elle a brièvement posé les yeux sur moi, prête à me répondre, quand des pas lourds ont remonté le couloir. La fille s'est pétrifiée, la main dans son tiroir. Nous nous sommes tournées vers la porte d'un même mouvement.

Une femme baraquée s'est plantée sur le seuil avec un air mauvais. Large d'épaules, d'énormes seins qui tombaient lourdement sous un T-shirt noir, une coupe en brosse poivre et sel, elle avait une balafre qui lui traversait la joue presque jusqu'à l'oreille. Elle portait un jean d'où pendait une chaîne de portefeuille, et les tatouages qu'elle avait autour du cou dessinaient un large collier. Les jambons qui lui servaient de bras sentaient la prison. Je me suis demandé si elle venait de Rockland.

L'un des tatouages épelait le prénom Hélène. Un couteau au manche surmonté d'une rose traversait la lettre H. Je l'ai reconnue quand elle m'a regardée. Hélène Rosanboch. Elle avait séjourné à Rockland l'année précédente, dans un secteur différent, de sorte que nous nous étions rarement croisées. Elle avait mauvaise réputation, et j'avais entendu dire qu'elle se droguait. Elle s'entendait pourtant bien avec les gardiens, jouait le jeu, et comptait plusieurs amies au sein de l'établissement. Je ne connaissais pas la raison qui la conduisait jusqu'à ma porte, certainement rien de bon. J'ai serré la chaussure dans mon poing.

— Je veux mon putain de fric !

Je comprenais mieux.

— Je peux t'en rendre une partie, je te donnerai le reste en fin de semaine.

La blonde avait répondu d'une voix paniquée, recroquevillée sur elle-même dans un coin de la chambre.

Hélène s'est avancée.

— On avait passé un deal, Angie.

Hélène m'a lancé cette fois un regard bravache, me défiant d'intervenir.

J'ai posé la chaussure sur le lit, à portée de main, et repris mon rangement tout en les surveillant du coin de l'œil. Je n'avais aucune envie qu'une bagarre éclate dans ma chambre.

— Je te jure, Hélène. Je te rends ton fric très vite.

Elle a tiré une poignée de billets tout fripés d'une chaussette cachée dans son tiroir.

— Tu comptais t'en tirer sans me rembourser ?

Hélène a arraché l'argent des mains d'Angie. Elle a compté les billets sans un mot en remuant les lèvres, puis les a fourrés dans son soutien-gorge.

— Non, je te jure ! J'attendais d'avoir la totalité de la somme. Je t'en prie, Hélène. Donne-moi quelques jours, tu sais bien que mes gosses…

— Rien à foutre, de tes gosses. Moi aussi, j'ai des gosses. Comment tu crois que je les nourris, Angie ?

Elle s'exprimait avec rage, rouge de colère. Elle a poussé Angie, qui s'est cognée contre la commode avant de s'étaler par terre. Hélène s'est penchée au-dessus d'elle.

— Tu t'imagines que tu peux te foutre de ma gueule comme ça ?

Angie s'est couvert le visage d'un bras.

— Je te jure, je me fous pas de toi !

Je me suis retournée, le cœur battant, hésitant à m'en mêler.

— Je t'ai prévenue que je te casserais en deux si tu me rendais pas mon fric.

Hélène a giflé brutalement Angie dont la tête a

heurté la commode avec un craquement sourd. Angie a poussé un hoquet de douleur.

Je me suis avancée.

— C'est bon comme ça.

— Toi, te mêle pas de ça, m'a prévenue Hélène par-dessus son épaule en giflant sa victime de plus belle.

Angie s'est mise en boule en se protégeant la tête.

— Je t'en prie, Hélène. Je m'excuse.

Que faisait le personnel du centre ? Personne n'avait donc rien entendu ? Il n'y avait pas de caméra de surveillance dans les chambres, c'est vrai. Je n'avais rien à gagner à intervenir, mais je ne pouvais pas laisser cette brute massacrer ma colocataire.

Hélène a attrapé Angie par les cheveux et l'a soulevée de terre. Cette dernière a poussé un hurlement en tentant de se dégager. Hélène l'a jetée sans ménagement à plat ventre sur son lit. Un genou dans le creux des reins, elle lui a enfoncé la tête dans l'oreiller. Angie pleurait à chaudes larmes en la suppliant d'arrêter d'une voix étouffée.

— Allez, Hélène. Calme-toi.

Elle a pivoté sur elle-même, le genou toujours planté dans le dos d'Angie.

— Qu'est-ce que t'as dit ?

Je devais la jouer fine si j'entendais éviter la crise sans me bagarrer.

— Si tu lui casses la gueule, elle ne pourra jamais te rendre ton fric, pas vrai ?

Je souriais, histoire de lui montrer que tout allait bien, que j'étais de son côté. Tout en parlant, je m'étais assise sur mon lit et j'écartais les lacets de ma chaussure, comme pour l'enfiler. Si jamais elle me sautait dessus, j'étais en position idéale pour lui écraser le menton d'un coup de tête.

— Mêle-toi de tes oignons.

— À partir du moment où vous vous battez dans ma chambre, ça me regarde.

Hélène a lâché les cheveux d'Angie. Celle-ci a immédiatement tourné la tête de côté, à demi asphyxiée. Elle a croisé mon regard.

— Tu veux te battre, connasse ? m'a défiée Hélène.

— Je souhaite uniquement ranger mes affaires et passer une journée tranquille.

Je m'exprimais d'une voix calme.

— Je suis sortie de taule ce matin, tu sais ce que c'est.

Nouveau sourire cordial.

Hélène, abandonnant Angie, s'est avancée vers moi. J'ai compris à son expression qu'elle essayait de jauger ses chances. De près, elle était encore plus grande et grosse que je ne l'avais pensé. Quand bien même j'aurais voulu lui envoyer un coup de boule au menton, elle m'aurait immobilisée à mi-parcours. Je me suis relevée, la chaussure à la main, prête à me défendre. Elle s'est arrêtée à vingt centimètres de moi et m'a détaillée de la tête aux pieds, depuis mes petits seins jusqu'à mes tatouages. Son regard n'était pas concupiscent, elle voulait juste m'intimider.

— Je me souviens de toi.

Le sourire qu'elle m'adressait n'avait rien d'amical.

— Tu traînais tout le temps avec Margaret et les autres, en vous croyant plus malignes que tout le monde. Ici, c'est moi la patronne, et mes filles ont intérêt à ne pas créer d'histoire. Compris ?

— Compris.

Je voulais rester calme, mais la manière dont elle avait parlé de mes copines en manquant de respect à Margaret commençait sérieusement à m'énerver. Je sentais son haleine sur moi, un mélange d'oignons et de transpiration masquée par du parfum.

Elle a ébauché un sourire.

— Ça te déplaît que je te parle de tes salopes de potes ? Pourquoi ? Y en a une qu'est ta copine, peut-être ?

Elle avait prononcé le mot copine de manière obscène.

Une petite voix résonnait dans ma tête : « Laisse tomber, Tonie. Le jeu n'en vaut pas la chandelle. » Mais sa façon de se comporter, son assurance, cette certitude affichée de s'en tirer quoi qu'il arrive m'ont donné l'envie de lui rabattre son caquet.

— Je te demande de calmer tes ardeurs.

À peine les mots étaient-ils sortis de ma bouche que je les ai regrettés en voyant son sourire mauvais. Je lui avais fourni le prétexte qu'elle espérait. Je pouvais m'attendre au pire.

— Tu commences à me gonfler, petite salope.

— Je te rassure, c'est réciproque.

— T'es conne ou quoi ? a hurlé Hélène en me repoussant brutalement.

J'ai reculé sous le choc.

— Je te déconseille de me toucher si tu ne veux pas que je te casse la main.

Elle s'est ruée sur moi en essayant de me saisir à bras-le-corps. Les mains plaquées sur le front, les coudes serrés le long du corps, je me suis libérée de son étreinte d'un mouvement sec. L'instant d'après, je récupérais la chaussure et je lui écrasais l'oreille avec.

Ses yeux sont devenus vitreux, puis elle s'est ébrouée comme un chien et m'a envoyé en plein estomac un coup de poing qui m'a pliée en deux. Elle s'apprêtait à recommencer quand je lui ai donné un grand coup de coude dans les côtes qui lui a coupé le souffle. Un coup de genou en pleine cuisse, puis un deuxième, un troisième à l'aine, sans lui laisser le temps de souffler. Elle a gémi de douleur, ce qui ne l'a pas empêchée de se précipiter sur moi, le teint rouge, couverte de transpiration. Elle m'a labouré les reins, les côtes, les cuisses, partout où elle ne risquait pas de provoquer des ecchymoses. Je me suis défendue en lui enfonçant les doigts dans le triangle mou sous la trachée. Elle est tombée à genoux en hoquetant. J'ai insisté.

Une voix de femme s'est élevée dans mon dos.

— C'est quoi ce bordel ?

J'ai baissé ma garde de saisissement. Hélène s'est relevée, m'a envoyé un coup d'épaule dans le ventre, agrippé les genoux et renversée sur le dos. Je me suis étalée par terre avec un bruit mat. Elle m'a retournée comme une crêpe avant de peser sur moi de toute sa masse en m'immobilisant le bras dans le dos.

J'avais beau gigoter dans tous les sens et tenter de lui envoyer des coups de pied, elle devait peser près de cent kilos.

— Dépêchez-vous, nous a enjoint l'inconnue. Harley est dans l'escalier.

Harley travaillait pour le centre. Il me restait à espérer qu'Hélène soit moins bête que méchante. Elle s'est penchée au-dessus de mon oreille.

— Je te conseille de m'éviter.

J'ai senti se soulever le poids qui m'étouffait. Je suis restée prostrée par terre, le temps de reprendre mon souffle. J'ai lentement ramené vers moi mon bras meurtri en gémissant.

— Je te donne une semaine, Angie, a fait Hélène.

L'instant d'après, elle quittait lourdement la chambre, suivie par l'inconnue.

Je me suis retournée sur le dos avant de me mettre en position assise. J'ai tenté de plier le bras en grimaçant. Ma colocataire se frottait prudemment la nuque à l'endroit où elle avait heurté la commode.

— Pourquoi t'as fait ça ?

— Elle l'avait bien mérité.

Je me suis lentement relevée en ravalant ma douleur. Elle a lancé un coup d'œil en direction de la porte, craignant sans doute de voir Hélène revenir.

— Tu t'es pas vraiment fait une copine. Elle s'arrangera pour que ta vie ici soit un enfer.

Je me suis allongée péniblement sur mon lit en réfléchissant à l'avertissement d'Angie. Au moment où je recommençais à vivre, Hélène s'apprêtait à tout foutre en l'air. Quelle mouche m'avait piquée de monter sur mes grands chevaux ? Elle n'en valait pas la peine.

*

Je me suis levée tôt le lendemain matin. Angie et la plupart des autres filles dormaient encore quand j'ai pris ma douche. Une légère odeur de café persistait dans la cuisine, quelques résidentes étaient sans doute déjà parties travailler. Une femme d'un certain âge avec des cheveux noirs très courts et une cicatrice qui longeait le côté de sa bouche prenait son petit déjeuner, assise dans un coin. Elle s'est contentée d'un bonjour accompagné d'un petit signe de tête en baissant immédiatement les yeux pour couper court à la conversation. Peut-être avait-elle entendu parler de mon altercation avec Hélène.

J'avais déjà appris par le passé à gérer la solitude, mais j'en souffrais tout de même. J'ai repensé aux filles de Rockland avec un pincement au cœur en me rappelant à quel point nous étions proches. Il me restait à espérer qu'Hélène se calmerait et que je finirais par me faire de nouvelles amies au centre. Je n'avais pas parlé à l'administration de l'agression dont j'avais été victime, sachant que c'était le plus sûr moyen qu'on me casse la figure. Sans compter que les responsables estimaient généralement que la victime avait une part de responsabilité en pareil cas. Ils auraient été capables de me retirer du centre le temps que les esprits se calment, ce que je ne voulais à aucun prix. Le mieux était de prendre mon mal en patience.

Avant de quitter Rockland, je m'étais entretenue avec un conseiller sur les possibilités de dégoter un emploi le jour de ma libération. J'avais même un CV. Les conseillers du centre se proposaient également de m'aider, ils organisaient des séances d'insertion une ou deux fois par semaine. J'avais décidé d'aller consulter les offres d'emploi ce matin-là, avant de déposer des CV. Et j'avais rendez-vous l'après-midi avec le contrôleur judiciaire dont je dépendais. Enfin, je comptais me rendre ce soir-là à une réunion des Narcotiques Anonymes en ville. Le personnel du centre m'avait communiqué le planning des divers groupes, en me précisant que l'un d'eux se réunissait au centre une fois par semaine. Je ne pensais toujours pas avoir un problème de drogue, mais je n'avais pas le choix. Parce que j'étais défoncée quand ma sœur avait été tuée, j'avais interdiction de consommer de la drogue ou de l'alcool. Ce qui ne me gênait pas. Pour rien au monde je n'aurais voulu me retrouver dans un état d'hébétude comparable à celui que j'avais connu la nuit du drame.

D'autres défis m'attendaient : apprendre à déchiffrer les horaires de bus, renouveler mon permis de conduire, remplir une demande de pièce d'identité pour ouvrir un compte en banque. Le mieux était encore de procéder par étapes. Vêtue de mon plus beau jean et d'une chemise propre, je me suis mise en route, plusieurs exemplaires de mon CV sous le bras. Il me fallait d'abord acheter une tenue adéquate dans une friperie avant de me présenter au moindre entretien d'embauche. Je marchais d'un bon pas en respirant l'air du matin, fascinée par l'ombre des chênes dans les rues, les pavillons coquets aux jardins envahis de fleurs. Malgré la bagarre avec Hélène la veille, je me sentais heureuse d'être libre.

J'étais rarement allée à Victoria quand j'étais jeune, à cause des deux heures et demie de route. Maman nous emmenait quelquefois au musée ou au Fisherman's Wharf, on adorait surtout y faire du shopping. Campbell River ne possédait qu'un petit centre commercial, alors que Victoria en comptait trois gros, en plus des boutiques du centre-ville.

Victoria est la plus ancienne ville de l'île. Elle a beau être entourée par l'océan, comme Campbell River, l'atmosphère y est radicalement différente. Elle bénéficie de la présence des bâtiments du Parlement et de jolies maisons de style victorien. On y trouve des calèches, un vieux port, et quantité de touristes qui prennent en photo les hydravions et les dessinateurs de rue. Je me suis arrêtée sur le ponton afin d'admirer leur travail. Certains dessins me plaisaient, mais j'avais un besoin plus urgent de vêtements.

J'ai trouvé quelques affaires dans une friperie : un pantalon noir, des chaussures, une chemisier blanc passe-partout, un petit blazer cintré, le genre de vêtements que j'avais vus portés par des femmes à la télé. J'aurais aimé montrer mes emplettes à Margaret. On regardait ensemble l'émission de télé-réalité *Danse avec les stars* à Rockland, on passait notre temps à nous extasier sur les tenues des participants. Margaret tombait amoureuse de l'un des concurrents à chaque nouvelle saison, et elle était perturbée quand son poulain ne gagnait pas. On se préparait de quoi grignoter avec des bricoles achetées à la cantine, avant de se vautrer sur le vieux canapé. Les échanges musclés avec les autres détenues étaient particulièrement savoureux, surtout lorsque Margaret leur demandait de « boucler leur trou ». J'appréciais les numéros de danse sans m'intéresser aux danseurs, contrairement à Margaret qui les aimait tellement qu'elle leur écrivait. J'ai eu un faible une fois pour un champion de moto qui me rappelait Ryan. Chaque fois que je le voyais danser, ma vision se brouillait et je m'imaginais qu'il s'agissait de lui. Comme ça me donnait envie de pleurer, j'ai rapidement arrêté. Le mieux était encore d'occulter mes souvenirs.

Ce matin-là, à Victoria, c'est pourtant à lui que je pensais. Je me demandais s'il se trouvait toujours à la prison des hommes de Rockland, s'il lui arrivait de penser à moi.

*

Ma nouvelle tenue enfilée, j'ai passé l'après-midi à sillonner la ville en proposant mon CV, sans succès. En consultant les horaires des bus, j'ai trouvé le moyen de me rendre au refuge pour animaux de la ville. Il m'a suffi d'expliquer au personnel que j'étais toute disposée à promener les chiens pour qu'on m'invite à me présenter le week-end suivant. J'ai passé un petit moment dans les réserves, à passer la main entre les barreaux pour caresser les museaux des chiens en leur parlant :

— Moi aussi, je sais ce que c'est d'être enfermé, tu sais.

Le grillage, la rumeur, les uniformes des employés, tout me rappelait Rockland dans ce qu'il représentait à mes yeux de confortable. L'extérieur était infiniment plus inquiétant à mes yeux.

Une odeur de viande brûlée et d'oignon flottait dans l'air quand je suis rentrée au centre. Hélène se faisait cuire des steaks hachés dans la cuisine en discutant avec quelques filles assises à table. Malgré la faim qui me tenaillait, je n'avais aucune envie de me préparer à dîner en sa présence, alors je suis montée dans ma chambre. Elle m'a agrippé le bras quand je suis passée dans le couloir.

— Hé, Murphy. Quelqu'un m'a piqué une fourchette. C'est pas toi, des fois ?

Je lui ai lancé un regard mauvais.

— Non, bas les pattes.

Des ricanements nerveux se sont élevés derrière Hélène. Elle a enfoncé ses doigts dans mon bras, au niveau des tendons. Pas question de lui montrer que j'avais mal. Elle a fait un pas en avant.

— T'as pas intérêt à ce que je la trouve dans ta piaule, sinon t'es dans la merde. Compris ?

Pourquoi un tel cinéma pour une simple fourchette ? Au pire, le personnel du centre m'aurait rappelée à l'ordre pour avoir pris les affaires d'une autre par erreur. À moins qu'elle ne cherche la bagarre.

Elle a serré de plus belle.

— T'as entendu, petite salope ? Je t'ai demandé si t'avais compris.

— J'ai compris.

*

Angie, allongée sur son lit, écoutait de la musique sur son iPod. On avait un peu parlé la veille, après le départ d'Hélène. Elle avait vingt-six ans et purgé une peine pour prostitution et usage de drogue. Elle affirmait être clean et vouloir mettre de l'ordre dans son existence afin de récupérer ses gosses. L'argent qu'elle avait emprunté à Hélène était destiné au cadeau d'anniversaire de son dernier.

J'ai regardé sous mon lit, soulevé le matelas, cherché des doigts la présence anormale de coutures ou de déchirures.

Angie a éteint son iPod.

— Qu'est-ce que tu fiches ?

— Hélène a perdu une fourchette.

— Tu crois qu'elle pourrait l'avoir planquée ici ?

Elle avait l'air perdue.

— Je ne sais pas, mais elle a planqué un truc. Harley sera là d'une minute à l'autre.

— Oh, merde.

Angie s'est dressée d'un bond.

— Si jamais il trouve de la dope, on est foutues.

Nous avons passé la chambre au peigne fin en faisant le moins de bruit possible. Les oreillers, les tiroirs, au-dessus de la porte et de la fenêtre, les lampes. Chaque fois qu'on entendait du bruit dans le couloir, on se pétrifiait en regardant la porte, avant de pousser un soupir de soulagement quand les pas s'éloignaient. Quelqu'un a frappé.

Je m'efforçais de paraître calme en écartant le battant.

— Bonsoir, Harley.

— Désolé, les filles. Je vais devoir procéder à une fouille. Veuillez attendre dans le couloir.

Nous l'avons regardé du seuil. Harley était un gros type avec des dents jaunies par des années à deux paquets par jour. Il avait de petits yeux chafouins et ne plaisantait pas avec celles qui déconnaient. Je n'avais aucune intention de me le mettre à dos. Je retenais mon souffle en le voyant soulever les livres, déplacer nos fringues et nos chaussures. Sa fouille achevée, il s'est immobilisé en faisant des yeux le tour de la pièce d'un air songeur.

J'ai soudain remarqué des traces de terre sur le rebord de la fenêtre, près de la fougère en pot. J'ai essayé de me souvenir si elles étaient là avant. J'ai scruté les traits d'Harley en essayant de deviner s'il avait remarqué, lui aussi. J'ai senti monter une bouffée de chaleur en le voyant s'approcher de la fenêtre. Angie, les joues cramoisies, était près de pleurer. Harley a tendu la main vers la plante.

J'ai posé ma tête contre le chambranle en fermant les yeux. J'étais au bord des larmes, moi aussi. Foutue. Je me voyais déjà retourner à Rockland au bout de deux jours.

— La fenêtre fuit, a remarqué Harley. Faudra que je le signale.

J'ai rouvert les yeux. Putain de merde, il n'avait pas vu les traces de terre.

Il nous a lancé un regard dur au moment de quitter la chambre.

— Je ne sais pas où vous l'avez planqué, mais je vous ai à l'œil, toutes les deux.

J'ai attendu de l'entendre redescendre l'escalier pour enfoncer mes doigts dans le pot de fleurs. J'ai senti un objet mou à l'intérieur de la terre : un petit sachet de marijuana. Nous avons ouvert de grands yeux.

— Putain, elle nous en veut vraiment, a sifflé Angie.

J'ai dissimulé l'herbe dans mon shampoing. J'ai attendu que la cuisine se libère et que des voix s'échappent de la cour, où Hélène et ses copines sortaient fumer, d'après Angie, pour me préparer un bol de soupe. Mon dîner terminé, je me suis rendue à la réunion des Narcotiques Anonymes en jetant le sachet d'herbe dans une poubelle en chemin. En rentrant au centre ce soir-là, je me sentais bien. Sans être toxico, j'avais trouvé utiles les douze étapes du programme des NA à Rockland et je m'étais fait quelques amies au sein du groupe. J'espérais qu'il en serait de même maintenant que j'étais dehors.

J'allais me coucher quand Hélène est entrée dans notre chambre.

— C'est toi qui as ma fourchette, petite salope.

Elle a balayé la pièce des yeux et son regard s'est arrêté sur le pot de fleurs. J'avais dessiné un smiley sur une feuille de papier que j'avais posée en équilibre sur la fougère.

Hélène s'est tournée vers Angie.

— Tu te crois drôle ?

Je me suis plantée devant elle.

— À mourir de rire.

Elle a froncé les sourcils.

— Rends-moi ma dope.

— Essaie encore une fois de nous faire chier et c'est chez toi qu'on enverra Harley. Je m'arrangerai pour qu'il ne reparte pas les mains vides.

Elle a attrapé mon chemisier et s'est approchée à me toucher. Je la regardais droit dans les yeux en m'efforçant d'oublier son haleine putride.

— Tu sais pas à qui t'as affaire.

— J'ai bien l'intention de le découvrir.

Elle s'est retournée en quittant la pièce.

— Je m'en souviendrai.

## 12

# Campbell River

*été 1996*

Mes études achevées, j'étais libre de travailler à temps plein au Fish Shack. Je voyais rarement Nicole, car elle était toujours à la plage avec Shauna et les autres. Je les croisais parfois en partant bosser, elles attendaient ma sœur devant la maison. Il suffisait que mes parents soient absents pour qu'elles se moquent de moi quand je me dirigeais vers ma voiture. Elles se retrouvaient aussi parfois dans la cuisine. Elles passaient leur temps pendues au téléphone à vider nos réserves de soda, et leurs voix criardes me mettaient les nerfs en pelote. Je me contentais de les ignorer, de quitter la pièce en leur souriant. Le lycée était derrière nous, une nouvelle vie commençait pour Ryan et moi. On serait bientôt loin de Campbell River, je n'aurais plus jamais affaire à ces connes.

Cet été-là, il m'arrivait régulièrement de répondre au téléphone et d'entendre mon correspondant raccrocher. Jamais quand les parents étaient là, uniquement lorsque nous étions toutes les deux seules à la maison, avec

Nicole. Comme elle se montrait nerveuse en me voyant décrocher, j'en venais à me demander s'il s'agissait de son ancien copain. Quand les filles appelaient, c'est-à-dire souvent, elles ne manquaient jamais une occasion de me balancer des réflexions désagréables. Nicole passait de plus en plus de temps chez Shauna, elle dormait là-bas presque tous les week-ends.

Un soir, on a sonné à la porte et c'est moi qui suis allée ouvrir. J'ai découvert sur le seuil Frank McKinney qui soutenait Nicole. Débraillée, le regard vague, l'haleine chargée de bière, elle tenait à peine debout.

— Bonsoir, Tonie. Je pourrais voir tes parents ?

Je les ai appelés avant de m'éclipser. J'ai tout entendu du haut de l'escalier. McKinney souhaitait s'excuser. En rentrant de son travail, il avait trouvé les filles complètement ivres, après avoir largement puisé dans son stock de bière.

— J'ai eu une explication avec Shauna, je peux vous garantir que ça ne se reproduira plus.

— Monte immédiatement dans ta chambre, Nicole. Je te rejoins dans une minute.

Maman n'avait pas l'air de rigoler. Nicole est passée à côté de moi en titubant, une moue à la fois furieuse et honteuse sur le visage, et s'est enfermée dans sa chambre.

Maman s'est excusée auprès de McKinney.

— Je suis désolée qu'elle se soit comportée de la sorte chez vous.

Le père de Shauna lui a répondu d'une voix calme :

— À cet âge, tous les gamins font leur apprentissage. Le mieux est encore de ne pas se montrer trop dur avec eux, sinon ils continuent dans votre dos.

— Ah, les filles ! Je vous jure !

— Ce n'est pas moi qui vous dirai le contraire.

À son ton, j'imaginais McKinney un sourire aux lèvres, la tête légèrement penchée, une main sur son ceinturon.

— En tout cas, Nicole n'est pas une mauvaise fille. Vous n'avez aucune raison de vous inquiéter à son sujet.

— Je ne sais pas ce qui lui a pris. Elle, si responsable d'habitude…

Maman a brusquement levé les yeux et m'a vue en haut des marches.

— Tu n'as rien à faire là, Tonie.

En m'éloignant, je l'ai entendue ajouter :

— Quand je vous disais que les filles sont difficiles…

McKinney parti, mes parents sont allés trouver Nicole dans sa chambre. Davantage que furieux, ils étaient gênés qu'un flic ait ramené leur fille à la maison. Nicole s'est excusée platement :

— Je ne le ferai plus. J'ai voulu goûter, je me suis aperçue que j'avais trop bu quand j'ai commencé à me sentir mal.

Mes parents lui ont fait la leçon en lui expliquant qu'il fallait avoir le sens de la mesure dans la vie. Nicole acquiesçait d'un ton contrit à tout ce qu'ils disaient.

Quand je suis entrée dans la salle de bains une heure plus tard, elle se regardait dans la glace en soutien-gorge et petite culotte. Elle affichait une mine songeuse, la main sur la bouche comme pour mieux savourer l'instant.

— Putain, Tonie ! Tu ne peux pas frapper ?

Elle m'a aussitôt refermé la porte au nez.

Y avait-il un garçon chez Shauna ? Nicole ne parlait jamais des mecs. Elle n'avait pas de posters d'acteurs ou de rock stars dans sa chambre, elle parlait plus volontiers des femmes qu'elle admirait. L'idée qu'elle puisse sortir avec une des filles m'a traversé l'esprit. Peut-être était-ce son grand secret. À en croire la rumeur, il n'était pas rare que des filles aient des histoires entre elles pour mieux aguicher les garçons. C'était même Shauna qui m'avait appris à embrasser, sa bouche parfumée à la cerise doucement collée à mes lèvres. S'il y avait anguille sous roche, c'était probablement avec Kim, bien que je n'aie jamais rien remarqué d'anormal entre elle et Nicole. J'ai hésité à aller fouiller dans la chambre de ma sœur, avant de me souvenir de ma fureur le jour où maman l'avait fait. En outre, tout en menant chacune notre vie, Nicole et moi avions de bonnes relations depuis qu'elle m'avait aidée à me préparer le soir du bal de fin d'année. Inutile de chercher la guerre.

Après cet incident, j'ai constaté que Nicole sortait en douce de plus en plus souvent, et rentrait de plus en plus tard. Il était parfois 3 ou 4 heures du matin quand j'entendais ses pas glisser sur le toit. Un matin où je cherchais mes lunettes de soleil, j'ai toqué à la porte de sa chambre vers 7 heures. En règle générale, elle était levée à cette heure-là, de sorte que son silence m'a étonnée. En ouvrant la porte, j'ai vu que son lit était vide. Elle s'était contentée de glisser des oreillers sous les draps pour dessiner une silhouette endormie. J'étais sur le seuil de sa chambre, perplexe, quand ma mère a crié du bas de l'escalier.

— Nicole ? Tu veux toujours que je te conduise à la plage ?

J'ai hésité une seconde avant de répondre :

— Elle dort.

Je retenais mon souffle, m'attendant à moitié à ce qu'elle monte, et puis elle a quitté la maison en pestant contre les ados. Papa était déjà au boulot. Quand Nicole est arrivée par la porte du jardin une demi-heure plus tard, je l'attendais dans la cuisine.

Elle a écarquillé les yeux en me voyant. J'ai vu tourner les rouages dans sa tête, elle se demandait si je savais qu'elle avait découché et cherchait quel mensonge me servir.

— Qu'est-ce que tu fais ?

— Où étais-tu, Nicole ?

— J'étais sortie me promener.

— Tu pourrais trouver mieux que ça. Tu ne t'es même pas démaquillée depuis hier soir.

Elle avait encore des traces d'eyeliner et sa minijupe en jean, surmontée d'un débardeur blanc, n'était pas le genre de tenue qu'on porte pour se balader.

Elle n'a pas insisté.

— Maman est au courant ?

— Non, je lui ai dit que tu dormais.

Elle a paru soulagée.

— Merci.

— Je me demande bien pourquoi je suis aussi sympa avec toi, après tout ce que tu m'as fait subir. Tu as fait quoi, toute la nuit ?

— Ça ne te regarde pas.

Elle allait s'éclipser quand je me suis dressée sur son passage.

— Ça me regarde à partir du moment où je suis obligée de te couvrir. Je n'ai aucune envie d'en parler à maman et papa, mais si jamais il t'arrivait…

— Il ne m'arrivera rien.

Elle me regardait avec ses grands yeux innocents. J'éprouvais un étrange sentiment de malaise.

— Écoute, Nicole. Tu te comportes bizarrement depuis quelques mois.

— Tout va bien, je te dis. C'est uniquement que…

Elle n'a pas achevé sa phrase.

— C'est uniquement que quoi ?

— Je m'amuse, d'accord ? Toi aussi, tu sors en douce.

— Je n'ai pas ton âge. S'amuser peut parfois se révéler dangereux.

Elle a levé les yeux au ciel.

— Arrête ton char. On dirait maman.

J'ai rougi.

— Je n'ai rien à voir avec elle.

Nicole m'a écartée d'un geste.

— Alors évite de te comporter comme elle.

Elle s'est retournée au pied de l'escalier et m'a rassurée d'une voix douce :

— Je te promets, Tonie, tout va bien. Tu n'as aucune raison de t'inquiéter à mon sujet.

*

Le week-end suivant, Nicole a annoncé qu'elle partait camper avec Shauna et les filles. Les parents de Rachel avaient proposé de l'emmener et de la ramener puisque mes parents travaillaient. Nicole, son barda à ses pieds, les attendait dans le salon pendant que je me préparais un café dans la cuisine.

— Je croyais que tu bossais au restau ?

J'ai tout de suite remarqué qu'elle paraissait

nerveuse. Elle n'avait pas la conscience tranquille. J'allais lui répondre que je devais partir cinq minutes plus tard quand je me suis ravisée :

— Je bosse seulement dans une heure.

Ses yeux ont papilloté, elle s'est levée, a regardé par la fenêtre, et s'est retournée, visiblement paniquée.

— Qu'est-ce qu'il y a, Nicole ?

Elle a feint l'indifférence, les doigts dans les passants de ceinture de son short en jean.

— Rien. Les parents de Rachel sont en retard.

Je me suis assise sur le canapé.

— Pas de souci. J'attendrai avec toi.

— Super.

Sa mine trahissait son désarroi. Un voile de transpiration couvrait ses traits. Elle a lancé un coup d'œil en direction du téléphone.

— Tu as besoin d'appeler ?

Elle m'a adressé un regard sombre, ne sachant quelle attitude adopter.

— Oui, je ferais mieux de m'assurer que tout va bien.

Elle a composé un numéro.

— Salut, c'est moi. Je me demandais si ta mère devait passer bientôt… D'accord, je suis avec ma sœur… Non, elle part seulement travailler dans une heure… À tout à l'heure.

Elle a raccroché et repris sa place sur le canapé.

— Ils seront un peu en retard.

— Nicole, avec qui as-tu réellement rendez-vous ?

— Je te l'ai dit, les parents de Rachel doivent passer me prendre.

J'ai posé ma tasse vide dans la cuisine avant de m'emparer du téléphone.

— Dans ce cas, il me suffit d'appuyer sur la touche de rappel et je tomberai sur eux, non ?

J'avais à peine terminé ma phrase qu'elle se ruait sur moi et me poussait brutalement contre le plan de travail. De saisissement, j'ai laissé tomber le téléphone. Elle s'est précipitée pour le ramasser, je l'ai imitée et nous nous sommes battues pour le combiné. Elle était plus forte que je ne l'imaginais, ce qui ne m'a pas empêchée d'avoir le dessus et de l'immobiliser de tout mon poids.

Le téléphone à la main, j'ai cherché la touche de rappel.

— Tonie… je t'en supplie !

J'ai hésité en voyant son air affolé. J'avais très envie de savoir qui elle avait vraiment appelé. C'est là que j'ai remarqué le nouveau pendentif en diamant en forme de fleur qu'elle portait autour du cou. Il avait dû s'échapper de sa chemise pendant la bagarre.

— Explique-moi ce qui se passe.

Nicole a fondu en sanglots.

— C'est un secret, d'accord ?

— Tu pars rejoindre ce garçon ?

J'ai tendu le doigt vers le pendentif.

— Et c'est lui qui t'a offert ce bijou ?

Elle a acquiescé, les joues marbrées de larmes.

— C'est vrai, j'ai un copain, mais il est étudiant, maman et papa ne seraient pas d'accord s'ils étaient au courant. On a décidé de passer tout un week-end ensemble. Tu comprends ça, non ? C'est comme toi et Ryan.

Je me suis mise en position accroupie, toujours à cheval sur elle.

— Sauf que je ne m'en cache pas.

Son explication ne me suffisait pas.

— Son âge n'est pas le seul problème. De quoi s'agit-il ?

Elle a été prise d'une hésitation.

— Il… il travaille pour papa.

Putain de merde. Les parents péteraient un plomb s'ils apprenaient qu'elle sortait avec un de leurs employés. J'ai essayé de deviner lequel, mais papa avait tout un tas de jeunes types sur ses différents chantiers.

Je me suis relevée en lui tendant le téléphone, les yeux rivés sur la pendule.

— Déjà cette heure-là ? Il faut que je me grouille ou je vais être en retard.

Elle a bondi sur ses pieds, furieuse.

— Sale vache. Tu t'es bien foutue de moi !

— Tu vois ce que c'est, maintenant.

Le temps de prendre mes clés, je me suis retournée au moment de quitter la maison.

— Tu es certaine que ça ira, avec ce type ? Les ouvriers de papa ne sont pas tous des anges.

Elle a hoché la tête.

— Je ne cours aucun risque. On avait envie d'être seuls tous les deux.

Elle a pris une expression implorante.

— N'en parle pas à papa et maman. Ils seraient capables de nous obliger à ne plus nous voir et je l'aime.

J'ai pensé à ma relation avec Ryan, à la torture de ne quasiment plus le voir quand les parents m'avaient interdit de sortir pendant un mois.

— C'est bon, je ne dirai rien.

Plus tard, pendant mon service, j'ai regretté de ne pas lui avoir demandé où ils allaient. Et si ce type était dangereux ? Devais-je en parler à mes parents ?

J'aurais été furieuse si Nicole m'avait caftée. En dépit de tout ce qu'elle m'avait infligé depuis des mois, c'était ma sœur.

*

Quelques jours plus tard, je suis allée à la plage avec Amy pour profiter du soleil. Comme j'avais visité plusieurs appartements avec Ryan, on a commencé à parler des avantages et des inconvénients des immeubles, des quartiers. Amy était jalouse parce que son copain n'était pas encore prêt à vivre avec elle. J'avais fini par baisser ma garde, on redevenait très proches, c'était presque comme avant.

Et puis Shauna, Cathy et Nicole sont arrivées.

Je ne sais pas où se trouvaient Rachel et Kim, en train de bosser peut-être, car elles avaient toutes les deux un boulot d'été. Kim vivait désormais chez Rachel. Ses parents l'avaient virée de chez eux au mois de juillet, sans que personne sache vraiment pourquoi. J'avais l'intuition que c'était lié à son homosexualité, d'autant que sa mère était très croyante.

On discutait tranquillement sur nos serviettes quand les filles sont passées à côté de nous.

— Salut, Amy, a fait Shauna.

Amy lui a répondu et Shauna s'est éloignée.

J'ai fusillé Amy des yeux, elle m'a lancé un regard gêné.

— Désolée, c'était un réflexe.

J'étais agacée qu'elle soit autant sur la défensive dès qu'il s'agissait de Shauna. Moi aussi, d'ailleurs.

Les filles ont étalé leurs serviettes quelques mètres plus loin.

Je me suis tournée vers Amy.

— On ferait mieux de s'en aller.

On s'est levées en ramassant nos affaires. Je portais un nouveau maillot de bain deux pièces noir que Ryan adorait et tout allait bien jusqu'à ce que j'entende Shauna dire :

— Elle a toujours aussi peu de nichons. Je plains ce pauvre Ryan.

Cathy a éclaté de rire.

— Si ça se trouve, elle économise pour se payer une opération des seins.

J'allais réagir quand j'ai vu Cathy verser du vin dans son gobelet en plastique. Toutes les autres en avaient un, agrémenté d'une paille. Nicole avait déjà le teint animé, elle tenait son flacon d'huile solaire d'une main mal assurée.

— Après tout, rien à foutre. Elles sont bourrées. On n'a qu'à rester un peu.

Amy a tourné la tête en direction des filles.

— Tu crois ?

J'étais furieuse qu'elle se laisse impressionner une fois de plus par Shauna et sa bande.

— Oui, je ne vois pas pourquoi ce serait à nous de partir.

Je voulais surtout garder un œil sur Nicole. J'étais inquiète de la voir boire et se comporter de la sorte, surtout en public. Il était tout juste midi, à quelle heure avaient-elles commencé à picoler ?

Nous avons donc repris place sur nos serviettes. Je suis allée me baigner plusieurs fois en m'efforçant de conserver mon assurance à cause des chuchotements et des rires qui fusaient du côté des filles. Nicole ne disait rien, elle paraissait déprimée. Son rire sonnait faux, j'ai vu deux ou trois fois Shauna et Cathy lever les yeux au ciel en la regardant. La curée avait peut-être commencé.

En revenant de me baigner la dernière fois, j'ai trouvé Amy très énervée.

— Je n'ai plus envie de rester. Elles n'arrêtent pas de dire des horreurs sur nous.

— D'accord.

J'ai rassemblé mes affaires, secoué ma serviette. De toute façon, j'en avais marre de leurs regards odieux. Il nous suffisait de trouver une autre plage. Et tant pis si Nicole faisait des bêtises. En voulant m'assurer qu'elle n'était pas complètement ivre, j'ai remarqué qu'elle scrutait le parking, les paupières plissées.

Shauna s'est retournée à son tour.

— Merde, mon père. Qu'est-ce qu'il fout là ?

Le pick-up noir de McKinney était garé à l'écart.

Nicole a voulu cacher son gobelet.

— On ferait peut-être mieux de…

— Je m'en occupe, a répliqué Shauna en laissant son gobelet bien en évidence. Attendez-moi, et pas un mot.

Elle s'est dirigée vers le parking et je l'ai vue parler avec son père par la vitre du pick-up. Il est reparti aussitôt et Shauna a regagné sa place auprès des filles.

— Il voulait juste savoir si on avait besoin qu'il nous ramène. Je lui ai dit qu'on se débrouillerait.

Elle a remarqué que je les regardais.

— Tu veux ma photo ?

Shauna était tellement sûre de toujours s'en tirer, je n'en revenais pas. Elle avait failli être prise en flagrant délit par son père, et elle s'en fichait. Je m'inquiétais de plus en plus pour Nicole.

J'ai attendu que ma sœur ait croisé mon regard pour m'éloigner. Elle a observé son gobelet et avalé une longue gorgée.

*

Vers la mi-août, Nicole a changé de comportement à la maison. Elle était de plus en plus bizarre. Elle restait des heures enfermée dans sa chambre à écouter de la musique et refusait de sortir à moins que nos parents ne l'y obligent. Quand maman l'appelait à table, elle disait qu'elle n'avait pas faim. Elle passait des journées entières vautrée sur le canapé à regarder la télé en zappant d'une chaîne à l'autre, et il lui arrivait même de ne pas se laver.

Un jour où elle était scotchée au canapé, je lui ai demandé :

— Tu ne vois plus Shauna ?

Je n'aurais pas été désespérée d'apprendre qu'elles s'étaient brouillées. Un soir, j'avais vu une voiture ressemblant à celle de Shauna passer devant chez nous, faire demi-tour et repartir en sens inverse.

— Elle est en vacances avec sa famille.

Je n'avais donc pas pu voir la voiture de Shauna. Celle de ce garçon avec lequel elle sortait ?

— Cathy et les autres ?

— Elles ont toutes des boulots, ou alors d'autres occupations.

— Dans ce cas, pourquoi fais-tu la tête en permanence ?

— Je m'ennuie.

J'ai bien cru qu'elle allait pleurer.

— Tu as rompu avec ce type ?

Elle a laissé tomber la télécommande.

— Pourquoi faut-il que tu t'occupes systématiquement de ce qui ne te regarde pas ?

Elle est montée en courant dans sa chambre, j'ai entendu claquer sa porte.

Le lendemain, quand je suis rentrée du boulot, maman et papa étaient assis à la table de la cuisine. Ils avaient des têtes d'enterrement.

— Que se passe-t-il ?

Maman a répondu à ma question d'une voix acerbe.

— Le Percocet qui restait à la suite de l'opération de ton père a disparu de l'armoire à pharmacie. Il en restait un flacon entier.

Le médecin avait effectivement prescrit des antalgiques à papa lorsqu'il avait été opéré de l'épaule l'année précédente. Cette histoire m'était complètement sortie de la tête. Je ne savais même pas qu'il en restait.

Je me suis énervée :

— Tu m'accuses d'avoir volé ces médicaments, c'est ça ?

— Ils n'ont pas quitté la maison tout seuls.

— Désolée, maman, mais je ne me drogue pas aux médocs.

— Tu fumes bien de l'herbe.

— Et alors ? Tout le monde ou presque le fait sur cette île.

À ce stade, un pétard m'aurait fait le plus grand bien. Surtout quand papa a voulu ajouter son grain de sel :

— On sait que le père de Ryan a été arrêté par le passé pour trafic de médicaments. On se demandait si Ryan n'avait pas…

— Mais je crois rêver !

J'étais toute rouge, les larmes aux yeux.

— Il ne les a pas volés, si c'est ce que tu veux savoir ! Et il n'a jamais rien fait de mal.

— Je doute que tu te sois introduite toute seule chez les Anderson ce soir-là, a repris maman. Ce ne serait pas la première fois que tu nous mentirais.

Je n'ai rien dit, furieuse contre moi de cette escapade chez les voisins dont je risquais d'entendre parler longtemps. J'étais plus furieuse encore en devinant qui avait pris ces médicaments.

— Nicole a passé l'été à faire la fête chez Shauna tous les week-ends. Je l'ai même surprise en train de picoler à la plage. Pourquoi vous ne lui posez pas la question, à elle ?

Mes parents se sont regardés, puis papa a pris une décision.

— Nous devrions peut-être l'associer à la discussion.

Il est monté la chercher et je n'ai pas quitté des yeux le plateau de la table, refusant de croiser ceux de ma mère. Nicole est descendue. Son regard s'est arrêté brièvement sur moi avant de se poser sur maman. Elle portait un pyjama d'été, un short en coton et un petit haut rose orné d'un chaton. Elle ne faisait pas ses seize ans. En comparaison avec mon débardeur moulant et mon maquillage sombre, je comprenais pourquoi mes parents me voyaient comme l'emmerdeuse de service. J'aurais pourtant été curieuse de savoir s'ils avaient prêté attention à Nicole depuis quelque temps. Elle avait encore maigri, ses clavicules saillaient, ses cheveux étaient raides comme si elle ne les avait pas lavés depuis plusieurs jours. Elle s'est assise, les bras serrés contre son corps.

— Qu'est-ce qu'il y a ?

— Nous avons quelques questions à te poser.

Maman lui a expliqué que les médicaments de papa avaient disparu, avant de s'inquiéter d'une voix douce :

— Tu te sens bien ? Tu as besoin de nous parler ? Je sais que tu as parfois des douleurs…

— C'est ça. Vous m'accusez de voler ces médocs, mais dès…

— Je te demande de te taire, Tonie. Nous parlons avec Nicole.

J'ai secoué la tête, furieuse contre ma sœur. J'en avais ras le bol de toutes ces conneries. Elle avait intérêt à avouer la vérité si elle ne voulait pas que je lui casse la figure.

— Ce n'est pas moi, mais j'ai vu Tonie dans votre chambre hier.

Les paroles sont sorties toutes seules :

— Espèce de petite salope ! Je vais te tuer !

Papa est intervenu :

— Tonie, ça suffit !

— Elle ment ! Je n'ai rien pris du tout.

Je me suis tournée vers ma sœur.

— Je te demande de leur dire la vérité. Tu sais très bien que je n'ai rien pris.

Elle a baissé la tête en marmonnant :

— Je ne les ai pas pris non plus.

— Tu me le paieras !

— Je t'interdis de menacer ta sœur !

— Mais enfin, maman ! Elle ment comme elle respire et tu t'en fiches. Ta petite Nicole chérie. Pourquoi tu ne demandes pas aux parents de Rachel si Nicole est vraiment partie camper avec eux le mois dernier ? Elle a un petit ami plus âgé qu'elle, un employé de papa. Elle était avec lui.

Nicole, les larmes aux yeux, a failli s'étrangler.

— C'est pas vrai. J'étais avec Rachel et les filles tout le week-end, on est allées à Big Bear Ridge. Tu n'as qu'à l'appeler pour vérifier, maman. Elle pourra te le confirmer.

Elle a secoué la tête. Les larmes coulaient à flots.

— Je n'ai pas de petit ami. Je ne sais pas pourquoi elle invente tous ces mensonges.

Maman m'a regardée d'un air navré.

— J'en ai assez de ce comportement haineux, Tonie. On a tout essayé avec toi, sans résultat. On ne voulait pas en arriver à une telle extrémité, mais tu ne nous laisses pas le choix puisque tu voles en plus de mentir. Je te demande de quitter la maison.

Je n'en croyais pas mes oreilles, entre étonnement et humiliation. J'ai ravalé mes larmes.

— Très bien. De toute façon, Ryan et moi, on avait l'intention de s'installer ensemble. On a trouvé un appartement, mais il n'est pas libre avant la fin du mois.

J'aurais aimé partir sur-le-champ, mais comme son père ne dessoûlait pas depuis une semaine, Ryan avait été obligé de s'installer chez un copain. Quant à Amy, elle était en vacances avec sa famille.

— Tu peux rester d'ici là.

Maman était à la fois triste et résignée, épuisée par la discussion.

— Tu ne peux pas savoir à quel point je suis déçue, Tonie. J'espère sincèrement que tu parviendras à te reprendre très vite, si tu ne veux pas gâcher ta vie.

Mon père m'a également gratifiée d'un sourire résigné.

— Si vous avez besoin d'aide pour le déménagement, faites-moi signe.

Je l'ai regardé à travers mes larmes.

— Je n'ai rien volé, papa.

— J'aimerais te croire, Tonie, mais avoue que c'est difficile.

— Papa…

J'aurais voulu me défendre, effacer la déception que je lisais sur son visage, mais les mots sont restés coincés dans ma gorge.

Papa s'est adressé à Nicole.

— Y a-t-il autre chose que tu aimerais nous dire ? Ta sœur affirme t'avoir vue boire à la plage.

Elle a hésité. J'ai pensé un instant qu'elle allait avouer, et puis elle s'est recroquevillée sur son siège.

— Elle dit ça parce qu'elle était mécontente que je sois amie avec Shauna. Je ne bois jamais.

Mon père n'a pas eu l'air convaincu.

— Je remarque que tu fais la tête sans bouger de la maison depuis quelques semaines. Si tu as besoin de te confier à nous…

— Je vais très bien.

Elle a aussitôt masqué son agacement en précisant :

— Je m'ennuie, c'est tout. Toutes mes amies sont en vacances. Je peux aller me coucher ? Je suis fatiguée.

Elle a ponctué sa requête d'un long bâillement.

Papa avait deviné qu'elle mentait. Il allait insister quand maman a posé la main sur l'épaule de Nicole.

— Nous avons tous besoin de dormir. Allons nous coucher.

Ils ont quitté la pièce tous les trois en me laissant seule en train de pleurer à la table de la cuisine, pleine de haine pour ma sœur. J'avais la ferme intention de lui faire payer cher ses mensonges.

## 13

# Centre de réinsertion d'Echo Beach, Victoria

*avril 2012-mars 2013*

Ma menace s'est révélée efficace, Hélène s'est tenue tranquille et nous nous sommes soigneusement évitées pendant près d'un an. Elle ne m'aimait pas plus que je ne l'appréciais, mais ça n'avait aucune importance tant qu'elle me laissait en paix. Angie, ma colocataire, a quitté le centre, et la fille qui a pris sa place, Joanne, était plutôt sympa. Des cheveux bruns mal peignés, des yeux de myope qu'elle plissait en permanence faute de lunettes, et une grande gueule. Sa façon de parler en mangeant me rendait dingue. Elle avait été condamnée pour trafic de drogue et je n'aurais pas été surprise d'apprendre qu'elle continuait en douce. En rentrant au centre le soir, il m'arrivait de la voir en compagnie d'Hélène discuter avec un type louche dans le petit parc du bout de la rue. Je veillais scrupuleusement à ne rien laisser paraître. Libre à elles de retourner en taule si ça leur chantait. Personnellement, j'avais d'autres projets.

J'avais un boulot correct dans un restaurant. Initialement affectée à la plonge, on m'a rapidement promue aide-cuisinière. Je nageais dans la graisse, il faisait chaud et j'empestais le graillon en rentrant, mais j'étais trop heureuse de pouvoir économiser enfin un peu d'argent. Quand je ne bossais pas, je passais voir mon contrôleur judiciaire, je travaillais comme bénévole au refuge pour animaux et je suivais des cours. Je n'en étais pas au stade où j'aurais pu avoir un chien moi-même, mais je me promettais d'y remédier dès mon arrivée à Campbell River. Car j'avais décidé de retourner là-bas lorsque je bénéficierais d'une liberté conditionnelle pleine et entière.

J'avais bien conscience de la folie d'une telle décision. C'est là que s'était déroulé le drame et les gens continuaient de me détester, à commencer par ma propre mère. Il me fallait pourtant rentrer, apporter la preuve que je n'étais pas le monstre qu'ils imaginaient. Je ne sais pas dans quelle mesure j'avais besoin de me le prouver à moi-même en même temps qu'aux autres. Toujours est-il que je ressentais la nécessité de tenter ma chance.

À ma sortie de prison, j'avais écrit à mon père pour lui annoncer que je vivais à Victoria. Mes parents étaient forcément au courant ; en tant que victimes de mon « crime » ils avaient été conviés à assister à mon audition par la commission des libertés conditionnelles, mais ils avaient choisi de ne pas s'y rendre. Mon père m'a répondu qu'il était heureux de me savoir libre et en bonne forme, sans parler de venir me rendre visite.

Je ne savais rien de Ryan. De toute façon, il nous était interdit de nous voir. Mon contrôleur judiciaire s'était montré très clair sur ce point, et j'avais cru pouvoir en déduire que Ryan était libre, lui aussi. Alors il m'arrivait de me réveiller en pleine nuit, persuadée qu'il frappait au carreau.

Le mois de janvier touchait à sa fin et une nouvelle audition par la commission des libérations conditionnelles était prévue à la mi-mars. Je devais apporter la preuve qu'un travail et un toit m'attendaient une fois que je n'aurais plus l'obligation de résider au centre. J'ai écrit une longue lettre à Mike, mon ancien patron à Campbell River. Je lui parlais de mon boulot à Victoria, des cours que je suivais, de ma volonté de reconstruire ma vie. J'avais joint un CV détaillant mes divers boulots en prison, accompagné d'une très gentille lettre de mon employeur actuel attestant de mes qualités. Je n'attendais pas beaucoup d'une telle démarche, aussi ai-je été surprise, une semaine plus tard, de recevoir un courrier de Mike m'annonçant qu'il aurait besoin de quelqu'un en cuisine à compter du mois de mars. Il ajoutait que l'un de ses vieux copains possédait un bateau, ancré dans la marina, qu'il était disposé à me louer peu cher. J'étais à la fois ravie et soulagée. À moins d'un incident de parcours, je serais bientôt à Campbell River.

La deuxième semaine de février, je coupais à travers le parc quand j'ai aperçu une femme blonde près d'un arbre. Habillée d'un vieux blouson en jean très moulant, elle se dandinait nerveusement d'un pied sur l'autre, comme pour se réchauffer, en surveillant le petit chemin devant nous. Comme ce petit bois servait de lieu de rendez-vous aux toxicos, j'ai tout de suite pensé qu'elle attendait son dealer. Elle s'est retournée en entendant le bruit de mes pas. Son visage squelettique, ses cheveux abîmés par les colorations, son regard terne, tout indiquait une droguée. Je veillais à ne pas passer trop près d'elle quand elle m'a apostrophée d'une voix douce, presque hésitante :

— Tonie ?

Je me suis figée en la regardant. Son visage me parlait, sans que je sois capable d'y mettre un nom. Une ancienne détenue de Rockland, peut-être ?

Elle a laissé échapper un petit rire nerveux.

— Si on m'avait dit qu'on se recroiserait un jour !

Je l'ai reconnue à son rire. Un rire rauque et grave qui faisait fondre tous les garçons au lycée. La toxico que j'avais en face de moi n'était autre que Cathy Schaeffer.

Des souvenirs pénibles m'ont assaillie aussitôt : Cathy et les autres filles se moquant de moi au lycée, me harcelant au restaurant en compagnie de Nicole, chuchotant entre elles au tribunal. J'ai regardé autour de nous afin de m'assurer que personne ne nous observait. Être vue en compagnie d'une toxico serait du plus mauvais effet dans mon dossier, m'entretenir avec l'un des témoins clés de mon procès serait pire encore.

Je m'éloignais quand elle m'a demandé :

— Tu es sortie ? Tu es vraiment libre ?

J'aurais voulu m'en aller, oublier que je l'avais vue, mais sa gêne et sa nervosité m'ont retenue. Elle avait les pupilles dilatées, le visage et les mains couverts de croûtes. Dans quel gouffre avait bien pu plonger la fille pleine de vie que j'avais connue au lycée ? Ses pommettes saillantes, sa bouche, ses yeux portaient les stigmates d'années de drogue.

— Je suis en liberté conditionnelle.

— C'est bien, non ? Tu comptes retourner à Campbell River ?

Plus nerveuse que jamais, elle s'exprimait d'une voix plaintive. Je ne la quittais plus des yeux. Savait-elle ce qui s'était vraiment passé cette nuit-là ? S'était-elle rendue complice du meurtre de ma sœur ? Connaissait-elle le nom du coupable ? Il était clair que mon silence la perturbait. Elle a passé la langue sur ses lèvres sèches, recroquevillée dans son blouson.

J'ai à peine trouvé la force de lui répondre, la gorge serrée :

— Oui, probablement.

— Je vis toujours là-bas. Je suis seulement descendue pour le week-end. Shauna vit aussi là-bas… avec son mari.

Je n'aurais pas su dire si elle bavardait, ou bien s'il s'agissait d'un avertissement, mais j'ai senti mes intestins se nouer. J'étais surprise d'apprendre que Shauna était toujours mariée. Elle avait rencontré un type plus âgé en septembre de cette année-là, peu après le meurtre de Nicole, de sorte qu'elle était mariée et mère de famille lorsqu'elle avait témoigné lors du procès.

Cathy a poursuivi sur le même ton haché, sous l'effet de la drogue, ou peut-être de la peur.

— Rachel aussi a des enfants, deux garçons. Elle travaille à l'hôpital. Kim est partie tout de suite après le procès. On ne se parle plus…

— Un bon point pour elle.

La colère, la rage, l'amertume perçaient dans ma voix. Cathy ne s'y est pas trompée. Elle a brusquement arrêté de se dandiner en sentant le danger, puis elle a reculé d'un pas. Les poings serrés, j'avais une envie folle de me ruer sur elle, de la jeter par terre. Je ne sais pas si j'aurais pu y résister si elle n'avait pas prononcé un mot qui m'a coupé le souffle.

— Pardon.

Le temps s'est arrêté. Une mèche lui a barré le

visage, sous l'effet du vent. Une alarme de voiture s'est déclenchée au loin. Mon cœur battait à tout rompre, les pensées se bousculaient dans ma tête. Que signifiait ce « pardon » ? Avait-elle des aveux à me faire ? Je me suis efforcée de reprendre mon calme en m'obligeant à respirer.

— Pardon de quoi, Cathy ?

— C'est juste que…

Elle cherchait prudemment ses mots.

— Pardon, je veux dire, pour le procès et tout le reste, notre comportement… au lycée…

Sa voix s'est éteinte. Les traits livides, elle a titubé jusqu'à un banc en scrutant les environs d'un air désespéré, en manque. Son dealer serait là d'une minute à l'autre. Je m'éloignais quand elle a marmonné un au revoir dans mon dos :

— À plus, Tonie.

Comme deux vieilles copines qui viennent de se retrouver.

J'ai parcouru au pas de course le kilomètre qui me séparait du centre, histoire d'évacuer mes pensées, mes souvenirs, la peur qui refusait de me quitter. D'évacuer les filles.

*

Il m'a fallu une bonne semaine pour me remettre de cette rencontre avec Cathy et des souvenirs douloureux qu'elle avait ranimés. J'hésitais presque à retourner à Campbell River, sachant que Shauna y vivait toujours. Je m'en suis finalement tenue à mes intentions initiales au nom d'un avenir que je sentais à portée de main.

Et puis Hélène est venue me trouver.

Je mangeais des céréales dans la cuisine un matin quand elle s'est installée en face de moi. Sa chaise a craqué sous son poids lorsqu'elle s'est penchée vers moi.

— T'as dit des trucs sur moi à Harley ?

En levant la tête, surprise, j'ai vu que Joanne montait la garde devant la porte de la cuisine. Mauvais signe. J'ai avalé les céréales que j'avais dans la bouche.

— Pourquoi voudrais-tu que je fasse un truc pareil ?

— Quelqu'un est allé lui raconter que je dealais de la dope. Ils sont venus fouiller ma chambre.

Elle en avait déduit qu'il s'agissait de moi, à cause de mes menaces. Le personnel du centre n'avait rien trouvé, sinon elle aurait déjà été renvoyée à Rockland. Hélène était furax.

— Je n'ai rien dit à personne, tout simplement parce que je ne sais rien. Je sors d'une longue peine pour meurtre, tu me crois peut-être assez conne pour m'embarquer dans une embrouille avec toi à la veille de la quille ?

Glisser en passant que j'avais été condamnée pour meurtre rappelait à Hélène que j'étais dangereuse. À ceci près qu'elle ne paraissait pas du tout intimidée.

— Je t'avais prévenue de ne pas m'emmerder, Murphy.

Sur ces mots, elle a quitté la pièce.

*

J'ai immédiatement fouillé ma chambre. Hélène avait bien dû planquer son matos quelque part puisque le personnel n'avait rien découvert chez elle. J'allais devoir vérifier soigneusement tous les jours. J'ai discrètement inspecté les affaires de Joanne. Rien. Cette fichue dope se trouvait pourtant bien quelque part. Quand Joanne est rentrée de son travail, je me suis couchée comme si de rien n'était. Ça ne m'avait jamais dérangée qu'elle traîne avec Hélène, mais elle avait franchi la ligne cette fois. Joanne m'ignorait superbement, elle aussi, ce qui me convenait parfaitement. J'aurais aimé lui casser la figure, mais j'avais trop à perdre, à un mois de mon audition par la commission.

La situation est restée en l'état tout au long de la semaine suivante. Hélène se contentait de me dévisager et on ne se parlait toujours pas, Joanne et moi. Je ne mangeais plus, je dormais à peine à force de surveiller Joanne la nuit, prête à me défendre si elle m'attaquait. La situation me rappelait Shauna et les filles, ce sentiment terrible de drame imminent. Je tentais de me raisonner en me disant que la situation n'était plus la même, que j'étais adulte, mais je me sentais aussi démunie et pétrie de rage qu'à l'époque du lycée.

Hélène a commencé à me bousculer dans les couloirs. Les filles avec lesquelles j'entretenais des liens amicaux ne me parlaient plus. Personne ne voulait se mouiller. Me plaindre au personnel du centre ? Impossible, puisqu'il ne s'était rien passé. Quand bien même, le moindre incident pouvait me coûter ma liberté conditionnelle. Il suffisait qu'Hélène planque un truc dans ma chambre pour que je sois baisée. Il me fallait tenir, mais j'avais de plus en plus de mal à me contrôler. Hélène ne tarderait pas à passer à la vitesse supérieure, elle ne se contenterait plus de simples coups d'épaule. C'était une brute, elle ne serait satisfaite que le jour où elle me ferait vraiment mal. J'ignorais quand, mais elle me réservait une surprise.

Tout début mars, un jour ensoleillé et frais où j'étais libre l'après-midi, j'ai pris un sweat à capuche, un bouquin et un gobelet de café, et je me suis dirigée vers le parc voisin du centre, depuis lequel on dominait l'océan. Mon lieu préféré pour décompresser. Je restais parfois des heures assise à contempler l'horizon. Je choisissais généralement un banc à l'écart, de façon à pouvoir surveiller les alentours. Ce jour-là, mon banc habituel était occupé par un couple âgé et je me suis rabattue sur un autre, au milieu des arbres. Je ne m'en faisais pas vraiment car je savais que Joanne et Hélène travaillaient.

Je tournais la page de mon bouquin, prise par l'intrigue, quand j'ai perçu un mouvement derrière moi. Avant d'avoir pu réagir, un bras m'a emprisonné le cou et quelqu'un m'a tirée de force du banc. Le livre a volé dans l'herbe. Je me suis débattue à coups de pied. Le dossier métallique du banc m'a râpé le dos, mon adversaire m'a jetée à terre et je me suis mordu la langue sous le choc. À peine avais-je reconnu Hélène et Joanne qu'elles s'acharnaient sur mon visage. Je m'efforçais de parer leurs coups en me tortillant quand une douleur fulgurante m'a traversé le bras. Saloperie. Les filles étaient armées de poings américains, elles n'étaient pas là pour rigoler. Je me suis repliée sur moi-même en me protégeant la tête et j'ai encaissé les coups. Aux reins, au dos, aux bras et aux jambes.

J'ai entendu la voix étouffée de Joanne, la pluie de coups s'est arrêtée, un bruit de course, deux respirations saccadées qui s'éloignaient. Et puis d'autres voix.

— Mon Dieu ! Qu'est-ce qui vous arrive ?

Des mains douces se sont posées sur moi.

J'ai ouvert les yeux en m'efforçant de reprendre ma respiration avant de déplier lentement mon corps endolori.

Une femme en jogging était penchée sur moi.

— Vous voulez que j'appelle une ambulance ?

J'ai répondu non de la tête.

— Inutile, tout va bien.

L'air inquiet, elle hésitait à lâcher son portable.

Je me suis relevée en m'appuyant contre le banc, les doigts agrippés au dossier en voyant danser devant moi une nuée de papillons. J'ai bien cru que mes genoux allaient m'abandonner.

J'ai grimacé un sourire.

— Je vais bien, je vous assure. Je me charge d'appeler la police.

La joggeuse repartie, j'ai boitillé jusqu'aux toilettes publiques pour me nettoyer tant bien que mal. Les ecchymoses commençaient à apparaître sur ma peau, mais au moins mon visage avait-il été épargné. J'ai regagné le centre d'une démarche raide, le corps moulu. Chaque respiration était douloureuse, mais il n'était pas question de montrer que j'étais blessée. Hélène se trouvait à l'entrée quand je suis arrivée, en grande conversation avec l'un des membres du personnel. L'étonnement s'est lu sur ses traits, la peur aussi. Ses yeux ont navigué nerveusement de mon visage à celui de son interlocuteur avant de revenir sur moi, comme si elle s'attendait à ce que je parle.

J'ai signé le registre.

— Ça va, Murphy ?

— Très bien, Hélène. Je suis en pleine forme.

Ses yeux ont lancé des éclairs, mais elle ne pouvait rien dire. J'ai refermé le registre avant de me diriger vers l'escalier sans un regard pour elle.

Joanne se trouvait là quand j'ai poussé la porte de la chambre. Je l'ai attrapée par le col de sa chemise que j'ai tordu jusqu'à l'étrangler. Elle a lancé un regard en direction de la porte, la bouche ouverte comme pour appeler à l'aide. Je l'ai muselée de la main. J'aurais pu compter les veinules rouges de ses yeux. Son haleine empestait le tabac rance, et une odeur chimique, mêlée aux effluves âcres de sa peur, s'échappait des pores de sa peau.

— Si jamais tu t'avises de toucher de nouveau à un seul de mes cheveux, je te refais la façade. Pigé ?

Elle a hoché frénétiquement la tête. Je l'ai lâchée et elle s'est effondrée sur son lit en se massant la gorge. Je me suis penchée vers elle :

— T'as pas intérêt à m'approcher, ou je te saigne comme une truie.

Son regard était encore plus terrifié qu'auparavant. Elle avait compris qu'il ne s'agissait pas de vaines menaces. Cette nuit-là, j'ai dormi d'un sommeil lourd.

Joanne m'a consciencieusement évitée par la suite. Hélène, en revanche, continuait de chercher la faille, il ne faisait aucun doute qu'elle terminerait à la première occasion ce qu'elle avait commencé. Je n'avais pas l'intention de lui en laisser le loisir. J'évitais le parc, je ne me rendais plus au refuge pour animaux, me contentant d'aller à pied à mon travail ou aux formations que je suivais, jamais seule. Au centre, je restais à l'écart des parties communes en veillant à ce qu'un membre du personnel soit toujours dans les parages, sauf pour dormir et prendre ma douche. Même là, je conservais avec moi un miroir qu'il me suffisait de briser pour me défendre. J'avais mal aux dents à force de serrer les mâchoires. J'avais perdu du poids, je ne mangeais plus qu'au restaurant et j'étais sur les nerfs en permanence, mais les jours ont fini par s'écouler sans qu'aucun nouvel incident se produise.

Le jour de mon audition est enfin arrivé et je suis retournée à Rockland. Sur des charbons ardents, j'avais des auréoles de transpiration au niveau des aisselles de mon chemisier. J'étais mortifiée à l'idée d'exprimer des remords pour le meurtre de ma sœur, mais c'était une étape obligée. Soucieuse de me montrer convaincante, je me suis concentrée sur le seul véritable regret que j'avais conservé de la nuit du drame : j'étais sincère en leur affirmant que j'aurais donné n'importe quoi pour avoir agi différemment avec Ryan. Cet aveu de mes erreurs donnait d'autant plus de poids au désir que j'exprimais d'emprunter désormais le droit chemin.

La commission a rendu un avis favorable et j'ai obtenu l'autorisation de retourner vivre à Campbell River. J'allais rentrer chez moi, dans une ville où personne ne m'attendait avec plaisir.

Je préparais mes affaires dans ma chambre au centre quand Hélène m'a rejointe.

— Un petit cadeau pour toi, Murphy.

Elle a lancé sur le lit un sachet en plastique qui a roulé jusqu'à ma valise. Un rat mort s'est échappé du sachet.

Je me souvenais du ricanement d'Hélène, quelques jours plus tôt, quand j'étais passée près d'elle au moment où Harley posait des pièges dans le vide sanitaire.

— T'as pas intérêt à recroiser mon chemin, petite salope.

Je lui ai tourné le dos en achevant de boucler ma valise. Hélène est restée plantée là un moment, à m'observer, avant de s'éloigner en constatant que je ne disais rien. Hélène était le cadet de mes soucis. J'étais enfin libre.

## 14

## Campbell River

*août 1996*

Après le mensonge de Nicole sur les médicaments de papa, on ne s'est pas adressé la parole pendant deux jours. On ne se regardait même pas en se croisant dans le couloir, j'attendais qu'elle soit sortie de la salle de bains pour y entrer. Un jour, je l'ai entendue s'arrêter devant ma porte. J'ai cru qu'elle allait frapper, mais elle a poursuivi son chemin. Un soir où le téléphone sonnait, je suis descendue en pensant qu'il s'agissait de Ryan. Nicole raccrochait quand je suis arrivée en bas, blanche comme un linge, des larmes plein les yeux. Elle m'a bousculée en passant et s'est précipitée dans l'escalier. Quelques instants plus tard, j'entendais sa porte claquer.

J'en ai parlé le lendemain à Ryan.

— Je suis persuadée que ce type lui met les idées à l'envers. Elle n'est pas dans son état normal. Je ne comprends toujours pas pourquoi elle a menti sur ces médocs.

— Tu la crois capable de vouloir s'en servir ? Pour se suicider ?

Les mots de Ryan m'ont cueillie à froid. L'idée méritait réflexion.

— Non, pas Nicole. Elle a trop peur que les parents pensent du mal d'elle. Shauna piquait parfois les pilules de sa grand-mère quand on faisait la fête, pour s'amuser. Elle aura probablement convaincu Nicole de suivre son exemple.

— C'est quand même dégueulasse de t'avoir accusée.

— Ouais.

J'avais du mal à l'avaler. Son comportement des derniers mois m'avait blessée, mais de là à me faire porter le chapeau, il y avait une marge. Je revoyais constamment la déception et la honte de mes parents à l'idée que je sois leur fille. Leur politesse contrainte depuis l'incident me hérissait le poil. J'avais bien compris qu'ils entendaient éviter tout conflit en attendant que je quitte la maison.

Le vendredi soir de l'avant-dernier week-end du mois d'août, mes parents sont sortis dîner avec des amis avant d'assister à un concert en plein air sur le port. Je triais mes bouquins en prévision du déménagement quand Nicole est entrée dans ma chambre. Je n'ai même pas relevé la tête.

— Tonie, je peux te parler ?

— Je n'ai rien à te dire.

— Je suis désolée… pour l'autre jour.

Elle s'exprimait d'une petite voix timide.

Je me suis retournée. Très mal à l'aise, elle triturait la bretelle de son débardeur, les épaules rougies par un coup de soleil. Je l'avais aperçue la veille dans le jardin, allongée sur une chaise longue, le regard perdu du côté de la clôture.

Elle n'allait pas s'en tirer à si bon compte.

— Désolée de quoi ? De m'avoir traitée comme une merde toute l'année, ou bien de m'avoir accusée d'un vol que tu avais commis ?

Elle a éclaté en sanglots, le visage dans les mains. Je ne savais plus comment réagir, alors que je bouillais de l'insulter quelques instants plus tôt. Sa réaction m'a prise de court.

Je me suis assise sur mon lit en attendant qu'elle se calme. Secouée de hoquets, elle a fini par s'essuyer le visage du dos de la main.

— Je sais que j'ai été horrible. Je ne me reconnais pas.

— Qu'est-ce qui t'arrive, Nicole ? Tu t'es comportée comme une vraie petite salope.

— Je… je ne peux pas en parler.

J'ai secoué la tête, furieuse, prête à bondir sur mes pieds.

Elle s'est défendue en tendant une main dans ma direction.

— Je te jure, je voudrais t'en parler, mais je ne peux pas. Je suis désolée, Tonie. Je ne peux vraiment pas.

— Alors pourquoi venir me trouver ?

— Je voulais que tu saches combien je m'en veux de ce que je t'ai infligé. J'en suis malade.

Elle a joint le geste à la parole en crispant les doigts sur son ventre.

— J'avouerai à papa et maman que c'est moi qui ai volé ces médicaments. Je n'arrivais pas à dormir, j'ai pensé que ça m'aiderait. Je leur dirai aussi tout le mal que je t'ai fait.

Elle paraissait sincère, son malaise ne faisait aucun

doute, mais elle ne m'avait toujours pas expliqué de quoi il retournait.

— Pourquoi tu n'arrivais pas à dormir ?

— Je… j'avais plein de soucis.

J'avais beau la sonder des yeux, il était clair qu'elle n'en dirait pas davantage.

— De toute façon, je quitte la maison, Nicole, alors je m'en tape de tes problèmes.

— C'est vrai ?

J'ai cru qu'elle allait de nouveau fondre en larmes.

— Qu'est-ce que ça peut te foutre ? Ça fait des mois que tu me traites comme de la merde.

— Je te l'ai dit, je suis désolée. Tu es ma sœur, j'ai du mal à penser que tu ne vivras plus ici. C'est bientôt la rentrée, je vais me retrouver toute seule pendant les deux prochaines années et…

Elle s'est tue, la voix brisée par un hoquet.

— Je pensais que ça te ferait plaisir, au contraire.

— Pas du tout.

Elle s'est contentée de secouer la tête, sans autre explication.

— Très bien. Je te remercie de t'être excusée.

Je me suis levée et j'ai recommencé à trier mes affaires.

Elle restait debout, sans bouger, et puis elle s'est assise sur mon lit. On aurait pu croire qu'elle attendait que je la mette dehors. J'avoue avoir hésité, agacée qu'elle s'obstine à ne rien vouloir me révéler de ses problèmes.

— Tu travailles ce soir, Tonie ?

— Non, on comptait aller se balader au bord du lac avec Ryan.

Pourquoi m'avait-elle posé la question ? Je la

soupçonnais de vouloir transmettre l'information à Shauna.

— Je peux venir avec vous ? Comme tu pars bientôt, c'est peut-être la dernière fois qu'on sortira ensemble.

Je me suis retournée d'un coup.

— Tu débloques ou quoi ? Parce que tu voudrais qu'on soit copines, toutes les deux ? Pas question.

— Tonie…

Elle était à vif.

— Je sais bien que j'ai déconné. Les filles, tout le monde les trouve tellement géniales. J'avais l'impression d'être cool, moi aussi, d'être au-dessus de la mêlée, alors que c'était faux. Je sais que je t'ai fait du mal. J'ai fait du mal à un tas de gens.

Elle s'est dirigée vers la porte.

— Je comprendrais que tu me détestes.

Je l'ai regardée s'éloigner, perplexe. Elle parlait de sa relation avec les filles à l'imparfait. Peut-être voyait-elle la situation d'un œil nouveau maintenant qu'elle traînait moins avec la bande. J'avais tout de même des doutes. Je me suis souvenue de la devise : veille à garder tes amis près de toi, et tes ennemis plus près encore. Nicole me cachait un secret, j'avais envie de savoir lequel.

— Bon d'accord, tu peux venir. Si Ryan est OK.

Elle a fait volte-face, le visage plein d'espoir, comme soulagée.

— C'est vrai ?

— C'est vrai.

Les mots avaient à peine franchi mes lèvres que je me demandais si je ne commettais pas une erreur monumentale.

*

Nous sommes allés jusqu'au lac ce soir-là. Ryan conduisait d'une main, l'autre posée sur ma cuisse, son bras bronzé contre le mien, Nicole à ma droite sur la banquette. Ses mèches me chatouillaient le visage sous l'effet du vent d'été qui passait par sa vitre ouverte en apportant avec lui une odeur tiède de pin. Nous avions toutes les deux un jean coupé et un débardeur, un léger parfum de lotion solaire à la noix de coco s'exhalait de nos peaux moites. Nicole regardait fixement la route, le visage grave. Faute d'avoir compris ce qui la poussait à vouloir nous accompagner, je restais sur mes gardes. Nous aurions préféré être tranquilles tous les deux, Ryan et moi, mais on s'était dit qu'elle croiserait des copains au lac et qu'elle voudrait traîner avec eux.

Ryan fumait une cigarette, une canette de bière ouverte entre les cuisses. Nous n'avions aucune chance d'être emmerdés par les flics, pas sur cette petite route perdue conduisant au lac. Ils plaçaient parfois un barrage sur la route principale, mais on ne risquait plus rien passé un certain point. Ryan a baissé la musique en arrivant. Il avançait lentement afin de voir qui était là. Il était plus de 22 heures, seuls quelques pick-up étaient garés à la pointe sud du lac, près d'un feu autour duquel des lycéens écoutaient de la musique à fond. Ils ont répondu à notre signe de tête en levant leurs bières. J'étais déçue que Nicole ne les connaisse pas, on allait devoir se la coltiner toute la soirée. Ryan a enfoncé la pédale d'accélérateur du pick-up qui a dérapé sur le chemin de terre. J'ai éclaté de rire, contrairement à Nicole qui ne disait toujours rien. Je lui ai envoyé un petit coup de coude.

— Allez, putain ! Décoince-toi !

Elle m'a grimacé un sourire forcé. Je regrettais de l'avoir emmenée.

On a trouvé un coin calme à l'extrémité nord du lac. On a écouté la musique un moment, figés sur la banquette, en regardant l'eau à la lueur des phares. Ryan a roulé un pétard, tiré une taffe, et me l'a passé. Je l'ai imité avant de le tendre à Nicole en toussant. Elle a refusé d'un hochement de tête.

J'ai plissé les paupières.

— Pourquoi avoir voulu nous accompagner ?

— Je te l'ai expliqué. J'avais envie qu'on passe un peu de temps ensemble avant que tu déménages. En plus, je ne pouvais pas rester à la maison.

Elle m'a lancé un coup d'œil furtif avant de tourner la tête en direction des bois plongés dans l'obscurité. Je la sentais très crispée. J'ai repensé au soir du bal de fin d'année, quand elle se doutait des mauvaises intentions de Shauna.

— Shauna a décidé de me casser la figure ce soir ? Tu m'as tendu un piège ?

Elle a affiché son étonnement.

— Bien sûr que non ! Les bois me foutent la trouille, c'est tout.

Nicole n'avait jamais été rassurée dans les bois la nuit. Elle détestait camper quand on était petites. Rassurée, je lui ai proposé l'une des bières posées à mes pieds.

Elle a décapsulé la bouteille, avalé une gorgée et contemplé les alentours.

Ryan m'a montré la portière d'un mouvement du

menton. Je savais ce qu'il voulait me dire, on ne s'était pas retrouvés en tête à tête depuis plusieurs jours.

— On va se promener un peu.

— Vous me laissez toute seule ? Je pensais qu'on resterait ensemble.

Elle ouvrait de grands yeux bruns affolés.

— On revient très vite.

Ryan a éteint les phares tout en laissant la radio, puis il a sauté de la cabine. Je l'ai suivi. Il a récupéré derrière la banquette une couverture et une flasque de Southern Comfort. J'ai ri dans la nuit, heureuse d'être avec lui, gentiment allumée par la bière et le pétard.

On a refermé la portière du pick-up. Ryan s'est penché à travers la vitre ouverte.

— On ne sera pas longs.

Nicole a hoché la tête, pas très rassurée.

— D'accord.

J'ai été prise de remords.

— Si tu as vraiment peur…

— Non, ça ira. Amusez-vous bien.

Elle a ponctué sa phrase par un sourire. J'ai pris Ryan par la main.

— Allons-y.

Nous nous sommes enfoncés dans les bois. Ryan marchait devant. En me retournant, j'ai vu que ma sœur verrouillait les portières et relevait les vitres.

J'ai secoué la tête. Quelle poule mouillée…

*

Ryan et moi avons déniché un coin tranquille un peu plus loin dans la forêt, derrière l'un des rochers surplombant le lac. Il a étalé la couverture sous un rayon de lune et allumé un feu. Allongée sur le dos, les mains croisées sous la nuque, j'admirais les étoiles, grisée par un sentiment de liberté que j'aurais aimé pouvoir vivre en permanence avec Ryan, sans avoir à subir les emmerdements liés à tous les autres.

Ryan a roulé un autre pétard, tiré une taffe et l'a soufflée dans ma bouche. Ça nous a fait rire, on s'est embrassés jusqu'à ce que je sente mon corps s'envoler. Les cuisses enroulées autour de lui, je sentais la fermeture Éclair de son jean frotter contre ma peau. Il a retiré ma chemise, dégrafé mon soutien-gorge. L'air frais me donnait la chair de poule. On se roulait des pelles entre deux gorgées de Southern Comfort. J'avais les lèvres en feu, je sentais le goût sucré de sa bouche dans la mienne, la tête en vrac, merveilleusement défoncée. On s'est déshabillés avant de faire l'amour. Son cou était salé sous les caresses de ma langue. Je m'enivrais de son odeur de garçon, de shampoing, de transpiration. Entre deux gémissements de Ryan, j'ai cru entendre du bruit au loin. J'ai tendu l'oreille en me demandant s'il s'agissait de Nicole, puis je n'y ai plus pensé. Tout était de nouveau calme.

Ensuite, on s'est longuement câlinés, enroulés dans nos vêtements, et on a vidé la flasque en terminant le pétard. J'ai fermé les yeux, engourdie par l'amour, l'herbe et l'alcool, tandis que Ryan ronflait à côté de moi.

*

Je me suis brusquement réveillée, effrayée par l'obscurité, transie de froid. Le feu s'était éteint, mais la lune éclairait suffisamment les bois pour que je voie Ryan, le visage protégé par ses deux bras aux poignets égratignés. Faute de pouvoir lire l'heure à ma montre dans le noir, j'ai allumé le briquet de Ryan. 1 heure du matin.

— Merde. Ryan, réveille-toi.

Il a ouvert les yeux et regardé autour de lui, désorienté.

J'étais déjà en train de m'habiller.

— Grouille-toi. Ma mère va me tuer.

J'avais laissé un petit mot à la maison en expliquant qu'on partait se promener au lac et qu'on serait rentrés à minuit, l'heure limite autorisée pour Nicole.

On a retrouvé le petit chemin en courant, giflés par les branches. Je me suis ouvert le genou et la main en m'étalant dans le noir. Ryan m'a aidée à me relever. On a enfin retrouvé la clairière. Tout était calme dans le pick-up dont l'autoradio était éteint. En ne voyant pas la silhouette de Nicole dans la cabine, j'ai pensé qu'elle s'était allongée.

Ryan a ouvert la portière et s'est aussitôt tourné vers moi d'un air inquiet.

— Elle n'est pas là.

— Tu plaisantes ?

Ce n'était pas le moment de déconner.

Il a allumé son briquet. Il n'y avait personne dans le pick-up.

J'ai appelé.

— Nicole, hou-hou, où es-tu ?

Silence.

Ryan a pris le relais d'une voix forte.

— Allez, Nicole, on est désolés. Montre-toi.

Nous avons retenu notre souffle en distinguant un craquement dans les taillis. Ryan a éteint son briquet, le temps qu'on s'habitue à l'obscurité. Les broussailles étaient plongées dans l'ombre. Si ma sœur avait décidé de nous jouer un tour, ça ne m'amusait pas du tout.

— Elle est peut-être partie à notre recherche, a suggéré Ryan. Je vais démarrer le pick-up. Elle reviendra en entendant le moteur.

— D'accord.

Je suis restée dehors, à fouiller des yeux les bois, tandis qu'il mettait le contact. Le moteur a poussé un rugissement. Nous avons attendu un petit moment. Rien. Ma colère avait cédé la place à la peur. Avait-elle pu se perdre dans le noir en partant à notre recherche ? Il fallait absolument la retrouver.

— Où crois-tu qu'elle soit, Ryan ? Tu crois qu'on ferait mieux de la chercher avec le pick-up ?

— Je ne sais pas.

Lui aussi était inquiet.

— Elle a très bien pu décider de rejoindre ces gens qui faisaient la fête de l'autre côté du lac. Monte, on va en avoir le cœur net.

Si jamais elle était allée s'amuser avec les autres, je comptais bien lui faire passer un sale quart d'heure pour nous avoir fichu une trouille pareille. J'ai fait le tour du pick-up, aveuglée un instant par les phares que Ryan venait d'allumer. Il a poussé un grand cri.

Mon cœur a bondi dans ma poitrine et j'ai pivoté sur moi-même. Il est descendu du pick-up à toute vitesse en se précipitant vers le lac. C'est à ce moment-là que j'ai compris.

Les phares éclairaient le corps de ma sœur qui flottait près de la rive.

On s'est précipités dans l'eau. Je hurlais le nom de ma sœur comme une folle. Ryan soufflait comme un âne.

Le corps de Nicole, entièrement nu, était glacé. On l'a tirée sur le bord et on s'est penchés sur elle. En voulant relever ses cheveux pour dégager son visage, je me suis aperçue que son crâne était enfoncé. Des mèches poisseuses restaient collées entre mes doigts par plaques. J'ai regardé d'un air hébété mes mains couvertes de sang. Le visage de ma sœur était méconnaissable. J'ai poussé un hurlement suraigu dont l'écho s'est répercuté à la surface du lac.

Ryan a tâté sa carotide, puis il m'a agrippé l'épaule.

— Arrête, Tonie. Elle est morte. Il faut aller chercher de l'aide.

Morte. Ce mot m'a coupé le souffle. Je me suis tournée vers Ryan en claquant des dents, en apnée.

— Reste calme, Tonie.

Il était livide et s'exprimait d'une voix étranglée.

— C'est impossible qu'elle soit morte.

Il s'est redressé.

— Viens.

Il m'a prise par le bras afin de m'obliger à me relever, à mon tour.

Je me suis jetée sur la poitrine glacée de ma sœur en sanglotant.

— Non, non. Mon Dieu, pas ça. Je suis désolée.

J'ai remarqué qu'elle avait un ongle arraché en voulant lui prendre la main.

— Nicole, réveille-toi, je t'en supplie.

Je tirais sur ses doigts dans l'espoir de la ramener à la vie.

Ryan s'est agenouillé près de moi. Il pleurait, lui aussi, et c'est d'une voix brisée par l'émotion qu'il a insisté :

— Nous ne pouvons pas rester là, Tonie.

— Je ne peux pas la laisser. Je ne peux pas.

— On ne sait pas qui lui a fait ça. Le coupable est peut-être encore dans les parages.

J'ai secoué vivement la tête.

— Je ne bouge pas.

Il m'a soulevée de force par les aisselles, je le mordais en lui donnant des coups de pied. Il m'a tirée jusqu'au pick-up et m'a jetée sur la banquette. Il a fait demi-tour dans un nuage de gravillons et s'est élancé sur le chemin. C'est tout juste si j'ai remarqué que les gamins aperçus dans la soirée avaient disparu, je ne voyais que la route toute noire traversée par une ligne jaune, dans une odeur d'herbe et d'alcool, d'humidité et de peur. Ryan a mis le chauffage sans que je cesse de trembler de tous mes membres et de pleurer.

Ensuite, c'était le commissariat, avec ses néons aveuglants. Un flic se dirigeait vers sa voiture de patrouille lorsque nous sommes arrivés. Nous sommes descendus du pick-up. Je me suis effondrée par terre en hurlant que ma sœur avait besoin d'aide. Ryan a voulu expliquer la situation au flic qui paraissait hypnotisé par le pick-up. En suivant la direction de son regard, j'ai vu l'empreinte sanglante d'une main sur la portière. Comme si quelqu'un avait tenté de remonter à bord.

# 15

# Campbell River

*mai 2015*

Je me suis réveillée tard, indécise sur la façon d'occuper ma journée. J'avais proposé à Mike de faire des heures supplémentaires en cas de besoin, d'autant qu'on était à la mi-mai et que les touristes commençaient à affluer. Il m'avait envoyée balader en me conseillant gentiment de me concentrer sur ma vie privée.

Il savait pourtant que ma vie privée se limitait au restaurant depuis ma sortie du centre de réinsertion. Je serai éternellement reconnaissante à Mike de m'avoir redonné mon ancien boulot. Je travaillais désormais en cuisine, évidemment, afin d'éviter les murmures et les interrogations des clients au sujet de cette femme qui avait assassiné sa sœur. De toute façon, je préférais l'atmosphère confinée des cuisines.

Capitaine, mon pitbull bringé gris, dormait sur mon lit. Cette grosse feignasse aurait passé sa matinée à paresser si je ne disais rien, mais je m'en fichais. Ce chien était mon unique source de bonheur depuis longtemps. Dès mon arrivée à Campbell River, j'avais proposé mes services au refuge local. Le personnel m'avait accueillie à bras ouverts, sans se soucier de mon passé. La gérante, Stéphanie, était une dure à cuire proche de la cinquantaine, tatouée de partout et constellée de piercings. Le courant était passé tout de suite entre nous. Elle ne m'avait posé aucune question, nous avions discuté de chiens, rien d'autre. Un jour, on nous a apporté ce pitbull aux yeux tristes que ses anciens maîtres battaient et traînaient derrière leur pick-up. Personne ne savait quel sort lui réserver, sachant qu'il était difficilement adoptable du fait de ses cicatrices et de ses oreilles taillées en pointe. Je m'étais promis de rendre la monnaie de sa pièce à celui qui l'avait mutilé de la sorte. En fin de compte, j'étais rentrée chez moi le jour même avec Capitaine. La vie sur mon bateau lui convenait à merveille. Ce n'était qu'un vieux yacht à la retraite, mais pour la première fois de ma vie je vivais chez moi et j'avais patiemment équipé ma maison sur l'eau de rideaux, de housses pour les coussins, et même d'un micro-ondes.

J'ai tiré Capitaine du lit et je l'ai emmené se promener. En chemin, nous avons salué les premiers habitués du port qui entamaient leur journée. Ils avaient fini par s'habituer à ma présence, même si je les soupçonnais de parler de moi dans mon dos. Le temps que Capitaine termine ses affaires, j'ai préparé du café et fait le ménage sur le bateau, ce qui ne m'a pas pris longtemps. Puis je me suis installée sur le pont en me laissant bercer par le balancement de la coque tout en contemplant le ballet des mouettes au-dessus de ma tête, Capitaine allongé au soleil. Je ne me lassais pas de respirer l'air salin. C'était la première sensation qui m'avait frappée à mon arrivée en ville. Pour un peu, j'aurais couru d'une vitre à l'autre du bus qui m'amenait de Victoria pour mieux m'imprégner de l'atmosphère iodée.

Il m'avait fallu du temps pour m'habituer à cette vie de plein air. Ce sentiment de totale liberté continuait de me chatouiller parfois. J'appréciais l'animation mais aussi le calme de la marina. Le bruit est une constante en prison. Même au centre de réinsertion, je vivais dans la rumeur perpétuelle des conversations, des repas, des activités, de l'appel quotidien, de la respiration et des mouvements de ma colocataire pendant son sommeil. Ma première nuit sur le bateau, j'ai cru que le silence allait me rendre folle. L'exiguïté de la cabine avait au moins ceci de bon qu'elle me semblait rassurante, après des années passées dans un espace confiné.

J'ai décidé d'emmener Capitaine se promener sur la plage avant de me rendre en ville. J'avais besoin de m'acheter des vêtements, ce qui relevait pour moi de la corvée. Incapable de choisir dans la masse des articles proposés, j'ai pris plusieurs jeans, des chaussures de marche et des T-shirts blancs, ainsi que des chemises épaisses et des sweats à capuche au cas où il ferait froid. Tout pour ne pas attirer l'attention sur moi.

Le soleil se couchait quand j'ai regagné la marina dans mon vieux pick-up. Une bonne occase, trouvée sur Internet, qui avait sérieusement écorné mes économies en me coûtant huit cents dollars, et que j'avais pu retaper grâce aux connaissances en mécanique acquises en prison. J'avais toujours l'ordinateur portable acheté d'occasion à l'époque de mon séjour au centre, et je disposais du wifi.

Je me dirigeais vers le bateau après m'être garée quand Capitaine s'est immobilisé, tous les sens aux aguets, en grondant en direction d'un autre véhicule. Je me suis figée à mon tour, inquiète.

Le conducteur du pick-up est descendu et s'est adossé à la carrosserie.

— Salut, Tonie.

Le coin gauche de sa bouche s'est soulevé en signe de sourire tandis qu'il retirait sa casquette de base-ball.

J'ai eu un haut-le-corps en reconnaissant Ryan.

J'aurais voulu m'assurer que je ne me trompais pas en scrutant ses yeux, chaque trait de son visage, mais mon pouls battait trop vite pour que je puisse rassembler mes pensées. J'ai regardé autour de nous, au cas où quelqu'un nous aurait vus. Le parking était désert. Ryan continuait de m'examiner d'un air grave, la tête légèrement penchée de côté. Que fabriquait-il ici ? J'ai retenu Capitaine en tirant sur sa laisse. Je m'étais imaginé que Ryan resterait à Vancouver au lieu de rentrer bêtement à Campbell River, comme moi. Il continuait de me dévisager. C'était la première fois que je le voyais depuis le jour où le shérif m'avait entraînée hors de la salle d'audience après le verdict, et voilà que nous nous retrouvions l'un en face de l'autre, séparés par dix mètres et quinze années.

À trente-quatre ans, Ryan était resté beau garçon, mais d'une façon dure, presque inquiétante. Aucun fil gris ne traversait ses cheveux bruns, mais des rides avaient envahi son visage que barrait une cicatrice, au niveau de la joue. Il était habillé d'un jean délavé et d'une chemise blanche assez cintrée dont il avait remonté les manches jusqu'aux coudes. Sa carrure s'était épaissie, ses biceps ressortaient et ses avant-bras étaient couverts de tatouages.

— Tu as l'air bien, Tonie. Pas tout à fait comme

avant, mais tu n'as pas vraiment changé. Cette coupe te va bien.

Moi qui, autrefois, étais capable de lire ses pensées au moindre tressaillement, j'étais infichue de deviner ce qu'il pouvait ressentir, s'il avait du mal à me voir en adulte. J'étais mieux qu'au moment de ma libération. J'avais pris un peu de poids depuis que je mangeais sainement, assez pour me donner des formes. Les connards que je croisais régulièrement dans la rue avaient l'air de me trouver mignonne, mais il me suffisait d'un regard pour refroidir leurs ardeurs. Je n'aurais pas su dire à quoi s'attendait Ryan. La dernière fois qu'il m'avait vue, j'avais vingt ans.

— Qu'est-ce que tu fais ici ?

— Je voulais te parler.

Il posait sur moi un regard à la fois grave et lointain. Le regard caractéristique de ceux qui ont appris à dissimuler leurs sentiments pour survivre en taule.

— Tu sais bien qu'on n'a pas le droit de se voir.

Un éclair de tristesse a traversé son regard.

— Tu as arrêté de m'écrire.

Il avait prononcé la phrase sur un ton banal, tout en prenant une pose défensive, les jambes écartées, les pouces dans les passants de sa ceinture, comme autrefois au lycée lorsqu'il s'efforçait de cacher son malaise.

Je peinais à trouver les mots justes, sous le choc de sa présence en face de moi.

— C'était une question de survie. Il fallait que j'oublie tout pour continuer d'avancer. C'était… plus facile.

J'ai lu sur son visage la même expression de colère qu'il avait chaque fois que quelqu'un lui reprochait d'être le fils de son père.

— Ce n'était pas plus facile pour moi.

J'aurais aimé pouvoir manifester de la colère, moi aussi. Me défendre. Au lieu de quoi j'étais envahie par un chagrin immense au souvenir du sentiment de culpabilité éprouvé lorsque je m'obligeais à ne pas lire ses lettres.

— Après notre condamnation, j'ai perdu les pédales. Je me suis refermée sur moi-même, j'ai évacué tout le monde. J'ai laissé parler la folie pendant des années.

Il a détourné la tête, les yeux perdus dans l'eau.

— Je sais. Moi aussi.

J'ai préféré ne pas lui demander par quoi il était passé. Je n'aurais pas supporté de l'entendre me décrire sa souffrance.

— De toute façon, on ne peut plus rien y changer.

— Et si ce n'était pas le cas ?

Sa résolution laissait présager des révélations auxquelles je n'étais pas prête. J'ai balayé des yeux le parking désert.

— De quoi tu parles ?

Je le sentais brusquement plein d'espoir, ce qui ne faisait qu'augmenter ma nervosité. L'espoir est un sentiment dangereux.

— Tu te souviens de Cathy ?

— Bien sûr.

Depuis notre rencontre inopinée à Victoria, je l'avais aperçue plusieurs fois devant les bars du port certains soirs où je rentrais tard. Elle traînait toujours avec des types, une cigarette aux lèvres. J'avais entendu Mike parler d'elle une fois, elle avait brièvement travaillé pour lui au restaurant avant que sa toxicomanie ne prenne le dessus. Mike connaissait la mère de Cathy, c'était elle qui élevait ses gosses.

— J'ai entendu dire qu'elle pleurait régulièrement dans des soirées en affirmant savoir ce qui s'est réellement passé cette nuit-là. En clamant notre innocence. Je suis certain que c'était Shauna et les filles, maintenant.

Ryan guettait ma réaction, mais le choc était tel que je ne savais plus quoi répondre. Ma tête tournait de tous les souvenirs de cette année-là, du procès.

J'ai fini par retrouver ma voix.

— Je l'ai croisée à Victoria il y a quelques mois. Je lui ai raconté ma rencontre avec Cathy.

C'est possible que le fait de te parler ait déclenché cette réaction chez elle. C'était plus facile d'oublier quand nous étions loin. Il a suffi qu'elle te voie pour se sentir coupable.

Je revoyais Cathy en train de s'excuser, les traits livides. Pendant toutes ces années, je m'étais posé la question de leur implication dans le meurtre de ma sœur.

— Je sais, les filles se sont comportées de façon atroce avec moi, mais de là à assassiner Nicole…

J'avais gardé le souvenir cuisant de la main glacée de ma sœur dans la mienne, de cet ongle arraché. Elle s'était défendue comme une tigresse.

— Qui d'autre ? Sinon, pourquoi auraient-elles menti lors du procès ?

— Si Cathy raconte vraiment ce genre de truc en soirée, tu ne crois pas que la police voudra l'interroger ?

— Quand bien même quelqu'un en aurait parlé aux flics, jamais ils n'agiront. Ils n'auront aucune envie d'admettre qu'ils ont envoyé des innocents en prison.

— Comment savoir si elle ne raconte pas n'importe quoi sous l'effet de la dope ?

— Son frère, qui fume du crack comme elle, s'est

confié à un pote à moi. Sa sœur lui a avoué connaître la vérité au sujet de Nicole. Elle a refusé d'en révéler davantage, par trouille. Pourquoi raconterait-elle ce genre de conneries si elle n'a pas été impliquée dans l'affaire ? Je suis convaincu qu'elle brûle de tout dire depuis longtemps et que ça sort quand elle prend de la dope. Elle a accepté de me rencontrer cette semaine.

— Putain, Ryan !

Les filles seraient-elles réellement coupables ? Pourquoi s'en être pris à Nicole puisque c'est moi qu'elles détestaient ? L'espace d'un instant, j'ai eu envie de chercher Cathy et de l'obliger à parler. De toute façon, ça ne changerait rien. Personne ne nous rendrait jamais toutes ces années perdues, personne ne pourrait jamais prouver qu'elle disait la vérité. Le système avait amplement montré ses faiblesses par le passé.

— Sois prudent. Si Suzanne l'apprend, elle est capable de révoquer notre liberté conditionnelle.

Ryan et moi dépendions forcément de la même personne, puisque Suzanne gérait tout le nord de l'île. S'adresser à l'un des témoins de notre procès était extrêmement dangereux. On pouvait aisément nous accuser d'intimidation. Il en fallait moins que ça pour retourner à Rockland.

— Cathy n'en parlera à personne. Ella a trop peur de Shauna.

J'imaginais les filles la nuit du drame, découvrant Nicole seule dans le pick-up alors qu'elles me cherchaient. Je revoyais le visage de ma sœur, la brutalité avec laquelle on l'avait tuée. J'ai essayé de contenir ma colère. Il fallait réfléchir posément à tout ça. Nous n'avions pas la certitude que Cathy connaissait vraiment la vérité, mais Ryan avait raison sur un point : si elle n'avait pas été mêlée au meurtre, pourquoi aurait-elle affirmé aujourd'hui avoir menti autrefois ? Pour qu'on s'intéresse à elle, peut-être. Un phénomène courant en prison. Le mieux était encore de ne se mêler de rien, si je ne voulais pas retourner en taule.

— Même si elle est au courant, personne ne la croira jamais. Tout ça ne sert à rien. Ne te mêle pas de ça, Ryan. Ce n'est pas la première fois que Cathy dit des conneries quand elle a pris de la dope. N'oublie pas que tu es en liberté conditionnelle. Ne te fous pas dans la merde pour rien.

— Tu ne veux donc pas faire payer les vrais coupables ? Elles ont tué ta sœur et foutu nos vies en l'air. Nous avons tout perdu.

J'ai lu dans ses yeux la phrase qu'il n'avait pas prononcée : « Je t'ai perdue. » Un silence chargé d'émotion s'est installé entre nous. À l'époque où nous étions ados, je me serais jetée sur lui, je l'aurais pris dans mes bras, emportée par son odeur, par le goût de sa bouche. Et voilà que nous étions des étrangers l'un pour l'autre.

Capitaine m'a rappelée à la réalité en tirant sur sa laisse.

— Si, bien sûr, j'aimerais que les vrais coupables paient.

J'en avais tellement envie que je m'interdisais d'y penser. Tout comme je m'interdisais de m'asseoir et de discuter avec Ryan, de me promener avec lui au volant de son pick-up, de partager un café en lui demandant de me raconter toutes ces années en détail. Je m'interdisais de le retrouver. C'était tout simplement impossible.

— En tout cas, ne compte pas sur moi pour foutre ma vie en l'air, Ryan. Tu feras ce que tu veux, mais sans me mêler à ça.

— Tonie…

Je lui ai tourné le dos en tirant Capitaine par sa laisse avant de me mettre à pleurer.

— Viens, mon chien.

C'est seulement plus tard que les paroles exactes de Ryan me sont revenues. Il ne m'avait pas demandé si j'aimerais que les coupables soient condamnées. Il m'avait demandé si j'aimerais qu'elles paient.

## 16

## Campbell River
*août 1996*

À peine arrivés au commissariat dans le pick-up de Ryan maculé de traces de sang, un agent nous a conduits dans une pièce où nous avons été rejoints par Frank McKinney et son collègue Doug Hicks. J'ai éclaté en sanglots à la vue de McKinney, à qui j'ai expliqué entre deux hoquets qu'il était « arrivé un truc horrible à Nicole ». Sans chercher à dissimuler sa surprise, il m'a regardée d'un air grave tandis que je m'évertuais à lui raconter ce qui s'était passé, pas toujours de façon très cohérente. Ryan est intervenu à plusieurs reprises afin d'apporter certaines précisions. Quand les policiers ont voulu nous interroger séparément, je me suis agrippée au bras de Ryan :

— Non, je veux qu'il reste avec moi.

Ils ne nous ont pas laissé le choix, arguant du fait que ce serait plus facile pour eux. On m'a apporté une couverture et un café chaud.

McKinney m'a serré gentiment l'épaule.

— Je comprends que tu sois perturbée, Tonie, mais

essaie de nous faciliter la tâche en reprenant par étapes. Vous avez donc décidé d'aller au lac.

J'ai de nouveau expliqué le déroulement de la soirée, la vision qui nous attendait lorsque nous avons regagné le pick-up.

— Je vous en supplie, on ne peut pas la laisser là-bas. Elle a besoin d'aide.

Je n'arrivais toujours pas à accepter qu'elle soit morte.

L'autre flic, Hicks, est intervenu.

— On a envoyé quelqu'un, mais nous aurons peut-être besoin de votre aide pour localiser le corps. Tu te sens capable de retourner au lac avec nous, Tonie ?

Sa familiarité et sa façon de m'appeler par mon prénom me déplaisaient. On aurait pu croire qu'on était copains tous les deux, alors que je ne le connaissais pas. J'ai décidé de m'adresser uniquement à McKinney.

— Je veux bien, si c'est vraiment indispensable…

L'idée de retourner là-bas me terrorisait, sans pouvoir me résoudre à laisser ma sœur toute seule.

— Et mes parents ? Qui va les prévenir ?

Ma tête bouillait littéralement, je claquais des dents et je tremblais de tous mes membres. Ma mère. Mon père. J'aurais aimé qu'ils soient là, tout en étant effrayée de leur douleur quand ils apprendraient la nouvelle.

— Nous enverrons bientôt quelqu'un les avertir, m'a répondu Hicks. Il nous faut tout d'abord confirmer certains points.

Ils ont enchaîné les questions du genre : « Avez-vous aperçu d'autres personnes près du lac ? Combien de temps l'avez-vous laissée seule ? Aviez-vous beaucoup bu ? Beaucoup fumé ? C'est la première fois que vous avez des trous de mémoire ? »

Je trouvais leurs questions dérisoires, seul le sort de Nicole m'importait. Ils ont cessé de m'interroger et m'ont laissée un long moment. Quand ils sont revenus dans la pièce, ils m'ont annoncé qu'ils ne trouvaient pas Nicole, qu'ils souhaitaient que je les accompagne. Ils ont pris Ryan au passage. Il tremblait aussi, les traits blêmes et les yeux rouges, comme s'il avait pleuré. On a rallié le lac, assis à l'arrière de la voiture de McKinney, serrés l'un contre l'autre en s'agrippant les mains, sans un mot. Je voyais flous les bords de la route, écartelée entre l'hébétude et les crises de sanglots. Je me rappelle avoir croisé le regard de McKinney dans le rétroviseur. Nicole était amie avec sa fille, il l'avait forcément vue souvent chez lui. Sans doute se sentait-il rassuré de savoir sa fille tranquillement à la maison.

En arrivant sur place, la vue des autres véhicules et du médecin légiste a ranimé mes hurlements.

Je ne me souviens plus de rien ensuite, sinon que Ryan tentait de me calmer et que Hicks réclamait notre évacuation. Le reste se confond dans un brouillard de voix, de gyrophares et d'uniformes. Tandis que McKinney restait sur la scène de crime, l'un de ses hommes nous a reconduits au commissariat où nous avons subi séparément un nouvel interrogatoire. Mes parents, avertis dans l'intervalle, avaient été conduits à la morgue afin d'identifier le corps. Ryan a autorisé les enquêteurs à fouiller son pick-up et celui-ci a été saisi. Ses parents sont venus le chercher. Il m'a serrée dans ses bras avant de repartir avec eux en me glissant dans le creux de l'oreille sur un ton inquiet :

— Attention à ce que tu leur dis.

L'instant d'après, il avait disparu et je me retrouvais dans une pièce avec une policière qui me harcelait de questions sur le lycée et mon travail, sans que je parvienne à me concentrer. Je voulais uniquement rentrer chez moi et retrouver mes parents.

La policière m'a finalement reconduite à la maison plusieurs heures plus tard. L'une de ses collègues se trouvait dans le salon avec mes parents. Elle s'est levée en nous voyant arriver. Frank McKinney était là, lui aussi, assis sur le canapé à côté de ma mère. Mon père s'est précipité, il m'a prise dans ses bras et m'a serrée contre lui. J'ai fondu en larmes en sentant son corps trembler contre le mien. Par-dessus son épaule, j'ai aperçu le visage livide de ma mère. Le teint brouillé, des coulures de maquillage le long des joues, les yeux meurtris.

— Maman…

J'aurais voulu me jeter dans ses bras, mais elle m'en a empêchée en hurlant :

— Pourquoi l'as-tu emmenée là-bas ? Mais pourquoi ?

— Maman, je te demande pardon…

J'ai fait un pas dans sa direction, mais McKinney m'a stoppée d'un geste en passant un bras autour des épaules de ma mère.

Maman lui a lancé un regard désespéré.

— Pourquoi, Frank ? Qui pourrait en vouloir de la sorte à mon bébé ?

— Je ne sais pas, Pam. Je ne sais vraiment pas.

Il s'exprimait d'une voix rauque.

— Nous ferons tout pour retrouver les responsables et les condamner.

Sa hargne m'a presque rassurée. Pas de doute, ils vont retrouver le coupable.

À l'inverse de Ryan, je n'avais pas encore compris

que la police nous considérait comme des suspects potentiels, qu'elle épiait chacune de nos réactions, chacune de nos paroles. Ceux qui allaient payer, c'était nous.

*

Tout au long de la semaine qui a suivi le meurtre de Nicole, papa a passé ses jours et ses nuits dans le garage ou au salon. Pas rasé, les yeux cernés, il regardait dans le vide même lorsque la télé était allumée. Le soupir des canettes de bière qu'il débouchait l'une après l'autre nous confirmait pourtant qu'il ne dormait pas. Il observait régulièrement par la fenêtre la meute des journalistes et des équipes de télévision. Il est sorti un jour en leur criant de « déguerpir de sa putain de pelouse » ; et lorsqu'ils ont fini par disparaître, il est resté à contempler la nuit comme s'il attendait que Nicole rentre au bercail. Maman errait à travers la maison, l'air hagard, les cheveux en pétard. Je l'entendais téléphoner à ses amies et murmurer au milieu de ses larmes :

— Je ne comprends pas pourquoi ils l'ont emmenée ce soir-là. Je ne comprends pas ce qui a pu arriver.

Le message était clair : Nicole est morte à cause de Tonie.

Elle avait raison. C'était effectivement ma faute. Si je n'avais pas emmené ma sœur avec nous, elle serait encore en vie. Je repassais en boucle dans ma tête la nuit du drame, dans l'espoir de comprendre, alors qu'il n'y avait rien à comprendre. Ma sœur était morte, c'est tout.

Je me glissais parfois dans sa chambre quand mes parents dormaient. Le médecin avait prescrit des somnifères à maman, elle se couchait tôt. De son côté, papa titubait jusqu'à son lit vers 1 ou 2 heures du matin, ou bien je le retrouvais sur le canapé. Une nuit, je l'ai entendu pleurer et ça m'a brisé le cœur qu'il sanglote comme un enfant.

J'avais mes propres rituels. Je m'allongeais sur le lit de Nicole en serrant contre moi l'oreiller qui gardait la trace de son odeur citronnée. Je sortais tous ses vêtements, même les fringues sales qui traînaient dans le panier à linge, et je m'enfouissais la tête dedans, perdue dans le parfum de son corps d'adolescente. J'entendais son rire dans ma tête, tout excitée à la perspective de sortir, ou bien je l'entendais bavarder au téléphone avec une copine. Alors, je revoyais son air inquiet à l'idée de rester seule dans le pick-up. Et je la revoyais ensuite, telle que nous l'avions retrouvée cette nuit-là, et ma respiration se bloquait dans ma gorge.

Je faisais constamment des cauchemars. Je me réveillais en sursaut dans le noir, le cœur palpitant. Je l'ai entendue une fois pleurer dans sa chambre ; l'espace d'un instant horrible, j'ai cru qu'il s'agissait de son fantôme avant de comprendre que ma mère sanglotait et que mon père s'efforçait de la réconforter. Seule dans mon lit, je pleurais en pensant à Ryan. On ne s'était pas revus depuis le drame, mais on s'appelait tous les jours. Il prenait de mes nouvelles et me consolait quand je pleurais. Sa voix respirait la peur, le trouble et la culpabilité. Tout comme moi.

Ma mère me retrouvait régulièrement dans ma chambre pour me demander inlassablement de revenir sur le déroulement des événements. Je lui précisais comment Nicole s'était excusée avant de m'implorer de l'emmener ce soir-là avec Ryan. Elle m'interrompait en exigeant que je lui répète jusqu'au moindre détail.

— Comment était-elle habillée ? Comment se comportait-elle quand elle t'a dit ça ?

Lorsque j'évoquais les problèmes personnels sur lesquels Nicole avait refusé de s'expliquer, maman insistait, en quête d'un mot que j'aurais pu oublier. J'hésitais systématiquement en arrivant à la séquence du lac, traumatisée par l'expression qu'elle affichait quand je lui disais que nous avions laissé Nicole seule dans le pick-up. Je pleurais en évoquant le moment où nous nous étions câlinés dans les bois, Ryan et moi, pendant que quelqu'un assassinait ma sœur. Lorsque je lui racontais, entre deux sanglots, comment nous avions découvert le corps de Nicole à la lumière des phares, elle se balançait d'avant en arrière en gémissant. Un jour où je lui posais une main sur l'épaule, elle s'est levée et elle a quitté ma chambre. Après ça, je n'ai plus jamais essayé de la toucher.

Une cérémonie a eu lieu en mémoire de Nicole. Presque tout le lycée était présent, il avait fallu louer une grande salle. Ses amies et ses profs répétaient à quel point elle était formidable. Plusieurs copines ont projeté un diaporama avec des photos d'elle. Shauna et sa bande sont venues, mais elles ne se sont pas exprimées. Je les ai vues, habillées en noir, quand nous sommes allés nous installer au premier rang avec le reste de la famille. Shauna et Rachel m'ont lancé un regard glacial. Kim était en pleurs et Cathy paraissait ailleurs. À la fin de la cérémonie, mes parents ont fait le tour des gens présents pour les remercier d'être venus. Maman, tel un robot, prononçait des phrases toutes faites. Seuls les amis proches et la famille ont été invités à assister à la dispersion des cendres de Nicole dans les eaux de la rivière, près de chez nous, avant de rejoindre la maison où nous attendait un buffet. Maman vidait les verres de vin les uns après les autres. Quand mon père a voulu la freiner, elle l'a fusillé du regard en reprenant brutalement son verre dont le contenu s'est en partie renversé par terre. Ce soir-là, après avoir aidé les femmes à tout nettoyer, je suis passée devant la chambre de mes parents. Mon père s'efforçait de boutonner le pyjama de maman dont la tête pendait, comme celle d'une poupée brisée. La scène était insupportable.

Je n'ai pas bougé de la maison durant cette période, sans essayer de m'éclipser pour retrouver Ryan de peur de perturber mes parents. Je m'occupais du ménage et des repas, comme la fille modèle que ma mère aurait tant aimé avoir. Je tentais de me convaincre que la police retrouverait le meurtrier de Nicole, mais quinze jours s'étaient écoulés depuis le meurtre quand Ryan m'a téléphoné un soir.

— Ils vont nous arrêter, Tonie, a-t-il déclaré, inquiet.

— Comment peux-tu dire un truc pareil ?

J'ai senti une bouffée de peur monter en moi. Et s'il avait raison ? Les enquêteurs nous croyaient-ils coupables ? Mon père les appelait tous les jours, ils se contentaient de lui dire que l'enquête suivait son cours, sans jamais préciser s'ils avaient des suspects. J'en arrivais à me demander si nous n'étions pas les seuls.

Ryan a répondu à ma question d'une voix tendue.

— Avec mon passé et les ennuis qu'on a déjà eus, je ne suis pas très optimiste. Nous sommes les derniers à l'avoir vue, Tonie. Ils n'ont personne d'autre sous la main.

— Tu dis n'importe quoi.

C'était la première fois que je lui raccrochais au nez. Je suis restée longtemps assise dans le noir près du téléphone, le cœur battant.

*

La police a débarqué chez nous le lendemain, un vendredi. Deux flics âgés en uniforme. Un grand type aux cheveux blancs, un autre plus petit avec des cheveux poivre et sel et une grosse moustache, l'air grave lorsque papa leur a ouvert la porte. Je faisais la vaisselle dans la cuisine quand j'ai vu leur voiture de patrouille s'arrêter devant la maison. J'ai posé mon torchon et rejoint papa dans l'entrée en me demandant s'ils avaient identifié le meurtrier.

Le grand flic aux cheveux blancs s'est présenté.

— Agent Brown. Nous souhaitons voir votre fille.

Je me suis avancée.

— Que se passe-t-il ?

L'autre flic, un certain Ruttan, a pris le relais.

— Tonie Murphy, vous êtes en état d'arrestation pour le meurtre de votre sœur, Nicole Murphy. Veuillez mettre les mains dans le dos.

Je suis restée pétrifiée sur place.

Papa m'a prise par le bras en me faisant un rempart de son corps.

— Vous avez un mandat ? Pourquoi l'arrêtez-vous ?

Le flic aux cheveux blancs s'est avancé, la mine sombre.

— Écartez-vous, monsieur.

Papa n'a pas bougé d'un centimètre.

— J'exige de parler à notre avocat.

Le policier a voulu l'écarter en lui posant la main sur l'épaule de façon à se positionner entre nous.

— Je comprends que ce soit difficile, monsieur, mais veuillez garder votre calme.

Papa s'agrippait à moi.

L'autre agent s'est placé derrière moi et des menottes se sont refermées sur mes poignets. Je l'ai supplié :

— C'est une erreur, je n'ai rien fait.

Papa s'est mis à crier :

— Lâchez immédiatement ma fille !

L'autre agent l'a immobilisé.

— Monsieur, calmez-vous si vous ne voulez pas que nous vous arrêtions également.

Papa, rouge de colère, a fini par s'écarter.

Le flic s'est tourné vers moi.

— Écoutez-moi attentivement. Il est de mon devoir de vous informer que vous avez droit aux services de l'avocat de votre choix. L'aide juridictionnelle, disponible vingt-quatre heures sur vingt-quatre par téléphone, vous conseillera sur vos droits. Ses conseils sont accordés gratuitement, elle vous donnera le détail de l'assistance dont vous pouvez disposer. Je tiens son numéro de téléphone à votre disposition. Vous m'avez compris ?

Ma mère a dévalé l'escalier.

— Que se passe-t-il ?

— Ils arrêtent Tonie.

Je me suis mise à pleurer.

— Ils l'accusent d'avoir tué Nicole.

Elle s'est plantée devant les agents, les yeux hagards.

— Pourquoi nous infliger ça ? J'exige de parler à Frank McKinney.

— Madame, veuillez garder votre calme, a répondu

le flic avant de répéter à mon intention : Avez-vous compris ce que je viens de vous expliquer ?

— Oui, mais vous vous trompez de coupable, je n'ai jamais…

Il m'a interrompue :

— Souhaitez-vous appeler un avocat ?

J'ai cherché mon père des yeux.

— Papa…

— J'appelle immédiatement. Obéis à ces messieurs, Tonie. Ne parle à personne tant que tu n'auras pas vu notre avocat.

Je ne l'avais jamais vu aussi effrayé de ma vie. Mon cœur battait à tout rompre.

— Tonie Murphy, vous avez le droit de garder le silence, mais tout ce que vous direz pourra être retenu contre vous. Vous m'avez compris ?

J'en bégayais.

— Oui, je… je suppose…

Quelques instants plus tard, ils m'entraînaient vers la voiture de police. Les voisins regardaient la scène de chez eux. Le conducteur d'une auto qui passait dans la rue a ralenti. J'ai reconnu le visage d'une fille du lycée à l'arrière. Elle me regardait, bouche bée.

— Êtes-vous en possession d'armes ou d'objets acérés ? m'a demandé le flic aux cheveux blancs.

— Comment ? Bien sûr que non.

— Nous allons vous fouiller, a-t-il ajouté sur un ton parfaitement normal.

Ils se sont exécutés. Derrière moi, ma mère pleurait. J'étais trop hébétée pour comprendre ce qui m'arrivait. Où se trouvait Ryan ? L'avaient-ils arrêté, lui aussi ?

— Tout ira bien, a crié mon père en voyant le flic

me pousser sur la banquette arrière, une main sur ma tête.

La portière a claqué. Papa s'est précipité, le visage inondé de larmes, en s'appuyant contre la vitre. Je sanglotais, moi aussi.

— Papa !

— Monsieur, veuillez vous éloigner du véhicule.

Il a obtempéré. Ma mère a accouru et s'est accrochée à son bras, terrifiée. La voiture a démarré et j'ai lu sur les lèvres de mon père :

— Tout ira bien.

Il se trompait lourdement. Une fois au commissariat, on m'a retiré les menottes et prise en photo, demandé de décliner mon identité et ma date de naissance, interrogée sur mon passé médical, avant de relever mes empreintes. La peur m'empêchait de comprendre les questions qu'on me posait. J'avais beau leur demander pour quelle raison on m'arrêtait, personne ne daignait me répondre. Une femme flic m'a conduite dans une pièce et m'a ordonné de me déshabiller avant de me rendre ma culotte, mon pantalon et ma chemise. Tout le reste, bijoux, chaussures, soutien-gorge, a disparu dans un casier. Je me suis alors retrouvée dans une cellule équipée d'un lavabo en acier brossé, de toilettes et d'un sommier. On m'a tendu un matelas en mousse et des couvertures. Au bout de plusieurs heures, on m'a emmenée dans une pièce où m'attendait mon avocat. Avec son gros ventre et ses sourcils broussailleux, on aurait dit un Père Noël aux cheveux noirs. Une petite tache de ketchup maculait sa cravate. Quand il m'a dit son nom, Angus Reed, j'ai su qu'il s'agissait du principal avocat criminaliste de la ville.

Il m'a prévenue d'emblée :

— Ne me dites rien. Ces pièces sont équipées de micros. Évitez de parler aux autres détenus, ne vous confiez à personne. D'accord ?

J'ai hoché la tête, les oreilles bourdonnantes. Le sérieux avec lequel il s'exprimait confirmait la gravité de la situation.

— Je suis ici afin de vous assister. Je me fiche de ce que vous avez fait ou dit. Montrez-vous aimable avec la police, mais ne leur dites rien, ne décrivez rien, ne leur indiquez rien. Ils voudront vous parler, ils mentiront et s'efforceront de vous piéger. Vous répondrez à chacune de leurs questions : « Je souhaite garder le silence sur les conseils de mon avocat. » D'accord ?

J'ai de nouveau acquiescé.

— Ryan…

— Ils l'ont probablement arrêté. Comme nous sommes vendredi, ils vont vous garder ici jusqu'à lundi avant de vous conduire devant le juge de la province. Ils vont essayer de vous avoir à l'usure. Encore une fois, ne leur dites rien. Ne leur posez pas de questions au sujet de Ryan, ne leur parlez pas de lui. Vous avez bien compris ?

— Oui.

À ceci près que je ne savais pas ce que je fichais là ni ce qui m'attendait. J'avais uniquement envie de rentrer chez moi.

*

On m'a conduite le soir même dans une autre cellule, d'où j'entendais vocifèrer les ivrognes enfermés à côté. J'avais froid et peur. Incapable de trouver le sommeil, je me suis recroquevillée sur le lit, sous la petite couverture qu'on m'avait donnée. Les idées se bousculaient dans ma tête, je repensais à tout ce que m'avaient dit les policiers. Je n'arrivais pas à croire qu'on m'ait arrêtée pour meurtre. Je me suis levée plusieurs fois pour aller aux toilettes en prenant la précaution de nettoyer le siège avec la toile émeri qui faisait office de papier. De retour sur mon lit, les yeux rivés au mur ou fixés au plafond, je m'inquiétais pour Ryan, essayant de deviner si sa cellule se trouvait loin de la mienne. Je voulais me rassurer en me persuadant qu'on finirait par nous innocenter, une fois arrêté le véritable coupable. Tout finirait par s'arranger. Pourtant, je ne pouvais m'empêcher de penser à toutes les histoires d'erreurs judiciaires dont on entendait parler. Il me restait à prier le ciel que ça ne nous arrive pas.

Le lendemain, un agent m'a conduite en salle d'interrogatoire. Doug Hicks, le policier que j'avais rencontré le soir du meurtre, m'y attendait. Je l'avais déjà aperçu en ville. À l'inverse de Frank McKinney, qui se contentait de vous relâcher avec un avertissement, Hicks prenait un malin plaisir à arrêter les jeunes. Proche de la trentaine, blond avec des yeux d'un bleu très clair et des cils presque blancs, les joues couperosées de quelqu'un qui vit dehors, il se donnait des airs de dur en adoptant une démarche chaloupée, les épaules en arrière et le torse bombé. Je l'avais toujours pris pour un simple connard, mais il me terrifiait depuis le drame, car j'étais persuadée qu'il était capable de déformer la vérité dans le seul but de me nuire. Je comptais m'en tenir aux instructions de mon avocat, rien ne m'obligeait à leur parler. J'ai balayé la pièce des yeux en me souvenant de la présence de micros.

D'une voix posée, Hicks m'a demandé de lui relater une nouvelle fois les événements de la nuit du drame. Ma réponse était toute prête.

— Je souhaite garder le silence sur les conseils de mon avocat.

Il a rougi d'agacement.

— Vous n'êtes pas obligée de nous dire quoi que ce soit, mais la situation s'éclaircirait plus vite si vous nous donniez de nouveau votre version des faits. Cela pourrait nous aider à vous libérer.

J'ai tout de suite su que c'était du pipeau. Ils n'auraient jamais procédé à mon arrestation si une simple explication avait suffi à dissiper leurs doutes.

Il a patienté quelques instants, avant de comprendre que je m'en tiendrais à ma position initiale.

— Nous avons parlé avec Ryan.

Il était donc bien là. Mon cœur s'est arrêté de battre, la respiration s'est bloquée dans ma gorge. Que leur avait-il dit ?

— Il vous accuse, Tonie. Vous souhaitiez vous débarrasser de votre sœur et vous avez décidé de la tuer près du lac.

Quoi ?!! J'avais conscience de commettre une erreur, mais je ne pouvais pas rester muette.

— Jamais Ryan n'aurait prétendu un truc pareil. Tout simplement parce que c'est faux. En plus, il m'aime.

— Ah oui ? Curieusement, le fait de se trouver en état d'arrestation délie la langue de bien des gens. D'après Ryan, c'est vous qui avez tout manigancé, mais je serais ravi d'entendre votre version.

Je l'ai regardé droit dans les yeux.

— Je souhaite garder le silence sur les conseils de mon avocat.

Il n'a rien laissé paraître, se contentant d'examiner le dossier posé devant lui.

— On nous a dit que vous aviez l'habitude de porter un couteau sur vous.

J'ai sursauté sur mon siège. Comment pouvait-il être au courant ? Nicole en avait sans doute parlé, mais à qui ? Shauna ? Les joues en feu, je me suis retenue de lui expliquer la façon dont les filles me harcelaient depuis des mois. Il avait décidé de me piéger, de me bousculer dans mes certitudes. Cette histoire de couteau ne signifiait rien, Nicole n'avait même pas été assassinée avec un couteau.

— Nous savons que votre sœur vous empoisonnait l'existence. Elle venait sur votre lieu de travail, flirtait avec votre petit ami…

Les battements de mon cœur accéléraient à chaque nouvelle parole qui sortait de sa bouche. Qui lui avait raconté tout ça ? C'était quoi, cette histoire de flirt avec Ryan ? Je brûlais de lui poser mille questions, de m'expliquer, de me défendre, mais je me suis tue.

Hicks a continué :

— Nous savons également que vous avez récemment menti à vos parents en refusant de reconnaître que vous vous étiez introduite chez vos voisins à leur insu afin de leur dérober de l'alcool. Ce n'est pas le seul larcin dont vous vous êtes rendue coupable ces derniers temps. Vous avez également pris des médicaments appartenant à votre père.

Cette fois, c'en était trop.

— Ce n'était pas moi. C'était Nicole.

Qui leur avait parlé de ces médicaments ? Mes parents ? Je me sentais trahie.

Il s'est penché vers moi, ravi de m'avoir fait sortir de ma coquille.

— Vous lui en vouliez de vous avoir dénoncée, c'est ça ? Vous souhaitiez lui donner une bonne leçon ?

J'ai secoué la tête avec véhémence.

— Non, non, non.

Il s'est reculé sur sa chaise en me dévisageant patiemment. La pression montait. Il comptait m'asséner un coup encore plus violent. Je le sentais.

— Nous avons des témoins. Des témoins qui vous ont vue vous disputer avec votre sœur le soir du meurtre.

J'ai cru étouffer.

— Non, c'est faux !

— Quatre filles affirment vous avoir vus près du lac, vous et Ryan, en train de vous chamailler avec Nicole avant le meurtre. Vous êtes coupable et nous le savons, Tonie.

Quatre filles. Il ne pouvait s'agir que de la bande de Shauna. Pourquoi avaient-elles menti ? J'en avais le tournis, à force de vouloir comprendre.

Alors j'ai craqué.

— Elles mentent. Elles me détestent, ma vie est un enfer depuis un an à cause d'elles. Nicole traînait constamment avec elles, quand elle n'allait pas retrouver un garçon dont je ne connais pas le nom. Si ça se trouve, elles savent…

— Nous disposons également de votre ADN, et de celui de Ryan. Vous aviez tous les deux des égratignures sur les bras et les mains. Nous n'avons retrouvé aucune autre trace d'ADN ou de sang sur la scène de crime, ni sur le corps de Nicole ou dans le pick-up. Vous étiez les seuls sur place.

Je m'efforçais de ravaler mes larmes et de rester

calme. Il y avait forcément quelqu'un d'autre dans les parages, puisque nous n'avions pas tué Nicole. Je devais absolument parler à mon père et à mon avocat. Je voulais qu'on m'explique.

J'ai relevé la tête.

— Je souhaite garder le silence sur les conseils de mon avocat.

Il a tenté de me déstabiliser à plusieurs reprises, notamment en me déclarant que Ryan avait tout avoué. Il ne me croyait pas coupable d'avoir porté les coups, faute d'en avoir la capacité physique, et me conseillait de lui avouer ce qui s'était réellement passé. Il savait que j'avais envie de vider mon sac, d'épargner à ma famille la douleur d'un long procès. Il n'en finissait plus et j'avais chaud, j'avais soif, j'étais épuisée. Sa voix me berçait, j'en arrivais à me dire qu'il avait sans doute raison, que ma confession apaiserait tout le monde. Et puis je me suis reprise. Je n'avais pas tué ma sœur, et Hicks mentait au sujet de Ryan.

— Je souhaite garder le silence sur les conseils de mon avocat.

Il s'est levé, un sourire glacial aux lèvres.

— Je sais que vous êtes coupable, Tonie. Vous allez passer de longues années en prison, avec votre petit copain.

Je regardais fixement le plateau de la table. C'était faux. Ça ne pouvait pas être vrai.

# 17

## Campbell River

*mai 2013*

Le lendemain du jour où Ryan est venu me voir sur la marina, j'avais rendez-vous avec ma contrôleuse judiciaire. Son bureau se trouvait à Courtenay, à une demi-heure de Campbell River, de sorte qu'on se donnait habituellement rendez-vous dans un café, ou bien on discutait en se promenant. Suzanne était quelqu'un de bien. La cinquantaine corpulente, elle suçait en permanence des pastilles au café, des bonbons ou des chocolats, et me reprochait d'être trop maigre. Elle aimait beaucoup Capitaine qu'elle autorisait à nous accompagner lors de nos promenades ; elle lui refilait des cookies en douce et lui parlait d'une drôle de voix en caressant sa bonne grosse tête.

Suzanne ne s'est pas montrée tendre avec moi au départ. Elle m'a expliqué qu'aucun des anciens détenus dont elle s'occupait n'était jamais retourné en prison et qu'elle n'avait pas l'intention que ça change. J'ai immédiatement senti qu'il ne s'agissait pas d'une posture. Elle veillait soigneusement à ce que je suive les programmes de soutien auxquels j'étais inscrite, consciente de la difficulté de se réinsérer après une longue période d'enfermement. Au début, on se voyait une fois par semaine, en plus des coups de fil réguliers. Ensuite, on était passées à un rendez-vous tous les quinze jours, en attendant de glisser vers un point mensuel, si tout se déroulait normalement.

Ce jour-là, nous avons parlé des problèmes habituels. Elle a conclu l'entretien en me demandant si je souhaitais aborder d'autres sujets.

— Non, tout va bien.

Elle a longuement scruté mon visage. Je retenais mon souffle. Savait-elle que Ryan était passé me voir à la marina ? Nous avait-on aperçus ensemble ?

— Je souhaite tout de même vous rappeler l'interdiction qui vous est faite de rencontrer d'autres condamnés.

J'ai compris. Elle ignorait qu'on s'était vus, mais elle me testait parce qu'elle savait que Ryan se trouvait dans les parages. J'ai pris les devants :

— Si vous voulez parler de Ryan, je n'ai aucune intention de le voir.

Suzanne était capable de sentir un mensonge à un kilomètre. De mon côté, j'avais été à rude école pendant des années et je savais dissimuler mes sentiments.

Elle a fini par hocher la tête.

— Faites tout de même attention, Tonie.

— Bien sûr.

C'était la première fois que je n'étais pas transparente avec elle. Ça m'ennuyait, mais il n'était pas question qu'elle me surveille de trop près. Au cas où Ryan déciderait de revenir, porteur de nouvelles que j'avais envie d'entendre.

*

Je faisais des courses avant de rentrer chez moi quand je suis tombée sur mes parents au supermarché. Je me suis figée, les mains sur la poignée du Caddie, en les apercevant dans le rayon des produits frais. Je ne les avais pas vus depuis des années, pas même en photo. Mon père avait les épaules un peu voûtées, ses cheveux avaient blanchi, mais il conservait son teint mat et bronzé. J'avais repéré sa camionnette en ville à plusieurs reprises depuis mon retour. Je savais donc qu'il travaillait encore, tout en le soupçonnant de préférer diriger ses équipes plutôt que de manier le marteau. J'avais résisté jusque-là à l'envie de passer le voir sur les chantiers devant lesquels j'avais aperçu les panneaux de son entreprise.

Maman se teignait les cheveux à présent, elle avait opté pour un châtain clair et portait toujours une queue-de-cheval. Elle avait gardé une jolie silhouette malgré sa petite taille. Comme moi. Comme Nicole, qui n'avait pas trouvé la force de résister à son agresseur. Ma mère paraissait en bonne forme, les traits infiniment moins creusés que lors de notre dernière rencontre. Elle portait un chemisier bleu pâle avec un jean et des tongs blanches. Pour un peu, je revoyais Nicole.

Mon père, près d'un étal d'épis de maïs, a fait signe à ma mère qui mettait des pommes dans un sachet. Peut-être avaient-ils des amis à dîner, ou bien des clients. À moins qu'ils ne se retrouvent en tête à tête. Je les imaginais avalant leur dîner sans un mot, pensant à leurs filles. Mon père a relevé les yeux, et il m'a vue. Ma faute, je n'aurais pas dû m'éterniser à les observer.

J'étais coincée. Ma mère venait de lui glisser quelques mots. Voyant qu'il ne répondait pas, elle a suivi la direction de son regard. Elle a sursauté, et ses joues sont devenues cramoisies. Elle a examiné les alentours, de peur qu'on puisse nous voir, avant de poser de nouveau les yeux sur moi. Elle n'avait pas l'air contente. J'aurais mieux fait de m'éloigner, mais papa s'approchait déjà avec son chariot. Maman a été prise d'une hésitation. Papa s'est retourné vers elle et elle s'est enfin décidée à le suivre, son sachet de pommes dans les mains.

— Tonie, comment vas-tu ?

Il a grimacé un sourire, levé une main de son Caddie, comme s'il voulait me toucher, mais s'est ravisé.

— Tout va bien. Très bien.

J'avais envie de leur crier : « J'ai vu Ryan. Il croit pouvoir prouver notre innocence. Vous accepteriez de me croire ? Vous me haïriez toujours ? »

— On m'a dit que tu travaillais au restaurant, a repris papa.

— Oui, Mike a été super. Je vis sur un bateau dans la marina.

Maman ne savait plus où donner du regard, entre moi, papa et les gens qui faisaient leurs courses.

Je me suis tournée vers elle.

— Tu es resplendissante, maman.

Elle a sursauté une nouvelle fois avant de me répondre d'une voix hésitante, comme si elle cherchait quoi dire.

— Toi… toi aussi.

Son regard a glissé de ma crête à mes tatouages. Quand je pense que c'était moi la menteuse.

Personne ne disait rien. Cette tension me donnait la

haine, j'aurais aimé cisailler le fil électrique du temps, quitte à me prendre un court-jus.

— Ça me ferait plaisir de vous voir un de ces jours.

J'avais le visage en feu.

— J'ai un chien, et je fais du bénévolat au refuge pour animaux, ai-je poursuivi.

Je parlais machinalement, d'une voix sifflante, certaine que papa avait perçu mon malaise, qu'il aurait aimé m'apaiser sans savoir comment s'y prendre. Je m'enferrais en lançant des coups d'œil en direction de maman, à la recherche des phrases qui auraient pu l'inciter à me regarder. À me regarder vraiment.

— Je ne suis plus la même. J'ai changé.

Maman a laissé tomber son sac de pommes au fond du chariot. Elle l'a longuement examiné pendant qu'on observait son manège, avec papa. Je sentais qu'elle allait exploser. Papa le sentait aussi car il a tendu la main vers elle.

— Pam…

Elle a secoué la tête en le repoussant d'un geste.

— Non. Je ne peux pas. Je refuse de prétendre que tout est redevenu normal.

Elle s'est tournée vers moi.

— Je te souhaite beaucoup de bien, Tonie. Sincèrement. Mais je ne peux pas. Il m'est impossible de te voir et de te parler.

Elle a posé la main sur sa poitrine avant d'ajouter d'une voix brisée :

— Je ne pourrai jamais oublier… ce que tu as fait.

Elle a secoué la tête de plus belle d'un air douloureux en battant des paupières pour chasser ses larmes.

Et moi je pleurais, incapable de prononcer les mots qui me brûlaient la gorge. Ce n'est pas moi. Pourquoi refusez-vous de me croire ? Je ne demande qu'à vous aimer. Je n'ai jamais rien voulu d'autre.

Maman s'est adressée à papa :

— Je vais chercher du lait.

Elle s'est éloignée d'un pas vif en s'essuyant les yeux, histoire d'effacer ses larmes, de m'effacer de sa vie. Papa l'a suivie du regard, puis il m'a fait face.

— Tonie, je suis désolé, elle… elle en est incapable.

— C'est le moins qu'on puisse dire. Je constate qu'elle me déteste toujours.

La douleur avait cédé la place à la colère, à l'amertume.

— Non.

Il m'a adressé un sourire triste en regardant ses mains. Soudain, il a pris l'une des miennes et l'a serrée entre ses doigts. J'ai failli me dégager, surprise de ce contact humain inattendu.

— Elle déteste ce qui s'est passé, et tu évoques trop d'événements pour elle…

Il n'avait pas besoin d'achever sa phrase, j'avais deviné.

Fixant la main de mon père posée sur la mienne, j'ai constaté qu'il avait la peau ridée. Je me suis demandé combien de temps il nous restait, si je parviendrais un jour à tout réparer.

— Tu me manques, papa. J'aimerais qu'on puisse se voir, maintenant que je suis sortie. Tu crois qu'on…

Je retenais mon souffle, de peur qu'il réponde non comme maman, ou qu'il refuse à cause d'elle. Il a tourné la tête en direction de l'allée qu'elle avait empruntée, j'attendais son refus, la gorge nouée de sanglots.

Il a posé les yeux sur moi.

— Je serais très heureux qu'on puisse prendre un

café ensemble. Pourquoi ne passerais-tu pas sur l'un de mes chantiers un jour ou l'autre ? Tu ne dois pas avoir mon numéro de portable…

Il a sorti son portefeuille, en a tiré une carte de visite et me l'a tendue.

— Merci.

Les chiffres imprimés sur la carte dansaient devant mes yeux. Jusqu'à cet instant-là, je n'avais jamais eu le numéro de portable de mon propre père. J'ai hésité à lui confier le mien, de peur qu'il n'appelle pas. De toute façon, il cherchait déjà à savoir où était ma mère. J'ai entraperçu sa queue-de-cheval dans l'une des allées.

— Il faut que j'y aille, Tonie.

J'ai acquiescé. J'aurais aimé sourire, mais la tristesse sur son visage m'a donné envie de pleurer et je me suis concentrée sur la carte.

— Elle a beaucoup de mal en ce moment, à l'approche de la date anniversaire, m'a-t-il glissé dans un souffle. Peut-être que tu pourras réessayer dans quelques mois.

Comme si je n'avais pas beaucoup de mal, moi aussi. Cet été marquerait le dix-septième anniversaire du meurtre de ma sœur. Dix-sept années volées à nous tous. Je savais d'avance que ma mère ne changerait pas d'avis en l'espace de quelques mois. J'ai regardé mon père s'éloigner en silence. J'ai demandé au boucher un gros os pour Capitaine et j'ai attendu d'être de retour chez moi pour pleurer.

*

Le lendemain soir, je suis rentrée tard en sortant du restaurant, Capitaine assis à côté de moi sur le siège passager. Mike m'autorisait à le laisser traîner avec son propre chien dans le jardin de sa maison, en face du restaurant. Je profitais de mes pauses pour lui rendre visite tout en sachant que ça agaçait Patty, la femme de Mike, qui ne me portait pas vraiment dans son cœur. J'aurais aimé croire qu'elle se méfiait de moi à cause de mon histoire et qu'elle finirait par m'accorder sa confiance avec le temps.

J'étais fatiguée et impatiente de prendre une douche, de sorte que je me suis garée machinalement. Au moment de descendre, j'ai aperçu du mouvement derrière une benne. J'ai froncé les sourcils, perplexe, quand une casquette de base-ball est brièvement apparue. C'était de nouveau Ryan.

J'ai lâché Capitaine, qui s'est précipité vers la benne, le poil hérissé, en grondant. Je savais qu'il n'attaquerait pas, sauf si on s'en prenait à moi, mais j'ai préféré prendre les devants.

— C'est bon, Capitaine.

Ryan s'est accroupi en se tournant de côté pour que mon chien puisse le renifler sans croiser son regard, puis il lui a tendu prudemment des biscuits canins que Capitaine s'est empressé d'avaler. Ryan a relevé la tête.

— Il est magnifique.

Il grattait la tête du chien qui se frottait contre lui, la langue pendante, dans l'espoir d'obtenir d'autres biscuits.

J'ai observé le parking et la marina. Il était minuit passé, le lieu était désert.

— Qu'est-ce que tu fous ici ?

J'étais moins en colère contre lui que contre ma propre réaction en le voyant. J'avais été parcourue d'un frisson d'excitation avant de me souvenir que parler avec lui pouvait me coûter ma liberté. Il était beau, avec sa chemise en jean noir délavée sur un T-shirt gris, une chaîne en argent autour du cou. Sa casquette dissimulait presque entièrement ses yeux.

— J'ai vu Cathy. Elle cache visiblement un secret, elle n'a pas arrêté de regarder par-dessus son épaule pendant notre discussion.

— Elle avait probablement peur que tu lui tranches la gorge pour lui piquer sa dope.

— Très drôle.

Ryan et moi avions toujours partagé un goût pour l'humour noir. Nous étions capables de nous moquer de nos putains de familles et de nos putains de vies, jusqu'à ce que ça ne devienne plus drôle du tout. Je le détestais de me rappeler ce temps-là, je le détestais de me donner autant envie de lui rendre son sourire, de le voir rire aux larmes, comme quand on était ados et qu'il rejetait la tête en arrière, une main sur sa poitrine, le corps secoué par son hilarité. J'avais toujours aimé chez lui cette façon d'exprimer ses sentiments à travers son corps, de manière naturelle, décomplexée.

Il a fait un pas en avant et s'est appuyé contre la benne en grattant son menton pas rasé. Sa chemise s'est relevée dans le mouvement, laissant entrevoir sa taille encore mince. Combien de fois avais-je enroulé mes bras autour de son corps en enfonçant mes mains dans les poches arrière de son jean tandis qu'il relevait son T-shirt de sorte que nos ventres se collent l'un contre l'autre ? J'ai rougi en baissant les yeux.

— C'était plus que ça, je t'assure, a poursuivi Ryan. Chaque fois que je lui parlais de Shauna, elle était mal à l'aise.

Je ne souhaitais pas me retrouver mêlée à ça, je ne

voulais plus rien avoir affaire avec les filles. C'était déjà suffisant de savoir que trois d'entre elles vivaient encore à Campbell River.

J'ai été la première surprise de m'entendre demander :

— Elles sont toujours amies ?

— Je ne sais pas si on peut parler d'amitié. D'après ce que j'ai compris, Shauna passe parfois chez Cathy, elle fait le ménage et l'oblige aussi à se laver. Elle lui apporte de la nourriture ou alors des jouets pour ses gamins.

— Cathy m'a dit que Shauna était mariée, tu crois que c'est toujours avec le même type ?

Je m'en voulais, mais j'aurais adoré apprendre qu'elle était obèse et qu'elle en était à son troisième mariage.

— Oui, un mec plus âgé qu'elle. Il dirige une boîte de transport routier, ils ont une grande maison et plusieurs bagnoles. J'ai cru comprendre qu'il n'était pas souvent là, mais Cathy s'est montrée assez confuse.

— À quel sujet ?

— Elle m'a laissé entendre qu'elle savait d'autres trucs. J'ai eu l'impression qu'elle en voulait à Shauna de s'occuper d'elle.

— Le truc classique. Ça l'arrange bien, et en même temps elle lui en veut de dépendre d'elle.

Ryan a coulé un regard vers moi sous la visière de sa casquette de base-ball.

— Exactement. Je me doutais que tu pigerais tout de suite.

La connivence qui nous avait rapprochés autrefois était toujours là. Nous avions toujours fonctionné de la même façon.

— Quel rapport avec nous ?

— Je l'ai fait marcher en lui disant que j'avais des tuyaux sur ce qui s'était passé cette nuit-là. Je lui ai parlé d'un autre témoin qui aurait vu la voiture de Shauna s'éloigner à toute vitesse. Je lui ai conseillé de tout dire avant que les autres ne lâchent le morceau. Je lui ai bien foutu la trouille, j'ai cru qu'elle allait avoir une crise tellement elle tremblait. Dans son état, il n'y avait plus rien à en tirer, mais elle accepte de me revoir demain soir.

J'étais déçue, mais à quoi aurais-je pu m'attendre d'autre ? Qu'une simple confession suffirait à effacer toutes ces années d'horreur ? Nous avions besoin de détails, de preuves concrètes.

— Je doute que Cathy te facilite la tâche.

— C'est pour cette raison que je voudrais que tu viennes avec moi quand j'y retournerai demain.

— Pas question.

J'allais lui tourner le dos quand il m'a arrêtée d'un geste implorant, avec les mêmes yeux de chien battu qu'il avait les jours où il me demandait de rester avec lui plus longtemps, lorsqu'on était ados.

— Écoute-moi. Si elle te voit et que tu lui parles de Nicole, ça pourrait bien changer la donne. Regarde ce qui s'est passé la fois où tu l'as croisée. Cathy n'est pas une mauvaise fille. Elle était givrée quand on était mômes, elle l'est encore, mais j'ai l'impression qu'elle voudrait se racheter.

— Tu parles. Ce qu'elle veut, c'est sa dose quotidienne, oui. Tu lui as donné de l'argent ?

Il a détourné les yeux en rougissant.

— Tu vois bien. Elle ne te dira jamais rien.

Il a secoué la tête.

— Je te dis qu'elle sait des trucs. Ça se voit dans son regard. Les remords la bouffent. Si ça se trouve, on aurait pu sortir bien plus tôt.

Il était en colère.

— Sauf qu'on n'est pas sortis plus tôt et qu'on risque même d'y retourner si on continue à se voir.

— Ils n'attendent que ça. J'ai surpris Hicks en train de surveiller ma baraque.

La nouvelle était inquiétante. Doug Hicks avait été promu sergent. Je n'étais pas près d'oublier l'interrogatoire qu'il m'avait fait subir ni tout ce qu'il m'avait assené de sa voix monocorde. « Nous savons que vous êtes coupable, Tonie. Autant nous dire la vérité tout de suite, le tribunal n'en sera que plus clément. Vous savez ce qui vous attend en prison ? » À l'époque, c'est vrai, je ne savais pas. Je n'allais pas tarder à être fixée.

— Dans ce cas, comment oses-tu venir ici ?

J'ai lancé autour de moi un nouveau regard inquiet.

— Du calme, Tonie. J'ai mis sur pied mon propre système de surveillance. Il est chez lui ce soir.

— Tu ne travailles pas ?

— Je fais de la manutention, j'espère obtenir un boulot sur un remorqueur.

Sa posture, menton en avant, trahissait la même gêne que je lui connaissais autrefois. Comme s'il était complexé par rapport à moi. Je n'avais jamais eu le moindre mépris pour ses capacités, j'étais même admirative de sa force, de la façon dont il savait se servir de ses mains. Je l'avais toujours cru capable de réparer n'importe quoi, même moi. Mais le passé était le passé.

— Dans ce cas, concentre-toi sur ton boulot. Oublie Cathy.

— N'y compte pas, Tonie. Elle finira par craquer,

je sais simplement que ça ira plus vite si tu es là. J'en suis certain.

— N'y compte pas non plus.

— Je suis surpris de te voir baisser les bras aussi facilement.

— Je ne baisse pas les bras, c'est simplement que…

Je ne trouvais pas les mots justes. Je crevais d'envie de prouver notre innocence, surtout après avoir croisé mes parents au supermarché, mais j'étais terrifiée à l'idée de perdre le peu de liberté qu'on m'avait enfin accordé. L'idée de retourner en prison m'empêchait de respirer, la panique me paralysait les jambes. Plus jamais ça.

— Je ne peux pas. Ça m'est impossible.

Les mêmes mots que ma mère m'avait jetés à la figure.

— Tu baisses les bras, Tonie. Comme tu l'as déjà fait pour nous deux.

Il sondait mon regard, dans l'attente d'une réponse.

— Je n'ai pas renoncé à nous deux. On était en prison, notre histoire était finie.

— Pas pour moi.

J'étais incapable de détacher mes yeux des siens. Faute de répondre, j'ai secoué la tête dans l'espoir d'évacuer les mots qui s'y bousculaient, de contenir mes envies rentrées, d'étouffer ma rage face à nos vies foutues, aux souvenirs et aux émotions qu'il ravivait.

— Ma mère ne veut plus me parler, mais on envisage avec mon père de prendre un café ensemble. Je ne veux pas perdre ça aussi. Je ne veux pas qu'ils me voient retourner…

— Parce que tu crois que c'est une solution, Tonie ? Tu te vois assise en face de ton père en sachant pertinemment qu'il n'est même pas sûr de ton innocence, avec Nicole entre vous deux ?

Ma respiration s'est bloquée, j'avais des picotements dans les yeux. Ryan avait raison. Revoir mon père dans ces conditions, c'était revivre l'horreur des visites en prison. Comment avais-je été assez bête pour croire que tout serait différent à présent que je me trouvais en liberté conditionnelle ?

Ryan n'avait pas l'intention de s'en tenir là.

— Mon père est mort. Je n'aurai jamais l'occasion de lui prouver que je ne suis pas un raté de première, que je n'ai pas tué ta sœur, mais ce n'est pas ton cas avec tes parents. Je te dis qu'on peut y arriver.

L'offre était tentante. Et puis je me suis souvenue de l'avertissement de Suzanne. Obtenir la confession de Cathy n'était pas gagné d'avance, nous avions toutes les chances d'être pris la main dans le sac et moi de me retrouver à Rockland où les copines d'Hélène m'attendaient de pied ferme.

J'ai fait non de la tête, au bord des larmes.

— Je ne peux pas. Ne viens plus me voir.

Et, pour la deuxième fois, j'ai laissé Ryan en plan sur le parking.

*

Mike a engagé une nouvelle serveuse le week-end suivant. J'épluchais des carottes en cuisine quand elle est venue se présenter. Une fille d'environ seize ans, maigre comme un coucou, le teint pâle. Des cheveux très longs teints en noir avec une frange qui s'arrêtait juste au-dessus de ses yeux cerclés de noir. Ses doigts ployaient sous les bagues en forme de croix et de tête de mort. Elle portait autour du cou une chaîne avec une croix sur une tunique sombre que complétait un legging noir. Encore une gamine gothique qui se la jouait.

— Salut, je m'appelle Ashley.

J'ai serré la main qu'elle me tendait.

— Bienvenue à bord.

Je reprenais mon boulot, persuadée que nous en avions terminé, quand j'ai remarqué qu'elle restait là, à triturer les flacons d'épices tout en me lorgnant. Elle devait savoir qui j'étais.

J'ai posé la râpe sur le plan de travail et je me suis tournée vers elle, une main sur la hanche.

— Je peux t'aider ?

Elle a rougi.

— Désolée. C'est juste que… j'ai vu une émission à la télé sur ton histoire, dans le cadre d'un cours de journalisme que je suivais l'été dernier.

Je tenais ma réponse. Ma colère se mêlait à une certaine admiration pour son culot. Peu de gens osaient aborder la question de but en blanc. Ils faisaient semblant de ne pas être au courant, ce qui ne m'empêchait pas de savoir ce qu'ils pensaient.

— Je n'aime pas en parler.

Moi aussi, je pouvais me montrer directe.

— Pas de souci. Je comprends très bien. Tu as décidé de tourner la page.

Elle s'est emparée d'une carotte et l'a râpée.

— Je travaille ici parce que j'ai besoin de fric. Je voudrais m'inscrire dans une école de cinéma. Ma mère n'est pas au courant que j'ai pris ce boulot. Elle est systématiquement contre tout ce qui me plaît.

Son ton amer laissait planer peu de doutes sur la nature de ses relations avec sa mère. En attendant, je ne comprenais pas pourquoi elle éprouvait le besoin de me raconter ses misères. J'attendais la suite.

Elle m'a lancé un regard en coin.

— En fait, j'avais aussi envie de te rencontrer.

Que voulait-elle exactement ? S'agissait-il d'une de ces gamines que les crimes branchent ?

— Me rencontrer pour quoi ?

Elle a reposé la râpe d'un mouvement décidé.

— Je voudrais te filmer.

J'avoue que je ne m'y attendais pas.

— Me filmer ?

— Pour un documentaire. Raconter ta version des faits. Ce qui s'est passé à l'époque, ta vie aujourd'hui, ce qui t'a poussée à revenir ici, ce genre de trucs.

— Si tu t'imagines que je vais accepter de me laisser filmer, tu te fourres le doigt dans l'œil.

— Ah bon ?

Elle était sincèrement dépitée.

— J'imaginais que tu aurais envie que les gens te comprennent mieux, qu'ils comprennent ton point de vue.

— Les gens ne me comprendront jamais.

— Tu as toujours clamé ton innocence. Ce documentaire pourrait t'offrir une tribune. Et puis on pourrait découvrir de nouvelles preuves, ou de nouveaux témoins. Je suis douée pour les sujets d'investigation. Je travaille pour le festival de cinéma de Vancouver depuis plusieurs années.

Je l'ai longuement dévisagée. Était-elle sincère ? Elle pouvait très bien me promettre son aide dans le seul but de me filmer, et me trahir ensuite comme tous les autres. Quelle que soit sa combine, je n'avais pas l'intention de m'y prêter.

J'ai pris une carotte.

— De toute façon, c'est trop tard. J'ai déjà purgé ma peine. Mike va avoir besoin de toi en salle et je dois m'activer.

— Je te demande seulement d'y réfléchir, OK ?

Elle m'a tendu la râpe.

— C'est tout réfléchi.

Elle s'est penchée vers moi, le visage grave.

— J'ai lu toutes tes interviews, tous les articles, tout ce que tu as déclaré à l'époque. J'ai constaté à quel point vous étiez amoureux, Ryan et toi. Et j'ai compris. Tu en voulais à tes parents, à ta sœur, mais ça ne signifie pas pour autant que tu l'as tuée.

Je ne sais pas si c'était pour la sonder, ou bien si son opinion m'intéressait, toujours est-il que je lui ai demandé :

— Dans ce cas, Ashley, qui est coupable ?

Elle a baissé les yeux en tripotant une carotte.

— Je ne sais pas, mais la police s'est uniquement intéressée à vous deux. Je regarde souvent à la télé ces émissions consacrées aux affaires jamais élucidées. Je sais très bien comment ça se passe quand la police croit tenir le coupable dès le départ.

— Les flics concernés sont toujours des notables.

Elle a hésité, j'ai lu un éclair de peur dans ses yeux.

— Quand on s'intéresse à la vérité, il faut chercher partout.

Je l'aurais volontiers giflée pour sa naïveté. En même temps, elle était jeune. Sois sympa, Tonie. Elle n'a que seize ans.

— C'est gentil de vouloir m'aider, mais je ne souhaite pas participer à ton documentaire. C'est de l'histoire ancienne.

— D'accord, mais j'imagine que ça ne s'oublie pas, une histoire pareille ?

C'est bon, elle l'avait voulu.

— Tu sais ce qui est pire que tout ? C'est d'y penser. D'en parler. D'entendre des ados qui connaissent que dalle à la réalité du monde te poser des questions. C'est ça, le pire.

— Je comprends très bien.

Elle hochait la tête, acharnée à vouloir me circonvenir, trouver un terrain d'entente. Cette gamine avait de la suite dans les idées.

— Tout ce que je dis, c'est que c'était pas juste. Et que je peux t'aider.

— La vie est injuste, tu ne mettras pas longtemps à t'en apercevoir.

— Tu n'auras qu'à lire ça quand tu auras une minute.

— C'est quoi ?

— Un mémoire que j'ai rédigé le semestre dernier. Je te demande seulement de le lire.

Sur ces mots, elle a quitté la pièce et la porte s'est refermée derrière elle.

*

J'ai sorti les papiers de mon sac une fois rentrée au bateau ce soir-là, après le boulot. J'ai été tentée de les brûler ou de les jeter à la poubelle. Je me fichais éperdument de ce que cette gamine avait pu écrire sur mon compte. D'un autre côté, j'étais curieuse. Quand j'étais en prison, j'avais reçu pas mal de courriers de gens persuadés de mon innocence. Il s'agissait toujours de cinglés, d'amateurs de célébrités, ou bien d'étudiants en droit désireux de sortir du lot. Jusqu'au jour où ils trouveraient quelqu'un de plus intéressant, s'ils ne se persuadaient pas dans l'intervalle que j'étais finalement coupable.

Je me suis assise à ma petite table et j'ai entamé la lecture du mémoire d'Ashley en pensant très fort : « Rien à foutre. » Le rapport, bien écrit, étudiait l'affaire avec discernement. Elle avait interrogé certains de mes anciens profs, des copines, des serveuses du restau, et même des amies de Nicole, dont Darlène Haynes. Ainsi que ma copine Amy, qui lui avait expliqué comment Shauna et sa bande me tyrannisaient. La maturité dont faisait preuve Ashley était presque agaçante, elle semblait effectivement avoir compris que j'étais une ado en colère qui s'était engueulée avec sa sœur, sans avoir décidé de la tuer pour autant. Elle était même allée trouver le père de Ryan. Quand elle avait voulu s'adresser au mien, ma mère lui avait claqué la porte au nez.

Ashley évoquait également le procès, les conséquences néfastes du témoignage apporté par Shauna et les filles, quand tout le monde était au courant de la rivalité qui nous opposait. J'avais fait les frais de leur bonne image aux yeux de tous. Ashley entrait dans des considérations pseudo psy sur les rivalités entre adolescentes, le grégarisme et la brutalité qui en découlent, la confusion entre rumeur et réalité dans la conscience collective. Elle citait plusieurs affaires dans lesquelles étaient intervenus de faux témoignages, émis par des personnes hostiles à l'accusé, et se demandait même si Shauna et ses amies n'avaient pas sciemment menti. En conclusion, elle s'interrogeait sur l'identité du véritable meurtrier si Ryan et moi étions innocents.

Elle concluait sur la phrase suivante : « Quelle que soit l'identité du meurtrier, il ne s'est pas contenté de prendre une vie cette nuit-là : il en a brisé trois. »

Le lendemain, au restau, j'ai déposé le mémoire dans le sac d'Ashley avec une petite note : « Bon boulot, mais je ne suis pas disposée à participer à ce documentaire. Désolée. »

## 18

## Campbell River

*septembre 1996-mars 1998*

Les enquêteurs ont tenté de me délier la langue à plusieurs reprises ce week-end-là. On me sortait de ma cellule pour me conduire dans la même salle d'interrogatoire surchauffée, où l'on m'offrait de l'eau ou une cigarette, histoire de copiner. J'acceptais systématiquement, même si fumer alimentait mon angoisse. Frank McKinney avait complètement disparu. Avant même mon arrestation, j'avais entendu ma mère lui laisser plusieurs messages auxquels il n'avait pas répondu. Je la voyais encore tourner en rond dans la cuisine, le téléphone serré dans son poing :

— Frank, promettez-moi que vous retrouverez le coupable.

C'était toujours Hicks qui m'interrogeait. Il dressait la liste des preuves accumulées contre moi avant de m'expliquer que je me simplifierais la vie en acceptant de coopérer. Je refusais de lui répondre en me demandant comment Ryan s'en tirait de son côté. Il me fallait tout mon courage pour ne pas envoyer Hicks au diable.

Le lundi de mon audition par un juge de la cour provinciale est enfin arrivé. Mon avocat m'a expliqué que Ryan passerait probablement après moi. Mes parents se trouvaient déjà dans la salle d'audience, mon père en costume et ma mère en tailleur pantalon et chemisier, les cheveux tirés en arrière. Tous les deux avaient les traits fatigués et l'air inquiet. J'ai constaté avec déception que mon avocat ne m'avait pas dit toute la vérité le vendredi précédent. Il n'était pas question de fixer ma caution ce jour-là, mais de déterminer la date à laquelle un juge de la Cour suprême la fixerait. La procédure allait prendre plusieurs semaines. En attendant, je devrais patienter dans l'aile des femmes du centre de détention préventive de Vancouver. En clair, j'allais en prison. Le juge a posé à mon avocat un certain nombre de questions auxquelles je ne comprenais rien, obnubilée par ce qui m'attendait en prison. J'avais peur d'y subir des sévices et je m'inquiétais pour Ryan.

Les deux employés du bureau du shérif qui m'avaient emmenée au tribunal ce matin-là m'ont conduite à l'aéroport. Le monde qui défilait de l'autre côté des vitres de la camionnette me paraissait étrangement coupé du mien, je ne faisais plus partie de tous ces gens qui vaquaient à leurs occupations, entre travail et maison.

Je vais en prison. Je vais en prison. Je vais en prison.

Le centre de détention préventive était un bâtiment horrible, tout en béton. Du fait de mon âge, on m'a installée dans une unité protégée en me donnant une cellule individuelle dotée d'une énorme porte en fer et d'une fenêtre minuscule. Je me suis laissée tomber sur le lit et j'ai pleuré jusqu'à en vomir. On m'a apporté à manger plus tard, un truc immangeable, sec et sans goût. Les jours suivants ont baigné dans un brouillard diffus. Je restais prostrée au fond de cette cellule le plus clair de mon temps, m'aventurant parfois jusqu'à la salle de télé pour m'empresser de fuir à l'heure des infos, quand la présentatrice parlait de moi en montrant des photos de ma sœur morte, des images de mes parents défaits, ou encore ma photo de classe. Les autres détenues me regardaient bizarrement sans jamais m'adresser la parole. Elles se contentaient de chuchoter entre elles par petits groupes.

Je suis passée devant un juge de la Cour suprême quinze jours plus tard. Angus, mon avocat, a fait valoir que je ne risquais pas de m'enfuir faute d'en avoir les moyens. Il a insisté sur mon absence de casier judiciaire. Malgré son embonpoint et sa tendance à laisser ses phrases en suspens, il faisait preuve de tant de passion et d'éloquence que j'en arrivais à espérer que tout finirait par s'arranger, que le procès n'était pas perdu d'avance.

Le juge a accepté de me libérer sous caution, mais il m'a fallu patienter quelques jours de plus en cellule, le temps que mes parents apportent les garanties financières exigées. Cette étape franchie, je suis repassée devant le juge qui m'a notifié mes obligations. J'étais tenue de vivre chez mes parents et de rencontrer chaque semaine le contrôleur qui m'était affecté. Tout usage d'alcool et de drogue était prohibé, j'étais soumise à un couvre-feu, mon passeport m'était retiré, avec interdiction de quitter la juridiction dont je dépendais, mais le pire était à venir : on m'interdisait tout contact direct ou indirect avec mon coaccusé. J'ai fondu en larmes quand Angus m'a expliqué que je ne pourrais donc plus voir Ryan jusqu'au procès, et les larmes ont cédé la place aux sanglots quand il a ajouté qu'il fallait parfois deux ans pour que soit fixée une date. Mon seul espoir était la découverte d'un élément nouveau, susceptible de nous innocenter.

— Angus est un as, m'a dit mon père sur le chemin du retour, après mon audition par le juge. C'est le meilleur avocat de l'île.

Il y mettait un tel entrain que je me suis demandé s'il ne tentait pas de s'en convaincre lui-même. Ma mère l'a regardé, puis a détourné la tête et s'est intéressée au paysage. J'aurais été bien en peine de savoir ce qu'elle pensait. Elle a dessiné d'un doigt une figure sur la buée qui recouvrait sa vitre. Je me suis souvenue des parties de morpion qu'elle faisait en voiture avec Nicole quand on partait en vacances.

Mes parents sont montés dans ma chambre après le dîner. Papa était tout pâle, maman avait les yeux rougis. Il s'est assis sur mon lit, elle à mon bureau. Elle a pris la parole d'une voix angoissée :

— Pourquoi la police est-elle convaincue de ta culpabilité, Tonie ? Qu'as-tu fait ?

— Rien ! Shauna et ses copines ont menti en prétendant qu'elles nous avaient aperçues en train de nous disputer. C'est complètement faux. Je ne les ai même pas vues là-bas, ce soir-là.

Mon père me dévisageait, décidé à sonder les profondeurs de mon âme. J'ai soutenu son regard.

— Papa, je te jure que ce n'est pas nous. Jamais je n'aurais pu frapper Nicole. La façon dont elle a été tuée…

Je pleurais, hantée par la peur que je lisais sur leurs traits d'avoir donné le jour à une meurtrière.

— Les filles mentent. Elles me détestent. Je t'ai raconté un jour la façon dont elles venaient constamment m'embêter au restau.

Le souvenir de cette conversation a paru le soulager.

— Dans ce cas, tout finira par s'arranger. Angus trouvera une solution.

Maman a voulu mettre son grain de sel.

— La police doit avoir d'autres raisons de croire que Tonie... qu'elle...

Les larmes se sont mises à couler, qu'elle a voulu essuyer d'une main tremblante.

— L'ADN, c'est parce qu'on a touché Nicole en voulant lui porter assistance, mais on ne lui a rien fait.

Je pérorais d'une voix suppliante entre deux sanglots.

— Je t'en supplie, maman. Tu dois me croire.

Mon père m'a pris la main.

— Nous te croyons, ma chérie.

Il s'est tourné vers maman.

— Tout finira par s'arranger, Pam. Elle n'a rien fait de mal.

Elle a acquiescé, hypnotisée par le bras que je tendais en direction de mon père, hantée par les égratignures qu'elle y avait vues cette nuit-là.

— Maman, tu me crois, au moins ?

Ses paupières ont papilloté.

— Ton père a raison. Tout finira par s'arranger. Si tu n'as rien fait, tu n'as aucune raison de t'inquiéter.

Elle s'est levée.

— Je vais me coucher.

Les mois suivants sont passés très lentement. Je pensais constamment à Ryan, je lui écrivais des lettres épiques qu'il m'était interdit de lui envoyer. Amy m'a rendu visite à plusieurs reprises, et puis elle n'est plus venue. Sa mère lui avait interdit de me fréquenter, au prétexte que c'était mauvais pour son image de rester en contact avec moi.

Amy s'est excusée.

— Je suis désolée, Tonie. Je suis convaincue de votre innocence, mais…

Je lui ai dit que je comprenais, mais je n'en pouvais plus d'être coincée à la maison entre des parents qui se débattaient avec leur propre chagrin, la perte de ma sœur, et mon copain qui me manquait. J'avais perdu mon boulot, faute de pouvoir travailler le soir. Mike m'avait dit de ne pas m'inquiéter :

— Tu reviendras travailler pour moi au lendemain de ton acquittement, d'accord ?

C'était agréable à entendre, mais la police ne disposait d'aucune autre piste.

Trois mois après ma libération sous caution, on m'a convoquée à une audience préliminaire. Un mois plus tard, le juge estimait disposer d'un dossier suffisamment solide et la date du procès a été fixée à la fin du mois de février 1998, c'est-à-dire plus d'un an plus tard. Autant dire une éternité. Je voyais souvent mon avocat, je sais qu'il en était de même pour Ryan. Mes parents avaient placé cent mille dollars en garantie pour ma caution, ils m'avaient expliqué que les parents de Ryan avaient trouvé le moyen d'y parvenir aussi. J'avais beau savoir qu'ils avaient quasiment fini de payer leur maison, je me sentais mal à l'aise en pensant à toutes les heures de nuit qu'effectuait sa mère à l'hôpital. J'avais entendu mes parents s'engueuler à propos du fric, mais ils se taisaient dès que j'entrais dans la pièce. J'avais le sentiment de mener une existence normale uniquement quand je travaillais sur les chantiers avec mon père et que j'évacuais ma rage à grands coups de marteau. Il suffisait que je voie papa se figer en plein boulot, son visage se contracter comme si on l'avait poignardé, pour savoir qu'il pensait à Nicole tout en sachant que sa fille survivante était accusée de l'avoir tuée.

Le pire était de les surprendre en train de m'observer. On voyait tout de suite qu'ils me jaugeaient, qu'ils se demandaient si c'était moi. Un soir, tard, maman a regagné leur chambre d'un pas hésitant, l'haleine empestant le vin. Papa était resté dans le salon, et je me suis assise à côté de lui sur le canapé. Il m'a adressé un sourire las.

J'ai réuni tout mon courage.

— Tu me crois toujours, au moins, papa ?

La question l'a visiblement surpris, puis il a pris ma main dans la sienne et l'a serrée gentiment.

— Bien sûr. Je sais bien que tu n'aurais jamais fait de mal à Nicole volontairement.

L'adverbe « volontairement » m'a blessée. Je n'ai pas insisté, préférant attendre le verdict.

*

Le procès a duré deux semaines. Assis dans le box, Ryan et moi nous tenions la main. J'ai failli pleurer la première fois qu'on nous a installés ensemble. Chacun dévisageait l'autre en silence, à l'affût de ses émotions. Je t'aime toujours, tu me manques, j'ai peur. Le procès s'est révélé terrifiant. J'écoutais, désemparée, les témoins parler de nous et analyser chacun de nos actes. L'audience avait lieu devant un juge, et non des jurés. Nos défenseurs avaient estimé que nous n'aurions jamais la sympathie des membres d'un jury populaire. Angus s'était échiné à effacer la colère qui m'animait. Il m'avait entraînée à présenter un visage lisse, m'avait appris à m'asseoir bien droite et à m'exprimer poliment d'une voix douce, m'avait conseillé sur ma garde-robe, en vain. Il paraît que j'avais l'air d'en vouloir à la terre entière, que je ressemblais à une ado à problèmes. J'ai compris ce qu'il voulait dire en voyant le visage de Ryan. Il avait toujours donné l'impression que rien ne pouvait l'atteindre ou l'abattre, et voilà qu'il serrait les mâchoires, les nerfs du cou tendus à craquer. J'ai vu de petites traces rouges circulaires en lui prenant la main. Je l'ai regardé, horrifiée. Ryan a aussitôt retourné sa main, mais il était trop tard. J'avais reconnu la trace aisément identifiable de brûlures de cigarette. Restait à savoir s'il se les infligeait à lui-même, ou bien si son père passait ses nerfs sur lui depuis un an et demi. Je ne savais plus rien de Ryan, pas même s'il avait continué de travailler dans l'attente du procès.

J'ai entendu les experts fournir toutes sortes d'explications sur les traces d'ADN, Doug Hicks et Frank McKinney évoquer notre arrivée au commissariat la nuit du meurtre. McKinney n'a pas posé une seule fois les yeux sur moi lors de sa déposition. Il s'exprimait d'une voix calme et soigneusement maîtrisée, en parfait flic. Il a uniquement laissé percer son émotion lorsqu'il a évoqué l'amitié qui liait sa fille et Nicole, la présence fréquente de cette dernière chez lui. Il affirmait également être au courant des problèmes entre Nicole et moi, ce que Shauna a pris un malin plaisir à confirmer lors de son témoignage.

Shauna était resplendissante ce jour-là. Ses cheveux

châtains ressortaient sur son élégant tailleur sombre, ses yeux bleus n'avaient jamais autant brillé que lorsqu'ils laissaient échapper un torrent de larmes à l'évocation de son amitié avec Nicole, des confidences partagées au sujet du couteau que j'emportais partout avec moi, et dont j'avais souvent menacé Nicole, à entendre les mensonges qu'elle débitait sans relâche.

Rachel a témoigné à son tour. Elle a confirmé les propos de Shauna en ponctuant chacune de ses déclarations d'un grand mouvement de cheveux.

— On savait toutes qu'elle détestait Nicole, mais comment aurait-on pu la croire capable de ça ?

Quant à Cathy, elle pleurait si fort que les avocats ont eu toutes les peines du monde à l'interroger. Elle se mouchait en répétant à l'envi :

— Je n'arrive pas à croire qu'elle soit morte.

Kim a confirmé en bredouillant les témoignages des autres filles, évoquant leur présence au lac ce soir-là, affirmant m'avoir « clairement » vue me battre avec Nicole, avoir vu Ryan essayer de nous séparer.

— J'y repense en permanence, a-t-elle déclaré, les yeux vitreux. Si seulement on avait porté assistance à Nicole… on n'osait pas intervenir. Nous avions toutes peur de Tonie, surtout qu'on la savait armée d'un couteau et qu'elle s'en était déjà prise à Shauna au lycée à plusieurs reprises…

Bien que Nicole ait été tuée par un instrument contondant, très probablement le démonte-pneu du pick-up de Ryan qui n'avait jamais été retrouvé, le procureur a expliqué que ce couteau confirmait la préméditation, avant d'insister sur la violence du meurtre. Une telle sauvagerie trahissait un désir de vengeance. Comme les vêtements de Nicole n'avaient pas davantage été retrouvés, on nous soupçonnait de nous en être débarrassés avant de nous rendre au commissariat.

Ryan et moi avons également été entendus. J'ai bien tenté de démonter un à un tous les arguments de l'accusation, mais le procureur n'arrêtait pas de me harceler pour me piéger, au point que j'ai fini par me tourner vers le juge.

— Je vous en supplie, monsieur le juge. Vous devez me croire. Je n'ai pas tué ma sœur, je l'aimais.

Ryan, raide dans son costume, ne semblait pas à l'aise à la barre. Il est devenu écarlate à force d'être interrompu par le procureur chaque fois qu'il s'efforçait de prendre ma défense. Comme moi, il a expliqué que Shauna et les filles mentaient, jusqu'à ce que le procureur déclare :

— Quelle raison pourraient avoir ces quatre jeunes filles exemplaires de mentir au vu d'un crime aussi grave ? N'oublions pas que l'une d'elles est fille de policier !

Les avocats de la défense ont plaidé le dernier jour. Je retenais mon souffle en les écoutant tout en scrutant le visage du juge, à l'affût de ses réactions. De cet homme dépendait notre sort. Mon avocat m'avait précisé que le juge en question avait trois filles. Il aurait dû savoir que les sœurs se chamaillent souvent sans vouloir se tuer pour autant. Les plaidoiries terminées, le juge a annoncé qu'il rendrait sa décision quelques jours plus tard.

Le jour du verdict est enfin arrivé. Mes deux parents étaient présents dans la salle d'audience. Ma mère s'était éclipsée plusieurs fois pendant la première semaine du procès, lors de l'audition du médecin légiste, ainsi que le jour où l'on a projeté des photos du corps de Nicole. Elle a définitivement renoncé à venir quand les témoignages ont commencé à m'accabler. J'avais vu son expression durant le témoignage de Shauna, ses yeux affolés qui naviguaient des filles à moi. À la maison, elle ne croisait même plus mon regard.

Ryan et moi nous tenions la main quand le juge a déclaré :

— Cette affaire nous interroge sur l'identité de la personne qui a tué Nicole Murphy…

La suite s'est embourbée dans ma tête, je peinais à respirer, j'avais des sueurs froides, jusqu'au moment où il a dit :

— Je n'ai aucun doute sur le fait que vous, Tonie Murphy, avez provoqué la mort de Nicole Murphy. Vous disposiez d'un mobile, vous avez fait preuve de dissimulation, et votre crime était prémédité…

J'ai eu un haut-le-corps tandis que Ryan ployait sous le coup à côté de moi.

Du coin de l'œil, j'ai vu mon père se cacher la tête dans les mains, les épaules secouées de spasmes. Le juge s'intéressait à Ryan à présent, mais je n'entendais plus rien, sinon des mots dépourvus de sens. Une litanie de « non » résonnait dans ma tête. Ryan regardait le juge, pâle comme un mort. Il a tourné vers moi deux yeux hébétés. J'ai tendu les bras, nous nous sommes étreints. Je pleurais à chaudes larmes contre son torse tétanisé par ce qu'il venait d'entendre. Mon père s'est précipité, il m'a prise dans ses bras, la mère de Ryan nous a rejoints, en sanglots, en s'efforçant de nous serrer tous les deux contre elle. Le shérif nous a menottés et j'ai vu ma mère, pétrifiée sur son banc, les mains sur la bouche, le regard horrifié.

— Ryan…

Nous nous sommes regardés, j'ai constaté qu'il était aussi désespéré et paniqué que moi. J'ai compris brutalement que tout était consommé quand le shérif m'a entraînée hors de la salle d'audience, les menottes aux poignets. J'ai lancé un dernier coup d'œil en direction de Ryan. Il me l'a rendu par-dessus l'épaule de sa mère qui sanglotait, accrochée à lui. Et j'ai lu sur ses lèvres :

— Je t'aime.

# 19

# Campbell River

## *mai-juin 2013*

Ashley n'a pas insisté après mon refus de collaborer à son documentaire. Je la voyais peu, car elle travaillait uniquement les week-ends en attendant la fin de l'année scolaire, mais elle se montrait aimable chaque fois que je la croisais en cuisine. Un soir où elle me voyait avec Capitaine, elle m'a demandé l'autorisation de le caresser et lui a apporté des cookies le lendemain. Consciente qu'elle s'évertuait à gagner ma confiance, j'ai préféré garder mes distances.

Un soir, pendant ma pause, j'ai rejoint mon refuge préféré dans la ruelle de derrière surplombant le port. Assise sur une caisse de bouteilles de lait, je profitais de l'air frais pour souffler et éponger la sueur accumulée sur ma nuque.

Ashley m'a suivie dehors.

— Tes pâtes du jour étaient super bonnes.

— Merci.

J'évitais soigneusement son regard, mais elle a continué :

— Ma mère a pété les plombs en apprenant que je travaillais ici.

— Tu m'étonnes.

— Elle n'aime pas que je travaille aussi tard. Elle est persuadée que je risque d'être agressée sur le parking ou je ne sais quoi. Je lui ai dit que je n'avais pas l'intention d'arrêter.

Le souvenir de la réaction de ma propre mère m'est revenu.

« Tu comptes travailler au Fish Shack, Tonie ?!! »

Comme je ne disais rien, Ashley a enchaîné d'une voix amère :

— Elle me piste en permanence. Elle vérifie tout le temps ma page Facebook, je n'ai pas le droit de protéger mon portable ou mes e-mails par un mot de passe. C'est pour ça que je veux aller poursuivre mes études ailleurs. Ce boulot constitue une première étape.

Je me demandais pourquoi cette gamine me racontait tout ça, mais les similitudes avec ma mère et sa façon de tout contrôler étaient frappantes. Je me suis dit avec un pincement au cœur que j'avais peut-être eu tort de ne pas écouter la mienne davantage.

— On dirait que vous avez des rapports difficiles, toi et ta mère.

— Ouais. J'étais sûre que tu comprendrais.

Tout indiquait qu'Ashley s'était fabriqué ce personnage afin de m'apprivoiser, en s'appuyant sur ce qu'elle savait de mon histoire. Elle devait croire que ça se passerait comme dans les films : on devient copines, elle résout l'affaire, et tout le monde vit heureux jusqu'à la fin de ses jours. Je ne voulais pas me montrer vache avec elle, mais il était hors de question pour moi d'alimenter ses fantasmes.

Je regardais fixement mes pieds pour lui signifier que la conversation était close. Elle a consulté sa montre.

— Je vais devoir retourner bosser.

Le lendemain, c'était le coup de feu au restau. En fin de soirée, alors que tout le monde ou presque avait terminé son service et était parti, j'achevais de nettoyer le gril quand Ashley est arrivée en cuisine.

— Waouh ! Quel monde !

Elle s'est adossée au plan de travail et elle a tendu la main pour piquer une frite.

— Au moins, c'était cool pour les pourboires. J'avais peur de ne pas aimer ce métier, mais c'est plutôt agréable. Tu aimais bien ça, quand tu étais serveuse autrefois ?

— Généralement.

Sauf quand Shauna et sa bande venaient me harceler.

— Cool.

Je ne voyais pas très bien ce qu'il y avait de cool là-dedans. Qu'elle n'aille pas s'imaginer marcher sur mes traces et imiter mon exemple. La brosse a glissé de mes mains mouillées et s'est perdue sous la cuisinière. Je me suis accroupie pour la récupérer. En me relevant, j'ai vu qu'Ashley était fascinée par mon biceps.

— Tu as fait ça en prison ?

— Les tatouages ?

Elle a hoché la tête.

— Ils ont une signification ?

La question m'a surprise. Personne ne me l'avait jamais posée. J'ai hésité à lui répondre, le regard perdu sur ma brosse, avant de me décider.

— Chacune des barres correspond à une année derrière les barreaux.

— J'adorerais avoir un tatouage, mais ma mère me tuerait. Elle trouve déjà que j'ai l'air trop « dure ».

Elle a souligné le dernier mot en dessinant des guillemets dans l'air.

— Dure de quelle façon ?

— Je ne sais pas exactement. Elle déteste la manière dont je m'habille. Elle prétend que je ressemble à un vampire de carnaval et que je lui donne la honte.

Elle a haussé les épaules.

— En fait, c'est un prétexte. Elle m'en veut de ne pas lui ressembler, et de ressembler à mon père.

Sa candeur me paraissait stupéfiante. Elle s'exprimait sur un ton parfaitement naturel, comme si on parlait de la pluie et du beau temps. Elle avait visiblement accepté la situation depuis belle lurette. Une fois de plus, sa maturité m'étonnait.

— Ma mère non plus n'aimait pas la manière dont je m'habillais. Elle était persuadée que je cherchais à me donner un look d'affranchie. Elle avait peut-être raison.

— C'était une façon de te rebeller ?

J'aurais aimé savoir si elle cherchait à me soutirer des informations pour son documentaire. Pourtant, on aurait dit qu'elle avait des raisons personnelles de me poser la question.

— Je ne sais pas. Peut-être. Elle ne voulait pas que je sorte avec Ryan.

La mine d'Ashley s'est assombrie.

— Ma mère me fait chier aussi à cause de ça. J'avais décidé de sortir un soir avec un type que j'aime bien, mais ma mère le déteste parce qu'il est mécanicien et qu'il a déjà eu des ennuis, alors on a eu une grosse engueulade. Elle n'a rien voulu entendre, elle prétend agir pour mon bien.

Elle a ri.

— Je sais bien que c'est faux.

Sans vouloir m'immiscer dans sa vie et ses problèmes, j'étais curieuse d'en apprendre davantage.

— Qu'en pense ton père ?

— Il travaille tout le temps, alors il laisse les coudées franches à ma mère.

L'amertume prenait de nouveau le dessus.

J'étais désolée pour cette gamine, mais ça ne me regardait pas. Sa famille avait l'air d'être bien atteinte, sa mère était un petit tyran qui ne se doutait sûrement pas de la lumière dans laquelle la voyait sa fille. J'ai recommencé à nettoyer le gril, mais Ashley n'en avait pas terminé.

— Et ton père ? Qu'est-ce qu'il pensait de Ryan ? Il l'aimait bien ?

— Je crois, oui. Il s'inquiétait un peu de nous voir…

Je me suis reprise à temps. J'étais en train de me laisser embarquer, de raconter à cette gamine les souvenirs de mes discussions avec Ryan, dans le pick-up, en fumant un joint, quand il me disait : « Laisse parler tes parents. Ils verront bien qu'on s'aime vraiment quand on sera mariés depuis vingt ans. » Et moi, si fière, qui croyais à l'époque ne pas avoir besoin d'eux. Si j'avais su.

Patty a passé la tête par la porte. Elle m'a lancé un regard mauvais en voyant que je discutais avec Ashley.

Je me suis adressée à la gamine :

— Allez, il faut que je termine.

Ashley, déçue, a compris que la discussion était close.

*

Le week-end suivant, elle m'a encore suivie pendant ma pause. Assise sur la caisse de bouteilles de lait, je feignais de l'ignorer en me concentrant sur les bateaux amarrés aux pontons dont les lumières brillaient dans la nuit, avec la mer en toile de fond.

— Je suis sortie avec un garçon du lycée, m'a-t-elle annoncé. Il s'appelle Aiden.

J'ai relevé la tête en plissant les yeux.

— Je croyais que tu n'avais pas le droit de sortir.

— J'ai fait le mur. On est allés à une fête, mais j'avais tellement la trouille que ma mère nous trouve que je ne me suis pas vraiment éclatée.

Elle s'est assombrie.

— Vivement que je parte étudier ailleurs. Je serai libre de mes mouvements.

J'ai acquiescé. Je comprenais trop bien ce qu'elle ressentait. D'un autre côté, ce garçon n'était peut-être pas bien pour elle. Qui sait si sa mère n'avait pas raison ? J'ai songé à ma relation avec Ryan en essayant d'envisager la situation du point de vue de ma mère. À sa place, je me serais peut-être inquiétée aussi. J'ai brusquement revu Nicole lors de cette fête, partant rejoindre un garçon dans le jardin. Je m'étais souvent demandé ce qu'il était devenu, s'il pensait parfois à ma sœur. J'avais essayé de retrouver dans sa chambre le collier qu'il lui avait donné, en vain.

— C'était pareil pour toi ? Quand tu voulais rejoindre Ryan alors que tes parents ne l'aimaient pas ? Tu savais bien que c'était une bonne personne, ce n'est pas parce qu'il avait fait quelques bêtises qu'il était dangereux.

— Il arrive malheureusement que ce soit le cas. Il faut se montrer prudent. Quand on était gamins, c'était différent. Tout a changé, à commencer par la drogue.

— J'ai entendu dire que Ryan était revenu à Campbell River.

Qui le lui avait dit ? J'ai avalé une gorgée de thé glacé, en faisant barrage aux glaçons avec mes dents. Pas question de répondre à sa question détournée.

— Tu l'as revu ?

Elle se montrait plus hésitante, sentant bien qu'elle franchissait la ligne jaune.

— Tout contact avec lui m'est interdit.

— Putain ! Ça doit être dur. Surtout quand on s'est autant aimés.

Elle paraissait foudroyée.

— On était jeunes. On ignorait le sens du mot aimer.

Ma réponse lui a déplu.

— Tu dis n'importe quoi. C'est le genre de truc que pourrait sortir ma mère. Elle déteste mes copains sous prétexte qu'ils finiront tous par me laisser tomber, mais tout le monde n'est pas comme ça. Elle ne veut pas que je m'en aille. C'est ça, la vérité.

— Il faut que je termine de nettoyer la cuisine.

Elle m'a suivie à l'intérieur.

— Je peux t'aider.

— C'est pas ton boulot.

— Si, j'ai envie.

Elle a hésité.

— Désolée si je t'ai blessée, je trouve juste que c'est triste qu'on vous interdise de vous revoir après toutes les épreuves que vous avez traversées.

J'en arrivais à me demander si cette gamine ne se torturait pas pour le plaisir en agitant des pensées sombres.

— C'est triste, mais on finit par tout surmonter. On n'a pas le choix.

— Je suppose…

Elle triturait l'éponge entre ses mains, une expression peinée sur le visage. Je lui ai tendu une casserole.

— Tiens, nettoie-moi ça.

Nous avons travaillé sans rien dire pendant un moment, avec la musique pour seule compagnie. À mesure que les minutes passaient, je la sentais reprendre du poil de la bête : elle marquait le rythme du pied, les épaules plus droites. Travailler lui faisait l'effet d'une thérapie, comme à moi. Tout en passant la serpillière, je l'ai écoutée me parler des documentaires qu'elle avait vus, des techniques qu'elle expérimentait, de la bourse que l'Office du film canadien lui avait attribuée pour son dernier documentaire. De toute évidence, elle lisait beaucoup, se passionnait pour tout ce qui touchait à la culture, admirait des réalisatrices canadiennes comme Sarah Polley et Deepa Mehta. Elle savait tout sur les caméras et possédait un excellent matériel, acheté par son grand-père à l'insu de sa mère qui aurait désapprouvé une telle dépense.

Elle me parlait de son prof préféré, qui possédait également un magasin de photo en ville, quand une ombre s'est profilée dans l'entrebâillement de la porte de service. J'ai relevé la tête en entendant une voix.

— Alors, c'est encore là que tu es !

Ashley s'est retournée d'un bloc.

— Maman !

Le visage de l'intruse m'était curieusement familier.

Et pour cause : j'ai brusquement reconnu Shauna McKinney.

Elle s'était légèrement empâtée au niveau du menton et de la taille, tout en restant séduisante. Son short révélait des jambes musclées de joggeuse. Ses cheveux bruns, coupés plus court, lui tombaient joliment sur les épaules. Les bras croisés sur une chemise jaune, un sac en bandoulière, elle jouait agressivement avec ses clés de voiture. Nous nous sommes dévisagées sans un mot.

C'est Ashley qui a rompu le silence.

— J'allais bientôt rentrer.

Elle était furieuse que sa mère soit venue la voir sur son lieu de travail, mais ce n'était pas mon problème. J'étais furax qu'elle ait sciemment omis de me dire qui était sa mère.

— Je croyais que tu étais serveuse, a réagi Shauna sans me quitter des yeux. Qu'est-ce que tu fiches en cuisine ? Je commençais à m'inquiéter, ton portable sonnait dans le vide.

Ashley a posé son éponge en faisant un pas en arrière.

— Je suis désolée. On a eu plein de monde et je donnais un coup de main à Tonie.

— Il est l'heure de rentrer. Ton père est là ce soir, il souhaite te voir.

— Megan doit passer me prendre.

— Appelle-la pour annuler. Je t'attends dans la voiture.

Il était clair qu'elle ne souhaitait pas laisser sa fille traîner au restaurant une seconde de plus. Ashley, furieuse, m'a lancé un coup d'œil gêné. Elle a néanmoins obéi à sa mère en quittant précipitamment la cuisine. J'ai recommencé à laver le carrelage en ignorant Shauna, les poings crispés autour du manche. Je la revoyais à la barre pendant le procès. « Nicole n'arrêtait pas de nous dire à quel point Tonie la maltraitait. Ce n'était un secret pour personne que Tonie détestait sa sœur… »

— Je te conseille d'éviter ma fille.

Je me suis appuyée sur le manche de la serpillière.

— C'est pas évident quand on sait qu'elle a trouvé du boulot dans le restau où je travaille. Je ne savais pas que c'était ta fille.

— Dans ce cas, tu vas devoir trouver autre chose.

Elle avait raison. Je comprenais brusquement les implications d'une telle situation. J'allais devoir chercher du travail. Mais où ?

— Je n'ai pas envie que ma fille soit copine avec une condamnée.

— Je ne suis copine avec personne.

— C'est aussi bien comme ça.

L'instant d'après, elle quittait la pièce en laissant dans son sillage un léger parfum fruité et acidulé qui m'a rappelé le lycée. Rien n'avait changé.

*

Ryan m'attendait encore à la marina ce soir-là. Il a émergé de l'ombre en me voyant arriver. Cette fois, il était coiffé d'un bonnet de laine noir d'où s'échappaient des mèches brunes, et portait un T-shirt marron délavé d'un groupe de rock quelconque. Le genre de tenue qu'il affectionnait au lycée, mais qui détonnait sur un adulte. Ryan jouait les durs à dix-huit ans ; désormais, il en était un.

J'ai claqué ma portière en évitant de le regarder,

puis j'ai fait descendre Capitaine et récupéré les provisions que j'avais achetées en chemin. Ryan se tenait à l'avant de mon pick-up. Le sentir aussi près me mettait mal à l'aise. Je voyais distinctement les tatouages qui ornaient ses avant-bras et me demandais quelle signification ils avaient, qui les avait dessinés, s'il en possédait d'autres ailleurs, si certains lui faisaient penser à moi.

— Arrête de venir ici. Ils vont finir par me renvoyer à Rockland.

Il s'est enfoncé dans un coin sombre en s'assurant que son visage ne se trouvait pas en pleine lumière tandis qu'il examinait les alentours.

— Je suis le cadet de tes problèmes.

Une bouffée de peur m'a envahie.

— Que se passe-t-il ?

— Cathy a disparu.

J'étais à demi soulagée.

— C'est une toxico. Elle doit être défoncée dans un coin, ou bien elle se planque pour ne plus te voir.

— Sauf qu'elle m'a parlé, Tonie.

Il avait une mine grave, un regard las.

— Elle était défoncée, mais elle n'arrêtait pas de me demander pardon en pleurant. Quand j'ai voulu savoir de quoi elle s'excusait, elle a commencé par tourner autour du pot avant de m'avouer qu'elles avaient menti au procès. Et puis elle m'a lâché d'une voix très nerveuse : « On en voulait à Nicole. »

— À Nicole ? Pas à moi ?

— C'est ce qu'elle m'a dit.

— Dans son état, elle disait n'importe quoi.

Cela dit, Nicole s'était effectivement comportée de

façon bizarre pendant les semaines qui avaient précédé sa mort. Et si elle s'était engueulée avec les filles ?

— On savait déjà qu'elles avaient menti lors du procès. Ce n'est pas vraiment une nouveauté.

— Elle savait très bien ce qu'elle disait. Elle n'arrêtait pas de me répéter de ne dire à personne qu'on se voyait, que si jamais Shauna l'apprenait… Je peux t'assurer qu'elle avait vraiment la trouille, sans me préciser de quoi. On s'est quittés parce qu'elle avait un rencart avec son dealer. Je devais la revoir hier soir, mais elle n'est pas venue. J'ai demandé à un pote de passer chez elle, sa colocataire affirme qu'elle n'est pas rentrée depuis l'autre nuit. Toutes ses affaires sont encore là.

J'ai senti mes intestins se nouer.

— C'est une toxico, je te dis. Elle peut traîner n'importe où.

Il a secoué la tête.

— Il lui est arrivé malheur, Tonie.

— Shauna a peut-être voulu l'éloigner d'ici.

— Ça n'empêcherait pas Cathy de parler. Il n'existe qu'un seul moyen efficace de museler un témoin gênant.

— On n'assassine pas les gens aussi facilement.

— Mais s'il s'agit de quelqu'un qui a déjà tué ? J'en ai parlé à plusieurs de mes vieux potes. Ils affirment que Shauna et les filles de sa bande ont radicalement changé après le meurtre. Elles ne traînaient plus nulle part et ne voyaient plus personne.

— Elles ont toujours fonctionné en cercle fermé.

— Pas de cette façon-là. Cathy a été la seule à continuer de sortir, et c'est à ce moment-là qu'elle est vraiment tombée dans la dope. Et puis Kim est partie juste après le procès…

— Rien d'étonnant à ça. Sa mère était complètement givrée, elle aura voulu la fuir à la première occasion.

— Eh bien justement. Figure-toi qu'elle vient de revenir.

— Et alors ?

— Pour aider sa mère, qui est sur le point de mourir.

— Ça ne signifie rien, Ryan.

J'ai été la première étonnée de réagir aussi brutalement. Quelle mouche me piquait de vouloir absolument qu'il se taise ?

Ryan s'est mis en colère à son tour.

— Pourquoi ne veux-tu rien entendre ? Tu t'obstines à me contredire en permanence.

— Je me fais l'avocat du diable, c'est tout.

— Tu as peur parce que tu sais que j'ai raison et que tu refuses de voir la situation telle qu'elle est.

L'argument a porté. Et s'il avait raison ? Croire que les filles avaient tué Nicole, et maintenant Cathy, c'était remettre en cause tout ce pour quoi j'avais lutté, à commencer par ma liberté. Toujours sous le coup de la colère, je n'ai pas répondu et Ryan a continué.

— À en croire la rumeur, Kim n'avait jamais remis les pieds à Campbell River depuis le procès. Elle dirige une école de danse et partage sa vie avec une fille. Tu t'imagines peut-être qu'elle va tout laisser tomber pour aider la mère qui l'a foutue à la porte quand elle était ado ? En plus, sa sœur aînée habite ici. Kim n'a pas besoin de s'occuper de leur mère.

— Dans ce cas, pourquoi serait-elle rentrée ?

— Shauna lui aura demandé de revenir. Elles ont dû apprendre que Cathy m'avait parlé, elles auront décidé de se débarrasser d'elle. Shauna préfère avoir toutes les filles sous sa coupe pour mieux les surveiller et nous baiser une fois de plus.

— Pourquoi se soucier de nous ? Elles nous ont déjà envoyés en prison, si ce sont effectivement elles les coupables.

— Justement, elle n'a aucun intérêt à ce que la vérité se sache. Si Cathy a été assassinée, Tonie, qui crois-tu que les flics vont interroger en premier ?

C'est vrai, nous étions des coupables idéaux.

— Quand a-t-elle disparu, exactement ?

— Probablement mercredi, peut-être avant.

J'ai fait un rapide calcul dans ma tête, à moitié paniquée.

— Je travaillais au restau ce soir-là. Je suis restée tard à nettoyer la cuisine.

— Tant mieux. Si le meurtre a bien été commis ces derniers jours, j'étais chez ma mère. Je fais des travaux d'entretien chez elle en ce moment. N'empêche que les flics vont venir nous voir et que si on se retrouve mêlés à une affaire quelconque, *a fortiori* un meurtre, ils nous remettront en prison le temps de boucler l'enquête.

En clair, je me retrouverais à Rockland, où Hélène ne devait pas manquer de bonnes copines. Il ne leur faudrait pas longtemps pour me coincer. Et Capitaine ? Même si nos alibis tenaient la route, retrouver notre liberté conditionnelle risquait de prendre des mois.

— Quel tas de conneries.

— Je ne te le fais pas dire, Tonie. C'est bien pour ça que je devais t'avertir. Les filles veulent qu'on reste en taule. Tant qu'on sera en vie, on représentera une menace pour elles.

— Si tu as raison et que Cathy a disparu, on est foutus, Ryan. C'était la seule capable de nous expliquer ce qui s'est réellement passé cette nuit-là. Jamais les autres n'avoueront avoir menti.

— C'est pour ça que je dois continuer à chercher. À force de leur mettre la pression, un truc quelconque finira bien par lâcher.

Un claquement de portière nous a signalé l'arrivée de quelqu'un. Ryan s'est accroupi derrière une voiture tandis que je feignais de récupérer des affaires dans mon pick-up.

— Bonsoir.

Un vieux type qui regagnait son bateau. Il m'a répondu par un sourire, mais mon cœur battait à cent à l'heure.

J'ai attendu qu'il se soit éloigné pour murmurer par-dessus mon épaule :

— Tu peux sortir.

Pas de réponse. En me retournant, j'ai constaté que Ryan s'était éclipsé.

# 20

# Campbell River

*juin 2013*

Je suis restée assise pendant des heures, à boire du chocolat chaud en contemplant chaque recoin de ce bateau dont j'avais fini par tomber amoureuse. Capitaine ronflait, sa grosse tête sur mes genoux. Si Ryan avait raison et qu'on révoquait notre liberté conditionnelle, ne serait-ce que temporairement, il risquait fort de retourner au refuge. Les filles là-bas étaient gentilles, peut-être l'une d'elles accepterait-elle de l'adopter, mais presque toutes avaient déjà plusieurs animaux domestiques. Pourrais-je convaincre mon père de veiller sur mon chien pendant quelques mois ? J'étais malade à l'idée de ce que penseraient mes parents si je me retrouvais mêlée à un nouveau meurtre. À leurs yeux comme à ceux de tout le monde en ville, je serais immédiatement coupable. Je n'arriverais jamais à me débarrasser de ce cauchemar, ni de Shauna. J'aurais pu réclamer à Suzanne mon transfert dans une autre ville, mais cela pouvait prendre un bon mois. Et si Cathy était effectivement morte, ce départ ne jouerait pas en ma faveur. J'ai pensé à mes parents, à la certitude de Ryan de découvrir la vérité, et pris la décision de m'accrocher.

Je me suis réveillée le lendemain en essayant de me convaincre que Cathy allait réapparaître. Vivante. Dans l'intervalle, je faisais face à un problème plus immédiat. J'ai téléphoné à Suzanne afin de l'avertir de l'incident impliquant Shauna au restaurant.

— Vous ne pouvez pas continuer à travailler là-bas.

— Pourtant, ça se passe bien et j'aime beaucoup mon boulot. Rien ne m'oblige à adresser la parole à cette gamine. Je lui dirai de garder ses distances.

L'argument était vain, mais je ne pouvais pas m'empêcher de tenter ma chance, sur un ton suppliant qui me hérissait.

— Vous serez tout aussi heureuse ailleurs. Ce n'est pas un cadre favorable pour vous, surtout si la mère prend l'habitude d'y passer. C'est trop de stress, Tonie. Concentrez-vous exclusivement sur votre avenir.

C'était bien mon intention jusque-là. J'avais déjà vécu un enfer à cause de Shauna lorsqu'elle venait au restaurant autrefois, et voilà qu'elle remettait le couvert. Je me suis appliquée à contenir ma rage en me mordant la lèvre.

— Mike possède un autre établissement dans le centre-ville.

Le restaurant ne donnait pas sur l'eau et n'était pas aussi agréable, mais c'était mieux que rien.

— Je pourrais lui demander de travailler là-bas ?

Je l'ai sentie hésiter au bout du fil. Je retenais mon souffle en croisant les doigts.

— On peut essayer, mais si jamais vous recroisez cette femme, il faudra trouver une autre solution.

J'ai poussé un « ouf » de soulagement.

— Merci, Suzanne.

J'allais raccrocher quand elle a ajouté :

— Tonie, si jamais vous revoyez Shauna McKinney, changez de trottoir.

*

J'ai immédiatement appelé Mike pour lui exposer la situation.

— Merde, Tonie. Je suis désolé, je ne savais pas que c'était la fille de Shauna.

— Elle ne s'en est pas vantée non plus auprès de moi. Je me demandais si vous accepteriez de la transférer dans votre autre restaurant.

Puisque l'une de nous deux devait partir, autant que ce soit elle.

— Je le ferais volontiers si je n'avais pas autant besoin de serveuses au Fish Shack.

— Dans ce cas, accepteriez-vous de me prendre dans votre second restaurant ? S'il vous plaît, s'il vous plaît.

Il a pris le temps de réfléchir avant de se décider.

— OK, mais j'ai déjà un gars sérieux en cuisine, et il ne souhaite pas travailler sur le port. Vous pourrez le seconder.

C'était mieux que rien.

— D'accord.

*

Les premiers jours, j'ai pris mes marques avec les autres employés du nouveau restaurant, sans me soucier des regards curieux ni des chuchotements qui me suivaient. Je n'étais pas ravie de recommencer à préparer des salades, éplucher des pommes de terre et nettoyer derrière le chef cuistot, mais autant me satisfaire d'avoir conservé mon boulot. C'était l'essentiel.

Une semaine plus tard, Mike est arrivé avec sa femme à la fin du service. Il m'a demandé de les rejoindre dans la salle quand j'aurais terminé de tout nettoyer. Il avait une expression grave, mais je ne me suis pas inquiétée outre mesure. Peut-être avait-il simplement décidé de me donner moins d'heures.

En m'approchant de leur table, j'ai senti mes intestins se nouer quand j'ai vu qu'ils échangeaient un regard avec Patty. Inquiétant. Elle s'est levée en me voyant arriver, je l'ai entendue marmonner son intention de nous laisser tranquilles. Le restaurant désert était plongé dans la pénombre, les chaises retournées sur les tables.

Je me suis installée en face de Mike.

— Que se passe-t-il ?

— Un gros pépin, Tonie, a-t-il soupiré. En vérifiant la recette d'hier au restaurant du port avant de passer à la banque ce matin, Patty a constaté qu'il manquait de l'argent dans le coffre.

J'avais compris. Mes mains se sont mises à trembler sous la table.

— Vous voulez savoir si c'est moi ?

— Je sais que tu n'étais pas contente de venir travailler ici.

— Ce n'est pas moi, Mike, lui ai-je répondu sur un ton sec. Je suis rentrée directement chez moi hier soir en sortant d'ici vers minuit. Pourquoi voudriez-vous que je vous vole de l'argent ?

— Quelqu'un a laissé un message sur le répondeur ce matin affirmant avoir vu un pick-up garé là-bas tard dans la soirée, après le départ des employés. Une personne avec un sweat à capuche traînait près de l'entrée de service.

— Des conneries, oui. Qui était le témoin en question ? Ce n'était pas Shauna McKinney, par hasard ?

— Le correspondant n'a pas laissé son nom, difficile de savoir si c'était une voix de femme ou d'homme.

Le fameux don d'imitatrice de Shauna. J'aurais parié qu'il s'agissait d'elle, mais je ne pouvais pas le prouver.

— Pourquoi ne pas interroger aussi tous ceux qui travaillaient sur le port hier soir ? Je ne pouvais même pas m'introduire dans le restaurant, je n'ai pas la clé.

— L'une des filles a perdu les siennes il y a quelques jours… Et tu es la seule avec un casier.

— Ce n'est pas pour ça que je suis une voleuse…

Mike m'a adressé un regard gêné en entendant ma voix se briser. J'ai pris ma respiration et je suis repartie à l'assaut :

— Vous savez bien que j'adore ce boulot, Mike. Jamais je ne vous ferais un coup pareil. Pour quelle raison ?

Il a plongé le nez dans son café.

— On a été obligés de porter plainte. La police voudra certainement t'entendre.

— Vous avez conscience que je risque ma liberté conditionnelle. Pourquoi voudriez-vous que je m'embarque dans une aventure aussi idiote alors qu'on vient de me l'accorder ?

Il a enfin relevé la tête.

— Ce n'est pas seulement moi, Tonie. C'est Patty. Ta présence la met mal à l'aise. Et maintenant que Ryan est revenu, lui aussi… Elle se dit qu'il a pu avoir besoin d'argent, que tu auras voulu l'aider.

— Je vous en prie, vous me connaissez mieux que ça.

— Tu as le don d'attirer les ennuis, Tonie. Je cherche à éviter les histoires.

Comment le contredire ? Il avait raison. Depuis que j'avais commencé à travailler pour lui, quand j'étais ado, j'avais toujours nagé dans le drame.

— Tu es une excellente employée, Tonie. L'une des meilleures que j'aie eues. Crois-moi, je ne fais pas ça de gaieté de cœur.

Il avait donc décidé de me renvoyer. Je me suis blindée de façon à encaisser le coup.

— Alors dites-le, Mike.

— On ne souhaite pas te garder.

J'ai lentement hoché la tête une fois, puis deux.

— C'est tout ?

— Je te déposerai ton chèque.

On ne m'autorisait même pas à passer le prendre.

— Sinon, je voulais te dire. Patty… elle a pris contact avec ta contrôleuse judiciaire.

— Mike, vous vous doutez bien que Suzanne est capable de me renvoyer en prison si elle me croit coupable une seule seconde.

— Je suis désolé.

Et il l'était sincèrement, mais à quoi bon ? Il me laissait tomber. Je me suis levée en ravalant mes larmes. J'avais décidé de partir la tête haute, ce qui ne m'a pas empêchée de décocher une flèche à Patty quand je suis passée à côté d'elle en ressortant. À la voir, on aurait dit qu'elle avait peur que je l'agresse physiquement.

— Vous avez tort à mon sujet, et je vous en apporterai la preuve.

*

J'ai récupéré Capitaine dans le jardin de leur maison, en prenant le temps de donner un bisou d'adieu à leur chien. Capitaine était heureux de me retrouver, mais j'étais au bord des larmes. Qui avait bien pu voler cet argent ? Ashley ? Shauna m'avait tendu un piège, j'en étais sûre. Il me restait à espérer que Suzanne ne croirait pas Patty, et qu'on ne me jetterait pas dans les pattes un autre témoin bidon. Cette histoire sentait le déjà-vu. La sensation atroce de se savoir innocent sans être en mesure de le prouver. L'impression horrible d'avoir commis l'irréparable alors que c'est faux. Le sentiment terrifiant que votre existence vous échappe totalement.

Je suis retournée au bateau et je me suis assise devant ma table, encore toute secouée. Je devais rester pragmatique. Comment trouver un autre boulot ? Qui aurait envie d'engager une ancienne taularde récemment renvoyée pour vol ? Le mieux était encore de prendre le taureau par les cornes. Après une nuit sans sommeil, j'ai appelé Suzanne à la première heure le lendemain.

— Je n'ai pas volé cet argent, Suzanne.

— Je vous écoute.

— Je ne suis pas assez idiote pour risquer mon boulot dans le seul but de glaner quelques dollars.

— La somme approchait les mille dollars.

— Même.

— Vous auriez pu avoir envie d'aider quelqu'un d'autre.

Et voilà qu'on me resservait Ryan. La colère m'empêchait de répondre. Suzanne a enchaîné :

— Il a peut-être des ennuis, mais rendez-vous service

à vous-même en m'avouant la vérité. Ce serait bête de le protéger une fois de plus.

Joli lapsus.

— Je ne l'ai jamais protégé, tout simplement parce qu'il n'a jamais rien fait de mal.

— Je serais en droit de révoquer votre liberté conditionnelle à l'instant.

Suzanne ne plaisantait pas.

— Elle ne tient plus qu'à un fil, Tonie. Si la police découvre un seul indice susceptible d'établir un lien entre ce vol et vous, vous repartez en prison.

— J'aimerais croire qu'ils ne trouveront rien parce que je n'ai rien à me reprocher, mais ça ne m'a pas été d'une grande utilité la première fois. Quelqu'un veut me renvoyer à l'ombre, Suzanne. On s'acharne à me salir.

Elle a digéré mes propos avant de répondre :

— C'est possible, mais vous allez tout de même devoir passer une audition disciplinaire, histoire de tirer cette affaire au clair.

J'ai fermé les yeux. Putain de merde.

— Quand souhaitez-vous que je vienne ?

*

J'ai reçu un appel de la police dans la foulée. On me convoquait au commissariat. L'agent qui m'a reçue était poli, mais je me suis montrée très prudente en lui détaillant mon emploi du temps le soir du vol. Ma phrase de conclusion était toute prête :

— Écoutez, je sais bien qu'il y a un témoignage anonyme, mais c'est de toute évidence quelqu'un qui m'en veut. Beaucoup de gens m'en veulent ici depuis le meurtre de ma sœur. Cela dit, vous ne trouverez pas une seule vidéo de surveillance sur laquelle j'apparais aux abords du restaurant, personne n'a pu me voir, et mes empreintes ne figurent pas sur ce coffre. Je suis rentrée directement chez moi après mon service dans l'autre restaurant. Jamais je ne risquerais mon boulot pour mille dollars.

L'agent s'est montré circonspect.

— Nous vous contacterons si nous avons d'autres questions.

Je ressortais du bâtiment quand j'ai vu Frank McKinney descendre de sa voiture de patrouille. Il s'est arrêté en m'apercevant. J'étais moi-même pétrifiée en me souvenant que je l'aimais bien quand j'étais jeune. Je n'avais jamais oublié la façon dont il m'avait regardée dans le rétroviseur la nuit où il nous reconduisait au lac, son incapacité à croiser mon regard lors du procès. Encore un que j'avais déçu et qui croyait à ma culpabilité. Il avait vieilli mais était resté bel homme. Ce n'était plus le McKinney d'avant. Seuls quelques fils argentés marbraient sa moustache, mais ses cheveux étaient tout gris. Il n'était pourtant pas si vieux, tout juste la cinquantaine, mais son visage s'était couvert de rides.

Il s'est approché.

— Tonie.

— McKinney.

Pas question de le placer au-dessus de moi en lui donnant un titre.

— J'ai appris que tu étais en liberté conditionnelle.

Le coup d'œil qu'il a lancé en direction du commissariat était limpide : il se demandait ce que je faisais là.

— Oui, et je voudrais bien que ça continue, mais votre fille ne me facilite pas la tâche.

Je m'en suis instantanément voulu d'avoir laissé percer ma colère.

Il m'a interrogée du regard.

— Que s'est-il passé ?

— Vous n'aurez qu'à lui poser la question. Tant que vous y êtes, dites-lui bien que je n'ai pas l'intention de m'en aller.

Je me suis éloignée d'une démarche raide, les joues en feu. J'ai tenté de me calmer une fois dans mon pick-up. McKinney me regardait toujours, debout sur les marches. Je suis sortie lentement du parking en priant le ciel de n'avoir pas déclenché un cataclysme.

*

J'avais rendez-vous le lendemain matin avec Suzanne et sa responsable. Je suis revenue longuement sur les détails en veillant à m'exprimer avec la plus grande politesse alors que j'étais furieuse d'être embarquée dans cette histoire.

— Je n'ai aucun antécédent pour vol, et un bon dossier en prison. Personne n'est en mesure de prouver ma culpabilité, à l'exception d'un témoin anonyme. S'il s'agit de la personne à qui je pense, c'est quelqu'un qui me déteste et s'acharne contre moi. Je pense avoir prouvé que je m'efforce de reprendre le cours d'une existence normale en respectant pleinement les termes de ma liberté conditionnelle.

Suzanne a relevé la tête après avoir pris des notes.

— Vous pouvez y aller, Tonie, a-t-elle déclaré sur un ton neutre. Nous vous contacterons si nous souhaitons d'autres précisions.

J'ai repris le chemin de Campbell River en me

demandant si j'allais retourner en prison. L'espace d'un instant, j'ai été tentée de m'enfuir aux États-Unis, ou bien de me réfugier dans le Grand Nord où personne ne me retrouverait jamais. Et puis j'ai repensé à Capitaine qui m'attendait sur le bateau. J'allais devoir tout ravaler et attendre la suite.

Je dressais une liste d'employeurs potentiels quand Suzanne m'a appelée sur le bateau.

— Nous avons décidé de ne pas révoquer votre liberté conditionnelle pour le moment, mais si jamais quoi que ce soit d'autre survenait…

Mon soulagement était immense.

— Il ne se passera rien d'autre. Je vous le jure.

— Nous vous demandons également de trouver un emploi dans lequel vous ne manipulerez pas d'argent.

— Vous êtes sérieuse ? En clair, je n'ai plus la possibilité de travailler dans un restaurant.

— La restauration n'est pas la seule source d'emploi.

J'ai serré les dents. Ne discute pas, accepte.

— Très bien. Je me mets en chasse de ce pas. Merci, Suzanne.

— Évitez les ennuis, Tonie. Et tous ceux qui seraient susceptibles de vous en causer.

Facile à dire.

*

Ne plus pouvoir travailler en cuisine était un handicap, mais j'entendais rester positive. Quand j'en aurais fini avec tout ce merdier, je serais libre de reprendre mon boulot de cuistot. Et puis j'ai repensé à Cathy. À moins qu'elle ne refasse surface, mes jours étaient comptés. Mieux valait ne plus y penser. L'essentiel était de dénicher un boulot. J'ai commencé par rechercher un travail manuel. Mes économies ne tarderaient pas à fondre, je ne pouvais me payer le luxe de traîner. La liberté conditionnelle implique la recherche active d'un emploi. J'ai peaufiné mon CV avant d'aller en imprimer toute une série en ville. Nous étions à la mi-juin et les beaux jours étaient de retour, j'ai donc laissé Capitaine sur mon bateau.

J'ai passé le reste de l'après-midi à déposer des CV un peu partout, mais personne n'embauchait. De retour chez moi, je me suis demandé si Ryan avait trouvé un travail. Quand on était jeunes et qu'on avait un souci, il suffisait qu'on se donne rendez-vous sur le port ou près du lac, le simple fait d'être ensemble nous remontait le moral. Il était peu probable que je puisse retrouver ce genre de sensation avec quelqu'un d'autre. Pas avec un être humain en tout cas, ai-je pensé en grattant la tête de Capitaine. Qui Ryan avait-il bien pu contacter ? Était-il sur le point de découvrir la vérité ? Son acharnement aurait eu le mérite d'expliquer la manœuvre de Shauna. L'idée que je puisse travailler avec sa fille la dérangeait manifestement, et le meilleur moyen de régler le problème consistait à se débarrasser de moi, mais ce n'était pas sa motivation première. Les paroles de Ryan ont brusquement resurgi : Shauna préfère avoir toutes les filles sous sa coupe pour mieux les surveiller et nous baiser une fois de plus.

J'espérais qu'elle me laisserait en paix, à présent qu'elle avait eu ma peau au restaurant. À l'aune du passé, je savais toutefois que Shauna ne renonçait pas aussi aisément.

## 21

# Campbell River

*juin 2013*

J'étais allongée sur mon lit ce soir-là, la tête de Capitaine sur mon bras. Je tournais les pages de mon livre de l'autre main pour ne pas le déranger quand j'ai entendu un bruit de pas sur le ponton. J'ai posé mon bouquin, l'oreille tendue. Capitaine a relevé la tête, tous les sens en alerte. Les pas se sont arrêtés à hauteur de mon bateau. Je me suis levée et j'ai saisi la batte de base-ball que je gardais près de la porte. Capitaine a émis un grognement, puis poussé un jappement. Je l'ai fait taire d'un regard. Il s'est arrêté, la bouche en O, prêt à réagir.

Quelqu'un a frappé tout doucement et Capitaine s'est mis à aboyer.

— Capitaine, tais-toi.

Il s'est arrêté en tournant les yeux vers moi. J'ai traversé la petite cuisine sur la pointe des pieds. Les rideaux étaient tirés, de sorte que je ne voyais pas ce qui se passait à l'extérieur. Capitaine m'a rejointe dans le cliquetis de ses griffes sur le parquet.

— Qui est là ?

— Ashley.

Ashley ?!! J'ai ouvert la porte. L'adolescente se tenait sur le ponton, le visage dissimulé sous la capuche de son sweat. Elle se mordillait la lèvre inférieure d'un air pincé. J'ai balayé les alentours des yeux afin de m'assurer qu'elle était seule. Capitaine a passé sa tête par l'entrebâillement en reniflant bruyamment l'air. Il a reconnu l'odeur d'Ashley, tout excité, sa queue battant contre le pied de la table.

— Qu'est-ce que tu fiches ici ?

— J'avais besoin de te parler.

J'ai écarté la porte en lui faisant signe d'entrer.

— Attention à ta tête.

Elle a pénétré dans le bateau en ployant les épaules, examiné la pièce avec curiosité, et s'est installée à ma petite table.

— C'est mignon.

— C'est un bateau.

— Un bateau très mignon.

J'ai attrapé le sweat accroché à la patère près de la porte afin de le passer au-dessus du débardeur avec lequel je dormais, et je me suis assise en face d'elle. Capitaine somnolait, la tête sur le genou d'Ashley qui le grattait entre les oreilles.

— J'ai appris qu'on t'avait virée.

Elle s'exprimait d'une voix plus aiguë que d'habitude, à l'affût de ma réaction.

— J'imagine qu'on t'a raconté plein de trucs.

— Je sais que ce n'est pas toi.

Elle avait prononcé la phrase sur un ton emphatique. Restait à déterminer si elle souhaitait me manifester sa loyauté, ou bien si elle en savait plus long qu'elle ne le disait. Après tout, elle travaillait au Fish Shack ce soir-là…

— Que se passe-t-il, Ashley ?

Son regard s'est arrêté longuement sur Capitaine avant de se poser sur moi.

— Jason avait terminé en cuisine et Hannah avait rendez-vous avec son copain, alors il lui a proposé de la déposer. Je suis restée seule à compter la recette. Je m'apprêtais à appeler Aiden pour qu'il passe me prendre quand ma mère a débarqué…

Je me suis redressée d'un bloc. Shauna était passée au restaurant ce soir-là ?

— Elle prétendait s'inquiéter que je ne sois pas encore rentrée. Quand je lui ai dit qu'elle n'avait aucune raison de venir là, elle m'a répondu qu'elle ne me laissait pas toute seule en pleine nuit, que ce n'était pas prudent. Elle s'est installée au bar pendant que je terminais les comptes. Normalement, j'emporte le sac contenant la recette directement dans le bureau, mais j'étais distraite par la discussion et je l'ai laissé sur le bar le temps de finir de passer la serpillière. Ensuite, je me suis absentée pour vider mon seau.

Elle me regardait droit dans les yeux pour s'assurer que je prenais la mesure de son récit. Shauna était donc restée seule dans la salle. Avec la recette.

— À mon retour, j'ai mis le sac de la recette dans le coffre. J'étais fatiguée, j'avais envie de rentrer me coucher, et je n'ai pas remarqué que l'argent liquide avait disparu. J'ai fermé derrière moi. En sortant, j'ai vérifié que j'avais bien pris les clés et j'ai expliqué à ma mère qu'une des serveuses avait récemment perdu son trousseau.

Shauna savait donc qu'un trousseau se baladait dans la nature. N'importe qui penserait qu'il avait été volé.

— Quelqu'un a laissé un message sur le répondeur cette nuit-là en prétendant avoir vu rôder près du restaurant une personne qui répondait à ma description.

— Je ne sais pas qui c'était…

Elle était persuadée qu'il s'agissait de sa mère. Je le lisais dans ses yeux.

— J'ai dit à Mike et à la police que ce n'était sûrement pas toi, que je n'avais vu ton pick-up nulle part en repartant.

— Pourquoi me raconter tout ça, Ashley ?

Elle tournait autour du pot, mais elle venait bel et bien de dénoncer sa mère. Restait à percer ses raisons. Pensait-elle que j'accepterais de participer à son film si elle m'innocentait ? Elle visait un but précis, en tout cas.

— C'est pas normal qu'on t'ait renvoyée. Je m'en veux terriblement.

Elle était au bord des larmes, ses traits étaient bouffis, comme si elle avait pleuré plus tôt dans la soirée.

— Je me suis engueulée avec ma mère ce soir quand je lui ai annoncé que j'allais parler à Mike de son passage au restaurant. Elle était outrée de mes insinuations et a prétendu n'avoir aucune raison de m'aider à participer au festival du film de Vancouver cette année si je lui faisais aussi peu confiance. Et ce n'est pas tout…

— Quoi ?

Elle a baissé la voix en ouvrant de grands yeux.

— Je l'ai entendue parler au téléphone. Elle était furieuse contre quelqu'un. Elle disait vouloir s'assurer que la personne en question ne puisse pas leur causer d'ennuis.

— C'est vague.

Mon pouls s'était emballé, comme chaque fois qu'une bagarre allait éclater à l'époque où j'étais en taule.

— Je sais, mais elle n'était pas dans son état normal. Elle parlait tout bas en regardant constamment autour d'elle sans jamais prononcer de nom. Elle ne se doutait pas que je l'épiais. En plus, elle s'énervait contre moi pour un rien. Ils se sont même hurlé dessus avec mon père.

J'ai gardé le silence, pensive. J'avais raison d'avoir peur. Shauna n'allait probablement pas s'en tenir à une simple accusation de vol.

Ashley a dû lire dans mes pensées, car elle a poursuivi :

— Pourquoi est-ce qu'elle te hait à ce point ?

Elle avait posé la question d'une voix grave, la mine anxieuse. Sans doute n'avait-elle pas vraiment envie de connaître la réponse. Elle entrouvrait une porte qu'elle ne pourrait probablement pas refermer.

Nous nous observions toutes les deux, dans le silence que seuls troublaient le tic-tac de la pendule et la respiration de Capitaine.

Le mieux était encore d'imiter Ashley et de tirer à vue.

— Tout a commencé en troisième. Elle était amoureuse d'un type et elle s'est mise à flipper un jour où je parlais avec lui. Elle m'a rendu la vie impossible, elle colportait plein de mensonges en s'arrangeant pour me brouiller avec tout le monde. Elle a fini par se calmer, jusqu'à ce jour au lycée où Ryan m'a préférée à elle. Après ça, elle a entrepris de démolir ma vie.

Ashley a hoché la tête.

— Ma mère joue les dures, mais elle n'a pas confiance en elle. Elle a besoin que tout le monde l'aime et l'admire. Par exemple, elle veut absolument que mes copines la prennent pour une mère de rêve. Probablement parce que mon grand-père travaillait constamment quand elle était jeune. Aujourd'hui, il passe beaucoup de temps avec moi. Je m'en fiche, c'est pas une raison pour m'en vouloir.

Cette gamine avait tout compris, sans que je voie en quoi ça pouvait m'aider. Je me sentais lasse, usée. Moi qui m'étais imaginé que la situation avait changé, qui avais osé penser que je pourrais enfin mener une existence normale. La corde se resserrait autour de mon cou et Shauna continuait d'en tenir l'extrémité.

— J'ai pris ma décision, a repris Ashley. Je vais dire à Mike que maman se trouvait au restaurant.

L'idée de jouer les redresseuses de torts la dopait, même si on la sentait terrorisée.

Mon premier réflexe a été le soulagement. Mike accepterait peut-être de me reprendre et Suzanne aurait la preuve que je disais la vérité. Tout de suite après m'est venue l'angoisse de ce que serait la réaction de Shauna. Ne valait-il pas mieux lui laisser croire provisoirement qu'elle avait gagné ? Le moindre répit laisserait peut-être le temps à Ryan d'en apprendre davantage sur le déroulement des événements la nuit du meurtre.

— N'en fais rien, Ashley. Je n'ai aucune envie de me prendre la tête avec ta mère. Et puis Mike risque d'être furieux que tu l'aies laissée entrer. Tu as besoin de cet argent pour tes études.

La stupéfaction s'est lue sur son visage.

— Mais on t'a virée !

— Patty ne voulait pas me garder, de toute façon. Elle cherchait une excuse pour se débarrasser de moi.

— Mais c'est injuste !

Je me suis souvenue de mon étonnement quand on m'a arrêtée pour le meurtre de Nicole. Je trouvais ça injuste, comme tout le reste quand j'étais ado. Il faut savoir l'accepter, le système est loin d'être parfait et la vie souvent injuste.

— Juste ou pas, c'est ainsi. Écoute, si ça tourne vraiment mal pour moi et qu'on menace de me renvoyer en prison pour cette histoire, je te demanderai de te manifester. D'accord ? Pour l'instant, attendons la suite.

Elle a acquiescé, ravie de partager ce petit secret avec moi. Si j'avais anticipé sa réaction, il me restait à comprendre ses motivations. Savoir si elle se battait au nom de la justice, ou bien s'il s'agissait d'une façon de régler ses comptes avec sa mère.

Ashley et moi avons sursauté en entendant toquer à la porte. Capitaine s'est mis à aboyer, le poil dressé.

J'ai fait signe à Ashley de ne pas bouger.

— Qui est là ?

— Shauna. Ouvre-moi la porte, s'il te plaît. Je sais que ma fille est là.

Ashley a écarquillé les yeux. Nous avons bondi sur nos pieds d'un même mouvement. J'ai ouvert la porte en retenant Capitaine par son collier et je suis sortie avec Ashley en tirant le battant derrière nous de manière à bloquer mon chien qui grognait depuis qu'il avait vu Shauna.

— Je croyais qu'on s'était mises d'accord, Tonie.

Elle s'exprimait d'une voix aussi glaciale que polie.

— Tu t'étais engagée à rester à l'écart de ma fille.

— Ta fille s'en allait. Je t'invite à suivre son exemple.

— Allez, maman. On s'en va, est intervenue Ashley en tirant sa mère par la manche.

Shauna, d'un calme olympien, l'a ignorée.

— Je veux discuter seule avec Tonie de deux ou trois détails. Va m'attendre dans la voiture, j'en ai pour une minute.

Ashley n'avait pas l'intention de se laisser imposer sa conduite.

— J'ai seize ans, tu n'as pas d'ordres à me donner.

— Malheureusement pour toi, tu n'es pas majeure et tu vis sous mon toit.

Shauna lui avait répondu d'une voix égale, mais elle peinait à conserver son calme. Les épaules raides, son poing s'était crispé autour de ses clés de voiture.

— Je ne t'appartiens pas pour autant.

Ashley était toute rouge.

— J'ai vu ta voiture sur le parking alors que tu n'as pas ton permis définitif. À quoi pensais-tu ?

Je ne m'étais pas posé la question de savoir comment Ashley s'était rendue à la marina. Shauna révélait son inquiétude, au-delà de sa colère.

— À cause de cette petite escapade, je suis obligée de te retirer tes clés.

— J'en ai assez de tes menaces ridicules et de la façon dont tu régentes ma vie, a réagi Ashley, écumant de rage. Si tu crois que je ne sais pas ce que tu as fait à Tonie…

— Vas-y, Ashley. Je me débrouille.

Je n'avais aucune envie qu'elle accuse sa mère de vol, au risque de se mettre dans la mouise, et moi avec.

Shauna a blêmi. C'est pourtant d'une voix toujours aussi posée qu'elle s'est adressée à moi :

— Je te remercie, Tonie, mais je suis parfaitement capable de m'occuper de ma fille.

— C'est elle qui est venue me voir sur ce bateau, Shauna. Ce n'est pas moi qui suis allée frapper chez toi. Tu devrais peut-être la surveiller un peu mieux.

Dans la cabine, Capitaine devenait fou. On aurait dit qu'il avait décidé de démolir la porte.

Shauna a pris une expression faussement chagrinée.

— Je m'inquiète à ton sujet, Tonie. Récupérer des chiens errants, ça peut se révéler dangereux. C'est connu, il leur arrive de craquer. Tu es sûre que tu ne risques rien ? Tu es sûre qu'il ne risque rien ?

— Où tu veux en venir, Shauna ? Tu me menaces, maintenant ?

— Simple conseil amical. Je connais ta mauvaise habitude de t'occuper des cas désespérés dont personne ne veut…

L'allusion à Ryan était transparente.

Le bateau a gîté sous nos pieds au passage d'un remorqueur. J'ai écarté les jambes pour ne pas perdre l'équilibre. Shauna aussi essayait de me déstabiliser.

— Il faut bien comprendre qu'on ne veut pas d'eux sans raison. On ne sait jamais à quel moment ils peuvent te sauter à la gorge.

Cette conne commençait à m'énerver.

— Je t'en prie, Shauna. Exprime ta pensée.

— À ta place, je me tiendrais à l'écart de Ryan Walker. Ce garçon ne vaut rien, Tonie. Regarde ce qui s'est passé la dernière fois.

Je devais absolument lui cacher ma panique, présenter un visage neutre. Avait-elle eu vent de nos rencontres ? Quelqu'un nous avait-il aperçus ? Je me trompais, ou bien elle menaçait de nous dénoncer ?

— Je te conseille de me foutre la paix, Shauna. Si jamais tu remets les pieds ici, j'appelle les flics.

— Ça m'étonnerait.

Elle s'est tournée vers sa fille.

— Viens, Ashley.

Elles remontaient le quai lorsque Ashley s'est retournée. Je l'ai vue articuler le mot « désolée » avant que sa mère lui agrippe le bras.

Je suis remontée à bord du bateau m'occuper de Capitaine en tremblant comme une feuille. L'avertissement de Shauna passait en boucle dans ma tête.

« Regarde ce qui s'est passé la dernière fois... »

# 22

# Campbell River

*juin 2013*

Les jours suivants, je me suis levée tôt, avant que la chaleur ne nous tombe dessus, et j'ai fait le tour de la ville pour déposer des CV. Capitaine m'accompagnait, assis sur la banquette à côté de moi. Je craignais de le laisser seul sur le bateau au cas où Shauna aurait voulu s'en prendre à lui. Je n'avais aucune piste de boulot sérieuse, mais l'une des filles du refuge m'avait dit qu'elle connaissait quelqu'un susceptible de garder Capitaine en journée quand je recommencerais à travailler. Un matin, j'ai pris un café avec Stéphanie, la gérante du refuge, après avoir promené les chiens. Elle envisageait d'engager quelqu'un dans quelques mois, ce qui ne faisait pas mes affaires pour le moment. C'était une fille géniale et notre conversation m'a requinquée. J'appréciais de croiser quelqu'un que mon passé n'effrayait pas.

De retour à bord, j'ai consulté les petites annonces sur Internet. Lasse de ne rien trouver, je me suis couchée avec un bouquin.

J'avais découvert Steinbeck en prison, et je lisais *À l'est d'Eden* pour la troisième fois. J'ai fini par m'assoupir jusqu'à ce qu'un petit coup à la porte me tire du sommeil, quelques heures plus tard. C'était Nate, le type qui me louait le bateau.

— Salut, Nate. Quoi de neuf ?

— Désolé, Tonie, mais vous ne pouvez plus vivre ici. Je vous prie de partir immédiatement.

— Quoi ? Vous n'avez pas le droit de me mettre dehors. Il existe des lois pour protéger les locataires.

— Nous n'avons jamais signé de bail officiel. Il s'agissait d'un simple accord verbal. J'ai reçu une plainte au sujet de Capitaine.

— Qui a bien pu…

J'ai laissé ma phrase en suspens. Une gentillesse de Shauna, évidemment.

— C'est complètement ridicule. Vous pouvez poser la question à tout le monde, c'est un bon chien. Quelqu'un m'en veut, c'est tout.

— On m'a également parlé de l'histoire du restaurant. Certains résidents de la marina ont des objets de valeur sur leur bateau. Ils n'ont pas envie de prendre des risques, et je ne tiens pas à perdre des clients.

Voilà donc la vraie raison. Il se fichait bien de mon chien. Mes voisins ne voulaient pas d'une voleuse près de chez eux.

— Très bien. Je partirai demain matin.

*

J'ai quitté le bateau pendant qu'il faisait encore nuit, après avoir réuni mes maigres affaires. Je n'avais aucune envie de croiser quelqu'un le lendemain matin, de lire la réprobation dans leur regard. Je n'avais plus de boulot, plus de logement, et quasiment plus d'argent. J'étais dans la merde, prendre un hôtel aurait épuisé mes économies en un clin d'œil.

Je me suis brusquement souvenue que le camping de Miracle Beach, à un quart d'heure au sud de la ville, proposait de vieux bungalows à la location. Ce n'était pas le meilleur moment, à l'approche de la saison, mais ce serait toujours moins cher que l'hôtel. À mon arrivée, j'ai constaté avec soulagement que le camping n'était pas plein. Le tourisme n'était pas florissant cette année-là, et le lieu n'avait rien d'un cinq étoiles. La piscine était vide, le fond du bassin couvert de terre et de feuilles mortes. L'aire de jeux avait connu des heures plus glorieuses, la moitié des balançoires manquaient. La plupart des camping-cars étaient en mauvais état. Sans doute appartenaient-ils à des gens qui vivaient là à l'année.

Le type de la réception ne m'a pas posé beaucoup de questions. Il m'a juste demandé si mon chien était inoffensif, avant de me proposer l'un des vieux bungalows du fond. J'ai deviné qu'il s'agissait d'une ruine quand il a précisé qu'il était bon marché. Je ne me trompais pas. Le matelas était défoncé, l'endroit sentait le moisi et le renfermé. En revanche, la cuisine ne manquait pas de casseroles, de poêles et d'assiettes, et il me suffirait d'acheter des draps le lendemain. Capitaine s'est recroquevillé contre moi cette nuit-là, nous sursautions au moindre bruit.

J'ai appelé Suzanne le lendemain matin afin de lui communiquer ma nouvelle adresse, précisant que je continuais de chercher du boulot. J'ai allumé mon ordinateur et consulté mes e-mails, dans l'espoir d'une réponse favorable, en vain. J'ai laissé Capitaine dans le bungalow et je suis allée en ville imprimer d'autres CV. J'en ai profité pour m'acheter des serviettes de toilette. Celles du camping étaient petites et usées.

J'ai déposé plusieurs CV, puis je me suis arrêtée au refuge pour dire à Stéphanie de ne pas tomber dans le panneau si elle entendait circuler des rumeurs sur Capitaine. Je suis ensuite passée au Walmart acheter une couette, des draps, des serviettes et des produits d'entretien. Je n'avais pas faim, mais je me suis forcée à avaler une salade, pendant que Capitaine dévorait ses croquettes. Nous nous sommes promenés longuement sur la plage après le dîner. La mer et le balancement du bateau au gré des vagues me manquaient déjà.

J'ai songé aux pensées qu'on s'envoyait par télépathie, Ryan et moi, quand ça n'allait pas, ou quand on s'engueulait avec nos parents. Assise sur une bûche, j'ai fermé les yeux et je lui ai expliqué mentalement comment j'avais perdu mon boulot et mon bateau, le camping merdique dans lequel j'avais été contrainte de me réfugier. Je me suis entendue lui dire : « Ça finira par s'arranger, tu ne crois pas ? » Il m'a répondu de sa voix adolescente : « Bien sûr, ma chérie. N'oublie pas qu'on est ensemble. »

J'ai rouvert les yeux, infiniment triste, emportée par la nostalgie de notre innocence perdue. Nous étions persuadés que seule comptait notre relation, qu'elle nous permettrait de tout surmonter. On était loin de se douter à l'époque que ça aussi on nous le prendrait.

*

Je me brossais les dents avant de me coucher quand on a frappé doucement à la porte. Capitaine a bondi sur ses pattes et s'est précipité en aboyant.

— Qui est-ce ?

— Ryan.

Comment diable m'avait-il retrouvée ? J'ai ouvert la porte, la main sur le collier de Capitaine, oubliant que j'étais en short et débardeur.

— Qu'est-ce que tu fais là ?

J'ai lancé un regard inquiet autour du bungalow, de peur que quelqu'un nous voie.

— Il paraît que tu as perdu ton boulot et ton bateau. Il faut qu'on parle.

— Qui t'a dit que j'étais ici ?

— Un de mes potes connaît Stéphanie, la gérante du refuge. C'est lui qui lui fait ses tatouages. Ils discutaient de toi aujourd'hui, elle lui a expliqué que tu cherchais du travail et que tu vivais dans un camping. J'ai fait le tour de ceux du coin en cherchant ton pick-up. Je t'ai aperçue sur la plage tout à l'heure…

Il avait entendu mon message télépathique, j'en étais persuadée. Nos regards se sont croisés. J'ai baissé les yeux la première.

— Attends-moi une seconde.

J'ai refermé la porte derrière moi, le temps d'enfiler un jean et un sweat. L'un des avantages de ce bungalow était son emplacement, tout au fond du camping, à l'abri des regards derrière une épaisse rangée d'arbres. Personne ne pouvait nous voir, mais des voix et des rires me parvenaient au loin, portés par la brise du soir imprégnée d'odeurs de feu de camp, et je ne pouvais pas continuer à parler avec Ryan dehors.

J'ai ouvert la porte et lui ai fait signe d'entrer.

— Viens.

Ryan s'est assis en examinant le décor de la pièce.

— Pas mal.

— Une vraie merde, tu veux dire.

Je me suis installée en face de lui. Nous n'avions pas été aussi près l'un de l'autre depuis des années et le sentir à quelques centimètres de moi ajoutait à mon malaise. J'avais honte de mes cheveux en bataille, de mon lit défait, de mes vêtements posés sur une chaise. Nous ne nous étions jamais retrouvés seuls dans ma chambre quand j'étais ado, et voilà qu'il se trouvait dans ma tanière. Il m'était à la fois étranger et familier. Par sa voix, ses gestes. Il était beau, les cheveux encore humides de quelqu'un qui sort de la douche, mais il ne s'était pas rasé, et une ombre lui couvrait la mâchoire. Il portait un jean délavé et une chemise blanche cintrée sous un sweat noir dont il n'avait pas remonté la fermeture Éclair. Un tatouage dépassait de sa chemise au niveau du poignet. Une serre d'aigle.

— On a connu pire.

— Ouais…

Je n'avais aucune envie de remuer des souvenirs pénibles, de savoir ce qu'il avait enduré, de parler de la prison.

— Où as-tu garé ton pick-up ?

— Sur le petit chemin de derrière, dissimulé dans des buissons. Sinon, j'ai trouvé du boulot sur un remorqueur grâce à un vieux pote de mon père. Il a un bateau dans la marina, il était au courant que ton propriétaire t'avait virée.

— De quoi veux-tu me parler ?

— Tu sens la mer.

Je ne m'y attendais pas. Une drôle de sensation m'a traversé le ventre. Je suis devenue toute rouge, furieuse de ma réaction.

— Tu es venu ici uniquement pour me dire ça ?

Je soutenais son regard, et c'est lui qui a baissé les yeux, cette fois.

— Je suis désolé pour ton boulot et tout le reste.

— Je ne suis pas encore au fond du trou.

Capitaine regardait par la fenêtre en pointant les oreilles au moindre bruit de mulot ou de lapin qui traversait la nuit.

— Je suis convaincue que c'est Shauna. Elle est furieuse que sa fille se soit entichée de moi.

Je lui ai raconté les derniers événements, mon altercation avec Shauna, ses menaces.

— Et moi je suis sûr que ce sont ces salopes qui ont tué Nicole.

J'ai été cueillie à froid par la haine qui transpirait de sa voix, de ses yeux. Même si j'éprouvais les mêmes sentiments, cette rage mal contenue m'inquiétait. Il a pris sa respiration, conscient qu'il lui fallait se calmer.

— Ils ont retrouvé Cathy aujourd'hui. Morte.

— Merde.

Je me suis raidie, assaillie par toutes sortes de pensées. J'ai regardé machinalement du côté de la porte, comme si les flics allaient débarquer d'un instant à l'autre en hurlant.

— Ouais. Un des marins du remorqueur se trouvait sur le port quand ils ont repêché le corps. Il a entendu les flics discuter entre eux, dire qu'il s'agissait d'une toxico bien connue, Cathy Schaeffer.

— Elle a fait une overdose ?

— Aucune idée, mais il paraît que ça grouillait de

flics dans le coin. Mon instinct me dit qu'il s'agit d'un meurtre et qu'on n'a pas fini d'en entendre parler.

— Elle a eu le temps de se mettre beaucoup de gens à dos, depuis toutes ces années.

La panique s'entendait dans ma voix.

— Peut-être, mais nous sommes les seuls à avoir été condamnés pour meurtre.

Il avait raison. On était royalement baisés. J'étais toute crispée sur ma chaise dont l'assise me rentrait dans les cuisses.

Je refuse d'y retourner. C'est hors de question. Je ne peux pas.

— Même avant ça, Hicks me suivait à la trace. Cet enfoiré est même entré dans les chiottes pendant que je pissais l'autre jour à la station-service. Il voulait savoir si l'ambiance des toilettes des mecs me branchait. « J'espère pour toi que oui, parce que tu ne tarderas pas à retourner en taule. » Il fait tout pour que je craque.

— En quoi ça le regarde ?

— Il m'a toujours détesté. Il haïssait déjà mon père. Je te jure, Tonie. Je n'ai jamais eu peur de lui avant, mais ce n'est plus le cas. J'ai un mauvais pressentiment.

Et moi donc.

— Je me suis pris la tête avec une fille au centre de réinsertion. Elle a des copines qui m'attendront au tournant si je retourne à Rockland.

Et je lui ai raconté mes démêlés avec Hélène.

Il n'a rien dit, la mine inquiète, en triturant machinalement une cicatrice récente qui lui marbrait le bras.

— Ça fait chier. Tu t'en tireras, tu crois ? Tu as des amies à l'intérieur, au moins ?

— Oui, j'ai des copines. Mais tu sais comme moi

qu'il suffit de se retrouver seul une seconde pour être coincé.

— Si Suzanne ne conteste pas la révocation, il nous faudra des mois avant d'être entendus de nouveau par la commission. Tu devras faire gaffe à chaque instant.

Ryan avait raison. Suzanne avait la possibilité de révoquer notre liberté conditionnelle pendant trente jours en attendant les résultats de l'enquête de police. Si elle estimait que nous restions dangereux, elle avait le pouvoir de nous renvoyer devant la commission, ce qui pouvait prendre trois mois supplémentaires.

— Et toi, Ryan ? Tu t'en tireras ?

— T'inquiète.

Il n'en continuait pas moins de manipuler la marque rose de son bras. Je me suis demandé s'il n'avait pas d'ennemis à l'intérieur, lui aussi. L'espace d'un éclair, je nous ai revus adolescents quand il me dévoilait les bleus provoqués par les coups de son père. Mes doigts se sont agrippés à ma cuisse pour résister à l'envie de caresser sa cicatrice.

— Les flics te raconteront plein de trucs sur moi, ils essaieront de nous monter l'un contre l'autre, comme la première fois.

Nous n'avions jamais eu l'occasion de parler de nos interrogatoires respectifs, des mensonges que nous assenaient les flics. De toute évidence, ils avaient tenté de lui monter la tête contre moi. J'étais heureuse de constater qu'aucun de nous deux n'avait livré l'autre en pâture aux loups. Nous avions su rester loyaux.

— Je sais que ça va compliquer la situation si on apprend que j'ai parlé à Cathy, mais je ne l'ai pas tuée. J'avais besoin qu'elle reste en vie pour témoigner.

— Je sais.

C'était vrai. Je ne doutais pas de lui, en dépit de sa rage, des changements que peut entraîner la prison chez quelqu'un.

— Je veux qu'on reconnaisse notre innocence, Tonie. Je veux vivre vraiment libre, sans toutes ces conneries de liberté conditionnelle.

Il m'a dévisagée, à l'affût de ma réaction.

— Je veux retrouver ma vie d'avant.

Ses paroles restaient comme suspendues dans l'air, elles dessinaient une corde invisible qui me tirait vers lui. J'ai retenu mon souffle. Je comprenais très bien. J'étais au bord du gouffre, moi aussi. J'avais une envie folle de céder à la tentation, de me lever, de contourner la table et de m'asseoir sur ses genoux comme autrefois. J'en étais incapable, retenue par la peur.

— Tout a changé, Ryan. On a grandi.

Il a souri avec amertume.

— Tu n'es pas au courant ? Personne ne grandit en taule.

Je connaissais le dicton pour l'avoir entendu des dizaines de fois, mais c'était faux dans mon cas. J'avais pris mille ans. Ma peau pesait des tonnes, je la voyais déjà s'écoulant par terre, en flaque. J'aurais tant aimé m'y glisser de nouveau, à la façon d'un sac de couchage.

Ryan m'a tirée de ma rêverie.

— Et si on avait la possibilité de revenir en arrière ?

— Si on avait la possibilité de revenir en arrière, je ne serais jamais allée au bord du lac cette nuit-là. Si on n'avait pas emmené Nicole, elle serait encore en vie.

Cette vérité insoutenable m'avait taraudée chaque

jour de ma vie depuis le drame, elle battait dans ma poitrine comme un second cœur.

Ryan a acquiescé en soupirant, les épaules voûtées.

— À force de discuter avec d'anciens élèves du bahut, j'ai déniché une fille qui se trouvait là le soir du meurtre. Elle assistait à la fête, de l'autre côté de l'eau. Elle s'appelle Tricia, elle a un an de moins que nous. Elle a raconté aux flics avoir vu une voiture blanche comme celle de Shauna qui passait en trombe un peu après 23 heures. Quand je lui ai demandé quel flic, elle m'a dit qu'il s'agissait de Hicks. Il a écarté son témoignage au prétexte qu'elle avait picolé, et puis il l'a bombardée de questions jusqu'à ce qu'elle ne soit plus certaine de rien.

Lors du procès, les filles avaient reconnu s'être rendues au lac en début de soirée, m'avoir vue m'engueuler avec Nicole vers 22 heures, peu après notre arrivée sur place, avant de repartir vers 22 h 30. La police avait situé l'heure du crime à 23 heures. Si Tricia avait effectivement vu une voiture blanche à cette heure-là, cela confirmait notre hypothèse que les filles étaient mêlées au meurtre.

Ryan poursuivait ses explications :

— Les flics n'ont même pas envisagé que les filles puissent être mêlées à cette histoire parce que le père de Shauna était l'un des leurs.

Qui sait si les filles n'avaient pas confondu Nicole avec moi dans le noir lorsqu'elles avaient vu une silhouette dans le pick-up de Ryan ? On se ressemblait. À moins qu'une dispute ne soit survenue entre elles au cours des semaines précédentes. J'ai brusquement revu l'image de cette voiture blanche ralentissant devant la maison de mes parents, quelques jours avant l'assassinat de Nicole. Elle prétendait pourtant que Shauna était partie en vacances. M'avait-elle menti ?

— Tricia est prête à témoigner de nouveau, mais ce n'est pas suffisant. Hicks n'était pas fou de penser que son témoignage n'était pas crédible si elle avait bu. On prétendra qu'elle s'est trompée d'heure.

Il a frappé la table du poing.

— Il faut absolument que je trouve quelqu'un d'autre avant que Shauna n'assassine tous les témoins. Ou bien avant qu'on nous renvoie en prison.

— Peut-être qu'on devrait demander à Suzanne notre transfert ailleurs. On n'aurait jamais dû revenir à Campbell River.

— Je ne vais nulle part, Tonie. La liberté conditionnelle, ce n'est pas une vie. Je veux retrouver mon honneur, je veux que ma mère n'ait plus à raser les murs dans la rue, je veux que Shauna ait la pression. Si elle est effectivement coupable, elle ne se sentira jamais en sécurité tant qu'on sera dehors. On peut s'enfuir n'importe où, on représente une menace pour elle. Surtout à présent qu'elle nous sait décidés à découvrir la vérité.

Ryan avait raison. Nous ne serions jamais libres à moins d'être innocentés. Mes parents me croiraient éternellement coupable d'avoir fait subir ce sort atroce à ma sœur.

— Que proposes-tu ?

— Je vais continuer de discuter à droite et à gauche. Un élément finira bien par surgir, mais ça peut prendre du temps.

Il a relevé la tête en regardant autour de lui.

— Il faut que j'y aille, au cas où on nous surveillerait.

— Je vais sortir avec Capitaine en feignant de l'emmener pisser. La fenêtre de la chambre de derrière est ouverte.

J'ai repensé à toutes les fois où nous étions passés par la fenêtre pour nous retrouver. Il a dû avoir la même idée, à en juger par le petit sourire qu'il m'a adressé.

— Quand je pense qu'on se plaignait… a-t-il lâché.

Étouffée par le poids de mes souvenirs, j'ai posé ma main sur le dos de la sienne en savourant sa chaleur, le grain de sa peau. Combien de fois étais-je restée éveillée dans ma cellule en m'imaginant tenir sa main alors qu'il s'agissait de la mienne ? Un mélange de surprise, de peur et de tristesse a flotté sur ses traits. La gorge nouée, j'ai fini par retirer ma main en me levant.

— Je ferais mieux d'aller m'occuper de mon chien.

Il a hoché la tête, s'est levé à son tour et s'est dirigé vers le fond de la pièce tandis que j'attachais la laisse au collier de Capitaine. Ryan allait disparaître quand il s'est retourné.

— Si jamais la police vient nous interroger et qu'on nous renvoie en prison, arrange-toi pour tenir le coup. D'accord ? Parce que le jour où on ressortira, et je peux t'assurer qu'on ressortira un jour, ça va saigner.

J'ai grimacé un sourire. Je me disais que c'était peut-être la dernière fois que je le voyais. J'avais déjà vécu ce même déchirement, il y a si longtemps, quand on m'avait arrachée à lui à la fin du procès. Ce jour-là, c'était comme si on m'avait amputée. Il a probablement lu le doute et la peur dans mes yeux car il a serré les paupières pour échapper à ma souffrance.

L'instant suivant, il franchissait le rebord de la fenêtre sans un regard en arrière, cette fois.

Je suis sortie du bungalow avec Capitaine en imaginant Ryan traversant les bois. Le souvenir de Cathy m'est revenu et j'ai aspiré à pleins poumons l'air de la nuit en me demandant combien de temps je resterais libre. Combien de temps je resterais en vie.

# 23

## Campbell River

*juin 2013*

La police m'a appelée le lendemain matin pour me demander de venir au commissariat dans l'après-midi. Soupçonnant le pire, je me suis résolue à donner un coup de fil pénible à mon père. Comme il ne répondait pas sur son portable, j'ai été contrainte d'appeler à la maison. C'est ma mère qui a décroché.

— Salut, c'est Tonie. Tu peux me passer papa, s'il te plaît ?

Un silence interminable m'a répondu à l'autre bout du fil, j'ai cru qu'elle allait me raccrocher au nez.

— Une minute.

Le téléphone a changé de main dans un chuchotement agressif.

La voix de mon père a pris le relais.

— Tonie ? Tout va bien ?

— Oui, pour le moment. Je n'ai plus de boulot à cause d'un vol. Mais ce n'était pas moi.

Je ne voyais pas l'intérêt de lui cacher la vérité. Si mes parents n'avaient pas déjà entendu circuler la nouvelle, elle ne tarderait pas à leur parvenir. Papa ne disait rien. Peut-être se souvenait-il de la fois où je m'étais introduite chez les voisins, du flacon de Percocet disparu.

— Quelqu'un a décidé d'avoir ma peau et ça risque de ne pas s'arrêter là. Je souhaitais simplement te prévenir de ne pas croire ce qu'on va te raconter. Je sais que je n'ai rien fait pour mériter ta confiance quand j'étais jeune, mais je ne suis pas un monstre, papa. Je m'efforce vraiment de rester dans le droit chemin…

J'ai essuyé d'un geste les larmes qui coulaient. Capitaine, allongé sur le lit, la tête sur les pattes, me regardait avec inquiétude de ses grands yeux tristes.

— Je sais que tu t'efforces de laisser ton ancienne vie derrière toi, Tonie.

Ça m'a fait mal d'entendre papa s'exprimer dans un souffle, de façon à ne pas être entendu.

Surtout, ne pas me laisser submerger par la douleur. Demeurer concentrée.

— Si jamais ma liberté conditionnelle est révoquée, accepterais-tu de t'occuper de mon chien ? Seulement jusqu'à ce qu'on me libère de nouveau.

— Je pense qu'on doit pouvoir…

La voix de maman en arrière-plan. Papa lui a répondu, mais il avait couvert le micro du téléphone de la main, j'ai seulement compris qu'ils se disputaient.

Maman a repris la communication.

— Désolée, mais nous avons un chat et nous ne pouvons pas prendre ton chien.

— Vous ne voulez pas, tu veux dire.

Je me reprochais de laisser percer ma déception et mon amertume dans ma voix.

Maman n'a rien répliqué.

— Merci.
Et j'ai raccroché.

*

J'ai appelé Stéphanie au refuge afin de lui annoncer que je risquais de perdre ma liberté conditionnelle. J'ai refoulé des larmes de honte à plusieurs reprises en me demandant si elle était au courant pour le vol au restaurant. J'étais désespérée à l'idée de devoir abandonner Capitaine. Stéphanie a eu la gentillesse de ne pas me poser de question.

— Il peut rester au refuge le temps qu'on lui trouve une famille d'adoption.

Je n'avais aucune envie qu'il parte vivre avec quelqu'un d'autre, mais je n'avais pas le choix.

— Merci, Stéphanie.

Je me suis allongée sur mon lit en serrant la tête de Capitaine contre ma poitrine pour ne plus penser qu'il allait retourner en cage alors que je lui avais promis de ne jamais me séparer de lui.

*

Ils m'ont conduite dans la même salle où l'on m'avait interrogée après la mort de Nicole. Je me revoyais encore transie de peur sous une couverture cette nuit-là. J'ai eu la confirmation que ce n'était pas un hasard en voyant débarquer Doug Hicks. Il avait vieilli, mais il portait bien sa quarantaine. Ses cheveux d'un blond presque blanc et ses cils javellisés me donnaient encore la chair de poule. On voyait bien qu'il aimait toujours autant harceler les gens, que foutre la trouille aux ados faisait partie de son boulot. J'ai été parcourue d'un long frisson en voyant ses yeux bleus glacés se poser sur moi. Son opinion était faite. Il ne m'avait jamais crue autrefois, il n'était pas près de me croire aujourd'hui.

Il a rapproché sa chaise et s'est penché au-dessus de la table.

— Nous avons un petit problème, Tonie. J'aimerais que vous acceptiez de répondre à nos questions, histoire qu'on vous retire de la liste des suspects, mais vous êtes libre de partir à tout moment. C'est compris ?

J'ai attendu la suite sans prononcer une parole. Je connaissais la chanson.

— Vous savez sans doute qu'on a retrouvé le corps de Cathy Schaeffer hier. Il semble qu'elle ait été assassinée.

Je m'en doutais, sinon je n'aurais pas été convoquée. La confirmation du meurtre ne m'en a pas moins secouée. J'avais haï Cathy pour tous les mensonges qu'elle avait débités pendant mon procès, c'est vrai, sans pour autant souhaiter sa mort.

— Je suis désolée de l'apprendre.

— C'est vrai ?

— Bien sûr.

Il me fixait en plissant les paupières. En prison, on apprend à ne jamais regarder les gardiens en face et j'ai fait un effort surhumain pour ne pas baisser les yeux.

— Je pensais que sa mort vous aurait fait plaisir. J'imagine que vous deviez lui en vouloir à cause de son témoignage lors du procès.

J'ai gardé le silence.

Il s'est approché si près que j'ai senti les effluves de son déjeuner. Un plat italien quelconque. Je me suis raccrochée à cette odeur de pesto pour ne pas céder à la peur.

— Les coups ressemblent furieusement à ceux qui ont été portés à votre sœur. Il semble que l'arme du crime soit un démonte-pneu, cette fois encore.

Un goût acide m'a envahi la bouche, j'avais le cœur au bord des lèvres. J'ai voulu effacer de ma mémoire le souvenir du corps de Nicole, de son crâne défoncé, de son visage mutilé. Sans succès. Je voyais un démonte-pneu s'abattre sur Nicole qui se protégeait avec les mains du mieux qu'elle le pouvait, terrorisée. Il n'était pas question de montrer à Hicks qu'il avait barre sur moi, mais je crevais de chaud, des perles de transpiration couvraient mon front. Il scrutait attentivement mes traits, son regard s'est arrêté longuement sur l'artère qui battait furieusement au niveau de mon cou.

— Où étiez-vous mercredi soir ?

— Je travaillais au restaurant.

J'ai laissé échapper un soupir discret, soulagée d'apprendre qu'il s'agissait de ce soir-là et non de la veille, où j'étais restée seule sur le bateau, sans alibi.

— À quelle heure avez-vous quitté votre poste ?

— Il était minuit passé quand j'ai achevé de tout nettoyer.

Il affichait une mine pensive. Restait à savoir s'ils avaient pu établir l'heure exacte de la mort.

— Qu'avez-vous fait ensuite ?

J'ai pris le temps de réfléchir.

— Je me suis arrêtée à la station-service acheter des biscuits pour chien.

— Vous avez conservé le ticket de caisse ?

— Peut-être, je ne sais pas.

Putain, pourvu que je l'aie encore.

— Vous vous souvenez de la personne qui vous a servie ?

— Un jeune type blond avec un bouc.

Nous avions discuté brièvement de nos chiens respectifs. J'ai prié le ciel qu'il se souvienne de notre conversation.

Hicks s'est reculé sur son siège avec la même expression qu'il avait déjà quand j'avais dix-huit ans, sûr que j'étais corrompue jusqu'à l'os.

— J'imagine que vous ne savez pas où se trouvait Ryan ce soir là ?

La question piège. Surtout ne pas laisser échapper la moindre étincelle de peur.

— Aucune idée.

— Vous l'avez revu depuis votre libération ?

— Tout contact nous est interdit.

— Ce n'est pas ce que je vous demande.

Ce salaud était toujours aussi retors.

— Non, je ne l'ai pas revu.

— J'ai cru comprendre qu'il en voulait beaucoup aux filles de leur témoignage.

— Je n'en ai aucune idée.

— Et vous, qu'en pensez-vous ?

La réponse est sortie toute seule.

— Elles ont menti.

— C'est déjà ce que vous affirmiez à l'époque.

— Parce que c'est la vérité.

— Dans ce cas, vous leur en voulez.

J'ai récité la phrase toute faite que j'avais prononcée lors de mon audition par la commission des libérations conditionnelles.

— J'ai appris de mes erreurs passées, je souhaite reprendre ma place au sein de la société.

Son regard m'a confirmé qu'il n'était pas dupe. En clair, je venais de lui dire d'aller se faire foutre. J'ai été à deux doigts de verbaliser ma pensée avant de tout ravaler en songeant à Capitaine.

— J'ai beaucoup repensé à ce qui s'était passé autrefois. Ryan était un bon à rien, mais vous étiez une gentille gamine avant de sortir avec lui. Je serais désolé d'apprendre que l'histoire se répète.

— Ça ne risque pas.

— Si jamais vous croisez notre ami, autant vous avertir qu'il s'est taillé une belle réputation de bagarreur en prison. Il a agressé plusieurs gardiens, ce qui lui a valu de passer pas mal de temps en cellule disciplinaire.

J'étais étonnée. Autrefois, Ryan s'efforçait systématiquement d'éviter toute forme de bagarre, à moins d'être poussé à bout. Il avait dû en baver pour en arriver là. L'idée qu'on l'ait mis à l'isolement me faisait bouillir intérieurement, mais je me suis tue.

— J'ai discuté avec plusieurs de vos anciens copains, a repris Hicks. Un type m'a raconté que Ryan parlait souvent de Nicole, qu'il la trouvait très sexy.

Il a secoué la tête.

— Apparemment, son grand fantasme était de s'amuser un jour avec vous deux ensemble.

Je sais bien qu'il me narguait, mais l'entendre débiter de tels mensonges relevait du supplice. Il parlait de ma sœur assassinée, bordel !

Il s'est penché vers moi, sa jambe a effleuré la mienne avec la familiarité de quelqu'un de proche. Les yeux rivés au mur, je refusais de le regarder.

— Cette nuit-là, vous prétendez être restée inconsciente tout le temps. Comment pouvez-vous être si sûre que votre copain Ryan était inconscient, lui aussi ? Comment pouvez-vous être sûre qu'il n'ait pas décidé de tenter sa chance avec Nicole ? Après tout, il portait des égratignures sur les bras.

J'ai revu dans ma tête le poignet de Ryan sur son visage quand il dormait. Il avait effectivement des égratignures.

— Il s'est griffé dans les buissons. Jamais il n'aurait touché ma sœur.

Hicks n'en avait pas terminé.

— Vous êtes bien sûre de vous. Vous étiez au courant qu'il avait entraîné Nicole dans une chambre lors d'une fête cet été-là ? Ils sont restés enfermés tous les deux pendant plus d'une heure.

J'ai relevé vivement la tête avant de me reprendre. Trop tard. Hicks avait noté ma réaction.

— Vous n'étiez donc pas au courant.

— Parce que ce sont des conneries.

— Nous avons des témoins.

J'ai éclaté de rire.

— Sans doute les mêmes qui ont menti lors du procès.

Il a répondu non de la tête.

— Des gens qui les ont vus partir ensemble. De l'avis unanime, Nicole avait beaucoup bu. Allez savoir ce qui a pu se produire.

J'ai passé en revue dans ma tête les événements de cet été-là. De quelle fête s'agissait-il ? Un soir où je travaillais au restaurant ? Ou bien Hicks avait-il tout inventé ?

— Ryan commençait déjà à se mettre dans le pétrin. On sait qu'il avait siphonné un réservoir, qu'il vous avait entraînée dans cette virée chez vos voisins. Son père n'était pas un ange. Il passait son temps à battre Ryan qui en voulait à la terre entière. La colère rentrée finit toujours par ressortir. Une ado a été tuée il y a dix-sept ans, et voilà que ça recommence. Je me demande forcément ce qu'elles avaient en commun. La réponse est simple : Ryan Walker. Vous avez peut-être voulu le protéger autrefois, mais aujourd'hui ? Vous n'avez sûrement pas envie de retourner en prison. Alors si vous avez des informations à nous communiquer sur votre petit copain, c'est le moment ou jamais.

J'ai veillé à lui répondre d'une voix posée, alors que mes oreilles bourdonnaient au point de m'empêcher de penser normalement. Je lui aurais volontiers écrasé la gueule sur la table.

— Je ne sais pas où en est Ryan aujourd'hui, mais je pense qu'il n'est pas assez bête pour assassiner un témoin en faisant en sorte que le meurtre ressemble à celui de Nicole. Cathy était une toxico notoire. Quitte à la tuer, autant s'arranger pour qu'elle fasse une overdose. On était des ados à problèmes, je le reconnais volontiers, mais on n'était pas complètement idiots et on ne s'en prenait jamais à ceux qui ne nous avaient rien fait.

— C'est précisément là où je voulais en venir, Tonie.

Je me serais giflée d'en avoir dit autant. De toute façon, il était trop tard pour m'arrêter.

— Et moi, je veux en venir au fait que nous ne sommes pas des assassins. Vous vous êtes royalement plantés à l'époque. Le meurtrier court toujours et il s'applique à vouloir nous pointer de nouveau du doigt pour mieux se débarrasser de nous. Pendant que vous perdez votre temps à nous poser toutes ces questions idiotes, le meurtrier s'amuse à vos dépens en trouvant que les flics sont décidément bien cons.

Il s'est redressé sur sa chaise, écarlate, en me laissant enfin un peu d'espace.

— J'essaie de vous aider, Tonie. Je vous offre une chance de vider votre sac. D'abord cette histoire de vol, et puis ce meurtre. Ça sent le soufre.

— Je n'ai rien volé et je n'ai tué personne. Et vous n'essayez pas de m'aider. Vous savez pertinemment que cet interrogatoire risque de me coûter ma liberté conditionnelle.

— Votre liberté conditionnelle sera le cadet de vos soucis si jamais vous êtes mêlée à la mort de Cathy.

— Je ne vous dis plus rien. Vous entendez et vous voyez uniquement ce qui vous plaît. Pour ma part, je suis persuadée que vous êtes sourd et muet. Si vous avez d'autres questions à me poser, j'exige la présence de mon avocat. Ou alors je vous conseille de m'arrêter.

Il a acquiescé, conscient qu'il ne pourrait pas pousser le bouchon plus loin. Il s'est levé.

— Merci de vous être déplacée, Tonie. Nous restons en contact.

Il m'a raccompagnée jusqu'à mon pick-up et m'a regardée m'éloigner. Mon pouls s'est seulement calmé à mon arrivée au camping, jusqu'à ce que je me souvienne qu'il me fallait appeler Suzanne.

Elle a décroché à la première sonnerie.

— Allô ?

— Bonjour, Suzanne, c'est Tonie. Je souhaitais vous avertir que les flics m'avaient convoquée pour m'interroger.

— À quel sujet ?

— On a retrouvé le corps de Cathy Schaeffer. Elle

a été assassinée, apparemment à l'aide d'un démonte-pneu.

Un silence assourdissant m'a répondu.

— J'ai un alibi pour la nuit du crime. J'ai travaillé tard et je me suis arrêtée à la station-service en rentrant, j'ai discuté avec l'employé de nuit. Ils verront bien en vérifiant que je n'ai rien à voir avec cette histoire.

— C'est très ennuyeux, Tonie.

— J'ai bien conscience que c'est ennuyeux, mais je n'ai rien fait de mal. Quelqu'un essaie de nous mettre dans la mouise.

— Nous ?

Merde. J'allais devoir me montrer plus prudente en évoquant Ryan.

— Le flic m'a posé toutes sortes de questions sur Ryan. Je ne l'ai pas revu et je ne lui ai pas parlé.

Restait à espérer qu'il dispose d'un solide alibi, lui aussi.

— Je vais devoir en discuter avec ma responsable. On va probablement devoir vous auditionner.

Une audition, maintenant. Rien de bon en perspective.

— J'aime autant que vous me le disiez franchement, Suzanne. Vous avez décidé de révoquer ma liberté conditionnelle ?

— Passez me voir pour en discuter.

Elle marchait sur des œufs en s'efforçant de ne pas m'effrayer. En clair, j'étais probablement baisée.

J'ai serré le poing pour ne pas envoyer voler mon téléphone. Sois zen, Tonie. Ne complique pas la situation.

— Quand souhaitez-vous me voir ?

— Je vous rappelle pour vous le préciser.

*

Trop mal pour rester au camping, je suis allée acheter du lait. Le gros titre qui s'affichait à la une du journal, au supermarché, m'a tétanisée : « Une toxicomane battue à mort. » Je me suis empressée d'acheter le journal en rentrant la tête dans les épaules et j'ai lu l'article dans mon pick-up. Le journaliste rappelait les circonstances du meurtre de Nicole et précisait que Ryan et moi étions en liberté conditionnelle. Il expliquait que Cathy avait été l'un des principaux témoins à charge lors de notre procès. Chaque phrase sous-entendait l'impossibilité d'une coïncidence. Cette histoire allait raviver de vieilles plaies chez mes parents. Ils devaient déjà recevoir des coups de téléphone. J'ai passé des heures sans dormir cette nuit-là, Capitaine allongé à côté de moi, à repenser aux insinuations de Hicks. Il mentait probablement, je ne voyais pas à quelle fête Nicole et Ryan auraient pu se retrouver ensemble.

On a frappé au carreau vers 1 heure du matin. Capitaine, réveillé en sursaut comme moi, a aboyé. J'ai découvert le visage de Ryan en tirant le rideau. Je me suis empressée d'ouvrir la fenêtre.

— Qu'est-ce que tu fous là ? Tu sais bien…

— J'ai besoin de te parler.

— Tu aurais pu téléphoner.

— Je voulais te voir. Ils t'ont interrogée aujourd'hui ?

— Oui, et toi ?

— Oui. J'ai un alibi. J'étais chez ma mère ce soir-là, je repeignais sa cuisine. Ils ont quand même essayé de m'emmerder. Ils prétendaient qu'elle mentait pour me couvrir, mais son copain est passé ce soir-là et il m'a vu.

J'étais à la fois soulagée et furieuse contre lui de nous avoir fichus dans le pétrin.

— Moi, j'ai travaillé jusqu'à tard et je me suis arrêtée à la station-service en rentrant chez moi, sauf que je ne sais pas à quelle heure Cathy a été tuée. J'ai appelé Suzanne. Elle veut m'auditionner.

— Elle m'a téléphoné. Il ne s'agit pas d'une simple audition, Tonie. Ils t'ont dit ça pour que tu ne leur files pas entre les doigts. Ils te passeront les menottes à la minute où tu entreras dans la pièce.

Ryan ne m'apprenait rien.

— Tu n'aurais pas dû venir ici. J'ai affirmé aux flics qu'on ne s'était pas revus, mais tu peux être sûr qu'ils nous surveillent.

Il me regardait bizarrement. J'ai baissé les yeux en tripotant machinalement ma couverture, mais il avait remarqué le changement intervenu chez moi.

— Dis-moi ce que Hicks t'a raconté d'autre.

J'ai relevé la tête.

— Que tu as eu des histoires en prison et que tu en pinçais pour Nicole.

— C'est un putain de mensonge. Comme si j'allais déconner avec ta petite sœur. Tu sais très bien qu'il n'y avait que toi.

— Je sais. Il me balançait des conneries. Il m'a raconté comment tu t'étais enfermé avec Nicole dans une piaule un soir de fête, mais je ne l'ai pas cru.

Ryan a rougi.

— C'est quoi ce bordel, Ryan ?

Il me regardait droit dans les yeux, les mâchoires serrées.

— Un soir où tu bossais tard, je me suis arrêté dans une fête. Je ne savais pas que Nicole était là avec toute la bande. Elle avait sérieusement picolé, elle tenait à peine debout. Elle m'a dit qu'elle allait vomir, alors je l'ai emmenée dans une chambre. Elle a vomi, et comme elle était toute gênée, je suis resté avec elle en attendant qu'elle dessoûle. Je lui ai dit qu'elle buvait trop et que…

— Pourquoi tu ne m'en as rien dit ?

Moi qui croyais que nous n'avions pas de secret l'un pour l'autre à l'époque, je n'en revenais pas.

— Elle m'a supplié de ne pas t'en parler ; vous passiez votre temps à vous engueuler cet été-là. Je n'ai pas voulu compliquer la situation.

— Tu aurais dû me le dire.

J'étais rouge de colère, blessée par sa trahison.

— Tu as raison. J'ai déconné grave.

Je n'osais pas le regarder, de peur de fondre en larmes. Je ne pouvais m'accrocher qu'à notre relation à l'époque. D'un seul coup, je ne savais plus quoi penser. Il m'a pris la main en voyant que je regardais fixement la table.

— C'est la vérité, d'accord ?

J'ai repensé aux insinuations de Shauna le soir où elle était venue me trouver sur mon bateau. Sans doute était-elle au courant de cette histoire, mais y avait-il vraiment anguille sous roche ? Nicole qui arrivait systématiquement chaque fois que Ryan passait à la maison, Ryan me complimentant sur elle le soir où on l'avait croisée à une fête, Ryan qui prenait toujours sa défense.

J'ai retiré ma main.

— Que me caches-tu d'autre ?

Il s'est mis en colère.

— Écoute, je sais que tu es furieuse, mais c'était un simple mensonge par omission. J'étais encore gamin et je croyais te protéger. Il n'y avait que toi qui comptais.

Ses yeux, son expression me confirmaient qu'il disait la vérité. J'étais à la fois soulagée et honteuse. Comment pouvais-je laisser des gens comme Shauna et Hicks me monter le bourrichon ?

— Je te crois, d'accord ? En attendant, tu ne peux pas rester ici, c'est trop risqué.

Il a soupiré.

— Je sais. Je voulais simplement t'avertir qu'on allait nous renvoyer à Rockland. Alors autant prendre tes dispositions.

D'une main, il m'a prise par la nuque et m'a embrassée. Sa bouche était dure contre la mienne, son menton mal rasé me piquait. J'ai savouré son odeur, sa peau, sa bouche, sa langue qui franchissait la barrière de mes lèvres d'une façon à la fois familière et différente. L'ado était devenu un homme. J'ai entrouvert la bouche, nos langues se sont emmêlées, un gémissement est monté du fond de ma gorge. Ce râle inattendu m'a rappelée à la réalité et je l'ai repoussé.

— Qu'est-ce qui te prend ?

Capitaine, le poil dressé, grondait sourdement. Je lui ai fait signe de se coucher.

Ryan, le souffle court, paraissait à la fois désespéré et soulagé.

— J'ai voulu m'assurer que c'était toujours là.

Il a disparu dans la nuit sans me laisser le temps de réagir.

*

J'ai emmené Capitaine se promener le lendemain matin en essayant d'oublier ce baiser, de me dire que ça ne signifiait rien, que ça ne pouvait rien signifier. C'était tout l'inverse, évidemment. L'espace de quelques instants, j'avais ressenti des émotions oubliées depuis des années. Un mélange d'excitation, de satisfaction et d'inquiétude. À quoi nous servait de savoir que la flamme ne s'était pas éteinte quand nous n'avions plus le droit de nous voir ? En outre, j'avais d'autres chats à fouetter pour l'heure.

J'ai réuni toutes les affaires de Capitaine, son panier, son bol, ses laisses, ses jouets, et je me suis rendue au refuge. J'avais le cœur serré de le voir si heureux de partir en promenade avec moi, la tête à la fenêtre du pick-up. Il remuait toujours la queue quand on arrivait au refuge. Il est tout de suite allé dire bonjour à ses copains dans le jardin, ce qui m'a un peu déculpabilisée. Stéphanie est sortie de son bureau en m'entendant parler avec les autres filles.

— Salut, Tonie.

Elle s'est agenouillée le temps de déposer un baiser sur la tête de Capitaine, qui s'est empressé de le lui rendre.

Comme les filles ne faisaient pas mine de bouger, j'ai pris les devants :

— Ça t'ennuie si on va dans ton bureau ? J'ai besoin de te parler.

Personne n'avait eu l'indélicatesse d'évoquer l'article du journal, mais ils l'avaient tous lu.

— Pas de souci.

Stéphanie a poussé le petit chien blanc installé sur le siège réservé aux invités, puis elle s'est assise derrière son bureau, le chien sur les genoux.

— Quoi de neuf ?

Elle avait posé la question sur un ton neutre, mais un coin du journal dépassait sur son bureau, comme si elle l'avait caché précipitamment en m'entendant arriver. Je me suis sentie envahie par la déception et la tristesse. J'aimais énormément Stéphanie, j'avais même imaginé que nous pourrions devenir amies un jour, mais il était clair désormais que je n'étais plus dans ses petits papiers. Restait à savoir si elle accepterait de m'aider.

— Je ne me suis apparemment pas trompée, on va me retirer ma liberté conditionnelle.

J'avais les yeux brillants.

— Le fait d'avoir été interrogée par les flics récemment est un prétexte suffisant. J'ai pourtant un alibi solide. En attendant le résultat de l'enquête, on va probablement me renvoyer à Rockland.

— Tu veux nous confier Capitaine ?

J'ai acquiescé, le cœur gros.

— Je risque d'être absente pendant quelques mois.

Les larmes se sont mises à couler. Stéphanie s'est penchée vers moi.

— Écoute, si tu nous le confies, il y a peu de chances qu'il soit adopté tout de suite. Je peux m'arranger pour que ce ne soit pas le cas.

J'ai tenté de sourire.

— C'est ce que j'espérais, mais je suis malade à l'idée qu'il pense que je l'abandonne.

— Il sera perturbé dans un premier temps, mais il ne manque pas de copains ici et on le promènera tous les jours. Il sera en sécurité. Tu n'auras qu'à le reprendre à ta sortie. D'accord ? Et si jamais il est adopté d'ici là, je m'assurerai que ce sont des gens bien.

Je devais penser à Capitaine avant tout.

— Je dois signer des papiers ?

Les formulaires remplis, j'ai tendu la laisse de Capitaine à Stéphanie en lui demandant de l'emmener dans le jardin pendant que j'allais chercher ses affaires. J'ai profité qu'il jouait avec les autres chiens pour déposer son panier et ses jouets. J'ai également confié mon ordinateur à Stéphanie en lui demandant de me le garder, faute de pouvoir le confier à quiconque. Elle m'a promis de l'emporter chez elle, puis elle m'a autorisée à regarder Capitaine jouer dans le jardin. Debout dans un petit coin ensoleillé, je voulais conserver avec moi l'image d'un Capitaine heureux. J'ai profité d'un moment où il ne m'observait pas pour m'éclipser.

Je me suis retournée en arrivant sur le parking. Capitaine, appuyé contre le grillage, aboyait furieusement. Il avait compris que je l'abandonnais. Je me suis ruée sur mon pick-up et j'ai démarré rapidement. Il m'a fallu quelques kilomètres pour apaiser les sanglots qui me secouaient, puis je me suis blindée en me disant qu'il trouverait un meilleur maître et finirait par m'oublier.

# 24

## Pénitencier de Rockland, Vancouver

*juin-août 2013*

J'ai regagné le camping où j'ai fourré mes affaires dans des cartons dénichés au fond d'une benne. Je procédais mécaniquement en m'interdisant de ressentir quoi que ce soit ou de penser à Capitaine, même lorsque je suis tombée sur un os qu'il avait abandonné dans un coin. J'ai fait appel à tout ce que j'avais appris en prison : la concentration, le détachement, l'oubli. Une heure plus tard me parvenait un SMS de Suzanne : « Merci de venir pour un entretien cet après-midi à 14 heures. »

J'ai réglé ma note au gérant du camping en lui demandant s'il avait la possibilité de garder quelques-unes de mes affaires.

— Bien sûr, mais pas gratuitement.

Je lui ai payé le peu qu'il demandait avant de tout descendre dans sa réserve. J'ai ensuite pris la route de Courtenay, la vitre grande ouverte et la musique à fond, en aspirant mes derniers instants d'air frais et de liberté par tous les pores de ma peau.

J'ai sonné en arrivant au bureau de Suzanne. La porte s'est automatiquement refermée dans mon dos avec un claquement sec familier et terrifiant. Deux agents m'attendaient dans la pièce. Ils ont commencé par me lire l'arrêt de révocation de ma liberté conditionnelle avant de me demander de me tourner, les mains dans le dos. Le métal froid des menottes s'est refermé sur mes poignets. J'avais beau m'y être préparée, je tenais à peine debout tant j'avais peur, le cerveau assailli par le souvenir de ma première arrestation et de mon transfert à Rockland. Voilà qu'on me volait une nouvelle fois ma vie.

Suzanne observait la scène d'un air impassible. J'ai cru lire dans ses yeux l'ombre d'une hésitation.

— Je n'ai rien à me reprocher, Suzanne. J'ai même un alibi.

— C'est une décision provisoire, Tonie, en attendant que la police boucle son enquête et vous blanchisse. Simple mesure de sécurité publique.

— Et ma sécurité à moi, alors ? Je sais déjà que je suis attendue à l'intérieur.

— Qui vous attend ?

— Vous vous doutez bien que je ne peux pas vous le dire.

Si je lui avais donné un nom, on m'aurait réservé un sort encore pire.

— Dans ce cas, je ne peux pas vous aider.

Elle ne m'apprenait rien. Plus personne n'était en mesure de m'aider. On m'a poussée à l'arrière d'une voiture de police, les mains entravées dans le dos, dans une position inconfortable. De l'autre côté de la vitre défilait un monde auquel je n'appartenais déjà plus alors que je venais à peine d'y retrouver ma place. Le conducteur s'est arrêté à un feu rouge et j'ai contemplé l'océan en me souvenant d'avoir arpenté la plage la veille avec Capitaine.

Les formalités achevées au commissariat local, on m'a conduite en avion jusqu'à Rockland, où il m'a fallu passer de nouveau au greffe. J'essayais de me rassurer sur le sort qui m'attendait. Hélène avait peu de chances d'être au courant de mon retour en taule. Elle aussi était en liberté conditionnelle, elle devait avoir d'autres chats à fouetter que de suivre à la trace une vieille ennemie comme moi. Et puis je ne manquais pas d'amies à l'intérieur. Si jamais ses copines s'en prenaient à moi, elles trouveraient à qui parler.

On m'a attribué une cellule individuelle dans mon ancien secteur. Je n'aurais pas à subir de colocataire, c'était déjà ça. Tout le monde était couché du fait de l'heure tardive, et je me suis contentée de préparer mon lit et de m'y allonger, épuisée. Margaret a été la première personne que j'ai vue à la cafétéria le lendemain matin. Elle m'a souri, heureuse de me retrouver, mais son regard exprimait clairement sa tristesse de me voir rempiler. Profitant d'un instant d'inattention du gardien, je l'ai serrée furtivement dans mes bras.

— Alors tu es de retour. J'espérais que ce serait une fausse nouvelle, jusqu'à ce que je regarde les infos hier soir…

Les journalistes n'avaient pas tardé à s'apercevoir que ma liberté conditionnelle m'avait été retirée. J'en étais malade. Je pensais à mes parents, à Mike, à tous les autres, j'imaginais déjà les rumeurs qui circuleraient bientôt en ville pour affirmer que Ryan et moi avions tué Cathy par vengeance.

Nous nous sommes installées dans un coin et j'ai

expliqué à Margaret ce qui m'arrivait, ce qui s'était passé au centre de réinsertion avec Hélène.

— J'espère ne pas tomber sur ses copines.

— T'inquiète pas, j'ouvrirai l'œil.

Brenda et Amber m'ont également assurée de leur soutien lorsqu'elles sont arrivées.

La première semaine n'a pas été trop difficile. Après le choc initial, je me suis réhabituée au rythme de la prison, arc-boutée à ma conviction de ressortir rapidement. J'ai appelé Angus Reed. La soixantaine bien tassée, il continuait de pratiquer son métier à Campbell River. Le temps de donner quelques coups de fil, il m'a confirmé que la police restait très discrète, mais que les enquêteurs n'avaient apparemment rien contre Ryan et moi. Suzanne est venue me voir à Rockland avant de rédiger son rapport. Elle voulait entendre ma version des faits, connaître mon état d'esprit. Elle m'a posé toutes sortes de questions sur Shauna et les filles. Je lui ai raconté comment Shauna était venue me trouver à bord de mon bateau, et j'ai soigneusement omis d'évoquer ma rencontre avec Cathy dans le parc à l'époque du centre. Suzanne m'a promis de me tenir au courant. Quand bien même la police m'innocenterait, j'ai cru deviner qu'elle me laisserait à Rockland jusqu'à la fin du délai de trente jours de façon à calmer le jeu. Mon espoir était qu'elle suspende la révocation elle-même, au lieu de me renvoyer devant la commission.

Revoir Margaret m'a montré combien elle m'avait manqué, à quel point il est dur de vivre sans amis. Elle a exigé une pédicure et un massage le premier jour où j'étais là, au prétexte qu'elle n'avait trouvé personne d'aussi douée que moi. J'aurais tout donné pour qu'on puisse passer du temps ensemble à l'extérieur, comme tout le monde. Je lui ai parlé de Ryan et de Capitaine, du souci que je me faisais à leur sujet.

— Allez, ma grande. Tu ressortiras bientôt.

Elle a poussé un grognement alors que je massais un endroit sensible. Elle a regardé ses mains tordues.

— Je ne sais pas combien de temps je pourrai encore tenir ici. C'est pas une vie d'avoir mal tout le temps.

— Je suis désolée, Margaret.

Je me faisais soudain l'effet d'une connasse. Margaret ne serait pas en mesure de réclamer sa libération conditionnelle avant dix ans, alors que j'avais toutes les chances de m'en aller bientôt.

— Tu n'as aucune raison de l'être. En attendant, continue, a-t-elle bougonné en remuant le pied.

*

Je jouais aux cartes avec Margaret tous les jours et j'avais recommencé à courir, histoire que le temps s'écoule moins lentement. Suzanne m'a de nouveau appelée au bout de quelques jours, elle avait d'autres questions à me poser sur Shauna. Elle essayait visiblement de mesurer le degré de colère qui m'animait. J'ai eu le plus grand mal à contenir le sentiment de frustration qui m'étreignait, surtout quand elle a refusé de m'apporter des réponses claires concernant mon statut, mais j'ai fermé ma gueule.

À l'exception d'une discussion animée avec une nouvelle qui voulait m'obliger à lui acheter des trucs à la cantine, je n'ai pas eu de problèmes avec les autres détenues. Jusqu'au jour où une certaine Josie que je connaissais mal s'est penchée vers Margaret en lui glissant quelques mots à l'oreille pendant qu'on jouait aux cartes.

Constatant qu'elle me regardait en coin d'un air nerveux, j'ai posé mes cartes.

— Que se passe-t-il ?

Margaret a fait signe à Josie de nous laisser toutes les deux.

— Hélène s'est fait choper en train de dealer. Elle est de retour.

— Merde, ça tombe mal.

— C'est pas tout, Tonie. Elle raconte à tout le monde que tu l'as balancée quand vous étiez toutes les deux au centre.

— N'importe quoi. Je n'ai jamais dit un mot sur elle.

— Aucune importance. Tu sais très bien que les gens condamnent avant de juger, ici.

— Que dit la rumeur ?

— Tu as mauvaise presse. Tout le monde t'en veut à présent.

*

Ce jour-là à la promenade, j'ai tout de suite senti que la tension était montée de plusieurs crans. J'avais du mal à me concentrer sur mon jogging, ce n'est pas évident de courir en surveillant les autres du coin de l'œil. Amber et Brenda m'ont accompagnée, par précaution. Les femmes m'observaient par petits groupes. Je les connaissais pour la plupart et je n'avais jamais eu de souci avec elles, mais ça ne signifiait rien. Il suffit qu'une autre fille vous traite de balance pour se trouver dans la merde. Je n'avais pas encore vu Hélène, mais la rencontre était inéluctable. Les gardiens avaient dû entendre circuler des bruits de couloir car ils me surveillaient, mais je n'étais pas certaine qu'ils interviendraient si l'on cherchait vraiment à m'emmerder. Certains gardiens n'attendent que ça.

J'ai retrouvé Margaret un peu plus tard dans la salle commune. Elle jouait aux cartes avec d'autres filles qui se sont levées dans un même mouvement en me lançant des regards hostiles.

— Je suis désolée, Margaret.

— Aucune importance, j'étais en train de perdre.

Je me suis forcée à rire en voyant son air amusé.

— Allez, Tonie. Une petite partie.

Margaret venait de finir de distribuer quand je l'ai vue lever la tête, la mine sombre. Hélène s'est laissée tomber sur la chaise voisine de la mienne.

— Salut, petite salope. Tu m'as manqué.

— J'aurais du mal à te retourner le compliment.

D'un coup d'œil, j'ai constaté que les deux gardiens n'avaient rien remarqué, pris par leur discussion.

Hélène s'est approchée tout près en reniflant.

— Ça pue dans le coin. Ça sent le rat.

— Je ne t'ai jamais balancée, tu n'as aucune raison de m'en vouloir. Si j'avais voulu te dénoncer, je l'aurais fait dès mon arrivée au centre.

Margaret s'est interposée :

— Fous-lui la paix, Hélène.

— C'est pas ton problème.

— Ça le deviendra si tu emmerdes ma copine.

Brenda et Amber se sont postées derrière Margaret en regardant Hélène d'un air dur.

— Arrête d'emmerder notre copine, est intervenue Brenda.

Je l'ai calmée :

— Tout va bien. On règle ça tranquillement avec Hélène. Pas vrai, Hélène ?

Brenda était parfaitement capable de se défendre et Margaret était respectée de tout le monde. Je ne m'inquiétais donc pas pour elles, mais Amber était jeune et pas très solide.

— On n'a rien réglé du tout. Je sais que c'était toi et tu vas payer. Si jamais tes copines cherchent à s'en mêler…

Elle a longuement dévisagé Brenda et surtout Amber, un sourire mauvais aux lèvres.

— … elles paieront aussi.

Elle s'est levée et s'est éloignée.

J'ai posé mes cartes sur la table d'un air faussement dégagé.

— Full.

Plus tard, j'ai conseillé à Brenda et Amber de ne rien tenter. Elles se sont fâchées en disant qu'elles n'avaient pas l'intention de me laisser tomber. J'ai donc préféré les éviter pour qu'elles ne se retrouvent pas sous le feu de l'ennemi. Je me contentais de travailler en cuisine, de vaquer à mes occupations et de rester le plus possible dans ma cellule en gardant un œil sur la porte. La plupart des autres filles m'ignoraient, ce qui me convenait parfaitement. Je ne voyais les copines qu'aux repas, mais nous étions constamment sous la surveillance d'Hélène et de son clan. J'étais vigilante à tout moment, me méfiant des endroits dangereux et des coins sombres. À mesure que les semaines s'écoulaient, je sentais la tension monter chaque jour un peu plus.

Hélène a fini par trouver une occasion de me coincer.

Un jour, j'étais en cuisine quand j'ai vu les autres filles s'éclipser précipitamment. À l'instant où je me retournais, un plateau de spaghettis m'a frappée en pleine figure. J'essayais de me débarrasser de la sauce qui me piquait les yeux quand un sac rempli de piles s'est abattu sur mon ventre, mon dos, mes jambes. J'ai foncé sur mon adversaire tête baissée, et un grognement m'a signalé que j'avais fait mouche. Je voyais assez pour savoir qu'il s'agissait d'Hélène. Nous avons roulé contre une étagère en envoyant voler une nuée de casseroles. J'ai pris la première qui passait à ma portée et je lui ai assené un grand coup qui a résonné avec un bruit de cloche. Ça ne l'a pas ralentie et elle m'a envoyé un coup de poing en pleine poitrine. Je suis tombée à genoux sous l'effet de la douleur. J'allais m'évanouir quand quelqu'un a crié : « Attention ! Les gardiens ! » Hélène a filé et je me suis relevée péniblement en cherchant à reprendre mon souffle.

Le gardien a regardé le chantier.

— Tout va bien, Murphy ?

Il m'a fallu une bonne minute pour retrouver la parole.

— Oui, j'ai fait tomber des casseroles en glissant sur le carrelage.

Il a laissé échapper un grognement dubitatif avant de s'éloigner. Il savait forcément qu'il s'agissait d'une bagarre, mais il n'avait pas envie de s'embarrasser avec de la paperasse, sachant d'avance que je ne dirais rien.

J'ai regagné ma cellule en boitant. Margaret est venue me rejoindre un peu plus tard.

— Ça ira, ma chérie ?

Je me suis retournée sur mon lit en grimaçant.

— Oui, ça va aller.

— Je t'ai apporté du thé.

Je savais à quel point elle tenait à son thé, c'était toujours ce qu'on lui offrait les jours fériés.

— Ce n'était pas la peine.

— Bien sûr que si.

La colère se lisait sur son visage.

— Je t'aime comme ma fille, Hélène a eu le tort de s'en prendre à l'une des miennes. Elle le paiera.

Je me suis assise sur ma couchette.

— Margaret, je t'en prie, ne tente rien, d'accord ? Je gère la situation.

J'ai bien vu qu'elle hésitait.

— D'accord, mais il est hors de question de te laisser seule, dorénavant.

*

Je suis restée à l'écart des autres les jours suivants. J'aurais pu demander à être placée en isolement, pour me protéger, mais je détestais l'idée d'être enfermée vingt-trois heures par jour dans une cellule dépourvue de fenêtre, avec une heure de promenade. L'essentiel était de ne jamais me retrouver seule. Brenda, qui savait se défendre, m'accompagnait chaque fois que je devais quitter ma cellule ; Margaret et Amber prenaient le relais quand elle travaillait. Je devais tenir jusqu'à l'annulation de la révocation. Je croisais régulièrement Hélène, en salle de détente ou dans la cour quand je faisais mon jogging, mais elle se contentait de m'adresser des regards noirs sans rien tenter, du fait de la présence des filles.

J'avais passé près d'un mois à Rockland quand Suzanne est enfin revenue me voir. La police avait vérifié nos alibis, mais Suzanne tenait tout de même à évaluer mes capacités à reprendre ma place au sein de la société. Je lui ai expliqué que ma seule ambition était de mener une existence productive et d'éviter les ennuis. À la fin de notre rendez-vous, elle a décidé de ma remise en liberté à compter du lendemain. Je respirais de nouveau pour la première fois depuis des semaines. Margaret et les filles se sont réjouies pour moi. La situation était pénible pour nous toutes, en particulier pour Margaret dont l'arthrite avait repris de plus belle sous l'effet du stress. J'ai soigneusement évité la cafétéria, les douches et la cour ce soir-là, me contentant de réunir mes affaires dans ma cellule sans parler à quiconque en dehors des filles qui montaient la garde.

J'avais reçu un petit mot de Ryan quelques jours plus tôt, par le biais d'autres détenus. Son message était lapidaire : « Partante ? » La question n'était pas difficile à déchiffrer : il voulait savoir si j'étais disposée à l'aider à découvrir la vérité. Je ne pensais à rien d'autre depuis un mois.

Je refusais de passer le restant de mes jours à me demander si Shauna réussirait à me renvoyer en prison. Ryan avait raison, la liberté conditionnelle n'était pas une vie, tout le monde continuait de nous croire coupables. Mon renvoi du restaurant était caractéristique. Je comptais profiter de ma remise en liberté pour agir comme j'aurais dû le faire dès la première fois où Ryan était venu me voir. J'avais la ferme intention de découvrir ce qui s'était réellement déroulé cette nuit-là, quitte à mettre mon avenir en jeu. La réponse que je lui ai renvoyée par le même biais était tout aussi laconique : « Plutôt deux fois qu'une. »

Le lendemain matin, je descendais l'escalier avec les filles quand nous avons croisé Hélène. Elle m'attendait. Je passais à côté d'elle, sous la protection de Margaret et Brenda, quand elle m'a glissé :

— À bientôt, Murphy.

Le temps de me retourner, elle avait disparu au milieu des autres détenues.

## 25

## Campbell River

*août 2013*

Je me suis réinstallée au camping dès ma sortie de Rockland. J'ai à peine pris le temps de déballer mes affaires et d'acheter quelques provisions. J'avais promis à Suzanne de me mettre en quête d'un boulot dès mon retour en veillant soigneusement à lui dissimuler ma frustration, mais elle était suffisamment fine pour deviner mon état d'esprit.

— Surtout, Tonie, restez à l'écart de Ryan Walker et de tous les acteurs de votre affaire.

— Bien sûr.

Sauf que cette fois je n'avais pas l'intention de respecter les conditions de ma liberté conditionnelle. J'avais vaguement cherché du boulot sur Internet, moins par conviction que par obligation. En attendant que Ryan me contacte, j'avais longuement réfléchi à la façon de procéder.

Capitaine me manquait, mais je ne voulais pas courir le risque de l'abandonner de nouveau s'il m'arrivait quelque chose. J'ai toutefois téléphoné à Stéphanie au refuge.

— Salut, c'est Tonie. Comment va Capitaine ?

— Tu comptes venir le chercher ?

J'ai bien cru que j'allais pleurer de soulagement. Il était donc toujours là.

— C'est encore trop tôt pour moi, il me reste plusieurs trucs à régler. Ça t'ennuie de le garder encore un peu ?

J'ai fermé les yeux en priant qu'elle accepte. Comme elle ne répondait pas, j'ai cru qu'elle allait m'envoyer promener.

— Passe-moi un coup de fil quand tu seras prête.

— Merci, Stéphanie. Je te promets de venir très vite.

En raccrochant, je me suis demandé si je serais en mesure de tenir ma promesse.

*

J'étais rentrée depuis quelques jours quand Ryan a toqué à ma fenêtre un soir aux alentours de minuit. Je l'ai laissé entrer et il a regardé autour de lui.

— Où est Capitaine ?

— Au refuge.

Il a tout de suite compris. Il s'est mis à tourner comme un lion en cage dans ma cuisine. Il gardait les traces d'une ecchymose à la joue. Sans doute s'était-il battu en prison. Je le sentais vindicatif et nerveux. Comme moi.

— Je n'y retournerai jamais, Tonie.

— Moi non plus.

J'étais assise sur le lit, une couverture sur les épaules. Il m'a sondée du regard.

— Tu es vraiment décidée ? Quel qu'en soit le prix ?

— Quel qu'en soit le prix.

Il a pris sa respiration avant d'évacuer la tension en poussant un long soupir.

— J'ai beaucoup réfléchi. Cathy connaissait plein de monde, il n'est pas impossible…

— Le mieux est de trouver son dealer.

*

Nous avons commencé par faire le tour des repaires de fumeurs de crack de la ville. Ryan se garait systématiquement à l'écart des regards indiscrets et nous baissions la tête chaque fois que nous pénétrions dans un bâtiment. J'avais mis un vieux manteau de Ryan, ainsi qu'une de ses casquettes de base-ball. Au début, personne n'a voulu nous parler, jusqu'à ce qu'il reconnaisse un type qu'il avait souvent vu traîner avec Cathy. Ce dernier nous a précisé que Boomer, le dealer de Cathy, vivait dans une vieille maison peinte en blanc près de la gare. Nous avons sillonné la rue avec le pick-up, à la recherche d'un pavillon correspondant à cette description. Je commençais à me décourager quand j'ai vu des types louches sortir d'une vieille baraque. Quelques instants plus tard, Ryan frappait à la porte. Un type très maigre vêtu d'un jean flottant sur les hanches nous a ouvert.

— Boomer ? lui a demandé Ryan.

— C'est pour quoi ?

— Je voudrais acheter de l'herbe.

Boomer nous a fait entrer après avoir scruté les alentours. Il a pris place sur un canapé, puis il a sorti une balance et un sachet de feuilles séchées.

— Vous en voulez combien ?

Quand Ryan lui a demandé un gramme, Boomer a ouvert de grands yeux.

— Vous êtes qui, les gars ? À part les gamins du bahut, personne n'achète de l'herbe au gramme.

— Je sors de taule, j'ai plus les codes. T'as de l'herbe, oui ou non ?

— Z'êtes des flics ?

Ryan a éclaté de rire.

— T'as qu'à croire.

Il était temps de passer aux choses sérieuses.

— On a des questions à te poser. Au sujet de Cathy Schaeffer.

— Qu'est-ce que vous voulez savoir ?

Tout en posant la question, il regardait la porte d'un air soupçonneux, comme si la police allait faire irruption dans la pièce.

— On sait que tu l'as vue le soir de sa mort.

Boomer s'est levé d'un bond.

— Foutez le camp de chez moi.

Ryan a insisté :

— On ne partira pas tant que tu ne nous auras pas répondu.

Boomer a voulu lui lancer sa bouteille de bière à la figure, mais elle a éclaté contre le mur.

Ryan s'est jeté sur lui, l'a pris par le cou et l'a plaqué contre la cloison.

— Écoute-moi bien, espèce de connard. J'ai pas vraiment envie de rigoler, compris ?

Le type a hoché vivement la tête, les traits congestionnés par la peur. En m'approchant, j'ai vu que Ryan ne plaisantait pas du tout.

— C'est bon, Ryan. Lâche-le.

Il a obtempéré à regret, et Boomer s'est avachi par terre en se massant le cou.

— T'es dingue, mec…

Ryan s'est accroupi en face de lui.

— Complètement dingue. Alors je te conseille de te mettre à table.

— Putain, mec… tout ce que je sais, c'est qu'elle s'est pointée avec un paquet de pognon et qu'elle m'a acheté un wagon de dope. Cathy était trop contente, mec. On aurait dit qu'elle avait gagné au Loto. Elle m'a dit qu'elle descendait sur le port. Je pouvais pas me douter de ce qui l'attendait.

— D'où venait tout ce fric ?

— Aucune idée.

De Shauna, probablement.

— Quoi d'autre ? a insisté Ryan.

— C'est tout ce que je sais, mec.

Ryan a attrapé Boomer par ses cheveux longs et lui a tiré la tête en arrière.

— Si jamais tu nous as raconté des conneries, tu peux être sûr qu'on reviendra s'occuper de toi.

— Je sais rien d'autre, je te jure !

J'ai tapoté Ryan sur l'épaule.

— Viens, on s'en va.

Ryan a démarré à toute vitesse et nous sommes sortis de la ville avant de nous garer sur une petite route. L'adrénaline faisait battre mon cœur à cent à l'heure. Ryan regardait le paysage par sa vitre, les yeux brillants d'excitation, en se passant machinalement la main dans les cheveux.

— Qu'est-ce qui t'a pris ? Tu as complètement dérapé.

Il m'a lancé un regard étonné.

— Pas du tout. Je savais exactement ce que je faisais.

— J'ai bien cru que tu allais le tuer.

Je me suis tournée vers ma vitre. Il a laissé passer un instant avant de réagir.

— Toi comme moi, on a fait des trucs dont on n'est pas forcément fiers pour survivre en taule. On n'avait pas le choix. Je me suis souvent demandé si je réintégrerais un jour le genre humain, mais je peux t'assurer que je n'ai pas perdu les pédales une seconde. Je voulais lui foutre la trouille, et ça a marché.

— Moi aussi, tu m'as foutu la trouille.

— Je ne crois pas. Tu possèdes la même haine rentrée, Tonie. Tu ne t'autorises pas encore à la laisser sortir, mais ça viendra.

Je m'étais montrée violente en prison, moi aussi. Et il suffisait que je pense à Shauna et à sa bande pour que mon corps tout entier se crispe. Je ravalais ma haine, c'est vrai, mais allez savoir si c'était de la maîtrise de soi ou bien la peur de laisser libre cours à ma rage. Peut-être Ryan avait-il raison, mais je n'en étais pas encore au stade de l'accepter.

— Le mieux serait d'aller trouver Kim. Elle s'est déjà brouillée avec Shauna par le passé, elle sera peut-être disposée à franchir le pas. J'irai la voir seule. Elle me parlera plus facilement si tu n'es pas là.

— D'accord. Que comptes-tu lui dire ?

— Je ne sais pas, je dois y réfléchir.

En réalité, je n'étais pas sûre de vouloir me confier à Ryan. En le voyant aussi triste, j'ai pensé qu'il avait peut-être senti ma défiance. Ou alors il était pris à la gorge par les fantômes de notre jeunesse.

Il s'est tourné vers moi.

— Tu as un portable ?

— Oui, mais les flics peuvent facilement le tracer.

— J'utiliserai des cabines publiques si j'ai besoin de te joindre, mais tu devrais te procurer un portable jetable, j'en ferai autant.

Nous avons échangé nos numéros, en attendant d'acheter des appareils jetables au plus vite.

— Comment comptes-tu t'y prendre pour retrouver Kim ?

— Je crois que sa mère vit toujours au même endroit.

Kim avait organisé une fête là-bas à l'époque du lycée, avant de tomber entre les griffes de Shauna.

— Fais attention. Les filles ont peur, elles ne se laisseront pas intimider sans réagir.

— Moi non plus, figure-toi. Ça fait trop longtemps qu'elles nous pourrissent la vie.

Ryan a souri, heureux de retrouver la Tonie bagarreuse d'autrefois. Il mesurait à quel point j'étais décidée. Nous nous sommes longuement regardés dans une atmosphère de plus en plus électrique. J'avais une conscience aiguë de sa présence, à quelques centimètres de moi : ses mains sur le volant, ses bras musclés, la toile de son jean tendue sur ses cuisses, le dessin de ses pommettes accentué par la pénombre à l'intérieur de l'habitacle, son menton mal rasé. J'éprouvais une envie folle de sentir sa douceur râpeuse contre ma peau. J'ai pensé à toutes ces heures passées à nous embrasser quand nous étions ados, à nous caresser goulûment avant de faire l'amour dans son pick-up, pieds et mains arc-boutés contre le tableau de bord. J'ai rougi et détourné les yeux. Je lui ai lancé un coup d'œil en sentant peser son regard sur mon profil.

— Je n'ai eu personne depuis toi.

J'ai retenu ma respiration afin d'apprivoiser chacun de ses mots, de les savourer, puis je lui ai glissé dans un murmure :

— Moi non plus.

Son visage a laissé transparaître ce qui ressemblait à du soulagement, comme s'il avait douté de mes sentiments. Il a hésité l'espace d'une seconde avant de basculer en avant, son visage tout près du mien, de biais. Ses yeux m'interrogeaient. J'aurais pu me reculer sur la banquette, descendre du pick-up, au lieu de quoi je me suis rapprochée. Nos lèvres se sont frôlées de façon hésitante, le temps de se souvenir des caresses que nous aimions, avant de se fondre dans un baiser. Cette fois, je me suis abandonnée. Ryan a posé sa main sur ma nuque en se collant contre moi. J'ai glissé un bras dans son dos, les muscles de ses omoplates durs sous mes doigts. Je l'ai entendu gémir à l'intérieur de ma bouche :

— Tonie…

J'éprouvais un désir lancinant de lui répondre, de sentir ma peau contre la sienne. Sa main a soulevé le pan de ma chemise et cherché mes reins, j'ai senti un frisson me parcourir l'échine sous la caresse de l'air frais de cette nuit d'été. Sa main est remontée le long des côtes en direction de mes seins dont il a souligné le dessin d'un mouvement du pouce. J'en avais la chair de poule.

J'ai basculé sur lui en le chevauchant, les hanches en avant, collée tout contre lui. Il a gémi de plus belle, ses mains chaudes se sont arrêtées sur ma taille, puis il les a posées sur mes seins. Le souffle court, je l'ai saisi par la nuque en l'embrassant furieusement, emportée par un désir d'une violence que je ne contenais plus. Il m'a forcée à incliner la tête en me prenant par les cheveux et m'a embrassé le cou, l'oreille, en chuchotant :

— Putain, ce que tu m'as manqué.

Je l'ai réduit au silence en collant ma bouche contre la sienne, mais ses mots restaient suspendus au-dessus de nous, ils résonnaient dans l'immensité de toutes ces années de séparation, et j'ai brusquement fondu en larmes en me souvenant que notre dernière étreinte remontait à cette nuit tragique, dans les bois, pendant que Nicole se faisait assassiner. J'ai reculé, incapable de contenir mes sanglots, le visage dans les mains.

— Hé ! Qu'est-ce qui ne va pas ?

Ryan m'a écarté les mains, mais j'étais incapable de le regarder.

— J'ai repensé à la dernière fois…

Le reste de la phrase était trop douloureux.

Il m'a attirée doucement contre son épaule et j'ai laissé libre cours à mon chagrin, réconfortée par la présence de ce corps bien réel. Personne ne m'avait prise dans ses bras depuis dix-sept ans. Une main contre ma nuque, un bras dans le dos, il me serrait fort et je me sentais enfin en sécurité. Mes sanglots ont fini par s'apaiser, cédant la place à un sentiment de gêne. Il m'a laissée quitter le refuge de ses genoux à contrecœur. J'ai repris place sur la banquette à côté de lui en essuyant mes larmes avec mes manches. Nous sommes demeurés longtemps silencieux, les yeux perdus dans l'obscurité.

— Je n'ai pas envie que ça se passe de cette façon-là, a murmuré Ryan. Dans un pick-up, comme des ados qui se cachent de leurs parents.

J'ai tourné mon visage vers lui, pas certaine de savoir où il voulait en venir.

— Quand tout sera terminé, je compte t'emmener dîner pour de vrai, en amoureux.

— Je ne sais pas, Ryan. On a traversé tellement d'épreuves, rien ne nous dit qu'on parviendra à les surmonter.

— Je peux déjà te dire que si.

Je me souvenais de l'espoir qui le portait à notre entrée en prison, un espoir que la vie s'était chargée de trahir. Pourquoi en irait-il différemment désormais ? Je devais être fidèle à la ligne de conduite que je m'étais fixée alors, me concentrer sur l'instant présent de peur de me prendre à espérer.

Je me suis tournée de nouveau vers la fenêtre de façon à lui échapper.

— Il faut que je rentre.

J'ai cru un instant qu'il allait réagir, mais il s'est contenté de mettre le contact. Nous n'avons pas échangé une parole jusqu'à ce qu'il s'arrête dans le petit bois, derrière le camping. C'est seulement en descendant du pick-up que j'ai trouvé la force de croiser son regard.

— Ce n'est pas fini entre nous, Tonie. Ou alors, si c'est le cas, ce sera de notre propre fait, et pas à cause d'eux. Ils ne m'enlèveront plus jamais rien.

Je l'ai regardé s'éloigner, mal à l'aise d'entendre dans sa voix une telle colère rentrée. La même colère qui déformait ses traits un peu plus tôt dans la soirée quand il avait agrippé le dealer par le cou. Prêt à l'étrangler.

## 26

## Campbell River

*août 2013*

Je me suis rendue chez Kim le lendemain, après m'être procuré un téléphone jetable. Je me suis garée le long du trottoir pour essayer de voir si sa mère vivait toujours là. Le petit jardin de devant, envahi par les mauvaises herbes, n'était plus entretenu. La maison elle-même était dans un piteux état, sa façade recouverte de taches, les vitres crasseuses. En apercevant une statue du Christ sur un rebord de fenêtre, je me suis souvenue que la mère de Kim était très croyante. C'était une femme méticuleuse, l'état de la maison confirmait qu'elle était malade depuis longtemps. La voiture garée dans l'allée était sans doute la sienne. J'ai baissé la tête en voyant la porte s'ouvrir. En coulant un regard à travers le volant, j'ai vu émerger une silhouette.

Kim avait toujours les cheveux longs et un corps de danseuse. Elle s'est baissée pour ramasser le journal, et les muscles de ses épaules se sont tendus sous son débardeur. Quelle existence menait-elle aujourd'hui ?

Avait-elle épousé sa copine, celle avec laquelle elle tenait une école de danse ? Avaient-elles des enfants ? Je n'avais jamais pu oublier son regard vide lors du procès. Se sentait-elle coupable ?

J'ai hésité à aller sonner à la porte en la voyant rentrer à l'intérieur de la maison. J'ai préféré attendre la nuit afin d'éviter les regards indiscrets. Sa mère se couchait probablement tôt si elle était malade, et les antalgiques devaient l'assommer.

J'y suis retournée vers 21 h 30 en m'assurant dans le rétroviseur que je n'étais pas suivie. Je ne voyais aucune voiture de police, mais ils pouvaient fort bien disposer de véhicules banalisés. J'ai multiplié les détours et marqué plusieurs arrêts dans des épiceries. Depuis quelque temps, je gardais systématiquement les tickets de caisse, au cas où quelqu'un tenterait de nouveau de me coller une histoire sur le dos.

Je me suis garée à quelque distance de la maison et j'ai scruté longuement les alentours avant de remonter l'allée. J'entendais le murmure de la télé. J'ai jeté un coup d'œil prudent à l'intérieur. Kim était recroquevillée sur le canapé, un livre ouvert sur les genoux et un grand verre de vin posé devant elle. Elle a bâillé en se massant le front. Aucun signe de sa mère.

J'ai toqué doucement. Des pas hésitants se sont approchés de la porte.

— Qui est là ?

— Une vieille copine. J'ai des informations susceptibles de t'intéresser au sujet de Shauna.

Elle a ouvert la porte sans même me demander mon nom. Elle a écarquillé les yeux en me reconnaissant à travers la moustiquaire. Son expression horrifiée m'aurait amusée si j'avais été d'humeur badine. Elle hésitait entre me claquer la porte au nez et s'enfuir en courant.

— Il me suffit d'appeler la police.

J'ai haussé les épaules.

— Pour leur dire quoi ? Je n'ai rien fait.

— Tu es sur une propriété privée. Et puis tu n'as pas le droit de me parler. C'est du harcèlement.

— Dans ce cas, demande-moi de partir. Cela dit, je crois que ce que je veux te dire t'intéressera.

Elle a ruminé ma proposition.

— Ma mère dort, a-t-elle déclaré en lançant un regard par-dessus son épaule.

— On peut très bien discuter dans le jardin.

Voyant qu'elle jetait un coup d'œil aux alentours, j'ai ajouté :

— Personne ne m'a suivie. J'ai vérifié.

— Le temps de prendre un pull, je te retrouve au fond du jardin.

J'ai poussé la petite barrière en veillant à ne pas la faire grincer, tout en suivant Kim des yeux par la fenêtre. Elle ne faisait pas mine de s'approcher du téléphone. Elle aurait pourtant dû avoir peur de moi. Elle ne se sentait pas menacée tout simplement parce qu'elle me savait innocente du meurtre de ma sœur. Elle n'appelait pas davantage Shauna, preuve qu'elle souhaitait entendre ce que j'avais à lui dire.

Elle est sortie de la maison et s'est approchée en restant soigneusement dans l'ombre. Elle s'est plantée face à moi, hypnotisée par mes tatouages.

Elle a sorti un paquet de cigarettes et me l'a tendu.

— Non merci.

Depuis quand fumait-elle ?

Elle a allumé son briquet d'une main légèrement

tremblante. La flamme a illuminé brièvement son visage.

— Je ne peux pas fumer à l'intérieur, ma mère est sous oxygène.

— On m'a dit que tu étais revenue l'aider.

Elle a hoché la tête et tiré une longue bouffée de sa cigarette dont elle a avalé la fumée avant de la recracher.

— Ta mère est malade depuis longtemps. Pourquoi être rentrée maintenant ?

Elle a posé sur moi un regard hostile.

— Je croyais que tu avais des informations à me donner.

— Ça t'intéresse parce que tu sais que Shauna est un vrai problème.

— Je n'ai aucun problème avec Shauna, mais quand quelqu'un se présente chez moi en affirmant avoir des révélations sur une amie, je cherche à comprendre.

— Je croyais que tu ne la voyais plus depuis des années.

— Ce n'est pas parce que les gens se perdent de vue qu'ils cessent d'être amis.

Cette fois, elle a exhalé immédiatement la fumée qu'elle venait d'aspirer.

— C'est quoi, cette histoire ? Si tu ne t'expliques pas, je rentre chez moi.

— Tu es la prochaine sur la liste de Shauna.

Elle a sursauté violemment en ouvrant grande la bouche d'un air affolé. Je l'ai laissée venir.

— De… de quoi tu parles ?

— Shauna a tué Cathy.

— C'est complètement ridicule. Je m'en vais tout de suite.

Mais elle n'a pas bougé.

— Tu sais très bien que j'ai raison.

Elle a plissé légèrement les paupières, entourée d'un nuage de fumée.

— J'ai cru comprendre que les flics vous soupçonnaient, toi et Ryan. Il leur manque juste des preuves.

— On nous a souvent fait porter le chapeau, dans cette ville.

J'ai poursuivi d'une voix moins agressive :

— Je ne sais pas ce qui t'a poussée à mentir lors du procès, Kim, mais j'ai passé une bonne partie de ma vie en prison pour un crime que je n'ai pas commis, et tu le sais. Comment as-tu pu te regarder dans la glace, pendant toutes ces années ?

Son visage restait fermé, mais mes paroles avaient fait mouche. Et ce n'était pas fini.

— Je ne sais pas ce qui s'est produit la nuit où Nicole a été assassinée, mais toi, oui. Cathy aussi. Elle s'était confiée à plusieurs personnes, la vérité allait éclater, et voilà qu'elle est morte. Si tu me croyais capable de l'avoir tuée, tu n'aurais jamais accepté de me parler.

— Tu n'as aucune preuve qu'il s'agit de Shauna.

— Toi, si. Et je peux t'assurer qu'elle veillera soigneusement à ce que tous les témoins du meurtre de Nicole ne puissent plus parler. Tu auras un accident de voiture, ou bien la bonbonne à oxygène de ta mère explosera. C'est facile de se débarrasser de quelqu'un.

— Shauna est incapable de tuer Cathy ou de me tuer.

Elle s'est aussitôt reprise :

— Elle est incapable de tuer qui que ce soit.

— Tu sais mieux que moi de quoi elle est capable.

Ta seule chance de t'en tirer est d'aller trouver la police.

Elle commençait à comprendre que j'avais raison. Sa cigarette s'était consumée jusqu'au filtre entre ses doigts, son visage était livide dans la pénombre. Soit elle acceptait la vérité et en tirait les conséquences, soit elle faisait l'autruche.

— Pars de chez moi, a-t-elle décidé en tendant un doigt tremblant en direction de la rue.

Je tenais ma réponse.

— Tu es stupide si tu t'imagines pouvoir avoir confiance en Shauna. Nicole était bien son amie, regarde ce qui lui est arrivé.

Ses traits se sont brouillés l'espace d'un éclair, mais elle s'est ressaisie.

— C'est à cause de Nicole que j'ai été virée de chez moi. En attendant, je te donne cinq secondes pour déguerpir avant que j'appelle les flics.

J'ai tourné les talons. À peine remontée dans mon pick-up, je suis passée ostensiblement devant chez elle avant de contourner le pâté de maisons et de me garer dans une rue adjacente d'où j'apercevais sa maison. J'ai pris mon mal en patience en repensant à notre conversation. Sa culpabilité ne faisait aucun doute. Mais pourquoi avoir affirmé qu'elle avait été chassée de chez elle à cause de Nicole ? De quoi parlait-elle ?

Je me trouvais là depuis une heure quand elle est sortie de chez elle. Elle a regardé autour d'elle avant de monter en voiture. Je l'ai suivie à distance.

Arrivée dans un autre quartier, elle a ralenti. Elle n'allait pas tarder à s'arrêter. Je me suis aussitôt garée avant de poursuivre à pied sur une route qui menait à un lotissement perché en hauteur. Kim avait garé sa voiture sur l'allée d'une grande maison posée au milieu d'un espace paysagé qui avait dû coûter une fortune. La maison, dotée d'une piscine, disposait d'une vue plongeante sur l'océan. S'il s'agissait de la propriété de Shauna, la voiture d'Ashley n'était pas là. Je me suis aperçue que Kim se trouvait toujours derrière son volant en distinguant son visage à la lueur d'un écran de portable. Je me suis réfugiée derrière des buissons de façon à surveiller son manège. Elle était en train de rédiger un SMS. Quelques minutes plus tard, Shauna la rejoignait et s'installait sur le siège passager. Kim a ouvert sa fenêtre et allumé une cigarette.

Elles ont discuté un petit moment. Je ne voyais que le profil de Kim, entre deux nuages de fumée. Shauna est descendue de l'auto au bout d'une dizaine de minutes. Elle a prononcé quelques mots à la fenêtre et s'est éloignée tandis que Kim terminait sa cigarette, la tête tournée vers la maison:

Elle a fini par s'éloigner et je suis remontée dans mon pick-up. Je redescendais la colline quand j'ai reconnu une silhouette féminine sur le bord de la route : Ashley. Depuis combien de temps observait-elle la scène ? Elle a détourné la tête en me voyant ralentir. Je me suis arrêtée à côté d'elle et j'ai baissé ma vitre.

— Qu'est-ce que tu fiches, Ashley ?

Elle a montré la maison de ses parents du doigt.

— Comme toi. Je regardais ma mère. Je rentrais à la maison quand je l'ai vue monter dans la voiture de Kim, j'ai trouvé ça bizarre.

Elle tenait à la main une caméra vidéo dont la diode rouge était allumée.

— C'est quoi, ce bordel ? Tu me filmais ?

— Pas toi. Elles.

Elle a éteint l'appareil.

— Je n'ai vu ton pick-up que dans un second temps.

— Je serais nettement plus sereine si tu acceptais de me confier la carte mémoire.

— Impossible. C'est un disque dur interne. Je ne peux pas te le donner, j'ai d'autres trucs dessus.

Il n'était pas question de me la mettre à dos. Il lui suffisait d'un geste pour nous mettre dans le pétrin, Ryan et moi.

— Si jamais ces images tombent dans de mauvaises mains et qu'on sait que j'ai traîné près de chez ta mère, je retourne direct en prison. Tu comprends ?

— Je ne les montrerai à personne.

— Ashley, il s'agit de ma vie.

Elle a regardé du côté de la maison en se mordillant la lèvre, puis elle a enfoncé la touche d'effacement de façon ostensible.

— C'est bon, mais je cherchais uniquement à t'aider.

— Tu n'as rien à voir avec cette histoire.

— Bien sûr que si, puisque c'est ma mère.

Sa fureur n'était pas dirigée contre moi.

Je me suis tournée à mon tour vers la propriété de ses parents en m'interrogeant sur la vie qu'elle pouvait avoir avec une mère comme Shauna. J'aurais été bien embarrassée de dire si Ashley cherchait la vérité ou bien si elle entendait se venger d'elle.

— La meilleure façon de m'aider est encore de ne pas t'en mêler. Je ne veux pas que quelqu'un d'autre fasse les frais de cette histoire.

Une lampe extérieure s'est allumée sur la façade de la maison, inondant la route de lumière. J'ai passé une vitesse et démarré. Un coup d'œil dans mon rétroviseur m'a montré qu'Ashley rentrait chez elle, pensive.

*

Je me suis rendue à l'hôpital tôt le lendemain dans l'espoir de croiser Rachel sur le parking. Je ne pouvais pas me permettre de la voir chez elle, je savais qu'elle avait un mari et des enfants. Je risquais d'attendre longtemps, aussi avais-je apporté de l'eau et des provisions. Au bout de plusieurs heures, mon stock s'était épuisé. Entre faim et envie d'aller aux toilettes, j'allais repartir à l'heure du déjeuner quand Rachel est arrivée avec plusieurs autres infirmières. Ça n'arrangeait pas mes affaires, j'avais besoin de la voir en tête à tête. Le mieux était encore de patienter.

Le petit groupe s'est installé à une table de pique-nique sous un érable. Elles bavardaient et riaient en avalant leurs sandwichs et leurs salades. La scène m'a fait repenser aux copines de Rockland, j'en arrivais à douter de pouvoir un jour retrouver une telle complicité dans le monde extérieur. La rage qui m'étreignait m'a rappelé que je devais en finir une fois pour toutes.

Leur repas achevé, les infirmières sont reparties, laissant Rachel en train de rédiger un SMS sur son téléphone. Je suis descendue de mon pick-up et je me suis approchée sans qu'elle prête attention à moi, tout à son message.

— Salut, Rachel.

Elle a relevé la tête, un vague sourire aux lèvres. Il s'est effacé instantanément quand elle m'a reconnue. Elle s'est levée d'un bond en rassemblant ses affaires.

— Va-t'en.

— J'ai des infos qui pourraient t'intéresser.

— Je ne veux rien de toi.

Elle regardait autour d'elle d'un air affolé, prête à appeler à l'aide. Je devais agir vite, avant qu'elle n'ameute les agents de sécurité de l'hôpital.

— C'est au sujet de Shauna, du sort qu'elle te réserve.

— Shauna ne me réserve rien du tout.

À l'image de Kim la veille, elle ne bougeait pas, anxieuse d'entendre la suite.

— Tu as des enfants, maintenant.

— Comment le sais-tu ?

À sa colère se mêlait la peur.

— C'est une petite ville. Je sais que tu es une bonne mère de famille. Tu ne voudrais pas voir souffrir tes enfants, mais si vous continuez, vous finirez par vous faire pincer. Tu sais aussi bien que moi que Shauna a tué Cathy.

— C'est complètement ridicule.

Elle m'a défiée du regard, comme autrefois quand elle quêtait désespérément l'approbation de Shauna, prête à tout.

— C'est toi et Ryan qui l'avez tuée. La police en aura bientôt la preuve.

Un frisson de peur m'a parcourue. La police aurait-elle découvert de nouveaux éléments ? De toute façon, il était trop tard pour reculer.

— Elle parlait de plus en plus de ce qui s'est vraiment passé cette nuit-là, de la manière dont vous avez tué Nicole. Elle avait décidé de nous aider à prouver notre innocence, alors pourquoi voudrais-tu qu'on l'ait tuée ?

Rachel, le visage cramoisi sous l'effet de la panique, peinait à respirer. J'en ai remis une couche.

— Elle s'était mise à tout raconter. C'est une histoire de jours avant qu'un témoin se manifeste. Ce jour-là, la police s'intéressera de près à vous toutes pour la mort de Cathy. Je ne serais pas surprise que Shauna se défausse sur toi. Elle s'est couverte autrefois en rejetant la faute sur des innocents, je ne vois pas ce qui l'empêcherait de recommencer aujourd'hui.

— On n'a rien fait.

Rachel était au bord des larmes.

— Tu sais bien que si. Tu sais aussi que Shauna a tué Cathy. Qu'elle l'ait reconnu ou non, tu sais que c'est la vérité. Et je peux t'assurer qu'elle se couvrira le jour où ça commencera à sentir mauvais. En attendant, personne n'est là pour te protéger.

— À ta place, je m'occuperais de mes propres problèmes.

La colère reprenait le dessus.

— C'est du harcèlement !

— C'est bien la différence entre nous deux, Rachel. Je n'ai plus rien à perdre, ce qui n'est pas ton cas.

Elle a lâché un hoquet de peur, les yeux écarquillés. L'espace d'un instant, j'ai cru qu'elle allait pleurer. J'ai poussé mon avantage.

— Nous avons déjà un témoin pour confirmer que la voiture de Shauna se trouvait au lac à une heure où elle n'aurait pas dû s'y trouver le soir du meurtre. Si j'étais toi, j'irais tout de suite à la police leur donner ma version des faits avant qu'elle ne cherche à vous accuser. Si ça se trouve, tu as uniquement assisté à l'assassinat de Nicole, tu n'es peut-être même pas au courant des détails concernant Cathy, mais tu sais comme moi que Shauna est coupable. À condition de témoigner maintenant, tu peux sans doute t'arranger avec le juge et sortir à temps pour voir grandir tes enfants. En revanche, elle t'entraînera dans sa chute si tu tardes.

Blême, elle a récupéré ses affaires à la hâte.

— Je n'irai pas en prison, parce que je n'ai rien fait.

Sur ces mots, elle m'a tourné le dos et s'est précipitée vers l'hôpital.

*

J'arrivais au camping quand j'ai remarqué une voiture de police dans mon rétroviseur. Mon cœur s'est emballé. Kim ou Rachel avaient-elles appelé les flics ? Si c'était le cas, j'étais fichue. J'ai ralenti prudemment, dans l'espoir qu'il s'agisse d'une simple coïncidence, mais il a allumé ses phares en se lançant à ma poursuite. Je me suis arrêtée sur le bord de la route. Dans le rétroviseur, j'ai vu un flic descendre de l'auto et s'avancer. Merde. Doug Hicks.

J'ai baissé ma vitre, le cœur battant.

— Bonjour, Tonie.

— Bonjour.

— D'où venez-vous ?

— J'ai rendu visite à une amie. Je roulais trop vite ?

— L'ami en question ne serait pas Ryan Walker, par hasard ?

Il n'était donc pas au courant de ma rencontre avec Kim et Rachel.

— Non. Je n'ai pas le droit de lui parler dans le cadre de ma liberté conditionnelle.

Il a regardé au loin avant de s'intéresser de nouveau à moi. J'avais la gorge sèche, les nerfs tendus. Que me voulait ce type ?

Il s'est penché.
— J'ai discuté avec deux ou trois personnes.
— Ah oui ?
Surtout, rester impassible.
— Vous avez peut-être raison. On devrait s'intéresser de plus près au meurtre de votre sœur. Le problème, c'est qu'à force de parler à tout le monde, votre copain Ryan perturbe les témoins. Ils ne savent plus très bien ce dont ils se souviennent et ça pourrait nous compliquer la tâche.
Je refusais d'y croire. Il me tendait un piège.
— Vous me dites que vous nous croyez enfin ?
— Je dis qu'on ne peut pas rouvrir une enquête ou reconsidérer les éléments dont on dispose si vous passez votre temps à nous compliquer la vie.
Le marché était clair. Si on acceptait de se mettre en retrait, il envisageait de reprendre l'enquête. Il me mettait dans une position intenable en agitant devant moi ce genre d'espoir. Je n'aurais pas voulu tout foutre en l'air s'il était sincère. En même temps, c'était probablement du pipeau. Il n'avait rien à gagner à ressortir une affaire qui pouvait décrédibiliser son action et celle de ses collègues. Une fois de plus, il jouait au chat et à la souris.
— Je ne sais pas ce que fabrique Ryan Walker, et c'est le cadet de mes soucis. Mon seul objectif est d'éviter les ennuis et de trouver un travail, sergent.
— Je sais que vous ne m'aimez pas, Tonie. Mais à ce jour, je suis la seule personne capable de vous éviter de retourner en prison.
— C'est curieux, j'aurais cru le contraire.
— N'essayez pas de voir Ryan. Il ne vous vaudra que des ennuis. Tout ce que je vous ai déjà dit est vrai.

Vous étiez une bonne gamine qui a eu la malchance de croiser la mauvaise personne. Je serais désolé de vous voir retomber dans le panneau.

Son arrogance commençait sérieusement à m'énerver. Cette certitude de tout savoir sur Ryan.

— Vous avez fini ? Vous me dressez un PV ?

— Je ne plaisante pas, Tonie. Si vous tenez vraiment à ce qu'on rouvre l'enquête, tenez-vous à l'écart de Ryan.

J'ai grimacé intérieurement en l'entendant taper du poing sur le toit du pick-up.

— Vous êtes jeune, vous avez la vie devant vous. Ne vous mêlez pas de ça.

Je l'ai laissé redémarrer avant de l'imiter, toujours aussi oppressée. J'étais perplexe. Avait-il réellement l'intention de rouvrir l'enquête ? Ou bien souhaitait-il me pousser à influencer Ryan afin d'étouffer la vérité ? Je ne savais plus qui croire.

# 27

## Campbell River

*août 2013*

De retour au bungalow, je me remettais à peine de ma conversation avec Doug Hicks quand mon portable a sonné.

— Allô ?

— Salut, Tonie.

Ryan.

— Je te rappelle.

Les flics n'avaient sans doute pas le droit de placer mon portable sur écoute sans mandat, mais je ne voulais pas courir de risque. J'ai récupéré l'appareil jetable et composé le numéro qui venait de s'afficher sur mon écran.

— Doug Hicks m'a arrêtée en chemin quand je revenais de ma discussion avec Rachel. Il me surveille.

— Merde. Tu crois que Kim ou Rachel t'ont dénoncée aux flics ?

— Je ne crois pas, et c'est bien le plus curieux.

— Alors qu'est-ce qu'il te voulait ?

Je lui ai rapporté les propos de Hicks avant de conclure :

— S'il dit la vérité, on risque de tout gâcher.

— Arrête, Tonie. Ne me dis pas que tu le crois.

Il était furieux.

— Jamais il ne rouvrira cette enquête. Pour que tout le monde sache qu'il s'est royalement planté en expédiant deux innocents en taule ? Il essaie de nous empêcher de découvrir la vérité, oui.

Il en arrivait à la même conclusion que moi, mais son ton agressif m'agaçait. Je ne savais pas à qui j'en voulais le plus : à moi-même pour avoir voulu croire Hicks, ou à Ryan parce qu'il avait compris la manœuvre plus vite que moi.

— Il y a anguille sous roche, Ryan.

Je lui ai raconté mes rencontres avec Kim et Rachel.

— Si tu avais vu à quel point Kim paraissait nerveuse quand Shauna lui parlait dans sa voiture. Il se passe un truc.

— Lequel ?

— Je ne serais pas surprise qu'elles aient décidé de se débarrasser de nous une fois pour toutes.

— Comment voudrais-tu qu'elles nous tuent, Tonie ? Nicole n'était qu'une gamine sans méfiance et Cathy avait confiance en Shauna. Pour son plus grand tort.

— Et toi, le tien, c'est d'être trop sûr de toi. Je te dis qu'elles ont décidé de nous éliminer. En nous renvoyant en prison, ou en nous expédiant à la morgue.

— Que proposes-tu ?

— On évite de se voir pendant quelques jours, et on attend la suite. Elles vont tenter de passer à l'attaque, j'en suis convaincue.

— Tu fais comme tu le sens, Tonie, mais ne compte

pas sur moi pour tout arrêter. J'ai bien l'intention de retrouver tous ceux qui étaient près du lac ce soir-là.

— Tu ne devrais pas, Ryan. Il faut se montrer extrêmement prudent. Attendons de voir si mes conversations avec Kim et Rachel portent leurs fruits.

— J'en ai marre d'attendre. Il est temps de remuer toute cette merde.

— Ryan, je ne…

Il avait déjà raccroché.

*

Entre colère et inquiétude, je partais me promener sur la plage quand j'ai aperçu la voiture d'Ashley devant un mobil-home dont s'échappait de la musique. Bizarre. Elle est sortie du mobil-home d'une démarche mal assurée en laissant la porte se refermer bruyamment derrière elle. Elle a ouvert la portière de sa voiture et récupéré ses cigarettes à l'intérieur en gloussant. Elle avait les pommettes rouges et les yeux brillants, une forte odeur d'herbe flottait autour du mobil-home.

Elle a voulu allumer une cigarette d'un geste maladroit. Elle a secoué son briquet en pestant avant de réessayer. C'est seulement en relevant la tête après avoir aspiré la première bouffée qu'elle m'a aperçue.

— Tonie !

Elle s'est approchée.

— Qu'est-ce que tu fous là ?

— Je vis ici.

J'en arrivais à me demander si elle s'amusait à me filer. Dans l'espoir de me filmer, peut-être ? Cette idée ne me disait rien de bon.

— Et toi ? Je croyais que tu n'avais pas le droit de conduire sans la présence d'un adulte ?

— Je me suis barrée en douce.

Elle m'a montré le mobil-home d'un coup de menton.

— C'est là que vit Aiden.

Un mobil-home vétuste et crasseux, à l'auvent déchiré. Des chaises de camping étaient installées en cercle autour d'une fosse à barbecue remplie de canettes de bière.

— Tu le vois toujours ?

— Ouais.

Elle a tiré une bouffée en me regardant en coin, mal à l'aise.

— Désolée qu'on t'ait renvoyée là-bas.

Elle a hésité avant de poursuivre.

— C'était comment ?

— Pas vraiment génial.

— Pour moi non plus, ça n'a pas été terrible.

Je rêvais, ou bien elle comparait ses problèmes aux miens ? J'ai serré les mâchoires en me souvenant que j'avais affaire à une gamine.

— Explique-moi.

— Maman est complètement flippée depuis la mort de Cathy.

Elle a laissé échapper un soupir en grimaçant un sourire triste.

— Quand j'étais petite, Cathy était très rigolote, elle passait à la maison tout le temps. Ensuite, elle est tombée dans la dope et je n'avais plus le droit de la voir. Ça fait bizarre de savoir qu'elle est morte.

J'ai préféré ne rien dire, persuadée que c'était encore le meilleur moyen de pousser Ashley à parler. Je ne m'étais pas trompée.

— Mes parents passent leur temps à s'engueuler. Maman ne me lâche plus, je suis sous surveillance en permanence. On n'arrête pas de se prendre la tête, à propos d'Aiden et de toi.

— De moi ?

— Oui, je lui ai dit que je ne te croyais pas coupable du meurtre de Cathy, que ça n'avait aucun sens. Elle m'a dit de ne pas me mêler de ça et de laisser la police s'en occuper.

— Excellente idée.

— Peut-être, mais toute cette histoire est louche. Maman n'arrête pas de voir Kim et Rachel alors qu'elle ne leur parlait plus depuis des années. Elle veille soigneusement à effacer le journal d'appel de son portable, mais elle l'a laissé traîner sur le plan de travail tout à l'heure et j'ai vu qu'elle avait reçu un SMS de Rachel lui demandant de la voir d'urgence.

Ma visite à l'hôpital avait produit son petit effet.

Un jeune type a descendu les marches du mobil-home en claquant la porte dans son dos. À peine plus grand qu'Ashley, le menton orné d'un bouc mal taillé, il était torse nu et portait un jean trop grand dont dépassait l'élastique de son caleçon.

— Tu viens, Ash ?

Il m'a adressé le regard interrogateur de celui qui cherche dans sa mémoire un visage familier.

— Ouais, une minute, je parle avec une copine.

Il m'a dévisagée de nouveau avant de rentrer à l'intérieur.

— Je ne suis pas censée discuter avec toi, Ashley. Si jamais il en parle…

— Aucun risque. Je voulais juste te prévenir. Méfie-toi de maman.

— C'est tout de même ta mère, pourquoi me raconter tout ça ?

Elle a fixé l'extrémité incandescente de sa cigarette.

— Je pensais pas que je fumerais un jour. Et puis j'ai commencé et je me rends compte que ça me plaît. Du coup, je me pose des questions sur moi-même.

J'en étais encore à décrypter le sens réel de cette confession quand elle a relevé la tête. Les mots sont sortis à toute vitesse.

— Je crois que ma mère a commis un truc horrible. Vraiment horrible.

Nous avons échangé un long regard. J'hésitais sur l'intérêt de lui dire la vérité.

— Elle a menti à mon procès. Je ne me suis pas bagarrée avec ma sœur ce soir-là. C'était arrivé souvent, mais pas ce soir-là. Shauna me haïssait.

— Alors je ne m'étais pas trompée dans mon mémoire ? Elle tyrannisait tout le monde ?

— Ta mère et ses copines se sont montrées très dures avec moi, même quand ma sœur les a rejointes. Et puis tout a basculé au cours des semaines qui ont précédé la mort de Nicole. Je ne sais pas exactement ce qui s'est passé, mais il y a eu un problème entre elles.

La veine qui traversait le cou d'Ashley battait furieusement sous sa peau blanche.

— Tu crois… tu crois vraiment que c'est ma mère ?

— Je ne sais pas ce qui s'est passé cette nuit-là, mais les filles connaissent la vérité. Cathy avait commencé à se confier aux gens qu'elle croisait. Et quelqu'un l'a tuée.

— Tu crois vraiment que ma mère a pu faire ça à Cathy ?

Elle a prononcé le mot « Cathy » sur un ton suraigu.

— C'est quand même pas parce qu'elle tyrannisait tout le monde que c'est une meurtrière, non ? C'est pas parce qu'il t'arrivait d'en vouloir à Nicole que tu l'as forcément tuée.

Elle s'exprimait avec un tel désespoir, je me demandais si son envie de réaliser un documentaire n'était pas dictée par son désir de museler les peurs qu'elle entretenait au sujet de sa mère. Dieu sait que je n'avais aucune raison de vouloir protéger Shauna, mais je peinais à comprendre les motivations réelles d'Ashley. La prudence me dictait de ne pas trop en dire.

— Tu devrais en parler avec ta mère.

J'aurais aimé voir la tête de Shauna ce jour-là. Du coin de l'œil, j'ai aperçu un rideau s'agiter dans le mobil-home. Aiden nous observait.

— Je vais devoir y aller, Ashley.

Je m'éloignais quand elle m'a hélée.

— Je suis désolée.

Je ne sais pas de quoi elle était désolée, mais je ne me suis pas retournée. Plus tard, en marchant sur la plage, j'ai pensé à ce que vivrait Ashley quand elle apprendrait que sa mère était une meurtrière. Du coup, c'est moi qui étais désolée.

*

La voiture d'Ashley avait disparu et le mobil-home de son petit copain était plongé dans l'obscurité quand je suis rentrée chez moi. Une fois dans mon bungalow, j'ai repensé au mémoire d'Ashley. De fil en aiguille, je me suis souvenue que Darlène Haynes s'était embrouillée avec ma sœur peu avant sa mort. Pour quelle raison ? Faute d'avoir récupéré mon ordinateur au refuge, je suis passée à l'accueil du camping où était installée une bécane en libre service à l'intention des clients. Darlène figurait toujours dans l'annuaire. Elle ne s'était jamais mariée, ou alors elle avait divorcé. Dans un cas comme dans l'autre, la chance jouait pour moi.

J'ai attrapé au vol mon blouson en jean et sauté dans mon pick-up, l'adresse de Darlène posée sur la banquette à côté de moi. Je conduisais lentement en multipliant les détours de manière à m'assurer que je n'étais pas suivie. Darlène vivait de l'autre côté de la rivière. Sa maison, un cube blanc de plain-pied, ne payait pas de mine, mais elle était bien entretenue à en juger par les massifs de fleurs du jardin.

J'ai frappé à la porte. Un chat a surgi d'une haie avant de se glisser entre mes mollets en ronronnant.

Je ne m'attendais pas vraiment à trouver Darlène chez elle et j'ai été surprise de la voir ouvrir. Je l'ai reconnue immédiatement, malgré ses cheveux courts teints en blond. Elle portait plusieurs boucles d'oreilles dans un lobe, ainsi qu'un uniforme de préparatrice en pharmacie. Elle n'a pas caché son étonnement.

— C'est…

— Tonie.

— Mon Dieu, c'est fou ce que tu ressembles à ta sœur.

Elle peinait à surmonter sa surprise. Son regard s'est arrêté sur mes tatouages et j'ai lu la peur dans ses yeux quand elle s'est souvenue que j'étais une ancienne détenue. J'aurais mieux fait d'enfiler le blouson, laissé dans le pick-up.

— Je peux entrer ? J'ai deux ou trois questions à te poser au sujet de Nicole.

Son malaise était visible.

— Je ne suis pas certaine que ce soit une bonne idée.

À l'époque du procès, j'avais été étonnée qu'elle ne témoigne pas. Si quelqu'un était capable de parler de mes relations avec Nicole, c'était Darlène. Elles étaient extrêmement proches depuis des années, pourquoi la police ne l'avait-elle pas interrogée ?

— Je n'en ai pas pour longtemps, je cherche à éclaircir deux ou trois points.

En voyant son inquiétude persistante, j'ai opté pour une approche moins agressive.

— J'ai gardé le souvenir de toutes les fois où tu venais à la maison, je sais à quel point vous étiez amies, jusqu'à ce que tout change brusquement. Nicole n'était plus la même au cours des derniers mois de sa vie. Je me disais que tu avais peut-être des éléments susceptibles de m'aider à comprendre comment elle est morte.

Mes paroles l'ont déstabilisée, elle semblait n'avoir jamais envisagé la possibilité de mon innocence.

— C'était il y a si longtemps, ma mémoire…

Je me suis engouffrée dans la brèche.

— Un détail pourrait suffire.

Perdue, elle ne savait plus que penser.

— Je ne suis pas venue te convaincre de changer d'opinion à mon sujet, Darlène. Je veux uniquement savoir ce qui s'est passé entre vous deux, les raisons pour lesquelles elle t'a laissée tomber. J'imagine que tu as dû en souffrir.

J'avais touché un point sensible, car c'est d'une voix courroucée qu'elle m'a répondu.

— Nicole s'est comportée comme une vraie garce cette année-là.

Parfait. La colère ne pouvait que l'inciter à m'en dire davantage.

— Pourquoi tu n'en as jamais parlé ?

Elle a ouvert la porte.

— Je n'ai pas beaucoup de temps, je dois retourner travailler.

— Pas de souci.

Le chat m'a contournée et s'est engouffré à l'intérieur.

Nous nous sommes installées à la table de la cuisine sans qu'elle me propose un café. De toute façon, je n'avais pas besoin d'excitant. La vérité était toute proche. Je le sentais.

— Explique-moi ce qui s'est passé.

— Elle a commencé à changer quand elle a rencontré un garçon, Dave.

— Dave ?

Sans doute le type à qui j'avais parlé au téléphone.

— Je ne savais pas qu'elle avait un copain.

— Personne n'était au courant. Il avait quatre ans de plus que nous, il était déjà étudiant. On l'a rencontré avant Noël au centre commercial, il passait régulièrement la voir au lycée ensuite. Ils ont commencé à sortir ensemble à l'insu de tout le monde après s'être retrouvés un soir à une fête.

J'avais donc raison.

— Pourquoi vous êtes-vous fâchées, toutes les deux ?

— Elle refusait de me parler de lui, elle ne s'habillait plus comme avant. Elle préférait picoler avec ses nouvelles copines. Je trouvais que ce type était un sale con, je l'ai même entendu lui crier dessus un jour au téléphone.

Des images me sont revenues. Nicole en train de pleurer dans les toilettes du lycée, sa réaction quand j'avais décroché pendant qu'elle téléphonait. Restait à déterminer si le Dave en question était un simple connard dominateur, ou bien un assassin.

— Tu as essayé de lui en parler ?

— Je lui ai dit de le larguer, oui. Du coup, on a cessé de se voir pendant quelques semaines, et puis elle s'est mise à traîner avec les autres. Quand j'ai vu qu'elle recommençait à porter des fringues sexy et à sortir, j'ai pensé qu'ils avaient rompu.

À la fin du mois de mai, Nicole avait en effet recommencé à sortir en douce. Soit elle n'avait pas du tout quitté ce Dave, soit elle sortait avec quelqu'un d'autre. Elle m'avait parlé d'un type qui travaillait pour mon père. Celui qui lui avait offert le collier. Pouvait-il s'agir d'un mensonge censé couvrir sa relation avec ce Dave ?

— Pourquoi n'avoir rien dit à la police quand elle est morte ?

— Je leur ai parlé de ce garçon, ils m'ont affirmé qu'ils enquêteraient. Et puis tu as été arrêtée…

— Alors tu as cru que nous étions coupables.

— Je sais que vous faisiez des conneries, toi et Ryan. La fumette, les engueulades avec Nicole, sans parler des témoignages…

— Je ne l'ai pas tuée, Darlène. Je ne sais pas si ce type a été mêlé de près ou de loin au meurtre de Nicole, mais je doute que la police l'ait interrogé.

Je lui ai raconté les interrogatoires auxquels nous avaient soumis les enquêteurs en lui expliquant que les mensonges des filles faisaient de nous des coupables tout désignés.

Darlène, ébranlée dans ses convictions, ne me croyait pas encore tout à fait.

— Peut-être que Dave avait un alibi.

— C'est possible, mais je serais curieuse de l'interroger. Tu connais son nom de famille ?

Elle a conservé le silence quelques instants avant de répondre.

— Johnson, je crois. Non. Jorgenson. De toute façon, il ne vit plus ici.

Un patronyme suffisamment courant pour qu'il soit ardu de lui remettre la main dessus après tant d'années.

— Tu sais, Tonie. Elles n'étaient plus amies.

— Qui ça ?

Darlène a poursuivi d'une voix hésitante :

— La bande de Shauna et Nicole. Quand j'ai su qu'elles affirmaient l'avoir vue au lac avec toi, j'ai toujours pensé que c'était elle qu'elles cherchaient.

Tout s'est figé dans ma tête sous l'effet de l'adrénaline.

— Mais tu n'en as jamais parlé ! Au procès…

Je peinais à digérer l'information.

Darlène a hoché la tête.

— Je sais, elles ont prétendu être les meilleures amies du monde. J'ai pensé qu'elles voulaient juste se rendre intéressantes.

Elle a ponctué sa phrase d'un léger haussement d'épaules qui m'a rendue furieuse. Cette information aurait pu changer le cours de mon existence. J'ai serré les poings sous la table dans l'espoir de me calmer.

— Que s'était-il passé entre elles ?

— Nicole m'a appelée un soir, en pleurs. Elle m'a

raconté que Shauna lui en voulait et qu'elle racontait des mensonges sur son compte aux autres filles. Shauna prétendait que Nicole était sortie avec le copain de Rachel, que c'était elle qui avait révélé à la mère de Kim qu'elle était lesbienne.

Voilà qui concordait avec les propos de Kim. Je touchais au but.

— Nicole t'a-t-elle expliqué pourquoi Shauna était furieuse contre elle ?

— Non. Elle m'a simplement dit qu'elle avait fait une très grosse connerie et que Shauna en avait eu vent.

J'ai repassé dans ma tête les événements qui avaient précédé le meurtre. Qu'avait pu faire Nicole de si dramatique pour que Shauna la cloue au pilori ?

Darlène, pensive, regardait le chat chasser une mouche. C'est d'une voix faible et pleine de regrets qu'elle a poursuivi :

— Elle s'est excusée de la façon dont elle m'avait traitée, elle voulait qu'on redevienne amies. Je l'ai envoyée promener en la traitant de petite peste, je lui ai dit que je ne voulais plus jamais lui parler et j'ai raccroché.

Elle a relevé la tête.

— C'est la dernière fois que je lui ai parlé.

Nous n'avons rien dit pendant une minute, puis elle a poussé un soupir.

— Il faut que j'aille travailler.

Je me suis levée.

— Je te remercie d'avoir accepté de me raconter tout ça. Si jamais un détail te revient, n'hésite pas à m'appeler.

Elle a gribouillé le numéro que je lui donnais sur une feuille de papier posée près du téléphone.

Debout sur les marches devant sa maison, les bras serrés sur sa poitrine, comme si notre conversation l'avait glacée, elle a ajouté :

— Je n'ai jamais compris ce que Nicole trouvait à ces filles.

— Moi non plus.

— Tout le monde s'imaginait que Nicole était la perfection incarnée. En fait, elle donnait le change. On a fait pas mal de conneries toutes les deux. On en riait parfois. La façon dont ta mère te malmenait alors que tout le monde prenait Nicole pour un ange.

— Je crois bien que personne ne connaissait vraiment Nicole. Pendant les derniers mois de sa vie, en tout cas.

— Rien que de penser qu'elle a été assassinée, j'en tremble encore. Quand on est ado, on n'imagine pas qu'il puisse arriver un drame pareil à quelqu'un qu'on connaît. Personnellement, je ne suis jamais retournée au lac et je n'ai jamais plus parlé de Nicole à personne, mais je pensais à elle tout le temps. Je n'arrivais pas à comprendre qu'on puisse la détester autant.

Elle m'a regardée d'un air inquiet, comme si elle en avait trop dit.

— Je dois y aller.

L'instant suivant, elle verrouillait la porte derrière elle.

## 28

## Campbell River

*août 2013*

De retour au camping, j'ai relevé mes e-mails sur l'ordinateur de l'accueil. Un paysagiste contacté quelques mois plus tôt souhaitait savoir si j'étais toujours disponible. J'ai répondu que je serais ravie d'avoir un entretien d'embauche avec lui. J'étais censée revoir Suzanne prochainement, il était essentiel de lui montrer que je me démenais. Sans parler de l'aspect financier.

Ensuite, j'ai effectué des recherches sur Dave Jorgenson. Aucun de ceux que j'ai trouvés n'était susceptible d'être l'ancien petit copain de ma sœur. J'ai cherché sur Facebook plusieurs anciens copains de lycée et passé au peigne fin leur liste d'amis, sans succès.

J'étais littéralement épuisée à cause du stress. Mon entrevue avec Darlène posait davantage de questions qu'elle n'en résolvait. Une conclusion s'imposait pourtant : ma sœur avait un secret. Un secret qui lui avait probablement coûté la vie.

*

Le lendemain matin, je faisais des courses en ville quand j'ai reconnu la voiture d'Ashley sur le parking du centre commercial. Son petit ami fumait une cigarette, installé derrière le volant. Debout à côté de sa voiture, Ashley se prenait de bec avec Shauna. Elles s'agitaient, visiblement en colère. Je me suis garée à l'écart, pour les observer à leur insu. Après un vif échange, Ashley est remontée dans la voiture pendant que sa mère continuait de la sermonner. Elle lui a claqué la portière au nez, et Aiden a démarré. Shauna les a regardés s'éloigner, la bouche pincée, puis elle a regagné sa propre auto et pris son portable. Sans connaître la raison de leur dispute, j'imagine que voir Aiden conduire la voiture de sa fille n'avait pas dû arranger la situation. Shauna a reposé son téléphone et démarré. Je l'ai suivie par curiosité.

Elle s'est arrêtée à l'arrière du centre commercial. Elle a passé un nouveau coup de fil et un type est sorti par la porte de service de l'un des magasins. Notre âge, cheveux bruns, ventre naissant, mais plutôt beau gosse. Shauna est descendue et ils ont discuté un petit moment. Shauna était toujours en colère, j'ai cru deviner qu'elle lui expliquait ce qui venait de se passer avec Ashley. Comme ils épiaient les alentours pour s'assurer que personne ne les regardait, j'ai baissé la tête tout en continuant à observer la scène à travers les branches du volant. Le type a attiré Shauna contre lui et l'a embrassée sur la bouche. Elle a accepté son étreinte avant de repousser les mains qu'il avait posées sur ses fesses, puis elle l'a suivi à l'intérieur.

En contournant le bâtiment, j'ai compris qu'il s'agissait de la boutique du photographe dont Ashley m'avait parlé. Shauna avait donc une aventure avec un prof de sa fille ? J'ai repris la route du camping, perdue dans mes pensées. En quoi ces informations pouvaient-elles m'aider ? J'ai hésité à appeler Ryan, avant d'estimer que c'était prématuré. Je ne voulais pas qu'il prenne de décision hâtive.

Une seule personne avait la clé de toute cette histoire : Shauna. Comment l'obliger à se mettre à table ? La filer était trop risqué. L'énerver, dans l'espoir qu'elle craque ? Mais quel levier actionner ? Sa possessivité était la meilleure preuve qu'elle aimait Ashley. Comment réagirait-elle si on la menaçait de mettre sa fille au courant de son aventure ?

Le mieux était encore de convaincre Shauna que je disposais d'informations sensibles. À condition de la persuader de me retrouver dans un lieu discret, sa haine et son ego pourraient l'inciter à parler. Un phénomène auquel j'avais souvent assisté en prison. Certains criminels sont si fiers de leurs forfaits qu'ils éprouvent le besoin de s'en vanter. Je voyais bien Shauna prendre un malin plaisir à m'expliquer en tête à tête comment elle avait réussi à bousiller mon existence.

L'idée n'était pas mauvaise, d'autant que mon portable était muni d'un enregistreur. Shauna pouvait certes se montrer dangereuse, mais elle était trop rouée pour m'attaquer de front. La sagesse me dictait pourtant de me munir d'un couteau en cas de besoin.

En attendant, je devais commencer par lui parler.

*

J'ai composé le numéro de Shauna.

— Allô ?

— C'est Tonie. Le moment est venu qu'on ait une petite conversation, toutes les deux.

Un long silence m'a répondu, que je n'ai pas voulu rompre.

— Tu n'es pas censée m'appeler.

— Et toi, tu n'es pas censée rouler des pelles à un vendeur d'appareils photo derrière sa boutique.

Elle a eu un haut-le-corps avant de se reprendre et de répondre d'une voix calme :

— Que veux-tu ?

— Qu'on se voie en tête à tête.

— Tu es cinglée, pourquoi j'accepterais ?

— Parce que je suis au courant de plusieurs trucs intéressants. Je sais notamment pourquoi tu as tué ma sœur. Je viens d'avoir une conversation très édifiante avec Darlène Haynes. Il semble que ma sœur se soit confiée à elle avant de mourir. Au sujet de quelqu'un qu'elle voyait à l'insu de tout le monde. Sauf de toi.

Silence.

Je devais avancer avec prudence. Au moindre faux pas, je pouvais tout gâcher.

— À la mort de Nicole, mes parents ont donné à Darlène un carton contenant des souvenirs de leur amitié. Notamment le journal intime de ma sœur. J'ai pu le récupérer et je me disais que ça pourrait t'intéresser.

— Je ne te crois pas.

Elle avait parlé d'une voix trop ferme, comme pour mieux se rassurer elle-même.

— En es-tu si sûre ? Le meilleur moyen de le savoir est encore de me retrouver au lac demain soir.

— Je n'ai aucune intention de retrouver une meurtrière là-bas.

— En l'occurrence, c'est moi qui prends le plus de risques, non ? Après tout, je n'ai jamais tué personne. On ne peut pas en dire autant de toi.

— Pourquoi ne pas aller trouver la police, si tu as des informations ?

— J'ai déjà purgé ma peine et je me passerais volontiers d'un nouveau procès. Je cherche seulement à vivre en paix sans que tu me harcèles. On va donc se mettre d'accord sur un rendez-vous et sur un joli petit paquet de pognon en échange de ce journal intime. Ensuite, je demanderai mon transfert dans une autre ville et tu n'auras plus jamais à te soucier de moi.

— C'est tout ce que tu veux ? Du fric ?

Son ton trahissait tout son mépris.

— Trente mille dollars et je disparais.

— Et Ryan ?

Réfléchir, vite.

— Il s'en va aussi. On se partage le fric.

Son silence m'a signalé qu'elle réfléchissait à son tour.

— Et si je ne trouve pas les trente mille ?

— Alors ta fille recevra un coup de fil, ensuite ce sera au tour de ton mari, puis de la police, et il ne te restera plus qu'à contacter un avocat.

Elle a laissé échapper un sifflement haineux.

— Bon. J'accepte.

— Demain soir à 22 heures. À l'extrémité nord du lac, près des rochers.

La conversation terminée, je suis restée un moment dans le noir, le cœur battant. La machine était en route. La seule inconnue demeurait Ryan. J'aurais pu lui demander de se cacher dans les bois en cas de problème. J'ai voulu composer son numéro mais j'ai reposé le portable. Mieux valait ne pas l'impliquer. Si jamais le rendez-vous tournait mal, je ne voulais pas le voir retourner en prison. Je devais agir seule.

Le lendemain, les heures se sont écoulées avec une lenteur exaspérante. Je suis allée me promener au bord de la mer en pensant à Capitaine et Ryan. Quoi qu'il arrive, j'étais prête.

Un peu avant 21 heures, j'ai testé à plusieurs reprises l'enregistreur de mon portable, puis j'ai glissé dans ma poche arrière le couteau acheté la veille. Je risquais ma liberté conditionnelle si j'étais prise en possession d'une arme, mais sa présence me rassurait. Le paysagiste m'avait répondu et fixé un rendez-vous pour le lendemain. Je me suis laissé brièvement emporter par l'euphorie à l'idée d'avoir un boulot en plein air, et puis j'ai fermé les écoutilles, histoire de mieux me concentrer. Il était encore trop tôt pour penser à l'avenir.

Suzanne m'a également appelée. J'ai eu la gorge nouée tout au long de notre conversation, mais elle s'est contentée de me poser les questions habituelles.

Shauna était tout à fait capable de ne pas venir seule, de demander à Kim et Rachel de l'accompagner. Au cas où, j'avais laissé en évidence dans le bungalow une lettre dans laquelle j'expliquais mes dernières découvertes. Ce courrier était accompagné d'un testament dans lequel je léguais mes affaires et mes économies ridicules à Ryan en lui demandant d'adopter Capitaine.

Il ne me restait plus qu'à me préparer à l'épreuve qui m'attendait.

## 29

## Campbell River

*août 2013*

Les abords du lac étaient calmes. L'été touchait à sa fin et il était tard. Ma vitre baissée, j'ai humé à pleins poumons l'odeur d'aiguilles de pin et d'humidité. Le paysage avait changé en dix-sept ans, les sommets des arbres se rejoignaient presque au-dessus de la petite route. Je n'avais pas souhaité donner rendez-vous à Shauna à l'endroit où Nicole avait été tuée, car j'étais hantée par l'image de son corps mutilé lorsque nous l'avions tirée de l'eau glacée. J'avais préféré choisir un lieu en surplomb d'où les garçons aimaient plonger dans les eaux du lac, encouragés par les cris d'excitation des filles. J'avais un quart d'heure d'avance, ce qui m'a permis d'écouter la radio dans la cabine de mon pick-up tout en surveillant les alentours. J'ai tenté de m'imaginer ce qu'avait ressenti Nicole ce soir-là, seule dans le noir, en attendant que je revienne avec Ryan. Quelqu'un d'autre nous avait précédés.

Je regrettais brusquement la petite note laissée à l'intention de Ryan dans le bungalow. Était-ce vraiment le souvenir que je voulais lui laisser si je disparaissais ? La présence du portable au fond de ma poche me démangeait, j'ai finalement composé son numéro.

— Tonie, c'est toi ?

Grave erreur. J'aurais mieux fait de me tenir tranquille.

— Tonie ? Tout va bien ?

Sa voix trahissait son inquiétude.

— Oui, je pensais à toi et…

La gorgée nouée, je n'ai pu achever ma phrase.

— Où es-tu ? Que se passe-t-il ?

— Rien. J'ai eu tort de t'appeler.

Je l'ai senti gamberger à l'autre bout du fil.

— Tu as donné rendez-vous à quelqu'un ? Où es-tu ?

— Il faut que j'y aille, je te rappelle plus tard.

Et j'ai raccroché. Merde.

Peu après 22 heures, les phares de la voiture de Shauna ont troué la nuit. Elle s'est garée à l'autre extrémité de la clairière. J'ai éteint mes pleins phares de façon qu'on puisse se voir sans être aveuglées. Elle m'a imitée avant de descendre du côté passager, les bras en avant pour me montrer qu'elle n'était pas armée.

Côté passager ? Qui conduisait ? L'une des filles, à coup sûr. J'ai appuyé sur la touche d'enregistrement de mon portable avant de le fourrer dans ma poche, puis je suis descendue de mon pick-up en levant également les bras. Le couteau formait une bosse dans ma poche arrière.

Nous nous sommes avancées avant de nous arrêter à quelques mètres l'une de l'autre.

— Tu avais la trouille de venir seule, Shauna ?

— Où est lc journal intime, Tonie ?

J'ai tendu le pouce en arrière.

— Dans le pick-up. Je veux d'abord voir l'argent.

Je devais la pousser à me raconter ce qui s'était passé cette nuit-là, ce qui n'était pas évident puisque j'étais censée déjà le savoir grâce au journal de Nicole. Au cas où Shauna aurait demandé à le voir, j'avais acheté un cahier rose dont j'avais rempli les premières pages. Le subterfuge ne ferait pas illusion longtemps.

Elle est retournée à sa voiture pour prendre à l'arrière un sac qu'elle a jeté à ses pieds.

— Viens le chercher.

Il lui aurait semblé étrange que je n'essaie pas de récupérer l'argent. Je me baissais pour ramasser le sac quand un petit bruit a attiré mon attention. En relevant les yeux, j'ai constaté que Shauna me menaçait d'une arme. J'ai levé les bras en l'air en reculant d'un pas mal assuré.

— C'est quoi ce bordel ?

La portière de sa voiture s'est ouverte côté conducteur et une silhouette masculine s'est dressée dans l'obscurité.

Ébahie, j'ai reconnu Frank McKinney.

— Récupère le journal, Shauna.

Comment pouvait-il être impliqué dans cette histoire ? Mon pouls s'est brutalement accéléré. D'un coup d'œil, j'ai compris que je n'aurais pas le temps de courir jusqu'aux arbres. Shauna m'aurait abattue avant. J'ai regardé McKinney.

— Que faites-vous ici ?

— Comme si tu ne le savais pas.

J'étais malheureusement moins bien informée qu'il ne le croyait.

En changeant légèrement de position, McKinney a

révélé l'étui de son arme de service. Il portait apparemment un gilet pare-balles sous son blouson. Je me suis souvenue de la présence du portable dans ma poche. Peut-être pouvais-je appeler les secours, en appuyant sur les touches à tâtons ? Avant que j'aie pu esquisser un geste, Shauna m'a fait signe de m'écarter du pick-up. Je me suis exécutée sans quitter des yeux son père qui scrutait chacun de mes mouvements, la main à quelques centimètres de la crosse de son arme. Shauna a regardé sous la banquette et fouillé la boite à gants. Elle y a découvert le cahier rose. Elle l'a brièvement feuilleté avant d'éclater de rire. Elle est redescendue du pick-up et l'a jeté par terre.

— Il ne contient rien.

— Le vrai journal est en sécurité.

Les traits de Shauna se sont déformés sous l'effet de la colère.

— Comment ça, en sécurité ?

Elle m'a de nouveau mise en joue. McKinney, planté dans un coin d'ombre, était tout aussi furieux.

— J'étais sûr que tu nous préparais un mauvais coup.

Il a sorti le pistolet de son étui.

— Où se trouve ce fichu journal ?

Je n'ai pas répondu, hypnotisée par le doigt de McKinney, négligemment posé sur la détente du pistolet. Jamais ils ne me laisseraient repartir vivante d'ici. J'ai voulu rassembler mes pensées afin de chasser la panique qui m'envahissait. Je devais les distraire, gagner du temps.

— Je vous dirai où se trouve le journal quand vous m'aurez expliqué ce que vous avez fait du collier de ma sœur. Un pendentif en diamant qu'elle ne quittait jamais. Il a disparu la nuit du meurtre, volé par quelqu'un de jaloux.

— Elle n'aurait jamais dû l'avoir ! Il ne lui appartenait pas !

Le cri du cœur, poussé par Shauna d'une voix aiguë.

J'ai retenu mon souffle. J'étais à deux doigts de découvrir la vérité. L'espace d'un instant, j'ai été tentée de vouloir y échapper. De ne plus chercher à savoir.

Je me suis tournée vers McKinney dont la silhouette immobile se découpait à la lueur des phares.

— Qu'est devenu ce collier ?

— C'est moi qui l'ai pris, a répondu Shauna sur un ton triomphal.

McKinney a tourné la tête dans sa direction.

— Shauna…

On le devinait à la fois surpris et furieux d'apprendre qu'elle avait récupéré ce collier. Il me manquait encore une pièce essentielle du puzzle.

Shauna avait des larmes dans la voix quand elle a fait face à son père :

— Tu passais ton temps à nous dire que tu croulais sous le boulot au commissariat. C'était faux. Pas cet été-là. Tu étais avec elle !

Je venais enfin de comprendre. Comment avais-je pu penser que ce collier en diamant était le cadeau d'un adolescent ?

Nicole l'avait reçu des mains d'un adulte.

— Shauna, reprends-toi…

— Me reprendre ? Je te rappelle que tu baisais une ado !

— Mais c'est toi qui l'as tuée.

J'ai cru que ma tête allait exploser. J'aurais voulu me jeter sur Shauna, lui défoncer la tête comme elle l'avait fait avec Nicole. J'allais me précipiter sur elle quand le pistolet de McKinney m'a arrêtée.

Mais Shauna n'en avait pas fini.

— Elle l'a bien mérité. Elle qui se disait mon amie et qui venait tout le temps à la maison… C'est dégoûtant, papa. Elle était plus jeune que moi !

— Tu n'y es pas du tout.

— Alors explique-moi, papa. Je t'écoute.

— Shauna…

— Mais putain ! Tu baisais ma copine ! Tu n'es qu'un malade et un pervers.

— Assez ! a rugi McKinney. J'ai commis une erreur et j'ai passé ma vie depuis à la payer. J'en ai assez de toujours passer la serpillière derrière toi.

Le reste m'apparaissait dans toute sa clarté.

— Mais alors, McKinney, vous étiez au courant depuis le début ! Vous saviez que Shauna avait assassiné ma sœur, et ça ne vous a pas empêché de la protéger.

— Je n'avais pas le choix.

— Bien sûr que si, espèce de salopard !

Les poings serrés de rage, je peinais à respirer.

— À cause de vos mensonges, Ryan et moi avons passé des années en prison !

— De toute façon, vous auriez mal tourné.

— C'est de cette manière-là que vous croyez pouvoir vous justifier ? Au prétexte que nous étions des bons à rien ?

Il a levé le canon de son arme.

— Assez perdu de temps. Où se trouve ce putain de journal ?

Un bruit de moteur l'a interrompu. Je me suis figée en reconnaissant la voiture rouge d'Ashley.

Shauna a eu un haut-le-corps.

L'auto s'est immobilisée dans un nuage de poussière et Ashley a jailli de la voiture, un portable à la main.

— Arrêtez !

Elle était paniquée.

— Qu'est-ce que tu fabriques ici ? lui a demandé sèchement sa mère.

Ashley m'a lancé un regard affligé, puis elle a fait face à sa mère.

— Je ne supporterais pas que tu fasses du mal à Tonie.

McKinney l'a interrompue :

— Ashley, rentre immédiatement à la maison.

— Je sais tout. J'ai appelé les flics et je leur ai dit que j'avais tout filmé. Vous ne trouverez pas ma caméra, je l'ai cachée.

— Ne sois pas ridicule. Donne-la-moi tout de suite, a répliqué Shauna en s'avançant.

J'en ai profité pour saisir ma chance.

J'ai bondi sur les rochers et sauté dans le lac. Des coups de feu ont retenti derrière moi tandis que je m'enfonçais dans l'eau glacée. Les poumons tétanisés par le froid, j'ai refait surface dans l'obscurité, désorientée. Le rayon d'une torche fouillait la nuit depuis les rochers. Je me suis rempli les poumons avant de replonger. De nouvelles détonations ont éclaté, étouffées, et des balles se sont enfoncées dans l'eau près de moi.

En sortant la tête hors de l'eau, à bout de souffle, j'ai vu Ashley plonger dans le lac au niveau du vieux ponton. Shauna continuait à tirer. Ashley a laissé échapper un cri et la voix de McKinney s'est élevée au-dessus de nos têtes.

— Shauna, arrête ! Ashley a sauté dans l'eau !

Je me suis précipitée vers elle à la nage.

— Tu es blessée, Ashley ?

— Je suis touchée à l'épaule.

Elle respirait péniblement.

— Tu crois pouvoir nager jusqu'au ponton ?

L'essentiel était de se mettre à couvert.

— Je vais essayer.

Elle s'exprimait d'une voix aiguë.

— Je reste derrière toi.

À la lueur de la lune, je l'ai vue se débattre péniblement d'un bras, menaçant de couler à tout moment. La lueur de la torche dansait dans la nuit depuis la rive.

— On y est presque, tu peux y arriver.

— Mon bras…

Elle s'est enfoncée dans l'eau avant d'avoir terminé sa phrase. Instinctivement, j'ai plongé à l'endroit où je l'avais vue disparaître en tâtonnant dans l'eau noire. Rien. Au bord de l'asphyxie, je me suis enfoncée plus profondément dans le lac, tout près du ponton. Mes doigts ont rencontré la peau lisse d'un bras, mais sa main m'a échappé. Je me suis accrochée à ses vêtements et j'ai tiré, mais elle restait coincée sous le ponton. J'ai tiré de toutes mes forces, effrayée à l'idée d'aggraver sa blessure. Cette fois, j'ai réussi à la dégager.

Nous avons refait surface, mais elle ne bougeait plus. Un bras passé sous son menton, j'ai nagé en direction de la rive, sans savoir où se trouvaient Shauna et son père. C'était un risque à prendre, mais je n'avais pas le choix.

Mes pieds ont touché les galets du fond et j'ai halé Ashley jusqu'au bord avec les dernières forces qui me restaient. Son visage était livide sous les rayons de la lune, sa chemise noire de sang au niveau de l'épaule.

Je l'ai allongée sur la plage. Agenouillée à côté d'elle, je n'arrivais pas à prendre son pouls tant mes mains étaient glacées. J'ai collé mon oreille contre sa bouche. Elle ne respirait plus. Tremblante de froid, le souffle court, dopée par l'adrénaline, j'ai enlevé ma chemise et pansé sommairement son épaule avant de lui masser le cœur. Je refusais de la laisser mourir tout en sachant que je risquais ma peau si j'appelais à l'aide. Un bruissement s'est fait entendre dans mon dos et Shauna a jailli des fourrés.

— Laisse ma fille !

— Elle est blessée. J'essaie de lui…

Shauna m'a repoussée brutalement.

— Mon Dieu ! Ashley !

McKinney a émergé des fourrés à son tour. Il s'est agenouillé à côté de Shauna et il a tâté le pouls d'Ashley.

— Elle ne respire plus. Allonge-la.

Shauna s'est mise à hurler. McKinney lui a retiré Ashley des bras et l'a tirée plus haut. Au lieu de m'enfuir, j'étais pétrifiée devant le visage blême d'Ashley, son grand-père penché au-dessus d'elle.

McKinney, essoufflé, s'est adressé à Shauna.

— Il faudrait pratiquer un massage cardiaque.

Shauna sanglotait, sous le choc. Je l'ai écartée et j'ai pesé sur la poitrine d'Ashley tandis que McKinney lui faisait un bouche-à-bouche en répétant inlassablement :

— Allez, Ashley. Reste avec nous.

Je pleurais en claquant des dents. « Ne meurs pas, je ne veux pas que tu meures. » La phrase tournait en boucle dans ma tête tandis que je continuais d'appuyer.

Shauna hoquetait le nom de sa fille à côté de moi, puis elle s'est mise à hurler en me tirant en arrière :

— Laisse ma fille tranquille !

Je l'ai repoussée d'un coup de coude au ventre. Elle a lâché un gémissement avant d'éclater en sanglots.

Je ne sais pas depuis combien de temps on s'acharnait sur Ashley, quand elle a vomi. Son grand-père l'a roulée sur le flanc et elle a continué à cracher de l'eau.

— Dieu soit loué, a balbutié Frank.

Shauna m'a écartée, et cette fois je lui ai cédé la place. Elle a serré Ashley contre elle en la berçant tandis que je me relevais. Nous étions tous couverts de sang, j'en avais les doigts tout poisseux. McKinney, un bras passé autour dès épaules de Shauna, s'efforçait de la réconforter.

— Je ne lui voulais aucun mal. Je le jure. Pourquoi a-t-il fallu qu'elle fasse ça ?

À la façon dont elle le disait, il était difficile de savoir de qui elle parlait, d'Ashley ou de Nicole. Frank paraissait aussi perplexe que moi. Je m'éclipsais discrètement quand une branche a craqué sous mon pied. Shauna a tourné vers moi un visage haineux.

— Tout est ta faute.

J'ai bondi sur elle en la voyant sortir le pistolet de sa poche. Je l'ai saisie à bras-le-corps et nous avons roulé sur le sable en nous battant pour l'arme. Mes doigts se sont refermés sur le métal froid. J'ai réussi à plaquer Shauna sur le dos, je l'ai immobilisée d'un bras et j'ai posé le canon du pistolet sur sa tempe. Au comble de la rage, j'aurais pu la tuer. McKinney m'a repoussée d'une bourrade avant de m'assener un coup de crosse. Un voile s'est abattu sur moi, aussitôt déchiré par une voix masculine.

— Lâche-la !

La voix de Ryan.

Un bruit de bagarre, des grognements, le son mat d'un poing s'écrasant sur un visage. D'un œil encore trouble, j'ai vu Ryan et McKinney se battre dans la poussière, emmêlés l'un à l'autre. Voyant Shauna se ruer sur Ryan, je me suis relevée péniblement et je l'ai tirée en arrière d'une clé à la gorge. Une détonation a troué la nuit. Ryan a gémi de douleur en portant la main à ses côtes, ce qui ne l'a pas empêché de donner un coup de tête à McKinney. Une gerbe de sang a jailli du nez de ce dernier, et Ryan a repris le contrôle du pistolet. À cheval sur son adversaire qu'il tenait par la gorge, il a posé le canon de l'arme sur sa tempe. McKinney, le regard implorant, n'osait plus bouger.

— Tu as foutu nos vies en l'air !

Je me suis interposée :

— Ryan, lâche-le.

Shauna hurlait, elle aussi :

— Non !

Ryan n'a même pas tourné la tête. Les doigts crispés sur le pistolet, il avait les muscles du bras tendus à craquer, le visage contracté. Une tache sombre allait en s'élargissant sur sa chemise. Il a appuyé l'arme sur le crâne de McKinney, qui a fermé les yeux. L'instant s'est éternisé, jusqu'à ce que Ryan baisse soudain le bras.

— Tu n'en vaux pas la peine, espèce de pauvre merde.

Il a titubé dangereusement, une main sur le flanc, l'autre bras ballant.

Un hululement de sirènes a déchiré la nuit. Au

soulagement a immédiatement succédé la peur. Qui allait-on croire, cette fois encore ? Plusieurs voitures se sont immobilisées brutalement dans un éblouissement de phares et de lumières colorées. Le faisceau d'une torche s'est arrêté sur mon visage.

— À plat ventre ! Tout de suite !

Je me suis agenouillée, les mains sur la nuque. Ils se sont jetés sur moi en m'allongeant de force par terre, le nez dans le sable. J'ai essayé de recracher les grains qui m'envahissaient la bouche, mais l'un des flics, un genou dans le creux de mes reins, m'empêchait de respirer. On m'a brutalement menotté les poignets dans le dos, puis on m'a relevée. Je les ai vus se précipiter vers Shauna et Ryan en leur ordonnant de se coucher. Shauna a tenté de résister, refusant de lâcher sa fille.

En me fouillant, ils ont trouvé le couteau. Une voiture de patrouille s'est approchée, on m'a fait monter à l'arrière sans ménagement. J'ai entendu d'autres sirènes, et des ambulances ont fait leur apparition. Je priais le ciel qu'ils soignent Ryan. Le flic qui conduisait la voiture discutait dans sa radio.

— Frank McKinney et sa fille m'ont attaquée. Ils ont blessé Ryan. Et Ashley.

Le flic m'a répondu par-dessus son épaule :

— On vous conduit au commissariat. Vous aurez tout le loisir de vous expliquer là-bas.

— Je veux parler au sergent Hicks.

Le flic ne m'a pas répondu.

*

On m'a bouclée en cellule. Je tremblais tellement de froid qu'on m'a apporté une combinaison de détenue et une couverture. J'ai refusé d'enfiler la combinaison. Je me fichais d'être trempée, il était hors de question que je la porte. On m'y obligerait bien assez tôt. J'ai patienté plusieurs heures sans que quiconque réponde à mes questions au sujet de Ryan et d'Ashley. Quand on m'a enfin conduite en salle d'interrogatoire, je me suis retrouvée face à Hicks.

Je l'ai dévisagé d'un air soupçonneux, sans savoir ce que McKinney avait bien pu lui raconter. J'espérais qu'Ashley n'avait pas menti en affirmant avoir filmé la scène.

Hicks m'a lu mes droits, répétant les mêmes paroles prononcées par l'agent qui m'avait accueillie à mon arrivée au commissariat.

— C'est bon, j'aimerais qu'on en finisse.

— D'accord, Tonie. Racontez-moi ce qui s'est passé hier soir.

— Comment vont Ryan et Ashley ?

— Ryan est à l'hôpital, il va apparemment s'en tirer. Ashley aussi. Que faisiez-vous là-bas ? Et pourquoi aviez-vous un couteau ?

J'ai préféré tout lui déballer. L'ancien petit ami de Nicole, Shauna qui trompait son mari avec le type de la boutique de photo, ma certitude qu'elle avait assassiné Nicole avec ses copines parce qu'elle avait une histoire avec Frank McKinney.

— Shauna affirme que vous la faisiez chanter.

— J'ai prétendu être en possession du journal intime de Nicole pour l'attirer là-bas. J'ai tout enregistré sur mon téléphone.

Sauf que mon téléphone se trouvait probablement au fond du lac.

— Ashley prétend avoir filmé la scène et…

— Nous y arriverons dans une minute. Je veux entendre votre version des faits.

Je lui ai fait part de mes hypothèses, de ce que j'avais compris ce soir-là en découvrant que ma sœur et McKinney avaient entretenu une liaison pendant plusieurs mois. Le changement de comportement de Nicole, le pendentif que Shauna affirmait avoir récupéré le soir du meurtre. Ryan débarquant près du lac, McKinney lui tirant dessus au moment où il tentait de me protéger.

— Que va-t-il se passer à présent ? On paie les pots cassés, une fois de plus ?

— Vous êtes tous en état d'arrestation. Nous recueillons les témoignages de tout le monde et nous visionnons actuellement les images filmées par Ashley. Cela dit, vous n'avez pas respecté plusieurs de vos obligations, votre liberté conditionnelle sera révoquée.

— Je sais. Je retourne à Rockland.

— Si ce que vous venez de déclarer est vrai, vous aurez la possibilité d'aller en appel sur la base de ces nouveaux éléments.

J'ai éclaté d'un rire triste.

— Il faudrait déjà que je reste en vie assez longtemps. L'une des filles de Rockland a décidé d'avoir ma peau.

— On peut vous mettre sous protection.

— Autant mourir. Et Ryan ?

— Il retournera à Rockland une fois sa convalescence achevée. Nous savons que vous vous êtes revus à plusieurs reprises, ce qui vous était strictement interdit, et il avait également un couteau sur lui.

— Il voulait uniquement me protéger. C'est dingue, ces conneries. Si vous avez visionné la vidéo, vous savez que nous sommes innocents.

Son regard s'est posé sur les égratignures que j'avais aux bras. Quand il a relevé les yeux, j'ai vu qu'il avait tilté.

— Vous comprenez à présent comment Ryan s'est égratigné la nuit du meurtre de Nicole. En traversant les fourrés. Je vous avais bien dit…

— Nous finirons par découvrir la vérité. Si vous êtes innocents, vous serez blanchis. En attendant, la loi doit s'appliquer, vous n'aviez pas le droit de rencontrer un témoin avec une arme dissimulée sur vous.

Sa froideur administrative m'a hérissée au plus haut point.

— Si jamais il nous arrive quoi que ce soit, à Ryan et moi, ne croyez pas pouvoir vous en tirer. Vous avez envoyé en prison pendant des années deux ados innocents. J'en arrive à me demander si vous n'avez pas fait exprès, pour couvrir votre pote Frank McKinney.

— Je n'ai jamais couvert personne !

Il était rouge de colère. C'était la première fois que je le voyais exprimer une émotion. J'ai profité de mon avantage.

— Vous étiez amis. Vous étiez même en patrouille ensemble cette nuit-là.

— C'était mon coéquipier, mais ça ne m'empêchera pas de l'arrêter s'il est coupable, a grondé Hicks en se levant.

Il allait quitter la pièce quand il s'est retourné.

— On fera toute la lumière sur cette affaire. Je peux vous assurer que le véritable coupable sera puni.

## 30

## Pénitencier de Rockland, Vancouver

*août 2013-novembre 2013*

J'ai passé la nuit au commissariat avant d'être envoyée à Rockland en avion le lendemain après-midi, sans avoir revu Doug Hicks. Une meute de journalistes m'attendait devant le commissariat. On m'a assaillie de questions en me mitraillant : « Tonie, racontez-nous ce qui s'est passé », « Vous êtes de nouveau ensemble, Ryan et vous ? », « Vous êtes, vraiment innocente ? ». Les flics ont fait rempart de leurs corps et m'ont entraînée vers la camionnette qui m'attendait. Si jamais on en avait parlé aux infos dans le journal de la nuit, tout le monde à Rockland était au courant de mon retour. Hélène devait préparer sa revanche.

Une fois achevées les formalités d'écrou, je déballais mes affaires en cellule quand Brenda et Amber sont apparues.

— Salut, les filles.

Elles n'ont pas répondu à mon sourire, l'air grave. J'ai aussitôt pensé que c'était à cause d'Hélène.

— Que se passe-t-il ?

Les mots se sont bloqués dans la gorge de Brenda. Je me suis assise sur mon lit, prise d'un mauvais pressentiment.

— Où est Margaret ?

Amber m'a répondu d'une voix tendue :

— Ça se passait mal entre Hélène et elle depuis ton dernier séjour ici…

— Mais c'est pas ta faute, l'a interrompue Brenda. Margaret la haïssait.

— Que s'est-il passé ?

Mon cœur battait à tout rompre.

Cette fois, les paroles sont sorties toutes seules.

— Elles regardaient les infos à la télé ce matin quand Hélène s'est vantée de vouloir te casser la gueule. Margaret l'a envoyée péter, et puis elles se sont retrouvées dans la cour. On n'a pas imaginé que Margaret voudrait se battre avec elle, sinon on l'aurait empêchée. Hélène avait un couteau…

Amber s'est tue, étouffée par l'émotion.

— Margaret a été blessée ?

Brenda, le visage baigné de larmes, a fait non de la tête.

— Elle s'en est pas tirée.

J'ai fondu en sanglots tandis que les deux filles s'efforçaient de contenir leur tristesse sous le regard des caméras qui m'empêchaient de les prendre dans mes bras. Mon chagrin a cédé la place à la rage.

— Où est Hélène ?

J'avais l'intention de lui bousiller la tronche une fois pour toutes.

— Elle a été placée en isolement, m'a répondu Brenda. Ils vont la transférer dans le secteur le plus dur. Elle ne sortira jamais de Rockland.

Cela signifiait que j'étais en sécurité. Loin d'être soulagée, je tournais en rond dans ma cellule.

— Pourquoi diable Margaret a-t-elle voulu se battre avec elle ? Elle aurait dû attendre mon retour.

— Je ne sais pas, a répondu Brenda. Surtout qu'elle nous conseillait toujours d'éviter les histoires. Mais elle était usée ces derniers temps. Elle en avait marre. S'en prendre seule à Hélène n'avait aucun sens.

Amber m'a regardée.

— Elle a laissé un truc dans sa cellule pour toi avant d'aller rejoindre Hélène. Sa codétenue nous l'a remis.

Elle a lancé un coup d'œil en direction de la caméra.

— On te le donnera plus tard.

Au même moment, les gardiens ont annoncé l'appel, et les filles sont retournées dans leurs cellules en me fixant rendez-vous le lendemain matin au réfectoire.

Plus tard dans la soirée, une fois les lumières éteintes, je me suis souvenue de ma dernière conversation avec Margaret. Pendant que je la massais, elle m'avait expliqué qu'elle ne tiendrait plus très longtemps en prison, qu'elle souffrait trop. Elle avait très bien pu décider de se battre avec Hélène en sachant d'avance que la lutte était inégale, histoire de s'assurer qu'Hélène ne m'embêterait jamais plus.

J'étais effondrée à l'idée qu'elle se soit sacrifiée pour moi. Jusqu'à ce que me revienne en mémoire une autre conversation avec Margaret. Au sujet de Nicole.

— Tu n'as aucune raison de t'en vouloir pour les actes commis par un autre. Ce n'est pas toi qui as tué ta sœur. T'en vouloir est une preuve de faiblesse, ça m'énerve de voir que tu te punis toi-même, comme si tu n'avais pas le droit d'être heureuse. Je ne veux plus t'entendre me débiter toutes ces conneries.

J'ai voulu imaginer Margaret, enfin libre, en train de danser avec un beau mec, tournoyant sur elle-même dans une robe à fleurs, un sourire radieux aux lèvres. Elle m'avait toujours dit que le plus dur, ce n'était pas la mort, mais la vie. J'ai tenté de me réconforter en me disant que le plus dur était derrière elle.

*

Amber est arrivée dans ma cellule le lendemain avec une liasse de papiers. Margaret avait écrit « Pour Tonie » sur la couverture de ce livre improvisé. Amber repartie, j'ai pris ma respiration avant d'en entamer la lecture. Margaret avait glissé une note entre les deux premières feuilles.

Tonie, si tu lis ces lignes, c'est que la bagarre aura mal tourné. J'espère emporter cette salope avec moi !!! Je voulais t'envoyer ça par la poste, et puis j'ai pas eu le temps de terminer. Tu t'en tireras. On se retrouvera de l'autre côté du grand rideau.

Je t'aime,
M.

Je n'ai pu retenir mes larmes en découvrant le cadeau d'adieu de Margaret : un mélange de recettes de cuisine, de conseils pour la maison, de leçons de vie, de citations, de blagues, tout ce qui me serait utile pour survivre à l'extérieur. Les conseils d'une mère à sa fille.

Les jours suivants, je suis restée enfermée dans ma cellule. Je pensais à Margaret, à ce qu'elle avait représenté pour moi. Brenda et Amber géraient leur deuil, elles aussi. Nous avons finalement organisé une petite cérémonie en mémoire de notre amie dans la cour en échangeant des histoires. À présent qu'Hélène était hors circuit, ses copines me laissaient en paix, mais la tension était palpable et je ne savais pas combien de temps il me faudrait attendre le procès en appel. Angus s'efforçait d'obtenir une date tout en m'avertissant que ça pouvait prendre trois mois.

Une semaine après mon retour à Rockland, un gardien est venu m'annoncer que j'avais une visite. Cela m'a étonnée car je n'attendais personne. La surprise a été plus grande encore quand j'ai vu Suzanne au parloir.

Je me suis assise en face d'elle.

— Quoi de neuf ?

Elle avait posé sur la table des paquets de chips et des barres chocolatées achetées au distributeur, ainsi que deux canettes de Coca.

— Vous avez encore maigri, Tonie.

J'ai fait la grimace en tirant sur ma chemise.

— J'étais pas mal stressée, ces derniers temps.

Elle a poussé un paquet de chips et une barre chocolatée dans ma direction.

— Allez. Mangez.

J'ai compris qu'elle ne dirait rien tant que je n'aurais pas obtempéré. J'ai déballé le chocolat et croqué une bouchée minuscule. Le goût trop sucré m'a écœurée. Mon avocat m'avait expliqué que nous avions toutes les chances d'être blanchis, mais la présence de Suzanne signifiait sans doute qu'elle disposait de nouvelles informations.

Elle a adressé un petit mouvement de menton au gardien posté à l'entrée du parloir. Cette visite n'avait donc rien d'officiel. Elle s'est tournée vers moi.

— Vous êtes au courant des avancées de l'enquête ?

— Pas vraiment. On ne nous dit quasiment rien.

Je savais par mon avocat que le juge avait refusé de laisser Shauna et McKinney sortir sous caution. En raison de son métier de flic, McKinney avait été mis sous protection. Les enquêteurs, après nos dépositions et le visionnage du film d'Ashley, avaient demandé à entendre Kim et Rachel.

— Je sais que les filles ont été arrêtées, mais je ne sais pas quelles charges ont été retenues contre elles.

Suzanne a hoché la tête.

— J'ai des amis dans la police. C'est comme ça que j'ai su que Kim avait dénoncé Shauna.

— Vous avez les détails de ce qui s'est vraiment passé cette nuit-là ? Elles étaient toutes dans le coup ?

Elle a acquiescé d'un air triste.

— Je ne suis pas censée me trouver ici, mais je préférais que vous appreniez la vérité par mon intermédiaire.

J'ai pris une longue respiration, m'attendant au pire.

— Comment ont-elles réussi à l'attirer hors du pick-up ?

— Shauna prétendait que Nicole draguait le petit ami de Rachel et qu'elle avait dénoncé l'homosexualité de Kim à sa mère. Les filles, furieuses, ont tout de suite accepté quand Shauna leur a suggéré de se venger de Nicole.

— En la tuant ?

— Apparemment pas. Elles entendaient juste la coincer, la déshabiller entièrement et la prendre en photo avant de faire circuler les clichés. Elles harcelaient Nicole depuis une semaine en multipliant les menaces au téléphone.

C'est vrai que Nicole avait beaucoup maigri peu avant sa mort. Elle avait même volé les somnifères de mon père parce qu'elle ne dormait plus. Elle avait dû se sentir terriblement seule, faute de pouvoir se confier à quiconque. Voilà qui expliquait pourquoi elle n'avait pas voulu rester seule le soir du drame.

— Les filles surveillaient la maison de vos parents. Quand elles l'ont vue sortir avec vous, elles ont suivi le pick-up jusqu'au lac.

Tout était resté gravé dans ma mémoire. La chaleur de la nuit par les vitres ouvertes, la jambe nue de Nicole contre la mienne, sa mine grave.

— Elles ont garé leur voiture et se sont approchées discrètement du pick-up. Quand elles vous ont vus vous éloigner avec Ryan en laissant Nicole seule, elles ont compris que vous ne reviendriez pas immédiatement. Elles ont envoyé Cathy en éclaireuse pour convaincre Nicole de descendre.

Cathy, qui avait passé les dix-sept années suivantes à fumer et boire tout ce qui lui passait entre les mains. Je déchirais l'emballage de la barre chocolatée en mille morceaux, histoire de me calmer les nerfs.

La voix de Suzanne s'est faite plus grave.

— Cathy a expliqué à Nicole qu'elle était avec le groupe qui faisait la fête à l'autre bout du lac quand elle l'avait vue passer, et qu'elle avait décidé de crever l'abcès.

J'étais sur le point de vomir.

— C'est donc pour cette raison qu'elle est descendue du pick-up. Elle pensait pouvoir tout régler…

Nicole, l'éternelle optimiste, qui voulait être amie avec tout le monde. Suzanne s'est tue, consciente qu'il me fallait rassembler mes forces.

— À peine Nicole était-elle descendue que les autres se sont jetées sur elle et lui ont demandé de se déshabiller. Comme elle refusait, Rachel l'a frappée. Nicole a voulu se défendre, mais Kim et Shauna lui sont tombées dessus et l'ont mise à terre.

Je regardais fixement les miettes sur la table, les yeux noyés de larmes, imaginant ma sœur en train de supplier ses bourreaux, espérant me voir arriver avec Ryan pour la secourir.

Ma voix n'était plus qu'un murmure.

— Ensuite, que s'est-il passé ?

Suzanne m'a raconté la suite du drame en quelques phrases. Alors que Kim et Rachel s'acharnaient sur Nicole, Shauna a pris le démonte-pneu dans le pick-up. Les filles se sont arrêtées, inquiètes. Paralysées par la peur, elles ont vu Shauna, prise d'une rage qu'elles ne s'expliquaient pas, frapper Nicole à la tête. Elles l'ont maîtrisée, mais Nicole avait perdu connaissance. Shauna leur a déclaré qu'elles iraient toutes en prison si Nicole restait en vie, qu'il fallait l'achever. Elle a obligé Rachel à la frapper avec le démonte-pneu.

Je l'ai arrêtée d'un geste.

— Donnez-moi une minute pour respirer.

Je pleurais toutes les larmes de mon corps. Je les ai essuyées dans le vain espoir de chasser les images terribles qui m'assaillaient.

Suzanne a hésité.

— Peut-être que je ne devrais pas…

J'ai secoué la tête.

— Non. J'ai besoin de savoir. Continuez.

Cathy et Kim ont refusé de frapper Nicole, ce qui ne les a pas empêchées d'aider Shauna à la déshabiller avant de traîner son cadavre jusqu'au lac. Kim, affolée, voulait avertir la police, mais Shauna lui a dit qu'elle serait arrêtée pour complicité. Elles sont retournées chez Shauna sans être vues pour prendre une douche avant que McKinney ne rentre.

Rachel avait fini par avouer, elle aussi, affirmant que c'était Shauna qui avait donné les coups mortels. Rachel n'avait pas frappé Nicole à la tête, mais la police l'avait tout de même inculpée pour meurtre.

Quand les enquêteurs ont perquisitionné chez Shauna, ils ont retrouvé le collier de Nicole dans sa boîte à bijoux. Shauna n'avait jamais voulu se débarrasser du pendentif, estimant qu'il lui appartenait.

Confrontée aux témoignages des filles, Shauna a chargé son père. Elle avait compris tardivement que McKinney sortait avec Nicole, le jour où il avait obligé Shauna à passer le week-end avec son oncle et sa tante pour rester seul avec ma sœur. Une semaine plus tard, en rentrant chez elle, elle avait surpris son père au lit avec Nicole. Ils se sont engueulés, McKinney a promis de tout arrêter, mais ça ne suffisait pas à Shauna.

— Qu'ont-elles fait des vêtements de Nicole ? Et du démonte-pneu ?

— Ils sont restés dans le coffre de la voiture de Shauna, avec les habits couverts de sang des filles. Shauna avait promis de s'en débarrasser, mais McKinney a tout deviné en rentrant chez lui le lendemain, lorsqu'il a trouvé du sable sur les pneus de la voiture de sa fille.

— Il a compris qu'elles étaient au lac ce soir-là ?

Suzanne a acquiescé d'un hochement de tête.

— Il a pris sa fille entre quatre-z-yeux et elle a tout avoué.

Je voyais bien Shauna torturer son père en lui infligeant les détails les plus insoutenables.

— Il s'est débarrassé du démonte-pneu dans la mer, il a brûlé les vêtements, nettoyé la voiture, et ensuite ils n'en ont jamais reparlé jusqu'à ce que Shauna lui explique que Cathy commençait à perdre les pédales.

— Qui a tué Cathy ? Shauna ?

— Apparemment, c'est Frank McKinney. Les enquêteurs ont retrouvé des cheveux et des traces d'ADN sur ses vêtements. Un témoin dit qu'il a aperçu un homme répondant à sa description sur le port le jour où Cathy a été tuée.

J'ai entendu la voix de Frank dans ma tête. « De toute façon, vous auriez mal tourné… » Justifiait-il de la même manière le meurtre de Cathy ? Au prétexte qu'elle était toxico ? Pétrifiée sur ma chaise, je pensais à Nicole, à Cathy, à Ryan, à toutes les vies gâchées par les événements de cette nuit-là. À la haine de Shauna, à sa jalousie maladive.

— J'ai bien conscience que ce n'est pas facile d'entendre tout ça, a remarqué Suzanne.

J'avais la gorge sèche et un mal de crâne horrible. J'ai ouvert une des canettes et avalé une longue gorgée de soda. Je l'ai reposée en dévisageant Suzanne. Elle qui s'était montrée si dure avec moi, pourquoi venait-elle me voir ? Se sentait-elle coupable ?

— Pour quelle raison êtes-vous là, Suzanne ?

Elle a balayé le parloir des yeux avant de répondre.

— Beaucoup d'anciens détenus dont je me suis occupée depuis toutes ces années clamaient leur innocence…

Je retenais mon souffle, attendant la suite.

— Vous êtes la première que j'ai crue.

Ses paroles me soulageaient, mais j'en voulais au système qui m'avait condamnée, forçant Suzanne à respecter la procédure, en dépit de son intime conviction. Pourtant, je sentais bien qu'elle ne me disait pas tout. Combien de fois m'avait-elle rappelé de me tenir à l'écart de Ryan ?

— Vous saviez qu'on se voyait, Ryan et moi.

— Bien sûr que non. Sinon, je vous aurais immédiatement renvoyée en prison.

Le visage grave, elle a soutenu mon regard un peu trop longtemps pour être crédible.

Elle a désigné ma barre chocolatée à peine entamée.

— Vous devriez la manger. Les hommes n'aiment pas les femmes trop maigres.

Je lui ai répondu par un sourire.

*

Une semaine plus tard, Angus m'annonçait que Ryan était sorti de l'hôpital et qu'on l'avait reconduit à Rockland. Je lui ai écrit et il m'a répondu. Notre correspondance s'écrivait sur un ton hésitant au début, jusqu'à ce que nous baissions progressivement la garde. On se parlait de nos vies respectives derrière les barreaux. Il faisait parfois allusion à l'avenir, à son envie d'un vrai boulot, d'une maison, sans jamais préciser si je ferais partie de cet avenir. Sans doute attendait-il notre libération pour aborder le sujet avec moi.

Cette période m'a permis de me poser de nombreuses questions sur ce que j'attendais de l'existence. Rester à Campbell River, avec Ryan, ou bien tout recommencer ailleurs ? Mais il était encore trop tôt pour tourner la page.

## 31

## Campbell River

*novembre 2013*

Trois mois plus tard, nous étions blanchis. La horde des journalistes m'attendait à ma sortie de Rockland, mais je me suis contentée de fendre la foule en refusant de répondre aux questions. Stéphanie était venue me chercher, en compagnie de Capitaine. Elle l'avait pris chez elle lorsque ma liberté conditionnelle avait été révoquée la première fois.

— J'avais le pressentiment que tu ressortirais rapidement, je ne voulais pas qu'il soit adopté par quelqu'un d'autre.

Capitaine était fou de joie, il faisait des bonds sur la banquette arrière en remuant la queue à faire trembler la voiture. Il m'a entièrement nettoyé le visage à grands coups de langue et j'ai commencé par rire avant de fondre en larmes dans sa fourrure.

De retour à Campbell River, nous avons gagné le camping. À l'annonce de ma libération, Stéphanie était retournée acheter le silence du gérant afin que la presse n'ait pas vent de ma retraite. Quand j'ai voulu la remercier, elle a balayé l'argument d'un geste :

— Ne t'inquiète pas. Je m'arrangerai pour que tu me rembourses en heures de boulot.

Quelques jours plus tard, je revenais de la plage avec Capitaine quand j'ai trouvé Ashley devant mon bungalow.

Elle avait plutôt bonne mine, les cheveux teints d'une couleur brune nettement plus naturelle. Tout en noir, comme à son habitude, elle s'était débarrassée de sa quincaillerie gothique et portait une simple chaîne en argent autour du cou.

— Ashley ! Comment vas-tu ?

— Ça pourrait aller mieux.

— Je m'en doute.

Je me suis assise en face d'elle après avoir détaché Capitaine. Lorsqu'il s'est frotté à ses jambes, elle lui a gratté gentiment les oreilles.

— C'est dur. J'ai l'impression d'avoir perdu ma mère et mon grand-père. C'est comme s'ils étaient morts.

J'ai hoché la tête en pensant à mes propres parents.

— J'ai l'impression de ne plus les connaître. J'ai du mal à accepter ce qu'a fait mon grand-père. Je l'aimais vraiment, tu sais.

— La plupart des gens ont une face cachée. Il a probablement été dépassé par les événements.

J'avais longuement réfléchi à la question en prison. Comment établir un rapport entre le Frank McKinney de mon enfance et l'homme qui avait couché avec ma sœur, maquillé son meurtre, et assassiné Cathy pour éviter qu'elle ne parle ? Je savais à quel point il aimait son métier et tenait à sa fille, tout en ayant du mal à imaginer qu'il ait pu aller aussi loin pour protéger son univers.

— Tu as probablement raison.

Elle a gardé le silence quelques instants avant d'ajouter :

— D'une certaine façon, je comprends mieux ma mère aujourd'hui. Je comprends pourquoi elle s'est mariée si jeune, pourquoi mon grand-père se montrait distant avec elle, pourquoi elle était jalouse quand je passais du temps avec lui.

— Leur relation était compliquée, avec tout ce passif.

Ashley a approuvé.

— On essaie de surmonter tout ça, avec mon père. D'en parler, tout du moins. Je sèche le lycée depuis la rentrée… Il ne souhaite pas que je reste ici, à cause de tous les ragots. Il a décidé de m'envoyer en janvier dans un établissement privé qui propose un cursus artistique.

— C'est bien.

— Ouais.

Elle a jeté un coup d'œil vers le mobil-home d'Aiden.

— J'ai quitté Aiden. Je crois que ma mère avait raison à son sujet.

L'image de Margaret s'est imposée dans ma tête.

— Les mères ont parfois raison.

Elle m'a regardée tout en jouant avec le collier de Capitaine.

— Et toi, avec Ryan ? Tu crois que vous vous remettrez ensemble ?

J'ai baissé les yeux et regardé machinalement la laisse que je triturais entre mes doigts.

— Il s'est passé tellement de trucs pendant qu'on était en taule. La prison change les gens. C'est dur de redevenir la même personne qu'avant.

Le soir de notre libération, la mère de Ryan avait organisé une fête en notre honneur. C'était la première fois que je le revoyais depuis les événements du lac. On est allés discuter dans le jardin, mais les gens n'arrêtaient pas de nous déranger. Les rares instants où nous nous sommes retrouvés en tête à tête ont été pour le moins étranges. On avait enfin le droit d'être ensemble, mais on ne savait pas quoi se dire. Sa mère est venue le chercher à un moment et je me suis éclipsée dans la foulée. Je n'avais plus eu de ses nouvelles depuis, j'en arrivais à penser qu'il était trop tard pour nous.

— En même temps, c'est la seule personne au monde capable de comprendre puisque vous avez traversé les mêmes épreuves. À mon avis, il t'aime toujours.

Elle a gratté les oreilles de Capitaine d'un air pensif avant de reprendre :

— Je comprends à présent pourquoi tu ne voulais pas de ce documentaire. Tu as vécu un truc bien trop réel, et les films ne sont qu'un pâle reflet de la réalité.

Son amour de la vidéo m'avait pourtant sauvé la vie. J'ai repensé à toutes mes amies, bâillonnées en taule faute d'avoir quelqu'un qui s'exprime à leur place. Plusieurs chaînes de télé m'avaient proposé beaucoup d'argent en échange d'une interview, et j'avais systématiquement refusé. Ce n'était pas pareil avec Ashley. Elle était différente des autres.

— On pourrait peut-être tenter l'expérience un de ces jours, si tu veux.

— Ce serait super !

C'était la première fois que je la voyais sourire depuis que je l'avais trouvée assise sur les marches de mon bungalow.

*

La visite d'Ashley continuait d'occuper mes pensées lorsque je me suis réveillée le lendemain. Ce qu'elle m'avait glissé de sa relation avec sa mère et son père avait suffi à évoquer mes rapports avec mes propres parents. Mon père m'avait écrit lorsque j'étais retournée à Rockland. Il souhaitait savoir si je l'autorisais à me rendre visite et me proposait de m'aider à payer mon avocat. Sa lettre ne contenait aucune excuse, ni de lui ni de ma mère, et elle avait ranimé ma colère. Comment avaient-ils pu refuser de me croire pendant toutes ces années ? Pourquoi ne me parlait-il pas de ma mère ? Je lui ai répondu en déclinant son aide avant de préciser que je le recontacterais à ma sortie de prison, un engagement que je n'avais pas tenu. Comme j'avais vu un panneau au nom de son entreprise à l'entrée d'un terrain, j'ai décidé de passer le voir ce jour-là. Je voulais le regarder droit dans les yeux et avoir la certitude qu'il croyait en mon innocence.

À peine garée sur le chantier, je l'ai aperçu près de sa camionnette. Pris par l'étude du plan étalé sur le capot, il ne m'a pas entendue arriver.

— Salut, papa.

Il a fait volte-face, puis il a avancé la main. Il portait sur son visage une expression d'ébahissement curieuse, comme s'il se trouvait en présence d'une vision.

— Tonie… Je…

Les mots se sont bloqués dans sa gorge, ses yeux se sont remplis de larmes.

— Je suis tellement content de te voir.

J'aurais aimé me montrer dure, lui dire à quel point leur comportement avait été merdique, à quel point ils m'avaient abandonnée, et voilà que j'étais incapable de prononcer une parole, la gorge nouée, le cœur battant. Il s'est avancé, j'ai voulu reculer, le repousser, mais il m'avait déjà prise dans ses bras. Il tremblait de tous ses membres en répétant à l'infini :

— Je suis désolé. Si tu savais comme je suis désolé.

L'instant d'après, je pleurais dans les bras de mon père.

*

Il a fini par relâcher son étreinte et nous avons parlé un moment de tout et de rien, appuyés contre sa camionnette. Le bungalow où je vivais, mes projets. Lassée d'enchaîner des banalités, je suis allée droit au but :

— Je t'avais pourtant dit que je n'étais pas coupable, papa. Pourquoi tu ne m'as pas crue ?

— J'aurais tellement aimé te croire, Tonie.

Il m'a expliqué qu'il était resté persuadé de mon innocence jusqu'au procès, et puis qu'il n'avait plus su quoi penser à la vue des éléments à charge. Il s'était convaincu que je devais avoir agi sous l'effet de la dope et de l'alcool, sans avoir la conscience de mes actes. D'une voix hésitante, il m'a raconté ses engueulades avec ma mère à mon sujet. Ils avaient même failli divorcer quelques années après le meurtre.

On discutait encore quand une voiture s'est garée

de l'autre côté de la camionnette. Papa, l'air gêné, lançait des coups d'œil nerveux en direction de l'auto. J'ai compris en voyant ma mère en descendre avec du café et des sandwichs. Elle s'est figée, les yeux écarquillés, en me découvrant près de papa.

— Salut, maman.

Je retenais mon souffle. Allait-elle me prendre dans ses bras comme papa ? Ou alors me rejeter une fois de plus ?

— Qu'est-ce que tu fais ici ?

Au ton sur lequel elle parlait, j'étais incapable de savoir ce qu'elle pensait. Elle n'en paraissait pas moins mal à l'aise, presque sur ses gardes.

Papa s'est chargé de lui répondre.

— Tonie passait dire bonjour.

Elle a déposé ses provisions sur le capot de la camionnette, puis balayé les alentours du regard afin de s'assurer que les ouvriers ne nous regardaient pas.

J'ai voulu dédramatiser la situation.

— Je suis heureuse de te voir. Tu m'as manqué.

Elle regardait fixement ses chaussures en secouant la tête. J'ai cru un instant qu'elle pleurait.

— Je souhaitais vous dire que je ne vous en voulais pas. Plus. J'ai bien conscience que les apparences étaient contre moi, surtout que je n'étais pas une ado facile. Votre attitude m'a fait très mal, mais j'aimerais qu'on puisse tout reprendre de zéro. On pourrait se revoir…

Ma mère a relevé la tête. Elle ne pleurait nullement. Elle n'était pas triste, elle était furieuse.

— Je me fiche complètement de la décision du tribunal. C'est toi qui l'as emmenée là-bas, et c'est toi qui l'as laissée toute seule.

Les premières larmes ont jailli. Pas pour moi, pour Nicole. Encore et toujours. Elle peinait à respirer et tremblait sous l'effet du chagrin et de la colère.

— Tu savais qu'elle sortait la nuit, tu étais au courant depuis des mois, et tu n'as rien dit. Elle est morte à cause de toi et je ne veux plus jamais te…

Mon père l'a interrompue d'une voix ferme :

— Assez. Arrête !

Elle l'a fusillé du regard, les joues brillantes de larmes.

— Quant à toi, Chris, tu as toujours été trop laxiste avec Tonie. Si tu avais fait preuve de davantage de fermeté…

— Stop. Cesse d'en vouloir à la terre entière. Elle est morte, Pam.

— Parce que tu crois peut-être que je ne le sais pas ?

— Tu es incapable de l'accepter.

— C'était ma fille !

— C'était aussi la mienne, figure-toi. Sauf que nous avons encore une fille et qu'elle est là, devant nous. Tu vas devoir accepter un jour le fait que Nicole ne reviendra jamais.

— Non ! Non !

Elle secouait la tête avec virulence.

— Fais ce que tu veux, mais je ne lui pardonnerai jamais.

Elle s'est tournée vers moi.

— Tu m'entends ? Je ne te pardonnerai jamais !

Elle s'est précipitée dans sa voiture avant de démarrer et de négocier un demi-tour à grands coups de volant.

Sous le choc, incapable de pleurer, je l'ai regardée disparaître en entendant résonner ses paroles dans ma tête. « Je ne te pardonnerai jamais… »

J'ai sursauté en sentant la main de mon père se poser sur mon épaule.

— Je suis désolé, Tonie. Elle n'a jamais accepté la mort de Nicole. Elle a conservé sa chambre intacte, elle refuse que je touche à quoi que ce soit. Elle reste bloquée. Le psychiatre dit que le seul moyen qu'elle a trouvé de gérer son chagrin est d'en vouloir à tout le monde pour persister à nier la mort de Nicole.

— Comment peux-tu continuer à la supporter ?

Il m'a adressé un regard surpris.

— Mais je l'aime.

— Moi, en tout cas, elle ne m'aime pas.

— Bien sûr que si, mais elle s'enferre à t'en vouloir. Sinon, elle s'en voudrait à elle-même de n'avoir pas vu ce que vivait Nicole cette année-là. J'ai réagi comme elle dans un premier temps, et puis j'ai fini par passer outre. J'ai envie qu'on ait une relation, tous les deux.

— Ça ne va pas lui plaire.

Il a soupiré.

— Je sais, mais j'assumerai, même si je dois la perdre. Je ne te perdrai pas une seconde fois. Tu es ma fille.

J'ai tourné la tête en direction de la route sur laquelle venait de disparaître ma mère. Sa haine a rallumé ma colère. C'était ma mère. Elle était censée m'aimer envers et contre tout, et mon père l'avait laissée me traiter comme de la merde et me rejeter pendant des années. Soudain, j'ai revu Shauna penchée au-dessus d'Ashley, aveuglée par la haine au point de ne pas comprendre que j'essayais de sauver sa fille. Je ne voulais pas devenir comme elle. Comme ma mère. Je voulais me montrer capable de pardonner.

Je me suis tournée vers mon père.

— Tu n'as pas besoin de quelqu'un pour t'aider, par hasard ?

*

L'après-midi même, je travaillais à côté de mon père, à grands coups de marteau. Quelques jours plus tard, j'étais engagée au refuge à la place de quelqu'un qui avait démissionné. Mike m'avait appelée en me proposant de recommencer à travailler au restau, Patty s'en voulait d'avoir mis ma parole en doute, mais j'ai décliné. Je préférais recommencer de zéro. Son copain m'a également offert de revenir vivre sur le bateau, mais je lui en voulais toujours de la façon dont il m'avait virée comme une malpropre. Je suis heureuse de travailler au refuge, au milieu des chiens. Je ne gagne pas beaucoup d'argent, mais je m'en fiche. Mon avocat prétend qu'on est en droit de poursuivre la justice pour condamnation abusive, mais que ça prendra du temps. Pour le moment, je vis à mon rythme. Papa voudrait que je travaille pour lui, je me contenterai de l'aider le week-end en attendant qu'on retrouve nos marques.

Doug Hicks est venu me voir un jour où je rentrais avec Capitaine. Je me suis raidie instinctivement en découvrant une voiture de police devant le bungalow. Hicks en est descendu.

J'ai pris les devants.

— Vous ne le savez pas ? Je suis libre de mes mouvements désormais.

Et je suis passée à côté de lui sans m'arrêter.

— C'est pour ça que je suis là. Je voudrais m'excuser.

— De quoi ?

J'ai monté les quelques marches du bungalow et je lui en ai bloqué l'accès, Capitaine à mes côtés, pour lui signifier qu'il n'était pas le bienvenu.

Il a posé une fesse sur le capot de sa voiture.

— De ne pas vous avoir crue il y a dix-sept ans.

— Et Ryan, alors ?

— C'est pareil. Vous nous en faisiez voir de toutes les couleurs…

— Ça ne faisait pas de nous des assassins pour autant.

— Sans doute, mais entre les témoignages et les éléments à charge dont on disposait, les apparences étaient contre vous.

Je me suis appuyée contre la rambarde.

— Ouais, je sais.

Il a poursuivi d'un air las :

— J'admirais beaucoup Frank McKinney à mes débuts. Je le prenais pour un type bien. Un excellent flic.

— Tout le monde en était persuadé.

— Il commence à vider son sac depuis qu'il a conscience de ne pas pouvoir s'en tirer. Il reconnaît avoir perdu les pédales avec votre sœur.

Une bouffée de colère m'est montée à la tête.

— Il n'aurait jamais dû sortir avec elle. Je ne comprends toujours pas comment ils en sont arrivés là.

— Il a arrêté son petit ami un soir, le gamin avait bu. Nicole était dans la voiture.

— Celui qui s'appelait Dave ?

— Apparemment. Frank a accepté d'étouffer l'affaire. Après ça, il s'est assuré que votre sœur ne voyait plus ce type. Ils sont devenus amis. Frank emmenait votre sœur se balader en voiture, ils discutaient. Un soir où sa fille avait organisé une fête chez lui, il a reconduit Nicole en fin de soirée et tout a basculé. Il prétend qu'il était amoureux d'elle.

— Elle avait seize ans.

— Policier est un boulot complexe. Certains flics finissent par penser que la loi ne s'applique pas à eux. Quand Frank a perdu sa femme, il est tombé au fond du trou, il a comblé le vide avec son travail.

Le reste coulait de source. Shauna acceptait difficilement que son papa chéri passe son temps au commissariat. Quand elle s'est aperçue qu'il consacrait à Nicole son peu de temps libre, elle a pété les plombs. Rien de plus facile que de monter Kim et Rachel contre Nicole en leur débitant des mensonges, jusqu'au meurtre. Et il est facile de comprendre comment Nicole a pu tomber amoureuse de McKinney. C'était quelqu'un d'important à l'époque.

— Je n'éprouve aucune pitié pour lui.

Il a posé les yeux sur moi.

— Moi non plus. Je suis juste désolé de tout ça.

— Ce n'est pas ce qui me rendra toutes ces années perdues.

— Je sais.

Il s'est levé.

— Vous êtes encore jeune. Je vous souhaite d'en profiter.

Sur ces mots, il est remonté en voiture.

*

Ce soir-là, on a frappé à la fenêtre de ma chambre. Je me suis réveillée en sursaut tandis que Capitaine aboyait. J'ai tiré le rideau. C'était Ryan. Il m'a fait signe d'ouvrir la fenêtre. J'ai ordonné à Capitaine de se calmer en tournant la poignée. Ryan affichait un grand sourire.

— On va se balader en voiture ?

— Où ça ?

— Où on veut.

Composition et mise en pages
Nord Compo à Villeneuve-d'Ascq

Imprimé en Espagne par
Liberdúplex
à Sant Llorenç d'Hortons (Barcelone)
en mars 2016

POCKET – 12, avenue d'Italie – 75627 Paris Cedex 13

Dépôt légal : avril 2016
S26773/01